蘭《らん》医《い》繚《りょう》乱《らん》

洪庵《こうあん》と泰然《たいぜん》

海堂　尊

PHP

蘭《らん》医《い》繚《りょう》乱《らん》

洪庵《こうあん》と泰然《たいぜん》

目次

第1部 氷点

文政八年（一八二五）～天保九年（一八三八）

第2部 融点

天保九年（一八三八）～安政二年（一八五五）

第3部 沸点

安政三年（一八五六）〜明治五年（一八七二）

装幀　芦澤泰偉＋明石すみれ
装画・挿絵　伊藤彰剛
表紙図版　更紗尽掛物

第1部

氷点

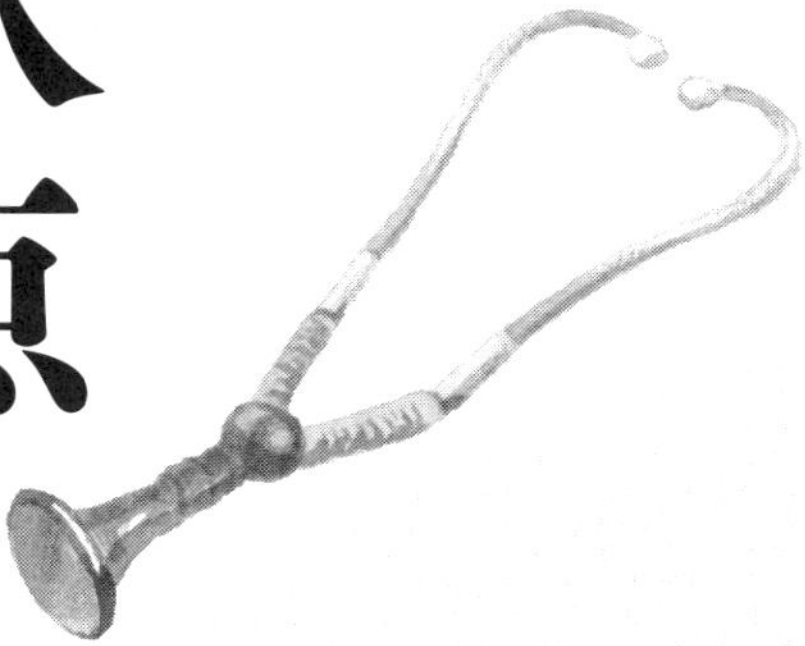

文政八年（一八二五）～天保九年（一八三八）

1章　鳳雛、覚醒す

文政八年（一八二五）

日暮れ時、土佐堀川《とさぼりがわ》に架かる、なにわ橋の上。

師走《しわす》の街角を人々が行き交う中、橋の真ん中にひとりの青年が佇《たたず》んでいた。

今年元服《げんぷく》し、前髪を上げたばかりの十六歳。

背は高いが、がりがりに痩《や》せていて、風が吹けば、今にも倒れてしまいそうだ。

水面《みなも》には岸辺のやなぎが映り込んでいる。

傍《かたわ》らを、魚の籠《かご》をかついだ物売りが、売り声を上げながら通り過ぎていく。

浪速《なにわ》は水の都だ。「出船千艘《でふねせんそう》、入船千艘《いりふね》」とも言われる。

帆《ほ》に屋号《やごう》を書いた船や大小の御用船《ごようせん》、土船《つちぶね》、石船、屋形船《やかたぶね》や釣《つ》り船《ぶね》など、さまざまな船が忙しく行き来している。

橋には寄進した豪商の名がつけられている。江戸が八百八町《はっぴゃくやちょう》ならば、浪速は八百八橋《やばし》だ。

青年は橋が好きだった。

橋を渡れば、他の場所に行ける。ここよは違う、どこかへ。

幼い頃から身体《からだ》が弱く、藩校に通うのもままならなかった。なので武士の素養《そよう》となる四書五《ししょご》経《きょう》もきちんと学べていない。武芸も苦手で、稽古《けいこ》がいやで、幾度、行くのをためらったことか。

自分は侍に向いていない、とつくづく思う。

腰に差した刀を撫《な》でる。どうせ使いこなせないので、竹光《たけみつ》にしてある。

六歳上の兄は身体頑健《しんたいがんけん》で武芸百般に通じ、武家の跡取りにふさわしい。父の見習いで勘定方《かんじょうかた》に勤める兄がいれば、家は安泰《あんたい》だ。故郷では、貧しい藩士の三男坊の居場所はない。

狭い陣屋町《じんやまち》では、どこにいても誰かが自分を見ているようで、その視線が煩《わずら》わしかった。

けれども浪速は違う。自分がどこへ行き、なにをしようが、誰も気にとめない。

見捨てられたような気持ちにもなるが、ときめきの方が勝《まさ》っていた。

目にするものは、なにもかもが新鮮で、胸が高鳴る。

なにかが始まる。

そんな予感を胸に抱《いだ》いて街角をそぞろ歩くと、店先に並ぶ和菓子の彩りに食欲をそそられる。

しかしそれは、貧しい青年には、手の届かない贅沢品《ぜいたくひん》だ。

それでも食欲ならまだ我慢できる。どうにも我慢ができないのは……。

青年は顔を上げた。

その視線の先に、黒塗《くろぬ》りの建物がそびえ立っている。

青年は、橋の向こうの建物を凝視《ぎょうし》していた。

——医を志すなら「合水堂《がっすいどう》」。

青年は、そう呟《つぶや》いて、視線を水面に落とした。

今、医師番付の横綱《よこづな》に鎮座しているのは天下一の名医、紀州《きしゅう》の医家の華岡青洲《はなおかせいしゅう》である。

青洲は、「古医方《こいほう》」に「蘭方《らんぽう》」の長所を加えて独自の治療法を創案、秘薬・麻沸散《まふつさん》を開発し、乳がんの摘出《てきしゅつ》や脱疽《だっそ》の足の切断などの難手術に成功し、名声は四海に鳴り響いている。

紀州藩の「春林軒《しゅんりんけん》」には、日本中から医を志す者が集まり、在籍する門弟は千人を超える。

その青洲の弟、華岡鹿城《ろくじょう》が浪速のど真ん中に打ち立てた医の殿堂《でんどう》、それが合水堂だ。

合水堂はこの橋を渡ってすぐ、目と鼻の先にある。

けれどもそこは、青年にとって、あまりにも遠い場所だった。

入門が許されるのは、たいてい藩医の子息で、医家の生まれではない青年には夢のまた夢だ。

何より、束脩料《そくしゅうりょう》（入学金）や授業料が高すぎた。

青年が吐息《といき》をついた時、合水堂の門が開き、小柄な男性が姿を現した。

朱塗無反《しゅぬりむぞ》りの太刀を帯び、威儀《いぎ》を誇る四十代半ばの男性に、数人の供が付き従う。

華岡鹿城先生だ、と青年は呟く。

気位が高く、豪商・鴻池《こうのいけ》から往診を頼まれた際、正門ではなく木戸をくぐれと言われ、憤然《ふんぜん》と引き揚げたという逸話《いつわ》がある。

橋を渡り近づいてくる一行に、青年は一歩退き頭を下げる。

通り過ぎる鹿城の一行を目で追う。そして一歩、足を踏み出そうとした。

——お願いがございます。わたしを合水堂で修学させていただきたく。

だが、言葉は声にならず、鹿城の一行は遠ざかっていく。

青年は、川面《かわも》に視線を落とす。いつから自分が医を志し、そしていつからその願いを胸に封じ込めるようになってしまったのだろう。今となっては思い出せない。

その時、背後で涼しげな声が響いた。

「なんや、でかいなりをしておるのに、しけた面《つら》しとるなあ」

振り向くと懐手《ふところで》をした男性が立っていた。

片袖《かたそで》のない着流し姿は、乞食《こじき》と見紛《みまご》う出《い》で立ちだ。伸び放題の蓬髪《ほうはつ》は立ち上がり、髪の毛団子の中に顔がある。

青年の横に並んだ男は、蓬髪をぽりぽりと掻《か》きながら言った。

「眺めているだけでは、なんも起こらへんで。ほしいもんがあったら、手を伸ばさな」

「わたしのほしいものが、おわかりになるのですか」

「そりゃあ、小半刻《こはんとき》も突っ立って橋の向こうを眺めて、ため息ばかりついていれば丸わかりや。おまけに恋い焦《こ》がれる片想いの相手が目の前を通っても声も掛けられんとは、へたれやなあ」

片想い、という言葉に胸を衝《つ》かれた青年は、むっとして言い返す。

「ということは、あなたも小半刻、ここにいらしたわけですね。わたしが片恋に身を焼く小僧だとしたら、あなたはただのひま人です」

「はっは。言うてくれるのお。けど、ワテはひま人ではあらへん。ワテは天下の一大事を考えているのや。頭ん中にはいろんなものが滾《たぎ》っとる」

男性は足元の橋を、雪駄《せった》を履《は》いた足で、どん、と踏み叩いた。

「よう聞け。この大地は西瓜《すいか》みたいに丸くて、お天道《てんとう》さんの周りをぐるぐる回っとる。そんなことが起こるんは、万物《ばんぶつ》に相引き合う力があるからや。これを『引力』という。びっくりなのは、みんなそんなことも知らんで、毎日を生きておることや」

男が大声で言うと、通り掛かった人たちは足を止めて男を見た。一瞬、男の言葉が人々の心を捉《とら》えたようだったが、すぐにみんな、思い思いの方へ歩き出し、散り散りになる。

青年は呆然《ぼうぜん》とした。あまりにも突飛《とっぴ》すぎて、話についていけない。

「世界と比べたら、ワテなんてありんこみたいなもんや。けどワテの頭ん中には世の中のことがすっぽり入っとる。ワテは考え事がようけありすぎて動かんうつけ者。ボンは足がすくんで動けん臆病者《おくびようもん》や。ボンが憧れている合水堂は鞍馬山《くらまやま》のてっぺんや。けどそんなんは小さい小さい。ワテが目指しとるのは、あのお星さまや」

男は夕闇に沈む空にひときわ明るく輝く、宵《よい》の明星《みようじよう》を指さした。

頭をがん、と殴《なぐ》られた気がした。顔を上げた青年に、男は笑いかけた。

「はっは。ちいとマシな顔になったな。ほな、もっとええことを、教えたるわ。明日の正午、またここに来い。ええな」

そう言うと男は、風に揺れる風船のようにふらりふらりと、人混みに紛れていった。

そんな男の後ろ姿を、目で追う。

この大地が丸くて、お天道さまの周りを回っているだなんて、なんという大法螺吹《おおぼらふ》きだろう。

だが男が言う通り、自分をとりまくものがちっぽけに見えてきた。

気がつくと青年は大笑いしていた。

こんな風に腹の底から笑ったのは、いつ以来だろう。

夕闇の中、なにわ橋の向こうに佇む合水堂は、相変わらずの威容《いよう》を誇っている。

けれども今、それは黒々とした影となり、のしかかるような威圧感はなくなっていた。

帰宅の挨拶《あいさつ》をすると、父は相好《そうごう》を崩した。

「遅かったではないか、惟彰《これあきら》。夕餉《ゆうげ》の支度《したく》ができておるぞ」

新築の薩摩堀中筋町《さつまぼりなかすじちょう》の足守《あしもり》藩蔵屋敷は、木の香りが漂う。

備中《びっちゅう》足守藩主の木下《きのした》氏は外様《とざま》で二万五千石《ごく》、領民は一万七千の小藩だ。

父・佐伯惟因《さえきこれより》は十五歳で出仕《しゅっし》して以来、藩主五代に仕えている。財政の切り盛りが仕事だ。

木下家は江戸、大坂で贅沢な生活を覚え支出が増大していた。

そこに数年続いた飢饉《ききん》で、藩は年貢《ねんぐ》を先取りして、ツケを領民に回すという悪政に走った。

その後始末のため、惟因は金策に奔走《ほんそう》し、大坂の豪商から千両の借財の話をつけた。その功で、大坂にある蔵屋敷の初代大坂留守居役《るすいやく》の大役を拝命したのである。

それに伴い惟彰も二ヵ月前、浪速に連れて来られたのだ。

四十四歳の時にできた惟彰を、惟因は孫のように猫可愛《かわい》がりした。幼名を騂之助《せいのすけ》としたのは、群れの中でも騂牛《あごうじ》（赤牛）は自然と頭角《とうかく》を現すという、『論語』にある逸話に拠《よ》ったものだ。

元服と同時に、惟彰に佐伯と縁のある田上姓《たがみせい》を名乗らせたのは、佐伯の家では惟彰の面倒を見ることはできないという通告だった。数代前、一代限りで絶えた田上家に実体はない。

そんな風に、行き詰まった自分を俯瞰《ふかん》してしまう惟彰は、十六にしては老成した観がある。

貧しさは子どもを早熟にする。

一汁三菜の膳《ぜん》を眺めながら、惟彰は橋の上で出会った男について話した。

「大地が動いている、などと荒唐無稽《こうとうむけい》なことをおっしゃる、おかしな方でして」

だが惟因は笑い飛ばさず、真顔で応じた。

「その話は、鴻池さんのとこの寄り合いで、聞いたことがあるぞ」

歌会に参加したり、古典を友人と談じ合う教養人の父が知っているのなら、まったくの法螺ではないのかもしれない。

橋の上で、告げられた言葉を思い出す。

この時まで行くつもりはなかったが、急に気が変わった。

それは目の前に現れた、新しい「橋」なのかもしれない。

ふとそう思った。


翌日の正午前、なにわ橋のたもとで待っていると、ほどなくして昨日の男が現れた。

人混みの中から雪駄をじゃらりと鳴らして近づいた男は、よっ、と片手を挙げた。継《つ》ぎ接《は》ぎだらけで片袖のない着物の異形《いぎょう》ぶりは一層目立つ。

「時間通りやな。いい心がけや。とりあえず、ついてきなはれ」

男の後に従うと、京町堀《きょうまちぼり》を抜けて坂本町《さかもとちょう》に着いた。

「どこへ行くのですか?」と惟彰が訊《たず》ねると、男は一軒の家を指さした。

「あそこや」

その平屋の町屋《まちや》には「くすり」と書かれた幟《のぼり》が風にはためいている。

惟彰がくすくす笑ったので、男はむっとした口調で言う。

「なんや、あんまりにもボロ家やから、笑《わろ》うとるのか」

「いえ、わたしの生まれ故郷の家と似ていたもので、つい……。あなたはお医者なのですか」

「まあ、医者のような、医者でないような……」と言葉を濁し、男は引き戸を開ける。

けたたましい勢いで喋《しゃべ》る女の声が、わっと広がる。見ると、袖をたすきでからげた女性が仁王《におう》立《だ》ちになり、土間の縁台《えんだい》に腰掛けた町人を叱《しか》りつけている。

「あんさん、あてが出した煎《せん》じ薬を飲んでへんやろ。それでは病《やまい》は治りまへんで」

「へえ、すんまへん」

小柄な町人が身を縮めて小声で言うと、ふくよかで貫禄《かんろく》がある女人《にょにん》は、ふう、と吐息をつく。

そして傍らの幼な子に言う。

「耕介《こうすけ》、葛根湯《かっこんとう》を三包《ぽう》、出してあげなはれ」

幼な子は「あい」と答え、小さな抽斗《ひきだし》がたくさんある簞笥《たんす》から包みを取り出した。

「すんまへん、今度は必ず煎じて飲みますさかい、かんにんや」

「かんにんもなにも、あんさんの身体ですよって、飲まな、ようならんだけや」

薬を受け取った町人は、そそくさと家を出て行った。

「今帰ったで」と男が声を掛けると、女人は大声で言った。

「あんた、また仕事もせんと、ふらふらしとったな、はよ、あてを手伝いなはれ」

「いや、ワテは、さだに及ばんよ。お前の仕事ぶりは、いつ見てもほれぼれするで」

「調子のいいこと、言いなさんな」と言いながら、さだと呼ばれた女人も満更《まんざら》ではなさそうだ。

それから隣の惟彰に気づいて言う。

「あんた、また若い子を拾うてきたんかいな。ええ加減にしいや、猫の子やないんやから」

そう言ったさだは、品定めをするように、じろじろと惟彰を眺めた。

「なんや、ひょろひょろのがりがりやないか。まあええわ。ちょうど仕事の区切りがついたから、お昼にしましょ。あんさんも食べていきなはれ」

惟彰は当惑した。初めて訪れた家で食事のご相伴《しょうばん》に与《あずか》るなんて図々《ずうずう》しすぎる。

「でも、お名前も知らない方に、ご馳走《ちそう》になるなんて……」

すると男は、団扇《うちわ》のように広がった髪をぽりぽり搔きながら、笑う。

「おお、まだ名乗っておらんかったか。すまんすまん。ワテは中環《なかたまき》という。号は天游《てんゆう》や。天に游《あそ》ぶなんて、楽しそうな名やろ」

「若いもんは、遠慮するもんやないで」と言ったさだは、惟彰を食卓に座らせると、つやつやした白米を盛った碗《わん》を差し出した。気がつくと惟彰は遠慮を忘れて、無我夢中で干物を頭から囓《かじ》り、白米を搔き込んでいた。薬運びをしていた幼い耕介も、負けじと魚を頬張《ほおば》る。

「このボンは昨日、合水堂を一刻も眺めていたんやで。武家のクセに医者になりたいそうや」

天游がさだに言うと、惟彰は箸《はし》を置き、正座し直して言う。

「わたしが合水堂を眺めていたのは一刻ではなく半刻ですが、医者になりたいのは本当です」

「そんな細かいことはどうでもええがな。そういえばまだ、ボンの名前を聞いてへんかったな」

「田上惟彰と申します。『惟』の一字は、父から頂戴《ちょうだい》しました」

するとさだが言う。

「昔、緒方春朔《おがたしゅんさく》先生という人痘術《じんとうじゅつ》の名医がいてはって、その諱《いみな》は『惟章』という一字違いや。医師を目指すなら、似てるついでにいっそ、名医にあやかって同じ名前にしてもうたらどうや」

「緒方という姓は、遠い昔、先祖が名乗っていたそうです」

「ほんなら、なおさら都合がええやん」

さだが気軽な調子で言うと、天游は首を横に振る。

「それはあかん。名前は呪《のろい》や。同じ『惟章』では春朔先生を超えられへんで。ここはしっかり考えよ。『惟』は親父《おやじ》さん譲《ゆず》りやけど、家を継がへんならこの字はいらんやろ。いっそ『章《あきら》』にしたらどや？『緒方章』、うん、こっちの方がすっきりしていて、断然ええわ」

孝行者の惟彰に、いきなり父譲りの字を名前から取ってしまえ、とはあまりにも乱暴すぎる。だが話をしているうちに、いつの間にかその名は身に馴染《なじ》み、もはや自分は「緒方章」と名乗るしかない、という気持ちになっていた。

食後、書斎に連れて行かれた章は、和綴《わと》じの本を手渡された。

「それは『暦象新書《れきしようしんしよ》』いうて、ルロフスの『天文学』を、偉い先生が訳した本やが、間違いが多いから直すようにと、師匠に命じられたのや。ワテの師匠は京でも名高い海上随鷗《うながみずいおう》先生で、連れ合いのさだは、そのお嬢はんや」

それから天游は、書棚から別の本を取り出した。

「これは『解体新書《かいたいしんしよ》』ではありませんか。実物を見たのは初めてです」

章が目を輝かせて言うと、天游は首を左右に振る。

「それは『解体新書』とちゃう。ワテが蘭学仲間の斎藤方策《さいとうほうさく》殿と訳した『把而翕湮解剖図譜《パルヘインかいぼうずふ》』や。従弟《いとこ》の伊三郎《いさぶろう》が描いた銅版画の挿絵は、本家の『解体新書』を超えとるで」

その声が聞こえていないように、熱心に『解剖図譜』に見入る章に、天游は続ける。

「ワテは若い頃、江戸で大槻玄沢《おおつきげんたく》先生の『芝蘭堂《しらんどう》』に一年通った後、長崎に行って蘭学を学んだ。ワテの塾にある全十七巻の『江戸ハルマ』ちう蘭和辞典があれば、蘭語の本が読めるようになり、最先端の蘭医学を学べる。ほしたら合水堂なんぞ、恐るるに足らずや」

「それが、鞍馬山のてっぺんではなく、星を目指すということなんですね」

「せや。けど、だからと言うて合水堂を舐《な》めたらあかんで。あっこの親分の鹿城先生は、漢方に蘭学も取り入れる折衷《せっちゅう》派の親分で、『内外合一《ないがいごういつ》、活物窮理《かつぶつきゅうり》』の教えを体現している凄腕《すごうで》や。でも貧乏な武家の三男坊のボンには、合水堂のばか高い月謝は払えんやろ。せやから、ワテの『思々斎塾《ししさいじゅく》』に入り、蘭学一本でてっぺんを取ればええ」

怒濤《どとう》の言葉に、章は目の前がぱあっと明るくなった。だがすぐにうつむいてしまう。

「でも、うちは貧しいので、ここの束脩料も払えません。入塾は無理です」

「お代は出世払いでええ。ボンはいい目をしとる。大物になるで」

あまりにもいい加減な勧誘に驚きつつも、章は感激した。

「ありがとうございます。家に帰って、父に相談してみます」

章が辞去しようとすると、さだが前掛けを外《はず》しながら言った。

「道修町《どしょうまち》へ買い物の用があるから、あても一緒に出るわ」

道々、さだは途切れることなく喋り続けた。

「お父はんが見込んだ弟子《でし》やって、あの人に嫁《とつ》いだんやけど、朝から晩まで天文の本ばかり読んではって、ちいとも働かず、医院の仕事はあてに丸投げや。おまけに蘭学塾を開いて若い者《もん》を集めて安いお代で講義しとる。そんなとこだけはお父はんそっくりや。困ったもんや」

そう言いながら、さだは少しも困った風には見えない。

「海上随鷗は京では名の知れた蘭学者で、ひとり娘のあては海上小町《こまち》と褒《ほ》めそやされ、塾生にはお姫《ひい》さま、なんて呼ばれとった。なのに今はこのていたらくや。西宮《にしのみや》で医業を開いたけどちいとも流行《はや》らず、患者が多い浪速に来たのや。文化《ぶんか》十四年に開業したからもう足かけ九年やな」

九年前というと、自分が故郷の足守で、兄と共に痘瘡《とうそう》に罹《かか》って死にかけた頃だな、と章は思い出す。それから中家の台所事情を知って、頭を下げる。

「そんなこととは露知らず、遠慮もせず大食らいして、ご迷惑をお掛けしました。すみませんでした」

「かまへんよ。うちの人に掛けられとる迷惑と比べたら、全然大したことない、屁《へ》の河童《かっぱ》や。けど、あんさんは凄《すご》い学者になるで。うちの人の才能を見抜く目は確かやし、あては海上塾で若い塾生をようけ見てきたから、ひと目見れば才がわかる。あんさんはうちの人とあてのお墨付《すみつ》きで飛びきりや。でもな、蘭医学が優れてるゆうても、実際の治療は漢方や。あんさんも食い扶持《ぶち》を稼ぐため、蘭学をやりながら、あての医業も手伝うとええわ」

「是非、お願いします。いろいろ教えてください」

そう言って章が頭を下げると、さだはにっこり笑う。

「散々悪口言うたけど、ああ見えて、うちの人は天才やで。長崎の偉い学者はんが訳した本が、書写を重ねるうち間違いだらけになってもうたんで、お父はんはわざわざうちの人を名指しして、改訳を命じたんや。蘭語は得意でないなんて、謙遜《けんそん》もええとこやで」

「大地が西瓜のように丸くて、しかもお天道さんの周りを回っているというお話ですね。昨日、橋の上で伺いました」

「あれはあの人の十八番《おはこ》で、道端《みちばた》で講釈すれば投げ銭稼げる言うけど、稼いだ分は飲み代に消えてまう。若い頃は芝蘭堂の四天王《してんのう》と呼ばれ、京ではあてのお父はんのお墨付きや。もう四十を過ぎとる今でも、浪速の蘭学の大親分、橋本宗吉《はしもとそうきち》先生の『絲漢堂《しかんどう》』に参加して、『藍塾《あいじゅく》』の斎藤方策先生や各務文献《かがみぶんけん》先生、伏屋素狄《ふせやそてき》先生と勉強会をしとる。うちの人についていけば心配あらへんで」

さだは道々、浪速の中心地、船場《せんば》についても教えてくれた。

「船場は浪速のど真ん中や。南北に狭い二十尺《しゃく》の『筋《すじ》』が走り、東西に二十六尺の『通り』で、それぞれに名前がついとる。歌で覚えるんやで」

そして「北に過書今橋浮世高麗伏見《かしょいまはしうきよこうらいふしみ》、道修平《どしょうひら》の町《まち》淡路《あわじ》瓦町《かわらまち》」と歌いながら道修町に着いた。

通りに入った途端《とたん》、漢方や香の匂《にお》いが、ぷん、と鼻をつく。

道修町は、高麗橋通りから三筋目の五、六町《ちょう》の間に薬種問屋《やくしゅどんや》が軒《のき》を連ねている。

八代将軍徳川吉宗《とくがわよしむね》が、仲買仲間《なかがいなかま》百二十四軒を公認して仲買寄合所《よりあいしょ》を作った際、和薬問屋を二十軒に厳選した。公認された「薬種仲買株仲間《かぶなかま》」を中心にして、道修町は薬問屋の町として整備されたが、制限が厳しく新たな株仲間になるのは並大抵のことではない。

けれども蘭方が盛んになると、道修町を取り巻くようにして、新しい薬問屋もぽつぽつでき始めていた。

さだは、歌うような口調で言う。

「ここでは和漢の薬種が揃《そろ》い、真偽も質《ただ》し、上品と下品もわけてくれる。贋薬《にせぐすり》を売ったり買い占めでぼろ儲《もう》けをしようとする悪どい連中がのさばらんよう、道修町で吟味《ぎんみ》識別して売る仕組みや。医業をやるなら、信用のおける薬問屋はんと仲良うなっておくことが一等大事なんや」

薬問屋を何軒か回り、漢方薬を買ったさだは、最後に瓦町にある店に足を運んだ。

「大和屋《やまとや》はん、今日は新しい弟子を連れてきたで。今後もよろしう」

前掛けで手を拭《ふ》きながら店先に出てきた若い手代《てだい》が、目を細める。

「ほう、ご立派な方ですな。さだ先生のお弟子さんなら、前途洋々でんなあ。そんで、今日はどないしましょ」

「せやな、セメンシナ、ジギタリス、ゲンチアナを一斤《きん》ずつ、あと人参《にんじん》、地黄《じおう》、肉桂《にっけい》、丁字《ちょうじ》ももろとこか」

さだが注文した漢方蘭方とりまぜた言葉は、章の耳には異国の歌のように響いた。

両手いっぱいに薬の包みを抱《かか》えると、さだは「ほな、また明日。ごきげんよう」と言って人混みに紛れていった。

章は、さだの後ろ姿が見えなくなるまで見送ると、大きく伸びをした。

新しい世界への扉が、章の目の前で音を立てて、開いたような気がした。

こうして天命の師と出会った章は、医の世界で羽ばたき始めたのである。

2章　浪速の会堂

文政九年（一八二六）

この時代の医師は「方外《ほうがい》の徒《と》」（世捨て人）で、呪術《じゅじゅつ》まがいの陰陽師《おんみょうじ》や儒者《じゅしゃ》と同等に扱われ、身分は不安定だった。御匙《おさじ》と呼ばれる御典医《ごてんい》や世襲《せしゅう》の藩医は例外で、中央では大僧都《だいそうず》、法眼《ほうげん》など、僧侶《そうりょ》と同じ位階《いかい》で呼ばれて尊ばれていたが、医家でない家の侍が医師を志すなどもっての外《ほか》だった。このため章の決意に、武家の統領《とうりょう》である父は難色を示した。

また、幕府は朱子学《しゅしがく》を奨励《しょうれい》していたため、医学も李朱医学《りしゅいがく》を基本とした。ところが十七世紀後半、儒学の世界で復古運動が起こると、医学も中国の唐《とう》代以前の古医方が主流になった。

そこに殴り込みをかけた形になったのが、蘭医学である。

その象徴的な存在がシーボルトだ。この頃、彼が主宰する長崎の「鳴滝塾《なるたきじゅく》」には、蘭医学を修得しようと、意欲と野心溢《あふ》れる人材が蝟集《いしゅう》していた。

章が医学の世界に足を踏み入れようとしたのは、そんな蘭学揺籃《ようらん》の時代だったのである。

文政《ぶんせい》九年（一八二六）五月。

初夏の風が吹き渡る中、初鰹《はつがつお》の売値が景気よく跳《は》ね上がっている。

思々斎塾に通い始めて、半年近くが過ぎた。そんなある日、章は裃《かみしも》の正装姿で塾に現れた。

師の天游に「ええとこに連れてったるから、明日はちゃんとした着物でこいや」と言われ、父の裃を借用して、腰には竹光の二本差しを帯びてきたのだ。

「ほう、馬子《まご》にも衣装、立派なもんや」と言って笑う天游も珍しく、きちんと装っている。といっても、袖があるまっとうな着物を着ているだけだが。

糸の切れた風船が漂《ただよ》うように、ふらりふらりと歩く天游の後を、章はついていく。西横堀川《にしよこぼりがわ》に架かる尼崎《あまがさき》の小橋を渡る。いつもはここで右に折れ、薬問屋が並ぶ道修町に向かうが、今日はまっすぐに行くようだ。

十七になった章は、蘭学は天游に、医学はさだに学んでいた。さだのお使いで薬を買っているうちに自然と薬の名も覚え、薬問屋と知り合いになった。

左手に土佐堀川を見ながら五つ、角を過ぎると過書町《かしょまち》だ。梅檀木橋《せんだんのきばし》の南詰《みなみづめ》の一画にある、門構えも立派なお屋敷の軒先に、蘭文字の「VOC」という紋《もん》の入った段幕《だんまく》が張ってある。

「ここは銅座《どうざ》いうて、天領《てんりょう》の大坂でも特別な場所や。勘定奉行《ぶぎょう》、長崎奉行、大坂町奉行が仕切り、日本中の銅山、特に別子《べつし》銅山から運ばれてきた荒銅《あらどう》を精錬し、棹銅《さおどう》にして長崎に送り、オランダ貿易の支払いに使《つこ》うとる。その払い下げの利を、住友《すみとも》家が仕切る銅吹屋《どうふきや》が取っておるのや」

蓆《むしろ》をかぶせた大八車《だいはちぐるま》が出入りする中、天游はずかずかとお屋敷に入っていく。

一階の大広間には数人の男性が、西洋風の椅子《いす》に座っていた。年嵩《としかさ》で、総髪《そうはつ》の男性が片手を挙げる。秀《ひい》でた額《ひたい》の下、ぎょろりと大きな目を剝《む》いた老人は、猫背だが表情は若々しい。

「天游はん、遅いやないか。間もなく対面が始まるいうお触れがあったところや」

「まだ対面が始まってないなら、遅刻ではなく、むしろええ塩梅《あんばい》やおまへんか」

そう言うと天游は、章に老人を紹介する。

「章、こちらは浪速一の蘭学者、絲漢堂の橋本宗吉先生や。六十三歳のええ年した浪速の大親分なのに、子どもたちには『ビリビリ先生』と呼ばれとる」

「ビリビリって何ですか？」

「エレキテルや。橋本先生は寺子屋《てらこや》で、子どもたち相手にエレキテルの実験をしとるんや」

「ほっほっほ。相変わらず天游はんの説明は雑やなあ。まあ、あれはお遊びみたいなもんやけど、エレキテルがどんなもんか、知ってもらうには一番なんや」

橋本宗吉は傘屋《かさや》の紋書き職人だったが、異才を見込まれ蘭学者・間重富《はざましげとみ》と京の蘭医・小石元俊《こいしげんしゅん》が費用を出し、大槻玄沢の芝蘭堂に留学させた。するとたちまち頭角を現し、芝蘭堂の四天王と呼ばれるようになった。因《ちな》みに四天王のひとりが天游の岳父《がくふ》、海上随鷗である。

橋本宗吉はわずか四ヵ月で『江戸ハルマ』の六万語のうち四万語を暗記して大坂に帰り、支援者のふたりを驚喜させた。その後、医学、薬学、本草学《ほんぞうがく》、天文、地理、化学の蘭書を次々に翻訳し、寛政《かんせい》八年（一七九六）に医業を始め、南船場に絲漢堂を開塾した。

宗吉の周りには浪速の蘭学の俊英《しゅんえい》が集《つど》い、一大サロンを形成していた。天游はその門下でも、突出した才を認められていた。

隣の年配の男性は威厳《いげん》があり、にこりともせずに重々しく言う。

「拙者《せっしゃ》は藍塾の斎藤方策と申す。天游殿とは江戸の芝蘭堂の同窓で以前、翻訳をご一緒させていただいている。以後、お見知りおきを」

大人物に丁寧《ていねい》すぎる挨拶をされた章は恐縮し、消え入るような声で挨拶を返す。

「今日は各務文献殿はお休みか」と天游に問われ、斎藤方策は声を潜《ひそ》める。

「おとつい、刑死場《けいしば》から新しい死体を手に入れたので、忙しいそうだ」

「またかいな。ええ加減にせんと、そろそろお咎《とが》めを食らうぞ」

「その点はぬかりはなく、近々木彫りの骨格標本をお上《かみ》に献上して、ご機嫌を取るそうです」

「腑分《ふわ》けした人骨を床下に置いて、学びたい時に使えるなんて、ほんま羨《うらや》ましい限りでんな」

「せやな。全面的に協力しとる、できた奥方のおかげや」と、橋本宗吉がうなずく。

話題の人物は、公儀《こうぎ》のお許しなしに腑分け（解剖）をやっているのだと知って、章は、肝《きも》を潰《つぶ》した。そして恐る恐る、小声で訊ねる。

「ところで今日は、どういった集まりなのですか？」

斎藤方策が、ぎょろりと目を見開いて、低い声で言う。

「天游殿はお弟子さんに、本日の集まりについて、何も説明せずに連れてこられたのですか。いつものことながら、ちゃらんぽらんなお方ですな」

「おお、うっかり忘れとったわ。長崎から四年に一度、オランダ商館長が江戸参府《さんぷ》をする際、浪速に立ち寄るんで、オランダ人に直接いろいろ質問できる、ええ機会なんや。けど確かにワテは粗忽《そこつ》な師匠やが、ここに来るまで目的も聞かへんとは、章も気《き》が利《き》かへん弟子やな」

師の無責任なもの言いに、章が啞然《あぜん》としているところに、裃を着た役人が姿を現した。

「カピタンとの対面を始めます。みなさん、お二階へどうぞ」

階段を上り二階の大広間に入って椅子に座ると、部屋の襖《ふすま》が開き二人の青年が入ってきた。その後ろから、身の丈《たけ》六尺を超える大柄な異人が現れる。

長身の青年は色鮮やかな異国の衣装を着て、見慣れぬ形の緑の角帽をかぶっている。細い眉《まゆ》、秀でた鼻、尖《とが》った顎《あご》。眼光鋭く周囲を一瞥《いちべつ》する。頬の刀傷《かたなきず》が顔立ちを一層精悍《せいかん》に見せ、医師というより武人のように見えた。

「章、あれが、かの有名なシーボルト先生やぞ」と天游が小声で言う。

フィリップ・フランツ・フォン・シーボルト、齢《とし》は三十。ドイツ人だが、長崎では外国人はオランダ人しか滞留《たいりゅう》を許されていないため、オランダ人の軍医と称していた。通詞《つうじ》はシーボルトのドイツ訛《なま》りのオランダ語を妙《みょう》だと感じていたが、「山オランダ語」という方言の一種だと説明され納得していた。オランダには山がないのに、そんな行き当たりばったりの説明で済まされてしまうのだから、日本とオランダの付き合いには、どこかのどかなところがある。

シーボルトの傍らに控えた青年が言う。

「拙者は鳴滝塾の塾頭《じゅくとう》、高良斎《こうりょうさい》と申します。隣は同じく高弟の二宮敬作《にのみやけいさく》と申す者。本来であれば付添《つきそい》大通詞の末永甚左衛門《すえながじんざえもん》殿が接遇すべきところですが、体調を崩されたため、本日はわれわれが対応します。みなさんの質問を、拙者か二宮がシーボルト先生にお伝えします」

「あの青年は道修町の眼科医、高充国《みつくに》先生の甥《おいご》御で昔、この近所で修学しとったんや」

天游が小声で章にささやくと、橋本宗吉が咳払《せきばら》いをして、質問の口火を切った。

シーボルトの回答は簡にして要、無駄《むだ》のないものだった。中でも一番注目を集めたのは、種痘《しゅとう》術《じゅつ》の手技《しゅぎ》の手ほどきだった。シーボルトは種痘用のランセット（小刀）を用い、手技を教えた。

種痘とは痘瘡（天然痘《てんねんとう》）に対する予防法で、一七九六年に、英国の町医であるジェンナーが発見した「牛痘法《ぎゅうとうほう》」のことだ。牛痘に罹ると天然痘に罹らないで済むという福音《ふくいん》は、欧州では一般的な予防法になっていた。

八歳の時に痘瘡に罹り、その恐ろしさを身に染みて知っていた章は、わずかな所作《しょさ》も見逃《みのが》すまいと、食い入るようにして彼の手元に目を凝《こ》らす。

「今回は船旅が長引き、牛痘の種が効力を失ってしまいましたが、種はバタビアにあるので、次の貿易船で運ぶよう手配するつもりです」

その言葉を聞いた浪速の蘭医たちはどよめいた。

やがて質疑応答がひと段落すると、隣の天游が章に小声で言った。

「どや、日本語でかまへんから、なにか質問してみいひんか」

一瞬たじろいだ章だが、勇《ゆう》を鼓《こ》して口を開く。

「医家として心がけるべきことがあれば、初学者のわたしに御教示ください」

通詞役の高良斎が蘭語に訳すと、シーボルトは微笑した。

「大切なことは、患者第一に考えることです。それには偉大な医家、フーフェランドの書物を学ぶとよい。私は『死ヲ善クスル為《ため》ニ賢ク活キヨ』という言葉を座右《ざゆう》の銘《めい》にしています」

その言葉は章の胸に刺さった。

その時シーボルトは、つい先日、江戸の「長崎屋《ながさきや》」で質問をした若者を思い出していた。

江戸の青年は、浪速の若者とはまったく異質の印象だった。医師の集まりで、オランダにとって日本との商《あきな》いの利は何か、と、訊ねてきたのだ。

同じく医を志しながら、医道の本懐《ほんかい》を訊ねた正統と、経済について質問した異端という、二人の青年の違いは際立っていた。だがどちらからも、新しい芽吹きが感じられた。

「日本の未来は明るくなりそうだ」とシーボルトは呟いた。


帰り道、すっかりご機嫌になった師・天游は、今日の行事について、滔々《とうとう》と説明をした。

「あないにしてオランダ人と直接話をするんは、本を読むよりも百倍は勉強になるで。長崎通詞には脇荷《わきに》という特権があって、商館員と私的な売買が認められとるから、蘭書を安価で入手して高価で売りさばいて儲けるのや。だから通詞から、売れ残りの本や、江戸で売っている蘭書を手に入れることができる。行きは強気やけど、帰りは売れ残りやから値切れる。おかげで『ゴルテル内科書』を、思ってたよりもずっと安く手に入れることができたで」

そう言って天游は、手にした風呂敷包《ふろしきづつ》みを持ち上げた。その時、背後から声を掛けられた。

「天游はん、そこのお茶屋で食事でもいかがかな」

振り返ると、天游の師の橋本宗吉が微笑していた。

「喜んでご相伴しますが、師匠が新しい蘭書を手に入れた時にお誘いとは、珍しいでんな」

「実は、ちと面倒ごとを頼まれてな。久方ぶりに、まむしにしまひょか」

そう言った宗吉に、天游は、章の頭をぽんぽん、と叩きながら言う。

「この新弟子は気性がまっすぐですよって、ご相伴に与ってもよろしいでっか」

うなずいた宗吉は大賑《おおにぎ》わいの鰻屋《うなぎや》に入ると、離れに席を取った。

章は初めて食べる鰻に夢中になった。そんな章の様子を宗吉は、孫を見る祖父のようなまなざしで眺めた。実際、天游の弟子の章は、宗吉には孫弟子になる。

食事が済んで膳が片付けられると、宗吉は改まった口調になった。

「実はこれを模写してほしい、とシーボルト先生に頼まれてな」

抱えていた紙包みを卓上に開くと、天游が驚きの声を上げた。

「これは蝦夷《えぞち》地の地図やおまへんか。ご禁制もんや。シーボルト先生は、どないしてこの地図を手に入れたんでっか？」

周囲を見回した宗吉は、声を潜めて言った。

「御書物《ごしょもつ》奉行兼天文方《てんもんかた》の高橋景保《たかはしかげやす》さまが、『世界周航記』と交換したそうや」

『世界周航記』の著者のクルーゼンシュテルンは、ニコライ・レザノフがロシア皇帝アレクサンドル一世の国書を捧持《ほうじ》し、文化元年（一八〇四）に来日したナデジュダ号の艦長だ。その時の幕府のひどい扱いに激高したレザノフは、樺太《からふと》や択捉《えとろふ》などを腹いせに襲撃し略奪をした。いわゆる「文化露寇《ろこう》事件」の張本人の著作なので、禁書にされていた。

「鳴滝塾の連中がおるのに、なんでワテらに、こんなことを頼んできたんでっしゃろ」

「地図を確実に持ち帰りたいから複製を準備しておきたいそうや。大坂滞在中にやってほしいと言われたんや。『日本全図』も貸してもらえる手筈《てはず》が整っているそうやが、そちらはまだ天文方でも編纂《へんさん》が済んでおらず、高橋景保さまがおいおい届ける手筈やと聞いた」

「とんでもない話ですな。ことが露見《ろけん》したら、お咎めものですやん」

「そうなんや。そこで天游はんの意見も聞きたい、思うてな」

天游は目を閉じた。珍しく眉間《みけん》に皺《しわ》を寄せている。やがて目を開くと言った。

「昨年二月、お上が出した『異国船打払令』にも触れまんな。けどお師匠はんのたっての頼みやから、しゃあない。協力しまひょ。従弟の伊三郎は絵が達者やし、秘密も守るはずや」

「実は儂《わし》も伊三郎殿を考えていたんや。お礼に、シーボルト先生が江戸の蘭医学者への手土産《てみやげ》として訳した蘭方薬の冊子をいただいたんで、まず天游はんに渡しとこ」

「ほう、見たことのない新しい蘭方薬がてんこ盛りでんな。さだが喜びそうや」

天游が流し読みしている『薬品応手録《やくひんおうしゅろく》』を覗《のぞ》き見した章は呆然とする。

ジギタリス、ベラドンナなど見慣れた薬品の他に、スチルラ、海葱《かいそう》、ヒオスチャムスなど、聞いたことのない薬名が列挙されていた。

「それに牛痘の種をバタビアから輸入したら、長崎と浪速に分苗《ぶんびょう》してくださるそうや」と宗吉は興奮を抑えきれない声で言う。

「そうとあっては、何としてもこの依頼は果たさねばなりませんな」

そう言った天游の横顔を見ていた章は、意を決して口を開く。

「お師匠さま、僭越《せんえつ》ながらわたしは、この頼み事はお断りすべきだと思います」

「なんや章、お前はお上のお咎めが怖いんか」

「ええ、怖いです。でもそれより、きまりに従わないのはよくないことですし、何より日本人も知らないであろう蝦夷の地図を、異国の者に渡すことは道理が通りません」

宗吉の顔がかすかに歪《ゆが》んだ。痛いところを正論で突かれたからだろう。

天游は懐手で腕組みをした。

「新弟子のクセに、師匠に逆《さか》らうとは生意気や。破門されてもええんか」

章の足元がぐわり、と揺れた。額に脂汗《あぶらあせ》がにじむ。

父の反対を押し切り、ようやく手にした修学の権利を失うことは身を切られるように辛《つら》い。

だがそれでもきまりは守るべきだ、と章は思う。

章は天游に向き合い、師の目を正面から見据《みす》えて言う。

「何と言われましても、わたしの考えは変わりません。今一度、考え直してくださいませんか。わたしは、尊敬しているお師匠さんたちに、道を踏み外していただきたくはないのです」

すると天游は、あっさり言い放つ。

「章、お前の考えはようわかった。そんならお前は破門や」

目の前に拓《ひら》けていた未来が、いきなり岩戸に閉ざされた心地がした。

息をするのもままならない暗黒の闇の中、章は呆然と立ち尽くす。

その後、どうやって蔵屋敷まで帰ったのか、記憶にない。

父に挨拶もせずに蒲団《ふとん》に潜《もぐ》り込んだ章は、声を押し殺して泣いた。

＊

その日以後、章は生きながら、屍《しかばね》のような日々を送った。

外ではクマゼミが喧《やかま》しく鳴いているのに、足守藩蔵屋敷は通夜《つや》のように静まり返っている。

やがて風が涼しくなり、鈴虫《すずむし》の音《ね》が聞こえ出した、そんなある日。

「ごめんやす」と、よく通る女性の声が蔵屋敷に響いた。

「章、お客さんだぞ」と父に言われ、章は玄関に顔を出した。

客は天游の妻、さだだった。開口一番、さだは言う。

「なんで医院にけえへんの、章」

「天游師匠からお聞きになっていないのですか。わたしは破門されたのです」

消え入りそうな声で言う章に、さだの雷が落ちた。

「なに言うてまんの。そんなの、あてには関係あらしまへん、とっとと仕事しにきなはれ」

一喝《いっかつ》され、家を出た章は、鉛《なまり》の鎧《よろい》をまとったように重い身体を引きずり、さだを追う。

やがて、懐《なつ》かしい思々斎塾が見えてきた。

片袖のない着物姿の師匠が戸口に立っている。彼は顎髭《あごひげ》をぽりぽり掻いて言う。

「ずいぶん長いこと、さぼっとったな。この遅れを取り戻すのは大変やで」

「わたしは破門を申し渡されましたので……」

きょとんとした章が、しょんぼりと言うと、天游は高笑いをした。

「はっはっは、ワテみたいにええかげんなもんが言うたことを本気にするなんて、ほんまに章は、あほボンやなあ。ええから、遅れた分をさっさと読まんか」

書斎に入ると、墨《すみ》の香りと書物の匂いが漂ってきた。

拳《こぶし》でぐい、と目頭《めがしら》をぬぐうと、読みかけの蘭書を手に取り、辞書で語句を調べ始めた。

辺りが暗くなって、書を読むのが難しくなったので顔を上げる。

障子《しょうじ》が夕焼けに赤く染まっていた。

午後中、一心に蘭書を読んでいたのだ、と気づき、章は呟く。

——そうか、やっぱりわたしは、学問をしたかったのだ。

晴れやかな顔で塾を辞去した章の後ろ姿を、門口《かどぐち》に佇んで見送ったさだが言う。

「どうせ許すつもりなら、始めから破門にしなくてもよろしかったんでは？」

「禁制に触れたことが発覚したら、どんなお咎めがあるか、わからへんから破門にしたんや。それにしても破門されても筋を通すとは大したボンや。ああいう一刻者《いっこもん》は大事にせなあかん」

「あんたは、ほんまに章のことが大好きなんやね」

さだの言葉を乗せた夕暮れの風が、浪速の街角を吹き抜けていった。


破門を解かれた章は、放たれた若駒《わかこま》のように、一心不乱に勉学に励んだ。

だが、そんな楽しい日々は長くは続かなかった。

足守藩の厄介事《やっかいごと》で、父が帰藩となり、章も大坂を去ることになってしまったのだ。

章は、天游とさだの前で、畳《たたみ》に両手をついた。

「浪速を去るため、お暇《いとま》することになりました。短い間でしたが、お世話になりました」

「なんや、学問を中途で放り出すなんて、ボンは悔《くや》しくないんか？」

「そりゃあ悔しいです。でも父の都合なので、致し方なく……」

「章には道を自分で切り拓こうという気概《きがい》はないんか。章、お前はどうしたいん？」

「お師匠さんのところで学び続けたいです」

拳を握りしめ、絞《しぼ》り出すように答えた章に、天游は言う。

「そんなことは言わんでもわかっとる。その先どうしたいか、聞いとるんや」

章はしばらく考え、「学を成し、医師となり世のためになりたいです」と答える。

「そうするために、一等の早道はなんや？」

「……蘭学を学び続けること、です」

「その気持ちを文にして、父上にぶつけてみたらええ。章の親父さんは道理がわかる、立派なお方や。きっと章の気持ちを、きっとわかってくれるはずや」

目の前に一瞬、道が拓けた気がした。だがすぐにうつむいてしまう。

「仮に父が許してくれたとしても、わたしには浪速で生きていく糧《かて》がありません」

「そん時は、うちに住まえばええ。なあ、あんた、せやな？」

さだの言葉に、天游は「せや、せや」と、にこにこ笑ってうなずく。

「ワテも若い頃、さだの父上の家に住まわせてもろた。今度はワテが恩返しをする番や。章は世のこと人のことを、まっすぐに考えとる。道は、求める者の前に現れるもんや」

うつむいた章の、握った拳の上に涙が一滴《ひとしずく》、落ちた。


半年後、章の大坂留学願いが認められた。大坂に戻った章は、師の天游の家に寄宿した。

十八歳で塾頭になった章は、師の代講をするまでの力をつけた。

天游は中家の生計を、さだの医業に頼り切っていた。

「ワテの欲は、誰も知らんかったようなことを、一等最初に知りたいだけなんや」

そして「さだは、ワテにはもったいないおなごや」と真顔でのろける。

さだも憎まれ口は叩くが、天游の勉学の邪魔はしない。

章の目に、二人は理想の夫婦に映った。

――わたしもいつか、さだ奥さまのような妻をもらいたいものだ。

そんなことを思ってはみたものの、とても口にはできなかった。

師匠夫妻に見守られ、章は思う存分、勉学に励んだ。

そんな章に、天游は言う。

「頭の中では、何を考えてもええのや。『フレイヘイド』が何よりも大切や」

「それって、どういう意味ですか？」

「日本にない言葉や。ワテは仏典の『自由自在』から採って、『自由』と訳しとる」

天游が口にしたその言葉が、突風のように章の心を吹き抜けた。

お上のために、成すべきことを成せ、と父に厳しく言われて育った章は、戸惑《とまど》った。

だが次第に、呼吸が楽になっていく。

ここは、空気が軽い。

章は、フレイヘイドの空気を胸いっぱいに吸い込んだ。


それからしばらくして長崎で、ふたつの大嵐が吹き荒れた。

ひとつはオランダに帰国する帆船《はんせん》を破壊した台風。そしてもうひとつは、それによって引き起こされた、「シーボルト事件」という大嵐だった。

3章　若鷲、牙を研ぐ

文政九年（一八二六）

文政九年（一八二六）三月。

春はまだ浅く、庭先の桜の蕾《つぼみ》もふくらんでいない。

多摩川《たまがわ》のほとりの小村、稲毛村《いなげむら》の屋敷では、祝言《しゅうげん》が賑やかに執《と》り行なわれていた。

大あくびをした青年は、あわてて周囲を見回す。だが幸い、気づいた者はいないようだ。

祝言の主役があくびするなどとんでもないが、『つまらんものはつまらんのだ』と青年は心中で吐き捨てる。青年は涙目をぬぐい、隣にちんまりと座る小柄な花嫁を、横目で眺める。

青年は万事に鷹揚《おうよう》だったが、自分を縛《しば》ろうとすることには我慢がならなかった。

その点、今度の新妻はおおらかそうだから、心配なさそうだ、とひそかに安堵《あんど》した。


出羽庄内《でわしょうない》に佐藤藤佐《さとうとうすけ》という悪たれがいて、このままでは獄門《ごくもん》打ち首になりかねないと案じた母親が出府《しゅっぷ》させた。上京時、旅籠《はたご》代わりに女郎屋《じょろうや》に十五日も居続けた不良は、八方破れの手法で揉《も》め事を次々に収めた。いつしか、問題を収めることを生業《なりわい》とする公事師《くじし》になっていた。

お白洲《しらす》の裁《さば》きは身内しか加われないしきたりなので、旗本《はたもと》の争い事では弁護人を養子にすることがあった。凄腕の公事師として名を馳《は》せた藤佐は、田辺庄右衛門《たなべしょうえもん》の家の争いを収めるため養子となった。訴訟《そしょう》を片付けると田辺家の養女ふぢと結婚し、長男が生まれた。

その長男が本日の祝言の主役、二十三歳の田辺昇太郎《しょうたろう》である。

九年前、中堅の旗本・伊奈遠江守《いなとおとうみのかみ》の屋敷に仕えた藤佐は、主君の部下の不義密通を暴いた功で正式に召し抱えられた。親子は虎ノ門《とらのもん》の伊奈家屋敷に住み込み、十四歳の昇太郎は二歳下の若君・幸之助（後の忠吉）が伊奈家の家督《かとく》を継ぐと学友となり、友人の如《ごと》く付き合った。

父・藤佐と共に伊奈家に仕えた昇太郎が最初の妻を娶《めと》ったのは四年前。

前妻はお家大事で、昇太郎を立派な用人《ようにん》に仕立てようと無理をしたので、癇《かん》に障《さわ》った。

――おいらに一生、こんなちんけな仕事をさせ続けるつもりかよ。

鬱屈《うっくつ》が溜《た》まった昇太郎は吉原《よしわら》に通いつめ、賭場《とば》に出入りし、家に寄りつかなくなった。

愛想《あいそ》を尽かした前妻が長女のつると次女のきはを置いて実家に戻ったのが昨年の今頃。ふたりの子の世話は手に余り、後妻を娶ることにした。その結果、本日こうして祝言を挙げている。

兄貴分の山内豊城《やまうちとよき》の奥方《おくがた》の妹なので、彼と義兄弟になるのも嬉《うれ》しい。

新しい女房は、瀧子《たきこ》という名にふさわしく、芯《しん》が強そうだ。

――このおなごは、気《き》っ風《ぷ》がよさげなのがいい。

それから、親族席の首座に座っている父親の横顔を見る。

――離縁がこじれずに済んだのは、親父殿が細かいことを言わなかったおかげではある。

父・藤佐は旗本に評判がいい。媚《こ》びずに筋を通した上で相手の利を説く、その態度が不遜《ふそん》で傲《ごう》慢《まん》だと嫌う者もいるが、有能なので明晰《めいせき》な相手から信を得た。

五十の坂を越えた今も出歩き、厄介ごとを引き受けては、さっさと片付けてしまう。

そんな父の伝手《つて》を使えば、たいていの武家にはお目通りが叶《かな》った。昇太郎は身分こそ低いが、武家の体制が揺らぐ中で、万能の通行手形を手にした御曹子《おんぞうし》のようなものだった。

そんな昇太郎だが、彼は自分の名前が嫌いだった。

——昇るだけなら、煙《けむり》にだってできるだろうよ……。

そこには意志が働く余地がない。いつか名を変えたい、と思う。

——おいらも、親父殿のように自分の思うがままに、泰然《たいぜん》と生きたいものだ。

そんなことを考えながら隣を見ると、父も大あくびをしていた。昇太郎は苦笑した。

庭先から見える多摩川の流れが光っている。

祝言の三日後。昇太郎は、虎ノ門の屋敷にほど近い、番町《ばんちょう》の薬園《やくえん》に出かけた。

日当たりのいい縁側《えんがわ》で、猫を膝《ひざ》に抱いた老人が、ひなたぼっこをしている。

「よお、爺《じい》ちゃん、久しぶりに遊びにきてやったぜ」

「おお、悪たれ昇太郎か。ここのところ、ご無沙汰《ぶさた》だったな。元気だったか？」

「もちのろんさ。また、いつものオロシアの話を聞かせておくれよ」

「いいともさ。御所《ごしょ》のお白洲で家斉《いえなり》さまにも話さなかったことがたんとあるからな。さて、前話したのは、エカテリーナ女王が愛《いと》しきポチョムキン将軍と永久の別れを告げたあたりかな」

「その話は耳タコだよ。そうじゃなくて、オロシアの医術について聞きたいんだよ」

「生憎《あいにく》だがそこら辺はよう思い出せん。儂の話を聞いた桂川甫周《かつらがわほしゅう》先生の本を読むといい」

「親父殿が八方手を尽くしてくれたけど、その本はご禁制で、手に入らなかったんだよ」

老人の名は大黒屋光太夫《だいこくやこうだゆう》。伊勢《いせ》の豪商《ごうしょう》で天明《てんめい》二年（一七八二）師走、蔵米《くらまい》を江戸に運ぶ途中で遭難《そうなん》し、ロシア領の小島に流れ着いた。以後十年、帝政ロシアで過ごし、エカテリーナ二世に特別の許しを得て帰国した時、十七人だった同僚は三人になっていた。帰国に同行したラクスマンは国書を携《たずさ》え、将軍に謁見《えっけん》を求めた。老中首座《ろうじゅう》・松平定信《まつだいらさだのぶ》は窮余《きゅうよ》の一策で、長崎訪問を許す信牌《しんぱい》を出して当座を凌《しの》いだ。十一代将軍・徳川家斉の面前で波瀾万丈《はらんばんじょう》の物語を披露《ひろう》した光太夫は、江戸留め置きの旗本格に登用《とうよう》され、番町明地の薬園に住居を与えられた。

幕府には、ロシア使節が再来日した際に、光太夫を通詞に用いたいという思惑《おもわく》があった。

だが信牌を与えながら幕府は、十二年後の文化元年（一八〇四）に来日したニコライ・レザノフ使節の上陸を拒否し半年間、長崎で軟禁状態にした。ラッコの毛皮を商う国策会社の支配人も兼任していたレザノフは誇り高き貴族で、皇帝アレクサンドル一世の侍従長《じじゅうちょう》でもあった。

辛抱《しんぼう》強く、礼儀正しく振る舞っていたレザノフは、幕府の無礼な対応についにキレた。文化三年（一八〇六）九月より、軍艦で樺太や択捉、宗谷《そうや》周辺を襲撃し、幕府の施設や船を焼き打ちにした。世に言う文化露寇事件である。

松前《まつまえ》藩の藩士が戦わずして逃げたことが江戸に伝わると、幕府の弱腰に庶民が猛反発した。

――日本は開闢《かいびゃく》以来、他国に負けたことがない神国《しんこく》。択捉の大敗は大恥、残念至極なり。

徳川幕府支配の根拠となっていた、「武威《ぶい》」を保つことが、根底から崩れてしまったのだ。

相談を受けた元老中・松平定信は通商不可、外国船徹底排除の方針を提言し、幕府は文化四年（一八〇七）十二月「ロシア船打払令」を発し、諸藩に出兵を命じ、国後《くなしり》、択捉、樺太、宗谷岬に派兵した。この文化露寇事件は、幕府の海防意識を大きく変えた大事件だった。

「老中の土井《どい》さまは、粗略に扱えば懲《こ》りて二度と来ないだろうという浅慮《せんりょ》でレザノフ殿を怒らせ大騒動になり、お上の武威が揺らいだ。オロシア問題に対応した松平定信さまにお訊ねになれば、ああはならなかっただろう。あれから十九年経《た》つが、幕府はちっとも変わっとらん」

江戸留め置きの旗本である光太夫は、普段は幕府批判などしないが、なぜか昇太郎にはつい、本音を包み隠さず話してしまう。そのことについて光太夫は、しきりに言い訳をした。

「儂が見込んだ悪たれのお前が、外国の事情を知っておけば、何かの折にきっと役に立つ。今、お上は朝鮮と琉球《りゅうきゅう》とだけ国交を結び、オランダと中国としか商売していない。だが長崎では大きな顔をしているオランダもヨーロッパでは小国で、オロシアの方がはるかに大きい。いずれ、餓狼《がろう》のようなトルコ、イタリア、ポルトガル、イギリスの連中も、通商を求めてやってくる。お前のような悪たれに聞かせた話が役に立つのは、その時よ」

光太夫は、膝の上の三毛猫《みけねこ》を撫でながら、続けた。

「もちろん、幕府にも立派な方はおるぞ。蝦夷方面防衛総督となりオロシア問題を一手に引き受けた若年寄《わかどしより》の堀田正敦《ほったまさあつ》さまもそのひとりよ。浅草の天文台総頭《そうとう》を兼任され、翻訳局を置き、天文方を高橋景保さまに仕切らせ、長崎通詞の馬場佐十郎《ばばさじゅうろう》殿や仙台藩のお抱え蘭学者の大槻玄沢殿を登用し、オロシア語の翻訳事業をさせた。堀田正敦さまは、戦いの先に道はないとわかっておられた。だから相手の言葉を学び、お互いの立場を知ろうとなさったのよ。儂は馬場さまにオロシア語の手ほどきをしたが、とても優秀なお方でその後、箱館《はこだて》に行き、捕虜《ほりょ》からオロシア語を学んだ。だが若くしてご病気で亡くなられたのがまことに惜しまれる」

「ふうん、おいらもその堀田正敦さまとやらにお目通りしたかったな。叶わぬ願いだろうけど」

「ばか者。堀田さまはご存命で、今も若年寄の要職にあり、佐倉《さくら》藩の若君の後見役《こうけん》も務めておられる。今は蘭学が人気だが、目を向けるべきは北辺、長崎より箱館、オランダよりオロシアだ」

光太夫が語ったオロシアの医術は、草根木皮《そうこんもくひ》ではなく水薬《みずぐすり》を多く用いるという。

医家は方技《ほうぎ》と言われ、生まれや育ちに依《よ》らず出世の階段を自力で上っていける。

そんなところが昇太郎の気に入った。自分は窮屈《きゅうくつ》な旗本の用人には向いていないと悟った昇太郎は俄然《がぜん》、医師になりたくなった。

まして、ロシアの医学を学べば、先達《せんだつ》もいないので、やりたい放題ではないか。

そこでまず堀田正敦の面識《めんしき》を得たいと思い、父に訊ねたところ、父は微笑して答えた。

「来週、堀田正敦さまが後見役を務める佐倉藩の若君が、藩主になられて一年となる祝宴《しゅくえん》の席に招かれておる。お前も一緒に来るか?」

次の週、昇太郎は父と共に、大名小路の佐倉藩の上屋敷を訪れた。宴席には幕府の要人も多く、社交に長《た》けた父は人々と挨拶を交わして、忙しそうだ。

座の中心にいる老人が堀田正敦さまだな、と昇太郎は遠くから眺めた。

そんな昇太郎の目の前に、裃姿の青年が現れた。お付きの中年男性が言う。

「藤佐殿のご子息、昇太郎殿でいらっしゃいますな。拙者は若君にお仕えする渡辺弥一兵衛《わたなべやいちべえ》と申す。今後、若君にご厚誼《こうぎ》を賜《たまわ》りますよう、伏してお願いする次第でござる」

ははあ、これが若くして藩主となられた若君か、と思った昇太郎は居住まいを正す。

「おいらは伊奈家の用人の田辺昇太郎と申します。ところで若君は、佐倉藩をどんな藩にしたいとお考えですか?」

つい、いつもの調子で、いきなり不躾《ぶしつけ》な口を利いてしまったな、と思った昇太郎は、福々《ふくぶく》しく肥《こ》えて、おっとりした若君から、打てば響くように返ってきた答えに驚かされた。

「余《よ》は医術に重きを置き、蘭方に力を注《そそ》ぎたい」

「なぜ蘭方を推《お》そうとお考えなのですか？」

「ここに控える弥一が病になった時、御匙は何もできなかったが、若い蘭方医は背中のできものを切り取り、あっという間に治してしまった。その手際《てぎわ》があまりにも鮮やかで、思わず見とれてしもうた。余は領民のため、優れた蘭方を取り入れたいのだ」

「実はおいらも蘭医学を学ぼうと思った矢先でして。将来お役に立てるかもしれませんね」

「その時は、助力を頼みますぞ」と言われて、昇太郎はうなずいた。

佐倉藩の上屋敷からの帰途、若君の言葉に背中を押された昇太郎は父に告げた。

「親父殿、おいらは医者になりたいんだ」

長男には家を守れ、と言うのが普通だろう。だが、破天荒《はてんこう》な父は顔色も変えずに言う。

「好きにするがいい。実は、弟の喜惣治《きそうじ》に家督を継がせようと考えておったところだったので、ちょうどよい。喜惣治に御家人の株を買い、佐藤を名乗らせることとしよう」

あっさり希望を認められて拍子《ひょうし》抜《ぬ》けした昇太郎に、藤佐は更に驚くべき贈り物をしてくれた。なんと、後に将軍の御典医になる二歳年下の松本良甫《まつもとりょうほ》を紹介してくれたのだ。

法眼も輩出《はいしゅつ》した松本家は先々代が霍乱《かくらん》し、お家断絶の危機に陥《おちい》った。盛り返した先代が亡くなり、良甫は七代目松本家の当主になったばかり。昇太郎は良甫とたちまち意気投合した。

祝言の一ヵ月後、昇太郎は松本良甫と並んで、隅田川《すみだがわ》の土手《どて》を歩いていた。

昇太郎の新たな門出を祝うかのように、満開の桜が咲き誇っている。

「新しい嫁御《よめご》とはいかがですか」と問われて、昇太郎は照れ臭そうに答える。

「今のところは、うまく角《つの》を隠しているようだよ。まあ、そこんとこはお互い様かな」

「しかし祝言を挙げた直後から吉原通いとは、いかがなものかと思いますがね」

それが前妻との離縁の理由のひとつなのだろう、と良甫はうすうす感じていた。

「実は私は明日、昇太郎殿をお誘いしたいところがありましてね」

「よし、乗った」

「どういうところか、聞かなくてもよいのですか？」

「おいらをよく知る良さんが持ちかけてくれる話を受けずして、どうせよというのだ」

この人のこういうおおらかなところに惹《ひ》かれるのだ、と良甫は微笑する。

道々、良甫は、オランダ商館の江戸参府の仕組みについて説明した。

「江戸参府とは、長崎の出島《でじま》のオランダ商館が定期的に行なう、参勤交代《さんきんこうたい》のようなものです。献上品もさりながら、それ以上に商館長が携える『阿蘭陀風説書《おらんだふうせつがき》』なる文書が重視されています。それは鎖国《さこく》している幕府にとって、海外に関する貴重な情報源なのです」

「江戸参府の経費はオランダ商館持ちなのかい？　万事、幕府に好都合な仕組みだけど、そんな行事を続けるなんて、オランダにはよほどのうま味があるんだな」

「そのあたりの事情は、昇太郎殿のお父上の方がよくご存じなのでは？」

「確かにその通りだな。後で親父殿に訊ねてみる」

「明日は、同行する商館付医師と交流でき、新知識を得られるのです。医家であれば謁見の場に参加できるので、昇太郎殿をお誘いしたわけでして。数日前には、商館付医師が眼の解剖と手術の講義をしたそうです」

「ああ、おいらもそれに行きたかったなあ」

地団駄《じだんだ》を踏む昇太郎を見て、良甫は微笑した。

「蘭語を一文字も解さないのでは、講義を聞いてもやるせないだけですよ。でも今日は通詞もいるので、昇太郎殿には、好都合だと思います」

「なるほど、そうかもしれん」と、昇太郎はたちまち納得して、すっきりした顔になる。

土手の桜を見上げた良甫は、「阿蘭陀も　花に来にけり　馬に鞍《くら》」と長閑《のどか》な声で吟《ぎん》じる。

「なかなか風流な句だな。良さんにしては、まずまずの出来だ」

「当たり前ですよ。これは芭蕉《ばしょう》の句ですから」と言って、良甫は苦笑した。


翌朝、ふたりは本石町《ほんごくちょう》三丁目にある長崎屋に向かった。

紅、白、青の三色の段幕が張られた木戸をくぐると、二階の大広間に通された。

部屋には禿頭《とくとう》が十並び、良甫は年嵩の男性の前に行き挨拶をした。昇太郎の隣に座った青年は、膝の上に紫の風呂敷包みを大事そうに抱えている。

「その風呂敷包みは、蘭人の先生への贈り物かね？　中身は何だい？」

馴《な》れ馴《な》れしく昇太郎が訊ねると、「植物の押し花でござる」と青年は生真面目《きまじめ》に答えた。

「花を贈るなんて、どうかしてるんじゃないか？　おなごでもあるまいし……」

昇太郎がそう言うと、青年は押し黙ってしまった。そこへ戻ってきた良甫が小声で言う。

「今、私がご挨拶したのは筆頭奥医師の法眼・土生玄碩《はぶげんせき》殿です。先日、商館付医師のシーボルト先生の眼の手術を見て、質問を山ほど抱えてこられたそうです。どうやら今日は、末席《まつせき》の私たちには、シーボルト先生とお話しする機会はないかもしれませんね」

だが昇太郎は、お上品な奥医師を押しのけて質問してやる、と不遜なことを考えていた。

やがて青年二人と老人一人に続き、異国の服を着た青年が床《とこ》の間の前の椅子に座る。

「あの方が、かの有名な蘭方医、シーボルト先生です」と隣の良甫がささやく。

奥医師から次々に出る専門的な質問は蘭語交じりで、蘭語も医学も未学の昇太郎にはちんぷんかんぷんだった。だが土生玄碩の質問だけは、なぜかよくわかった。

玄碩は常日頃から「この世で一番重要なのは金だ」と言って憚《はばか》らない、変わり者の匙医だ。眼の中の硝子玉《ガラスだま》のような部分が濁り、ものが見えなくなる病気に対し、細い針で抉《えぐ》り膿《うみ》を出すという画期《かっき》的な手術を開発した遣《や》り手だという。一介《いっかい》の町医者から広島藩の藩医に取り立てられ、御匙にまで昇り詰めたという玄碩に、昇太郎は俄然、興味を抱いた。

玄碩は先日供覧《きょうらん》した手術でシーボルトが使った、瞳を開く蘭方薬の組成を知りたがっていた。

巳《み》の刻《こく》（午前九時頃）から始まった会は一刻半《いっときはん》（三時間）も続いた。

特に欧州で行なわれている疱瘡の予防法、牛痘接種による種痘術の実演は興味を引いた。

実技になると、昇太郎の目は炯々《けいけい》と輝き、手技を一片たりとも見逃すまい、という気迫に溢れた。手術手技のような具体的な事柄を前にすると、昇太郎の集中力は格段に上がる。

通詞の青年が「これにて、しばし休憩とします」と告げると、昇太郎はやおら立ち上がる。

「あのお、ひとつ質問があるのですが」

奥医師が一斉に非難の目を向けるが、昇太郎は臆《おく》さず、朗々《ろうろう》と続ける。

「オランダは日本との貿易で大変な費用が掛かるとお聞きします。それなのに日本と、このような付き合いを続けているのは、なにゆえですか」

翻訳されたその質問に驚いて、シーボルトは目を見開く。それは奥医師どころか他の文人や幕府の役人からも聞かれたことのない、毛色の変わった質問だった。

医師、医学者、博物学者、人類学者に加え外交官や政治家、果ては商売人の顔も持ち合わせている多才なシーボルトは、鎖国をしている日本の現状を憂いていた。

ナポレオン旋風《せんぷう》が吹き荒れた後の欧州や、イギリスから独立した米国が台頭《たいとう》しつつある。鎖国を是《ぜ》とする幕藩体制と封建主義により、国際情勢に無知な状態にある日本は、やがて大きな不利益を蒙《こうむ》ることになる。今、日本は変わるべき時が来ている。そう考えていたシーボルトは、目の前の無鉄砲な青年に、本当のことを告げてみようという気になった。

「日本とオランダは金と銀の交換レートが違い、日本は金を低く、銀を高く評価しています。ですので日本で金を安く手に入れ、上海《シャンハイ》で高く売って儲けているのです」

――それってつまり、日本が大損してるってことじゃねえか。

昇太郎は愕然《がくぜん》とした。なのにこの場の人は、へらへらと媚びへつらうような笑顔でいるのが信じ難い。昇太郎がじろじろ眺めると、奥医師の方も珍獣を見るような目で昇太郎を見上げる。

彼らの中には誰ひとりとして、昇太郎が受けた衝撃を理解した者はいないようだった。

するとそれまで黙っていた老人が、付添大通詞の末永甚左衛門だと名乗り、続けて言う。

「これにて午前の面談は終わりとする。昼食後、午後の対談は未《ひつじ》の刻の開始といたす」

退室しようとするシーボルトに、昇太郎の隣に座っていた青年が歩み寄り、風呂敷包みを手渡した。包みを開けたシーボルトの顔が上気する。

押し花を手渡した青年は二人の若い通詞も交えて、シーボルトと熱心に話し始める。

退出する奥医師の中には昇太郎を見て舌打ちをする者、あからさまに顔をしかめる者もいた。

土生玄碩は、「小生意気な孺子《じゆし》め」とひと言吐き捨てたが、その目は笑っていた。

最後に若い奥医師が立ち止まると、昇太郎に声を掛けた。

「はは、君って面白いことを考えているんだねえ。どこの医家の人かな？」

「伊奈家の用人、田辺昇太郎とはおいらのことでえ。あんたはご立派な形《なり》をしているが、人に名前を聞いておいて自分は名乗らないとは、一体どういう料簡《りようけん》だよ」

松本良甫があたふたして「失礼ですよ」と小声でたしなめるが、若い男性はにっこり笑う。

「これは失敬《しつけい》した。私は奥医師で桂川家の六代目当主、甫賢《ほけん》という。だが伊奈家という医家は聞いたことがないなあ」

「そりゃあそうだろうよ。伊奈家は医家じゃないからな。おいらはこれから蘭学を始めるところだよ」

「医家でもないのに、どうしてわざわざ、こんなところに来たんだい？」

「医者を目指しているからさ。それなら、てっぺんを見ておくのは大事だろ」

まじまじと昇太郎を見た桂川甫賢は、腹を抱えて大笑いする。

「はは、君ってやっぱり面白いねえ。せいぜい頑張ってくれたまえ」

ぽん、と昇太郎の肩を叩いて、高笑いをしながら甫賢は退出した。すると、隣でげっそりした顔の良甫が言う。

「頼みますから、初対面の奥医師に対して同輩《どうはい》のような口を利くような無茶な真似《まね》は、やめてくださいよ。寿命が縮んでしまいます」

「この程度でビビってどうすんだよ、良さん。そんなんじゃ、この先が思いやられるぜ。今日は、ほんの顔見せだからな」

そう言って良甫の肩を、ぽん、とはたいた昇太郎は、その時、自分に向けられている視線に気がついて振り返る。すると、老人と眼が合った。

大通詞・末永甚左衛門は忌々《いまいま》しげな表情をして、出しゃばりな若造から顔を背《そむ》けた。


長崎屋を辞した二人は、近くの鴨鍋屋《かもなべや》に入った。鴨肉を頬張りながら昇太郎が言う。

「今日は素晴らしい場につれていってくれたお礼に、奢《おご》るよ」

――金は浮世の徒花《あだばな》だから、身を浮かべるためにためらわず、惜しまず使え。

常日頃から父・藤佐にそう言い聞かされていた昇太郎は気前がいい。

家名に囚《とら》われず思うままに生きる自由人の血を、父から色濃く受け継いでいた。

「午後の対談に出なくてもいいのですか？」

松本良甫が訊ねると、昇太郎はうなずいた。

「ああ、ここらが潮時《しおどき》だ。賭場で『早見えの昇太郎』と怖れられるおいらの勘《かん》さ。大概は博打《ばくち》と同じ、見切り時が肝心《かんじん》だよ。ところでおいらの隣に座っていたやつを、知ってるかい？」

「津山《つやま》藩医の宇田川《うだがわ》家の三代目当主、宇田川榕菴《ようあん》殿です。大垣《おおがき》藩医の江沢《えざわ》家の長男で宇田川玄真《げんしん》先生の養子になり、天文方に設置された『蛮書和解御用《ばんしょわげごよう》』の一員にも抜擢《ばってき》されました。四年前には『西説菩多尼訶経《せいせつぼたにかきょう》』という植物の書を刊行された蘭学の大家ですよ」

「ふうん、それでオランダ語があんなに流暢《りゅうちょう》なんだな。けどよ、押し花なんぞを贈られて喜ぶなんて、シーボルト先生はおなごみたいなご趣味をお持ちなんだな」

「シーボルト先生は動植物の標本を集めているのです。西洋では博物学と呼ぶのです」

「でもシーボルト先生は堅気《かたぎ》じゃないぜ。頬に刀傷があるし、ありゃあ一か八《ばち》かの大勝負を前にした博徒《ばくと》って感じだな。おいらと似た匂いがするよ」

　そう呟いた昇太郎は、良甫を見た。

「ま、いずれ医師になるにしても、まずはオランダ語を学ばなければ始まらんだろうな。医の本道の漢方を学ぶには遅すぎるだろうし」

「ええ。お上の医の本流は漢方ですが、漢方医の殿堂『医学館《いがくかん》』は、総元締の多紀《たき》家が君臨《くんりん》していて、とても窮屈な所です。正直言って、昇太郎殿には無理でしょう」

「言われなくても百も承知よ。それなら良さん、おいらにぴったりの蘭学塾を教えておくれよ」

　腕組みをして考え込んだ良甫は、やがて言う。

「やはり大槻玄沢先生の芝蘭堂か、あるいは玄沢先生の一番弟子、坪井信道《つぼいしんどう》先生の『安懐堂《あんかいどう》』あたりでしょう。先ほどの桂川甫賢先生も門人ですよ」

「それなら、そこはやめておこうか。あの気取り屋半兵衛《はんべえ》の弟分になるなんて、まっぴら御免《ごめん》だからな」

「そこは我慢した方がよろしいかと存じます。今の奥医師は漢方医の独擅場《どくだんじょう》ですが、桂川家だけは例外で、オランダ商館長のクルチウス殿に蘭方を学ぶことを幕府から許されて以後、幕府所蔵の蘭書を管理している名家です。蘭方を許されている特別な家格なので、江戸で蘭学を学ぶなら、必ずどこかで行き当たることになりますよ。特に先々代の甫周先生は名高いです」

「甫周先生、ねえ。はて、どこかで聞いたことがある名前だな……」

そう言ってしきりに首を捻《ひね》っていた昇太郎は、ぱん、と手を打つ。

「思い出したぞ。大黒屋の爺ちゃんが褒めちぎってた大先生だ。『オロシア』の地で日本人の名を聞いたのは甫周先生と中川《なかがわ》先生のふたりだけだ、と言ってた。あのおっさんが甫周先生の孫とは、はてさて困ったもんだ」

「甫賢先生は甫周先生のお孫さんではありませんよ」

「でも、いいとこの、ぼんくらのボンボンだろ。そんな匂いがぷんぷんしてたぞ」

「とんでもない。甫賢先生は三年前、『印度《インド》霍乱』が大流行した時、オランダ商館経由で取り寄せたバタビア政庁の冊子をいち早く翻訳して、『酷烈辣考《コレラこう》』として出版した、優秀な蘭方医です。そんな偉いのに気持ちがいいお方で、帰り際にシーボルト先生が配られた冊子を私にお貸しくださいました。それがこの本です。シーボルト先生の秘本を、わたくしの如き者にお貸しくださるなんて大層な度量《どりょう》じゃありませんか」

昇太郎は、手渡された薄い冊子をぱらぱらと眺めた。

「『薬品応手録』か。ま、要は洋方の薬の品書きかな。そいつはご立派な話だが、百歩譲って、桂川のおっさんが本を貸してくれたのが善意だとしても、シーボルト先生が善意の人かどうかはわからねえよ。この品書きを広めてオランダの薬を高く売りつけようとしてるだけだろうよ。まあ、いいや。それより良さんよ、芝蘭堂と安懐堂の他には、どこの蘭学塾がお勧めだい？」

「これまでは吉田長淑《よしだちょうしゅく》先生が図抜《ずぬ》けていましたが、残念ながら先年亡くなられてしまいました。あとはどんぐりの背比べですが、強《し》いていえば桶町《おけちょう》の足立長雋《あだちちょうしゅん》先生の学塾でしょうか。人となりは存じ上げませんが、吉田長淑先生の門下生で、本業は産科とお聞きしています」

「うん、そっちの方がよさそうだな。何より、兄弟子が少なそうだ」

この人は本当に、人に頭を下げるのがイヤなのだな、と良甫はしみじみと昇太郎を見た。

足立長雋は薩摩の足立梅庵《ばいあん》に学び養子となった人物で、漢方の総元締である多紀元簡《もとやす》に漢方を、吉田長淑に蘭学を学び、翻訳にも従事した漢蘭折衷の医師である。

天保《てんぽう》二年（一八三一）に産科の蘭医として開業し、名声を博《はく》していた。

昇太郎は早速、学塾を訪ねて入門を果たした。だが学んでみると足立長雋は原書に拠らず、翻訳本で講義をしたため、昇太郎はやがて不満を抱くようになる。

しかしそれは昇太郎が、蘭学の本流である桂川家を避けたために生じた、いわば自業自得《じごうじとく》の巡り合わせだったのである。

4章　シーボルト事件

文政十一年（一八二八）

江戸と大坂で二人の若者に、多大な影響を与えたシーボルトが日本にやってきたのは、その三年前の文政六年（一八二三）のことだった。

その年の八月七日、東シナ海を激しい台風が襲った。翌八日、快晴の長崎沖に現れたオランダ船に乗船していたのは、新任の出島の商館長・ストウレル大佐《たいさ》の一行だ。

八月十一日、ストウレル新商館長が、ビロードの礼服に羽根飾りのついた帽子、鋼《はがね》の剣《つるぎ》を帯びた古風な姿で船上に幕臣を迎えた。

一行の中でも長身白皙《はくせき》の青年将校がひときわ目立っていた。

陸軍軍医少佐フィリップ・フランツ・フォン・シーボルトはこの時、二十七歳。

祖父も父もウュルツブルグ大学の医学部教授、父は同大の生理学教授で叔父《おじ》も教授という、ドイツ医学界でも屈指《くっし》の名門一家の出身だ。

三歳の時に父を亡くし、母に女手ひとつで育てられた。一八一五年、ウュルツブルグ大学に入学して医学や哲学を学ぶ。三百年の歴史を持つ「メナニア学生団」に所属して剣技を磨き、名誉を傷つけられると決闘で白黒をつけた。シーボルトの身体には三十三ヵ所の傷があった。

一年半、亡父の友人の解剖学教授の家に寄宿し、そこに出入りしていた学者たちの影響で植物学、動物学、天文学、人類学に没頭した。

博物学の素養を得たシーボルトは、ケンペルの『日本誌』やツィンベリーの『日本植物誌』などに触れ、日本への関心を膨《ふく》らませていく。

その直前、本土をナポレオンに征服され、インドネシアの植民地も英国に奪われたオランダは苦境にあった。だが当時のオランダ商館長ヘンドリック・ヅーフは世界でただ一ヵ所、出島に翻《ひるがえ》るオランダ国旗を死守した。ナポレオンが没落するとオランダは本土を回復し、ウィーン会議後には植民地も取り戻した。だがその頃には、英国が強大な海軍力と急速に発展する工業力を背景に、破竹《はちく》の勢いで海外進出していた。オランダ国王ウィレム一世は英国に対抗するために保護貿易を提唱し、関税改革などの挽回策《ばんかいさく》を講じたが、一向に成果が上がらない。

そこで商売相手を深く理解することで、通商を拡大しようと考えた。

その頃、大学を卒業し、国家試験に合格したシーボルトは医院を開業した。だが、日本に行きたいという気持ちを抑えきれず、一年足らずで医院を畳《たた》んでオランダのハーグに移り、オランダ国王ウィレム一世の侍医ハルバウルに日本へ渡航したいと訴えた。

一八二二年七月、オランダ陸軍軍医に採用され翌年四月、喜望峰《きぼうほう》回りでジャワ島に到着したシーボルトは、出島の商館付医官に任命され新商館長の大佐と共に日本に到着した。

国王の側近でもあった蘭領東インド会社総督《そうとく》は、出島商館の医官として長崎に派遣するシーボルトに、日本の風土・文化・宗教・産業・政治などを最大限に調査・研究して、バタビア総督府に報告せよという極秘任務を与えた。

それは日本を探索したいというシーボルトの願望と、ぴたりと一致した。

着任早々、商館長ストウレルが長崎奉行・高橋重賢《しげかた》に、病人の診療や薬草採取のためシーボルトが長崎の町へ出入りすることを認めてほしいと働きかけたのも、それがオランダの国策に沿ったものだったからだ。

この時は却下されたが、小通詞・吉雄権之助《よしおごんのすけ》が町医の吉雄幸載《こうさい》や楢林栄建《ならばやしえいけん》などと計り、町年寄の高島秋帆《たかしましゅうはん》を通じて改めて願い出たところ、大村町《おおむらちょう》の吉雄塾と楢林医塾に一日おきに出張して、患者を診療し、書生《しょせい》に医術や万有学などを講義していいという許可が下りた。

こうして文政七年（一八二四）四月、シーボルトは、監視付きながら出島を出て、長崎の町に行くことを容認されたのである。それは前例のない対応だった。

時の長崎奉行・高橋重賢はかつて、ロシア船ディアナ号の艦長ゴローニンの捕縛《ほばく》に対応し、直轄《ちょっかつ》だった蝦夷地を旧松前藩主の松前章広《あきひろ》に還付《かんぷ》し、最後の松前奉行として始末にあたったという開明的な人物だった。彼の特別な取り計らいのおかげで成立した措置《そち》だった。

更に高橋は、シーボルトが鳴滝に学舎を開くことも認めた。

文政七年夏、鳴滝塾が開校すると、二十八歳のシーボルトの下には錚々《そうそう》たる人材が集まった。二十歳の竹内玄同《たけのうちげんどう》、二十一歳の高野長英《たかのちょうえい》と二宮敬作、二十二歳の青木周弼《あおきしゅうすけ》、二十四歳の伊東玄朴《いとうげんぼく》、二十六歳の高良斎、岡研介《おかけんかい》、戸塚静海《とつかせいかい》、三十歳の美馬順三《みまじゅんぞう》などがシーボルトと同年代もしくは年下で、年上は三十八歳の小関三英《こせきさんえい》と三十九歳の湊長安《みなとちょうあん》のわずか二人だけだった。

シーボルトは束脩料や授業料を取らず、貧しい者には塾の雑役《ざつえき》をさせ筆墨代《ひつぼくだい》を与えた。

門人に研究課題を与えてオランダ語で論文を書かせ、完成すると免状を与えた。戸塚静海の「灸法略説《きゅうほうりゃくせつ》」、高野長英の「捕鯨論《ほげいろん》」や「南島志《なんとうし》」、石井宗謙《いしいそうけん》の「日本産昆虫図説」、岡研介の

「大和事始《やまとことはじめ》」、美馬順三の「日本産科問答」や「日本古代史」などの論文は、後にシーボルトが祖国で刊行した大著『ニッポン』に所収されることになる。

シーボルトは、日本の若者に知識や技術を伝授し、代わりに日本の医学や動植物、民俗、地理、歴史、法制、経済学など、日本に関する広汎《こうはん》で精度の高い情報を汲《く》み上げ、植物を集めて植物園を作り、塾生に日本の動植物や社会機構についてまとめさせた。

オランダ語で論文を書かせたのは、役人の目をごまかすためでもあった。民が外国人と接すること自体が御法度《ごはっと》だった鎖国下の日本では、シーボルトの行為は国法に抵触《ていしょく》していたのだ。

診療で内科、外科、眼科、産科に対応していたシーボルトは、たちまち名医の評判を得た。治療代を取らなかったため、患者は診療のお礼に、さまざまな心づくしの品を渡した。それも御法度なのだが、薬代の謝礼ということで、奉行所はお目こぼしをした。

そうした特別待遇と、規則をまったく斟酌《しんしゃく》しない学者の野放図《のほうず》さによって引き起こされたのが、「シーボルト事件」であり、そのきっかけとなったのが恒例の江戸参府だった。

四年に一度の江戸参府の道中、シーボルトはやりたい放題をした。参府一行のトップの商館長でさえ付添の通詞はひとりなのに、シーボルトは他の通詞の介添《かいぞえ》という形にして、門人の高良斎と二宮敬作も含めて、四人も同行させた。

慣習に反して沿道の風俗や自然観察をして、同道した役人に注意されたが、どこ吹く風だ。

文政九年（一八二六）三月四日、長崎を出た約二ヵ月後に、快晴の江戸に入ったシーボルトら蘭商館長の一行六十名は、五月十八日までの二ヵ月以上にわたり江戸に滞在し、江戸詰の長崎蘭通詞・吉雄権之助も交え、多数の蘭学者や幕府の役人と面談を果たした。

シーボルトは江戸に入ってからも情報収集に励み、蝦夷探検家の最上徳内《もがみとくない》から蝦夷や樺太の知識を得た。天文方の高橋景保からは「蝦夷図」を入手した。残念ながら間宮林蔵《まみやりんぞう》との面談は叶わなかったが、長崎に戻ってからも高橋とは頻繁《ひんぱん》に書状のやりとりを続けた。

そして江戸から長崎に戻る大通詞・吉雄権之助に、日本、朝鮮、江戸の地図や間宮林蔵の著作を届けるよう頼んだ。伊能忠敬《いのうただたか》の「日本全図」は古い御用地図をつなぎ合わせる作業が手間取り、でき上がりは翌文政十年（一八二七）五月になった。天文方の蘭通詞・猪俣源三郎《いのまたげんざぶろう》が郷里・佐賀に帰る下僕《げぼく》の勘造《かんぞう》（後の伊東玄朴）に託《たく》し、そこから長崎の蘭通詞・堀儀左衛門《ほりぎさえもん》を通じてシーボルトに手渡された。お礼にシーボルトはマレー語の辞書、英国の書物から抜粋した「蝦夷記事」の他、プラネタリウムや剣帯、胴締金等の小間物《こまもの》を贈った。

そうした行為は、御書物奉行という要職にあった高橋景保による国家機密漏洩《ろうえい》であり、収賄《しゅうわい》になる。

江戸参府から二年後の文政十一年（一八二八）、シーボルトは帰国することになった。九月二十日に出帆《しゅっぱん》予定の船には、塾生に書かせた論文や書物、動植物の標本や武具の他、診療のお礼にもらった衣服、什器《じゅうき》、大工道具などの生活用品、意匠を凝らした商店の看板、千社札《せんじゃふだ》やお守りなど、五年間の滞在で得た、多岐《たき》にわたる資料や物品等が満載されていた。門人の二宮敬作や高良斎、通詞の吉雄忠次郎《ちゅうじろう》が手伝い、八十九箱を搬入《はんにゅう》し終えた。

ところがここで、シーボルトの運命を暗転させる大嵐が長崎を襲う。

八月九日の夜半から大風、大雨となり、十日の朝にかけて凄《すさ》まじい暴風雨に襲われた。瓦や材木が飛び、窓は割れ、出島の役宅で寝ていたシーボルトは階下の荷物の間で、かろうじて難を凌いだ。近くの同僚宅に避難できないくらいの暴風雨だった。

一夜が明け、外に出たシーボルトは言葉を失った。家は倒壊し、植物園は見る影もない。その頃、港でも大惨事《だいさんじ》が起こっていた。

帰国予定のハウトマン号が稲佐《いなさ》の浜に打ち上げられ、民家の二階に擱座《かくざ》してしまったのだ。

オランダ船は通常、入港時には密貿易を防ぐために厳格な検査が行なわれるが、出港時には荷は調べない。特に今回は停泊中の事故なので、役人の詮議《せんぎ》立てを受ける理由はなかった。

けれども長崎奉行・本多正収は、浜に打ち上げられたので入り船とみなす、という強引な理屈をつけて強制捜査に踏み切った。

一説によれば、樺太の発見者で幕府お庭番の間宮林蔵が、蝦夷地の地図が持ち出される可能性を知って江戸町奉行に通報し、長崎奉行所が内偵《ないてい》していたのだとも言われる。

船内を検《あらた》めると、シーボルトの荷箱から次々に禁制品が発見された。シーボルトと天文方の重職、高橋景保との手紙のやりとりも発覚した。蝦夷地と日本全図の地図が、一番のお咎めの対象になった。他にも奥医師・土生玄碩が、散瞳《さんどう》効果があるベラドンナの製法を教示された際に、お礼として贈った、将軍から拝領した葵紋《あおいもん》の紋服《もんぷく》もあった。

このシーボルト事件によって、シーボルトの評価は反転したのだった。

文政十一年十月十日。

江戸・浅草天文台下の高橋景保の屋敷が捕吏《ほり》に囲まれ、景保は町奉行に拘引《こういん》された。

遊里《ゆうり》の帰りに、その場面に出くわした昇太郎は、懐手をして様子を眺めていた。

——なにやら、きな臭《くさ》い気配がしやがる。

昇太郎は、高橋景保が禁制の地図をシーボルトに渡し、代価にオランダの珍品を受け取り周囲に見せびらかしているという、天文方の下《した》っ端《ぱ》の役人の噂話《うわさばなし》も聞いていた。

昇太郎のような者の耳にも届くようでは、内部では相当噂になっているに違いない。

そう思っていた矢先の大捕《おおと》り物《もの》だった。

——爺ちゃんが言ってたように、息苦しい世の中になりそうだな。

二十五歳になった昇太郎が、大黒屋光太夫と最後に会ったのは半年ほど前で、光太夫が亡くなる一ヵ月前のことだ。

その時、光太夫は、英名が高まっているシーボルトのことを、ひそかに危惧《きぐ》していた。

「シーボルト先生はご立派な御仁《ごじん》のようだが、幕府の規則を軽《かろ》んじる風がある。幕府は外国を忌《い》み嫌っているから、あまり図に乗ると手痛いしっぺ返しを食らうかもしれんぞ」

光太夫の予感は的中したが、事件は予期していたよりもはるかに大事《おおごと》になった。

高橋景保は捕縛された翌日、江戸町奉行・筒井政憲《つついまさのり》に使嗾《しそう》され、蘭大通詞・末永甚左衛門と小通詞・吉雄忠次郎に「罪を軽くするため、シーボルトに渡した蝦夷地の地図と日本全図を取り返してほしい」と嘆願状《たんがんじょう》を書いた。この手紙のせいで多くの長崎通詞に累《るい》が及び、協力者は芋《いも》づる式に獄《ごく》につながれてしまったのである。

シーボルト事件の激震は浪速をも襲った。

浪速の蘭学の中心人物、橋本宗吉と中天游が、蝦夷地の地図の模写に協力していたためだ。

江戸方での厳しい詮議の噂も伝わってくる。

明日はわが身か、と天游は気が気でなかったが、弟子の章には意地を張った。

「結局は章が正しかった、ちうことだな。まあ、肚《はら》をくってたことやから、悔《く》いはないが」

今さらそんな風に認められても、章の気持ちはちっとも晴れない。

そんなある日、鳴滝塾生の高良斎から、大坂で開業している叔父の高充国へ手紙が届いた。

シーボルトは奉行所の取り調べにのらりくらりと応じて言質《げんち》を取らせず、帰化願いを出して、関係者の罪を軽くしてほしいと嘆願しているという。

手紙は、「厳しい詮議立てがあっても知らぬ存ぜぬを貫くべし」と告げていた。

手紙を読んだ天游は、肩をすくめて言う。

「シーボルト先生は、さても見事な武人であることよ。土生玄碩先生も協力者の名を口にせず、ご本人だけが獄につながれたと聞く。それに比べると、高橋景保さまに協力した方々はお気の毒だ」

特にシーボルトの片腕で、当代一の通詞との呼び声が高かった吉雄忠次郎が入獄し、それが元で病死してしまったのは、長崎の蘭学界にとって大きな痛手となった。

高橋景保は、国家機密漏洩という大それたことをしておきながら、おのれの所業《しょぎょう》の巻き添えとなった犠牲者を庇《かば》うどころか、進んで売り渡し、わが身の延命を図ろうとした。

彼は能吏《のうり》で才子《さいし》だったが、器《うつわ》は小さかった。

部下の娘を妾《めかけ》にし、地位を利用して縁筋を天文方に採用し、諫言者《かんげんしゃ》を左遷《させん》するなど驕慢《きょうまん》が目立った。国禁の地図を贈るために部下に謄写《とうしゃ》作業をさせたが、労《ねぎら》いもしなかった。

そのため事件が発覚したのは、不満を抱いた天文方の部下の内部告発だという説もある。

片や、奥医師・土生玄碩は文政十一年十二月に閉門、法眼の官位と奥医師職は剝奪《はくだつ》、全財産を没収され、伝馬町《てんまちょう》の牢に入れられた。養子の玄昌《げんしょう》も奥医師を免《めん》じられ、町医者の看板を上げたが、国禁を犯したと評判になり、患者も寄りつかなくなってしまった。

それでも土生玄碩は口を割らず、一切を自分の咎として、潔《いさぎよ》く刑に服した。

九年後の天保八年（一八三七）、将軍家斉が疸瘡で眼病が再発した際、土生玄昌が召されて全快に至った。その功により玄碩は出牢を許された。将軍自《みずか》らのお声掛かりによる異例の大赦《たいしゃ》により、禁錮《きんこ》から永蟄居《えいちっきょ》に緩《ゆる》められた玄碩は、その後七年間、深川《ふかがわ》の木場《きば》でひとり住まいを続けた。そして弘化《こうか》元年（一八四四）、八十三歳で永蟄居も、ついに解かれた。

「窮屈な暮らしに、さぞや難儀《なんぎ》をされたでしょうね」と知人が憐《あわ》れむと、土生玄碩はからからと笑い飛ばした。

「さしてキツくもなかったが、今は踵《かかと》にこびりついた飯粒がやっと取れた心地だな」

嘉永《かえい》元年（一八四八）八月、土生玄碩は、「まことに悔いなき一生であった」という言葉を残し、八十七歳の天寿《てんじゅ》を全《まっと》うした。その時、彼は無一文になっていた。

シーボルトは国外追放に処され、協力者は死罪、牢死、流罪《るざい》など散々な目に遭《あ》った。

かくしてシーボルトの名は、輝ける称号から一転、忌むべき悪名となった。

シーボルトと、江戸や浪速の蘭学者の交歓の記録が、不自然なほど少ないのはそのためだろう。だが弟子の中には、シーボルトに対する敬愛の気持ちを隠そうとしない者もいた。

江戸参府に付き従った高良斎と二宮敬作の二人は、そんな高弟の代表である。

二人はシーボルトが国外退去する際、妻の其扇《そのぎ》と娘のイネにひと目会わせようと、漁師を装い船を出し、海上で最後の面会をさせた。お咎め覚悟で、師のために危険を冒《おか》したのだ。

シーボルトは帰国後、そんな二人を心から信頼し、頻繁に手紙のやりとりをした。

高良斎は赦免《しゃめん》後、故郷の徳島で開業した。著書を刊行する際にシーボルトへ献辞を捧げたため、発禁処分となったが、撤回《てっかい》しようとしなかった。

二宮敬作は長年、愛嬢のイネの蘭学を指導し、生活の面倒を見続けた。

そうした一方で鬼才・高野長英のように遁走《とんそう》する者もいたし、伊東玄朴のように改名して難を逃れた者もいた。人はさまざまである。

こうして二十七歳の時に、嵐と共に来日したシーボルトは、三十三歳で台風の余塵《よじん》の中、日本を去り、足かけ七年の日本滞在を終えた。

帰国後、シーボルトは江戸参府の際の詳細な旅日記を公表したが、江戸での数日間と大坂滞在の五日間の記載だけがすっぽり欠落している。

日本では医師として名高いシーボルトだが、本人には医師としての意識は希薄《きはく》だったようだ。

ドイツのミュンヘンにある彼の墓の墓碑銘《ぼひめい》には、次のように記されている。

「フィリップ・フランツ・フォン・シーボルト　陸軍大佐、植物学者、日本研究者」

そこには「医師」という文字は、刻まれていないのである。

5章　安懐堂の駿馬

天保元年（一八三〇）

シーボルト事件から一年半が経った、一月のある日。

二十一歳になった章は、思々斎塾の塾頭を務めていた。そんな章を、天游は散歩に誘った。

なにわ橋のたもとに着いた天游は、川端《かわばた》にごろりと寝そべり、腕枕をして空を見上げた。

隣に腰を下ろした章は、膝を抱えて、きらきら光る川面を眺める。

川端に芽吹《めぶ》き始めたねこやなぎの若芽は銀色で、子猫のようにふわふわしている。

橋の向こうには合水堂が見えるが、かつてのような威圧感はない。

寝転んで空を見上げた天游は、ねこじゃらしの茎を口にくわえ、上下させながら言う。

「章、天游文庫は大凡《おおよそ》、読み終えたようやな。弟子になって、たった五年で、大したもんや」

思々斎塾にある、天游の義理の叔父にあたる蘭学者・宇田川玄真が訳した『西説内科撰要《せいせつないかせんよう》』『和蘭内景医範提綱《わらんないけいいはんていこう》』『和蘭局方《わらんきよくほう》』『和蘭薬鏡《やつきよう》』の他、杉《すぎ》田《た》玄白《げんぱく》の実子である杉田立卿《りゅうけい》が訳した『眼科新書』などをすべて読破していた章は言う。

「でも、蘭医学の輪郭《りんかく》は、未《いま》だにぼんやりとしています」

「せやろな。せやから章、お前は江戸に行け」

「なぜですか。わたしは先生から学びたいことが、まだたくさんあります」

章が驚いて言うと、天游は遠い目をした。

「ウチにある本を読破して満足しているようではあかん。天游文庫なんぞ大海の一滴《いってき》や。ワテは若い頃、江戸や長崎、京都に行った。土地が変わる度《たび》に新しい師に従い、たくさんの書物と巡り会った。世の中は広い。章、お前はこれから、江戸と長崎に行け」

「でも……」となおもためらう章に、天游は「章、空を見上げてみろ」と言う。

章は天游の隣に寝そべった。空は青く、どこまでも高い。天游は言う。

「お前と初めて出会った時、地球は丸いことを教えたったな。せやからまっすぐに歩いていけば、ここに戻ってくる。章はいろんな土地へ行き山ほどの書物を読み、大きくなれ。江戸にいようが長崎に行こうが、章はワテの一番弟子や」

章は身を起こし、隣に寝そべる師を見た。

五十路《いそじ》が近い師は痩せ衰え、片袖の着物から見える腕も、すっかり細くなっていた。塾頭として代講できるようになった章を手元に置いておけば、楽ができるはずだ。

それなのに天游は彼を手放そうとしている。それは章にとっての最善を考えてのことだ。

章は胸が熱くなった。

「わかりました。ご指示に従い、江戸で修業して参ります」

天游は身体を起こして、うなずく。

「それでこそ章や。江戸にはさだの父上と一緒に『江戸ハルマ』を作った津山藩医の宇田川玄真先生がおられ、その弟子の坪井信道先生という蘭医が去年開塾した安懐堂には原書が十数冊、写本が二十冊以上もあるそうや。そこを紹介したるわ。どや、わくわくしてくるやろ」

「是非、お願いいたします。わたしは江戸で学び終えたら必ず、ここに帰ってきます」

「当たり前や。ワテの家は、章の大坂の家なんやからな」

天游の言葉を聞いた章は、懸命に涙をこらえた。

光る川面が、柔らかい春風に揺れている。

四ヵ月後、章は江戸へ出発した。文政十三年（一八三〇）四月、二十一の春の旅立ちである。


旅立ちこそ順調だったが、章は途中で災難に遭う。

学塾の束脩料は、天游がなけなしの金を餞別《せんべつ》に渡してくれた。どんなに困っても手を付けまいと、別の財布にしまっておいたのが裏目に出た。宿場でその財布を盗まれてしまったのだ。

章はやむなく、腰の大小も売り払い、江戸に着いた頃には、素寒貧《すかんぴん》になっていた。

大川のほとりに佇み、安懐堂の目印になっているやなぎの木を、呆然と眺める。

輝かしい目的の地は目の前なのに、手が届かないくらい遠く思えた。

気がつくと章は、渡し場から船に飛び乗っていた。

――くよくよ考えても仕方がない。上総《かずさ》に行って入門料を稼いでこよう。

ところが上総にいるはずの天游の知人はそこにおらず、師の縁《えん》は、そこでふっつりと途切れてしまった。

困り果てた章は手当たり次第に仕事をした。

だが、蘭学以外に特技のない若者が、簡単に食い扶持を稼げるほど、世の中は甘くない。

海辺で漁師から売り物にならない魚を分けてもらい、細々と食いつないだが、こんな調子では塾に納める金を貯めるなど、とうてい不可能だ。けれども章は絶望はしなかった。

——天游先生と出会う前を思えば、どうということもない。

そんなある日、「能満寺《のうまんじ》」という古寺にたどり着いた。

境内《けいだい》に金柑《きんかん》の木があり、黄金色《こがねいろ》の実がたわわになっていた。章はむさぼるように食べた。

二日ぶりの食事で人心地ついた章が周囲を見回すと、古刹《こさつ》の軒先で子どもたちがしゃがんで騒いでいる。軒下の蟻地獄《ありじごく》を見ていたのだ。

「そのくぼみには、蟻を食べる虫がいるんだよ」と章が声を掛ける。

「おっちゃん、うそつくなよ。そんなの、いるわけないじゃん」

「嘘《うそ》じゃないよ」と言った章は、蟻を一匹《いっぴき》捕《つか》まえて巣に落とした。

すると、すり鉢《ばち》のような砂穴を這《は》い上がろうとした蟻は底に引きずり込まれてしまった。

子どもたちは歓声を上げ、蟻を捕まえては蟻地獄の巣に落とした。

「その虫は、夏になると蜻蛉《かげろう》という、トンボみたいな虫になるんだよ」

「うそだあ」「いやほんとだよ」というやりとりの後、章は言う。

「ではもっと凄いことを教えてあげよう。この大地は西瓜みたいに丸くて、お天道さんの周りをぐるぐる回っているんだよ」

「うそつき。この地面が動いているはず、ないじゃん」と親分格の子どもが言う。

「でもそれは偉い学者先生が証明した、本当のことなんだ。大地は大きいから動いていないように見えるだけなんだよ」と言いながら、章は大地をどん、と足で踏みしめる。

「そんなの信じられないよ。それなら証拠を見せてよ」と言われて、章は考え込む。

端《はな》から信じる気のない子どもたちを納得させるためにはどうすればいいのだろう。

そう考えた章は、ふと閃《ひらめ》いた。

「三日後の亥《い》の刻、お月さまを見るといい。お月さまが少しずつ欠けていくからね。それが大地が動いているという、動かぬ証拠だよ。少し遅い時刻だけど、おうちでお父やお母に頼んで見せてもらうといい」

「大地が動いているという、その証拠は、儂も拝見してみたいものですな」

本堂の暗がりから、のっそりと現れた巨漢《きょかん》が、いきなり言った。

「わあ、善信和尚《ぜんしんおしょう》さんや」と言って子どもたちがまとわりつくと、和尚は懐から饅頭《まんじゅう》を取り出し、子どもたちに分け与える。そのひとつを章にも手渡しながら言う。

「今の話が本当かどうか、子どもたちと一緒に確かめさせていただきましょう。お寺に泊まれば親御《おやご》さんも安心しますからな」

こうして皆既月食《かいきげっしょく》が起きる三日後まで、章は寺に厄介になることになった。

三日後の夜半。集まった子どもたちは、初めて見る月食に歓声を上げた。

「白いお月さまが赤黒くなったよ。こんなお月さま、初めて見た」

子どもたちは、それが大地が動いている証拠だということには納得がいかないようだったけれども、章が嘘をついていないことはわかったようだ。

すると善信和尚が言った。

「あなたの講釈《こうしやく》はお代を取れますな。学塾を開くといい。うちの本堂を提供しましょう。衆生《しゆじよう》に学問を教えた上に、貧乏寺にお布施《ふせ》していただけるならありがたや、南無阿弥陀仏《なむあみだぶつ》」

こんな風に拝《おが》まれ、章は能満寺で師匠譲りの『暦象新書』を教えることになった。

子どもを教える寺子屋に、病人を診《み》る医院も兼ねた塾に名を付ける時、章は言った。

『適塾《てきじゆく》』と名付けようと思います」

「ほう、してそのこころは?」

「わたしの師は『適当』な方ですが、すべてが適切です。あの融通無碍《ゆうずうむげ》さに憧れるのです」

「学問伝授の場であり、寺子屋であり、医院でもある。なるほど、確かに『適当』ですな」

そう言って善信和尚は、太鼓腹《たいこばら》を揺すって笑った。

さだに鍛《きた》えられた章の医術は優れていたのだが、医院はなぜか流行らなかった。

その一方で、学塾と寺子屋は盛況だった。


緒方章が上総に流れ着いて、半年が経った。

能満寺で開いた適塾の門人の数は倍増し、章は日々熱心に教えた。そうしてお寺にお布施をしても十分な金子が手元に残ったので、章は塾を畳み、満を持して江戸に向かった。

大木戸口《おおきどぐち》を抜けた章は、ついに江戸に戻ったぞ、と青空に向かって拳を突き上げた。

天保二年(一八三一)二月。

二十二歳の緒方章はようやく、深川三好町《みよしちよう》にある坪井信道の安懐堂の門を叩いた。

この時、信道は数えで三十七の男盛り、服装は質素で、小柄だが筋肉質で威厳があった。

「今までどこで何をしていたのかね。私はお前さんが来るのを、首を長くして待っていたのだ。浪速からは天游さんがしびれを切らし、やいのやいのの催促《さいそく》だ。まったく困り果てたよ」

応接間に通された章は、穏《おだ》やかな声で叱責《しっせき》された。恐縮した章が、この一年間の出来事を話した。すると信道は目を細めて、にっこり笑った。

「寺で塾を開いて童子を教えるとは、いいことをしたね。これからは君自身が勉強する番だ。本塾は実力主義だから、実際に見て評価する。早速明日から会読《かいどく》に加わりなさい」

「いえ、自分の不手際で修学が遅れたのです。一刻も早く遅れを取り戻したいので、本日ただ今から会読の末座に着かせていただきます」

「好きにすればいい。因みに今、会読しているのは『扶歌蘭土神経熱論《フヘランドしんけいねつろん》』だよ」

それを聞いた章は、思わぬ偶然に打ち震える。

それはシーボルトに勧められた「フーフェランドの書」だったのだ。

九ヵ月余りの回り道の後にようやくたどり着いた安懐堂は、章の新たな運命の扉《とびら》になった。

坪井信道は美濃《みの》の農家の出で、幼くして両親に先立たれ、兄に育てられた。

二十一歳で医業を志すが、宇田川玄真が訳した不朽《ふきゅう》の名著『医範提綱』と出会い、西洋解剖学の精緻《せいち》さに衝撃を受けた。そして、豊前中津《ぶぜんなかつ》の蘭方医に師事《しじ》した後に、江戸の宇田川玄真の私塾・風雲堂に入門した。

貧しかった信道は玄関番をしつつ、按摩《あんま》や『江戸ハルマ』を筆写して学費を稼いだ。

師の宇田川玄真に可愛がられ、めきめき頭角を現した信道は、三十五歳で深川三好町に安懐堂を開き、天保三年（一八三二）には冬木町《ふゆきちょう》に「日習堂《にっしゅうどう》」を開塾した。

塾の前にしだれやなぎを植えた仙台堀《せんだいぼり》の船着き場がある。信道はそこから船を出し、佃島《つくだじま》の海で漁夫に網を入れさせ、船中で料理して客人をもてなすという風流な顔もあった。

新しい師・坪井信道は、旧師・中天游とは何から何まで違っていた。

天游は気ままなその日暮らし、酒を愛し、身なりに構わなかった。自堕落《じだらく》な生活で、身体のあちこちに不具合を抱えていた。

信道は、身なりは粗末だが、いつもきちんと整えていた。酒は一滴も飲まず、小柄だが鍛え上げた身体は筋肉質で、鋼のようだった。

一番の違いは医業に対する姿勢である。

医業にはさして熱を入れず、さだに丸投げしていた天游と違い、信道には学業と医業を両立させようという気概があった。信道は貧民を無料で診療し、「生き菩薩《ぼさつ》」と呼ばれていた。

自ら先頭に立って診療に当たり、弟子たちにも手取り足取り医術を教えた。

蘭語の指導ではオランダ語文法の教育を組み込んだ。それは単語だけをひたすら学んでいた当時の蘭学教育から見ると、画期的な革命で、以後、蘭学は飛躍的に発展した。

信道はライデン大学の医師ブールハーフェの医学書の翻訳も行なった。ブールハーフェ教授の言葉を弟子がメモした箴言集《しんげんしゅう》で、『万病治準《まんびょうちじゅん》』と名付けた訳書は全二十一巻の大部となった。

その要約の『診候大概《しんこうたいがい》』全一巻を、塾《も》の教科書として使った。

実地の医学教育は、ライデン大学を模した臨床《りんしょう》講義を行ない、毎月三と五の日に、病床の患者を前に、性別、年齢を確認し、脈の数え方や体温の測定法を教えた。主訴《しゅそ》を聞き取り、病状を診断して所見《しょけん》を述べ、病名を決定し、病因を教授して治療方針を定めて講義し、学生と議論も重ねた。それは日本における、初の近代的な医学教育だった。

章は師・信道に、医のこころを叩き込まれた。

薬室当番には雑談を禁じたが、その理由を床の間の額に掲げて日々の教訓としていた。

――病人が頼るのは医師で、医師が頼みとするのは薬である。薬の扱いを間違えたら、直《ただ》ちに患者の命を危《あや》うくする。ゆえに薬を扱う時は、ほんのささいな間違いもあってはならない。

薬の重要性と厳正な医のこころを伝えるその言葉は、章のこころに染み入った。

坪井信道は当代きっての蘭学者であると同時に、優れた臨床医でもあった。

医で患者を救うことを、何より優先した。

それが学術世界に専念できる境遇を一番願った天游との違いだった。信道は、研究に没頭するあまり、患者を診ようとしない師・宇田川玄真に対しても憤《いきどお》りを隠そうとしなかった。

そんな坪井門下には、綺羅星《きらほし》の如き俊才《しゅんさい》が集まった。

奥医師の桂川家の六代目当主・桂川甫賢も門人に名を連ねている。甫賢はシーボルトとも深い交流を持ち、バタビア芸術科学協会員になり、漢方と蘭学の両者の長所の活用に励んだという異色の名医だった。

能満寺の学塾で手持ちを増やした章だが、江戸は物価が高く、たちまち懐が淋《さび》しくなった。

そこで導引術（按摩）を学び、義眼を作成して日銭《ひぜに》を稼いだ。そんな風に修学に励む章に感心した信道は、章を住み込みの玄関番にして、雑用や急な翻訳に対応させ、授業料を免除した。

それはかつて信道自身が師・宇田川玄真の風雲堂で受けたのと同じ処遇だった。

このようにして、蘭医の善意の連鎖は、連綿《れんめん》と引き継がれていくのだ。

貧しくて着物も購《あがな》うことができず、破れた着物を着続けている章を哀《あわ》れんだ信道は、自分の着古しを与えた。

信道は背が低く、長身の章が師匠のお下がりを着ると手足が飛び出し、奇妙な形《なり》になった。

けれども章は一向に気にせず、師匠の恩情に応えるべく、脇目も振らずに勉学に励んだ。

章は寸暇《すんか》を惜しんで安懐堂の十数冊の原書を手当たり次第に読破した。

するとそれまで薄い膜《まく》がかかったようにぼんやりとしていた蘭語が、隅々《すみずみ》までくっきりとわかるようになった。

ある日、そんな進境著《いちじる》しい章に、師の信道は大命を与えた。

それはローゼの『人体生理学書』を全訳せよという難題だった。

それを入塾一年に満たない新参者《しんざんもの》の章は、一年足らずで見事にやり遂《と》げると、天保三年春、その翻訳書は『人身窮理学小解《じんしんきゆうりがくしようかい》』と題して刊行された。

やがて章は、安懐塾の塾頭に昇り詰め、その名は江戸の蘭学界に轟《とどろ》き渡ることになる。

そんな章が、ローゼの書の翻訳に集中していた天保三年夏、ひとりの男と出会う。

章にとって、決して好ましいとは言えないその相手との出会いは、以後の彼の人生に大きな影響を及ぼすことになる。

6章　両雄、邂逅す

天保三年（一八三二）

天保三年（一八三二）、二十三歳にして安懐堂の特待生となった、章の進境は著しかった。

章の蘭書の読み方は他の塾生とは違っていた。普通はひとつひとつの単語を字引《じびき》を調べて文意にたどり着く。だが章は文章全体を読み、単語を調べないことすらある。

それなのに訳文は他の誰よりもわかりやすく、文意が伝わってくる。

なぜそんな芸当ができるのか、と訊ねられた章は、はにかんで言う。

「文字を眺めていると、ひとつひとつの言葉が魚のように泳ぎ出し、わたしに語りかけてきます。わたしはその語り合いを書き留《と》めているのです」

一方で章は幼い頃、病弱で漢籍《かんせき》を修得できず、漢文調の美文が苦手だった。そのために師の信道からは、蘭語の翻訳部分よりも日本語表現を指導されることが多かった。

六月、章が塾頭に任じられた数日後、ひとりの男が訪ねてきた。

背は低いが、全身がバネのように潑剌《はつらつ》とした印象で、その目は悪戯《いたずら》っ子のようにくるくると動いている。男の傍らには、羽織袴《はおりはかま》姿の品のいい青年が付き従っている。

「安懐堂の駿馬《しゅんめ》、緒方章さんってえのはあんたかい？」

そう言って章をまじまじと見た相手は、いきなり、腹を抱えて笑い出す。

「何なんだよ、そのつんつるてんの着物は」

それは、師の信道がくれた着古しだった。

章は無神経な言葉に感情を害した。すると男は、頼んでもいない自己紹介を始めた。

「おいらは伊奈家の用人の田辺昇太郎という。で、こっちが松本家七代目当主の松本良甫殿だ。堅苦しいから、おいらは『良さん』って呼んでる。あんたもそう呼ぶといいよ」

「わたしにはそのような不躾なことはできません」

「何だよ、堅苦しいヤツだなあ。章は年はいくつだ？　二十三だって？　それならおいらよりも六つも下じゃないか。少しは年長者を敬《うやま》ったらどうだ」

いくら年上だからといって、初対面の相手をいきなり呼び捨てとは、あまりにも礼を欠く態度だ。けれども兄上と同い年か、と気づいて気後《きおく》れした章は、次の言葉にびっくりする。

「おいらは蘭学の達人を招いて、とびっきりの新しい塾をこしらえた。そこでおいらと一緒に学ぼうぜ。あんたは授業料なしでいい。ピンゾロが続けて出たみたいな話だろ。さて御一同、これを棚《たな》ぼたと言わずしてなんとする」

芝居《しばい》じみた調子の聞き慣れない言葉に辟易《へきえき》しつつ、章は思わず訊ねてしまう。

「その『蘭学の達人』とは、どなたのことでしょうか」

「聞いて驚くなよ、長崎はシーボルトの鳴滝塾出身の鬼才《きさい》、高野長英先生である。ま、立ち話もなんだから一緒に昼飯でも食おうぜ。挨拶代わりに馳走するよ」

「いえ、わたしには、ご馳走していただく理由がございません」

「お近づきの印だから気にするな。どうせお前さんは貧乏なんだろ」

「どうしてわたしの懐具合がおわかりになるのですか」

「そんなつんつるてんの着物を着てるんだから、推して知るべしだろ。『早見えの昇太郎』さまには、まるっとお見通しよ。頼みごとをされるんだから、黙って馳走になればいいんだよ」

「しかし……」となおも逡巡《しゅんじゅん》する章に、隣に控えた松本良甫が言う。

「馳走になったからと言って、貴殿《きでん》が負い目に感じることはございませんよ。私もいつも、昇太郎殿のご相伴に与っておりますので」

松本良甫の品のいい言葉に、章はついうっかり、うなずいてしまった。


ふつふつと煮える鴨鍋を前に、章は、店に来たことを後悔していた。

昇太郎は酒を呑《の》み、鴨肉を食らいながら、のべつまくなしに喋り続けている。

「おいらは桶町の足立長儁先生に学んでいるが、先生は訳本で教えるんだ。けどおいらの考えは『非読原書難究其奥旨』、蘭学は蘭語で学ぶべきだと考えてる。足立先生のとこでは望みは叶わないが、そこに高野長英先生が現れた。『飛んで火に入る夏の虫』というヤツさ」

「でしたら安懐堂はいかがですか。原書が十数冊ありますから」

「あそこには奥医師の桂川甫賢っていう、偉ぶっている嫌味な弟子がいるから嫌だ」

「はて。甫賢先生は高い学識をお持ちの上、大変謙虚で人徳のあるお方です。お人違いでは？」

「同感ですね。奥医師という高い身分ながら、あれほど気さくな方は他に存じ上げません」

松本良甫が、くっくっと含み笑いをしながら言うと、むっとした昇太郎は声を荒らげる。

「うるさいなあ。良さんは黙っててくれよ。とにかくおいらはアイツが苦手なんだから。ま、それはさておき、一緒に長英先生に学ぼうっていう提案はどうなんだい？　あのシーボルト先生から直接蘭学を学んだお方で、しかも先生をお招きする費用は、おいら持ちだから束脩料は無用。いいことずくめで、断る理由なんかないだろ？　え、それでも遠慮する？　仕方ない。正直に白状するよ。長英先生には語学と医学を講義してほしいとお願いして、麹町《こうじまち》の貝坂《かいざか》で『大観堂《たいかんどう》』の開塾を手伝ったんだ。金を出し渋《しぶ》る『神崎屋《かんざきや》』の協力も取り付けて、おいらも資金まで出したのに、長英先生は講義を全然してくれん。最近は蘭医学はほったらかしで、やれ済生利民《さいせいりみん》だ、国防だ、開国だと大ボラばかりさ。だからここらで、学識が深い章みたいなヤツに、がつんとお灸を据えてもらいたいんだ」

「それはお困りでしょうが、重ねてお断り申し上げます」

「どうしてそこまで高野長英先生を毛嫌いするんだい？　何か思うところでもあるのかい？」

しつこく問われた章は、そこまで言うなら説明するしかないか、と諦《あきら》めて口を開く。

「わたしは高野長英というお方が、どうしても信用できないのです。大恩ある師、シーボルト先生が苦境に陥《おちい》った時、真っ先に遁走したのは弟子としての礼を欠きます。わたしの目には、長英殿は暴虎馮河《ぼうこひょうが》の類《たぐ》いのお方に映ります。お話はそれだけでしたら、これで失礼します」

そう言うと章は立ち上がり、そそくさと立ち去った。章を見送った昇太郎が言う。

「噂には聞いていたが、あそこまで四角四面の堅物とはな。あれじゃあ早晩、窒息《ちっそく》しちまうよ」

「わたくしには、情に厚く筋を通す、生一本《きいっぽん》な好青年に思えましたけどね。まあ、昇太郎殿と比べたら、大概の人間は四角四面に見えますが」

良甫の言葉に、昇太郎は頭を掻いて苦笑する。

「ひでえこと言いやがるな、良さんは。だが惜しいことをしたよ。思うがままでやりたい放題の長英先生と、謹厳実直《きんげんじっちょく》が裃を着ているみたいなクソ真面目《まじめ》な章をぶつけたら、さぞや面白い見物になっただろうに。それにしても鴨鍋に箸もつけないとは、とんだ野暮天《やぼてん》だぜ」

そう言うと昇太郎は鴨肉を三枚一緒に箸でつかみ、口に放り込んだ。

夕刻。昇太郎と良甫は連れ立って、麹町貝坂の大観堂に向かう。

右手に提《さ》げた酒徳利《とつくり》をぶらぶらさせながら、昇太郎は、しきりにぼやく。

「あーあ、とんだスカを摑《つか》んじまったなあ。見栄えはいいわ、弁は立つわと、ご立派な御仁だが、長英先生はおいらの望みを聞く気はなさそうだ。これじゃあ開塾に骨を折った甲斐《かい》がねえ。早見えの昇太郎さまにしては、見切り時を間違えたかな。いやあ、参った参った」

「そんなことをおっしゃらずに。人知れず徳を積むというのも、大切なことだと思いますよ」

「陰徳ねえ。おいらには最も似合わねえ言葉だな。けど考えたら、医術の根底には諸科学があり、医学は自然科学を基礎とする、なんていう大切なことを教えてもらったから、それでよしとするか」と昇太郎は自分に言い聞かせるようにして呟いた。

塾の入り口の戸を開けると、いきなり怒声《どせい》が響いた。

「弟子ども、遅かったな。酒は持ってきたか」

「へえ、ここに」と言い、昇太郎は手にした徳利を持ち上げた。

すると、長英は「よしよし、ここに持て」と言って相好を崩す。

「本日こそはオランダ語のご教授をしていただきたく……」と昇太郎が言いかける。

「今さら貴様ら如きが半端なオランダ語を身につけてもどうにもならん。重要なのは国家の行方《ゆくえ》、海防で諸外国の干渉を押し返すことだ。今、小生は田原《たわら》藩御家老の渡辺崋山《わたなべかざん》殿や同藩藩医の鈴木《すずき》春山《しゅんさん》殿、伊豆韮山代官《いずにらやまだいかん》の江川英龍《えがわひでたつ》殿、勘定奉行の川路聖謨《かわじとしあきら》殿など、錚々たる面々と『尚歯会《しょうしかい》』という、世を憂《うれ》う寄り合いを持っておる。紹介してやるから貴様らも参加するがいい」

「滅相《めっそう》もない。おいらたちはオランダ語を学んで、医術を向上させたいだけです。先日、先生が執筆された『西説医原枢要《せいせついげんすうよう》』みたいなのを、もっと読みたいのです」

「あれが名著だと見抜いたことは褒めてやる。何しろ日本初の生理学の書だからな」

「そういえば、伊東玄朴殿も同じことをおっしゃっていました」と松本良甫が言うと、長英はふん、と鼻先で笑う。

「玄朴は抜け目がないだけの俗物よ。長崎通詞の猪俣伝次右衛門《いのまたでんじえもん》殿の下僕となったが、師と江戸に出る途上、伝次右衛門殿が病死したため娘の照《てる》殿を託された。鳴滝塾に名を連ね、シーボルト先生の愛弟子《まなでし》という触れ込みで開業したところに、照殿を娶り猪俣家の七光りも加えたので、実力以上に嵩上げされているのさ。シーボルト事件では滝野《たきの》から伊東に改姓して難を逃れるセコさだし、オランダ語の実力も大したことがない。いずれ化《ば》けの皮が剝《は》がれるだろうよ」

そう言うと、長英はごろりと横になり、高いびきをかき始めた。しばらく様子を窺《うかが》っていたが、一向に目を覚ます気配はないので、昇太郎と良甫は退出した。

帰途の道すがら、昇太郎の愚痴《ぐち》は止まらない。

「それにしても、あの高慢《こうまん》ちきな態度は何とかならんのかな。あれで同い年ってんだから、やんなっちまう。この調子ではこれから先、おいらはずっと頭が上がらない。なんとも悔しいねえ」

「昇太郎殿のオランダ語の力は、長英殿には遠く及びませんが、人を惹きつける魅力は長英殿より優れた資質だと思います。きっと長英殿より、大きなことを成しとげると思いますよ」

そう言って良甫はにっこり笑うと、昇太郎はご機嫌な面持《おもも》ちで良甫の肩を抱く。

「良さんのそういうところが好きなんだよ。生まれも育ちも違うが、墓は隣同士《だ》にしような」

「まったく、縁起《えんぎ》でもないことを……」と言いながらも、良甫も悪い気はしない。

だが高野長英は江戸の蘭学の権威だった吉田長淑の弟子でもあり、昇太郎の蘭学の師の足立長雋とは同門で、師の兄弟子筋にあたる。なので誘いを無下《むげ》に断れず、やむなくその会合に顔を出した。そのうちに崋山の画業に惹かれて結局、本格的に弟子入りすることになった。


年が明けて天保四年(一八三三)。

父・惟因が江戸蔵屋敷勤めになったため、章は足守藩の蔵屋敷に住み、生活は好転した。

ローゼの『人体生理学書』の訳書を『人身窮理学小解』と題して刊行した章は、安懐堂にある原書を読み尽くしたため、信道の師・宇田川玄真に紹介された。

津山藩医の宇田川家二代目、玄真はひょっとこ顔の好々爺《こうこうや》だった。

孫弟子の章を本当の孫のように可愛がり、同じ訓戒《くんかい》を何度も繰り返した。

「よいか、一心に勉学に励み、女郎などに入れ込むでないぞ。儂は昔、杉田玄白先生の養子に迎えられたが、放蕩《ほうとう》がひどく勘当《かんどう》されてしまった。その時、そなたの師の岳父である海上随鷗殿が兄弟の縁を結んでくれた。そのおかげで、わが師・宇田川玄随《げんずい》の養子になれたのだ」

そんなつもりは微塵《みじん》もない章は、苦笑しながら「肝に銘じます」と答える。

章は、宇田川塾では養子の三代目、宇田川榕菴に舎密《せいみ》学（現在の化学）や植物学を学び、十歳上の青木周弼と意気投合した。また信道の兄弟子で、津山藩医の箕作阮甫《みつくりげんぽ》にも師事した。

この当時、江戸では「蘭学の三大塾」と称される学塾が勢威を伸ばしていた。

第一は文政十二年（一八二九）、坪井信道が深川に開いた日習堂。

第二は天保三年、外科医として名高い戸塚静海が茅場町《かやばちょう》に開いた私塾。

そして第三は今年、伊東玄朴が和泉橋通《いずみばしどおり》御徒町《おかちまち》に開塾した「象先堂《しょうせんどう》」である。

戸塚静海は三十五歳、伊東玄朴は三十四歳。そして坪井信道は三十九歳。

ほぼ同年代の三人は、当世の「江戸蘭学の三傑《さんけつ》」と呼ばれて、もてはやされていた。

章は、その象先堂の門前で、件《くだん》の問題人物と一年ぶりに再会した。

大通りに大きな長屋門《ながやもん》を構える象先堂は盛況で、患者が門前に列を成し、患者目当てに茶屋まで開かれている。その茶屋の店先で章は、昇太郎に声を掛けられたのだ。

「久しぶりだな、章。おいらに次男が生まれたんだが、伊奈家の用人の仕事と、ややこの世話でてんてこまいで、蘭学はしばらくご無沙汰してたんだ」

訊ねてもいない近況を聞かされた章は、「それはおめでとうございます」とおざなりに祝いの言葉を口にした。

「ありがとよ。ところで章は、なぜこんなところにいるんだ？　象先堂に鞍替《くらが》えしたのか？」

「とんでもない。最近開塾した、象先堂の側《そば》を通ったのでご挨拶を、と思いまして」

「ふうん、そうだったのか。おいらはかつて、高野長英先生の大観堂を立ち上げた時にお誘いしたのが縁で、玄朴殿とは知り合いでね。お望みとあらば紹介してやるよ」

「結構です。玄朴先生には、先ほどお目に掛かり、ご挨拶申し上げましたので」

本当は、玄朴は蔵書家だから顔出ししてみるといい、と師の坪井信道に勧められたのだ。

章は目を閉じて、つい今し方、見学してきた象先堂の佇まいを思い返す。

象先堂の建屋は中央に畳廊下が走っていて、左右に数十の部屋が並び、障子を取っ払えば大広間になる。章の訪問を受けた玄朴は畳廊下を通りながら患者を診療し、同行した塾生の質問に答え、薬の処方の指示を出し、ようやく一番奥の間の書庫兼書斎に着いた。

蘭癖《らんぺき》大名・鍋島閑叟《なべしまかんそう》に召し抱えられ七人扶持一代士となり、今や蘭医学の第一人者となった玄朴は、多数の蘭書を所蔵していた。特に兵術書の多さが目を引いた。

そこは蘭書の殿堂で、章には極楽浄土《ごくらくじようど》のように思えた。章が、玄朴が所蔵する蘭書を筆写させてほしいと頼むと、形だけでいいから、と強引に入塾させられたのだった。

どうやら玄朴はそんな風にして弟子の数を嵩増ししているらしい。それでも秘本を見せてくれるのだから、舶来本や処方を門外不出《もんがいふしゆつ》とした漢方と比べれば、はるかにおおらかな対応だ。後に入門のいきさつを聞いた信道は、「アレは商売人だからな」と苦笑していた。

そんな内幕は告げずに、黙って立ち去ろうとした章の袖を摑んで、昇太郎は言う。

「相変わらず、つれないヤツだなあ。立ち話でいいから、少し話をしようぜ」

「わたしは、あなたと話をする時間は、持ち合わせておりません」

「そんな固いことを言うなよ。人の話に耳を傾けてみようという度量と余裕は、大切だぞ」

根負けした章は、「わかりました。では、少しだけ」としぶしぶうなずく。

「そうこなくっちゃ。まずは報告から。おいらは長英先生の大観堂の立て直しは諦めたよ。大先生は『尚歯会』という憂国《ゆうこく》の社中《しゃちゅう》に参加し、世直しの提言に夢中でね。それなら今、おいらが何をしているか聞きたいか？　聞きたくない？　そんなこと言わずに聞いてくれよ。おいらは蘭学を極める抜け道を見つけたんだ。象先堂なんて目じゃないんだぜ。どうだ、話を聞きたくなってきただろ？」

「蘭学を極める」という言葉にこころを動かされた章は、思わずうなずいてしまう。

「よしよし、やっと話を聞く気になったか。シーボルト事件のせいでオランダ商館長の江戸参府に対する奉行の監視が厳しくなって、江戸の蘭学者はここ数年来、蘭人とは付き合えていない。ところがぎっちょん、江戸で長崎の蘭学を学ぶ抜け道があるんだ。蘭人が参府しない年も、献上品を持参して長崎の通詞が江戸にやってくる。しかも蘭人がいないから、奉行の監視も緩くてやりたい放題、おかげでおいらは大通詞・末永甚左衛門殿の弟子になれた。そこで耳よりの話を聞いたんだが、聞きたいか？　聞きたくない？　聞きたいんだろ？」

悔しそうにうなずく章を見て、昇太郎は嬉しそうに笑うと、周囲を見回し声を潜めた。

「ここだけの話だが、長崎留学の好機到来だ。来年着任する予定の商館長は、これまでと違って、かなり学識深い人物だそうだ。しかも新しい商館長が来ると、当面の間は長崎奉行や通詞が忙しくなるから構ってもらえなくなる。だからその前に長崎にいて、諸事を済ませておくことが肝要《かんよう》なんだそうだ。すると逆算して来年の正月には長崎にいた方がいいんだとさ」

話を聞いた章は腕組みをして考える。宇田川塾でまだ読んでいない蘭書はあと五冊。一心に励めば、半年もあれば読み終える。そんな章を眺めていた昇太郎は、にやにやした。

「お、やっとその気になってきたな。なあ、章、おいらと一緒に長崎に行こうぜ」

「いえ、それはちょっと……。でもなぜあなたはそんな大切なことをわざわざ、わたしなんぞにご親切に教えてくださるのですか」

「蘭学を学ぶ者は少ないから、仲間は多い方がいい。ちなみにおいらは足立塾の新米を連れて行こうと思ってる。初学者だが筋がいい。そういえばどことなく章に似てるな。というわけで来春、長崎でどっちが蘭学を早く極めるか、勝負しようぜ」

「学問は競い合うものではありません。わたしは自分が納得できるよう、努めるだけです」

「かあ、相変わらずお固いなあ。向こうに行ったら、否《いや》が応《おう》でもおいらと競争になるんだがな」

そう言うと、昇太郎は真顔になる。

「おいらの方は準備万端《ばんたん》だぜ。足枷《あしかせ》だった伊奈家の用人の職は義兄の山内豊城に譲り、長男の惣《そう》三郎《さぶろう》は山内家の養子にした。家内と次男の順之助《じゅんのすけ》の面倒も見てもらい、先妻の娘ふたりは親父殿に任せた。これでおいらは自由の身、これまでとは違い、思う存分学べるってもんさ。おいらは負けるのが大嫌いでね。章がその気にならなければ、その時は楽に勝たせてもらうだけさ。それに今の長崎には……いや、なんでもない」

昇太郎は言葉を濁した。「そこまで教えてやる義理はないか」という、彼にしては珍しく、ケチ臭い気持ちが胸をよぎったのだ。

実は昇太郎は、完成したばかりの『ヅーフ・ハルマ』を長崎通詞に見せてもらっていた。単語の数は『江戸ハルマ』と同じくらいだが、例文が桁違《けたちが》いに豊富だった。

製本された『ヅーフ・ハルマ』を五部、幕府に献上するのが今回の参府の目的だった。三十三部しか作成されていない貴重品だが、長崎に行けばそれを見ることができる。

これで蘭学の潮目《しおめ》が変わる、と昇太郎は直感した。

一方、挑発された章の胸には、敵愾心《てきがいしん》と負けん気がむくむくと湧《わ》き上がってきた。

それは万事控えめな章にしては、大層珍しいことだった。


実はこの時、昇太郎が章に言わなかったことがもうひとつあった。彼が大通詞の弟子になれた経緯だ。それは若き佐倉藩主・堀田正篤《まさひろ》（後の堀田正睦《まさよし》）に招かれた、藩校設立の宴席で交した、ささやかな会話がきっかけだった。

新たな藩校の陣立《じんだ》てを昇太郎に説明したのは、後見人役の渡辺弥一兵衛だった。

「今回の藩校は、先々代の正順《まさなり》さまが寛政四年（一七九二）に創設された『佐倉学問所』を、若君が拡充させて『成徳書院《せいとくしょいん》』としたもので、医術に漢方と蘭方の二科を置いたのです。本当は若君はもっと蘭方に力を注ぎたかったのですが……」

「案ずるな、弥一。古くからの御匙の手前もあることは、余も納得しておる」

すると若君の言葉を聞いて、昇太郎はためらわずに直言《ちょくげん》する。

「恐れながら、小藩である佐倉藩は思い切った手を打たねば世評を得られません。博打でも潮時を見逃すと、勝ちに見放されます。ここは一気呵成《いっきかせい》に蘭学を主にされた方がよろしいかと」

「なるほど、そちの言うことも一理ある。そういえばそちも蘭学を学びたいと申しておったな。蘭学の修得具合はどうなっておる？」

「恥ずかしながら、なかなか師を得られず、往生《おうじょう》しております。足立長雋先生はオランダ語が不得手で、お招きした高野長英先生も、蘭学の教授にはあまり熱心でないのです」

するとその時、隣で堀田正篤と昇太郎の会話を聞いていた老人が、口を挟《はさ》んできた。

「蘭語の習得のためには長崎留学が一等の早道だ。来春就任する、新しいオランダ商館長は学識が深いと聞く。彼に教わればよい」

「そうしたいのは山々ですが、生憎、長崎に知り合いがいないもので……」

「もしお前さんがお望みなら、儂の家に寄宿させてやってもよいが」

まじまじと老人を見た昇太郎は、はた、と手を打った。

「ああ、シーボルト先生との面談の時に同席していた、通詞の爺ちゃんか」

確か末永甚左衛門さまとか言ったな、と思い出した昇太郎は怪訝《けげん》に思う。

——はて、あの時、この爺さまは、おいらのことを快く思っていなかったはずだが……。

末永甚左衛門は、無作法な昇太郎に話しかけるつもりなど毛頭なかったが、先ほどの会話で「一気呵成に蘭学に舵《かじ》を切るべきだ」という昇太郎の言葉を聞いて、はっとさせられた。

——われわれはシーボルト事件以後、萎縮《いしゅく》しすぎていたようだ。確かに今は、行き詰まりを打破すべき時なのかもしれん。変革のためには、このような無鉄砲な若者が必要なのだ。

そんな大通詞の思惑など斟酌せず、昇太郎は屈託《くったく》なく言った。

「まことにありがたきお話、是非お願いします」

こうして長崎留学の伝手を得た昇太郎は、そのあらましだけを章に伝えたのだった。

天保五年（一八三四）、章は長崎留学を見据えて、着々と帰郷の準備を進めていた。

ところが、そんな章に突然、暗い影が差した。

十二月に師・宇田川玄真が六十六歳で死去したことが、つまずきの始まりだった。
翌天保六年（一八三五）一月、章は『遠西医方名物考《えんせいいほうめいぶつこう》補遺《ほい》』の追記となる『度量衡《どりょうこう》換算表』の翻訳に専心した。それは玄真が西洋の薬物を紹介した書だが、身体が大きい西洋人に合わせた薬量は日本人には過量で『度量衡換算表』は、適量を投与するための必須《ひっす》の補遺だった。

翻訳量は少ないが正確さが求められる、重要な書だ。死の床にあった玄真は、誰より信頼していた弟子の章にその大事を託した。加えて師の遺作も任されたのである。

蘭医学の基本は、一に人体の仕組みを知る解剖学、二に身体の仕組みと病気の成り立ちを理解する生理・病理学、三に治療に用いる薬の処方を中心とした内科診断学の三本立てだ。

解剖学と処方の訳書は充実していたが、間をつなぐ生理・病理学は良書に欠けていた。なので玄真は病理学書を刊行しようと思っていた。青木周弼にフーフェランドの病理学書を、章にドイツ人のコンスブルックとコンラジの病理学書を訳させ、折衷し編纂を続けた。

ところが半分も終わらぬうちに玄真は逝去《せいきょ》し、「原生（生理学）」と「原病（病理学）」という基本の二領域が未完で残された。玄真の遺稿をもらい受けた章は、欧州の病理学書に加え化学書、物理学書、内科・外科の医学書も参考にして地道に補訂《ほてい》を重ねていく。

情に厚い章は、恩師の死に際《ぎわ》の願いに愚直《ぐちょく》に対応した。そのため彼の帰郷は、予定より遅れてしまう。そのわずかな遅れがやがて大きな歪《ひず》みとなり、その後の章の人生に大きな影を落とすことになるのである。

7章　天游、死す

天保六年（一八三五）

天保六年（一八三五）二月、江戸での修学を終えた章は、二十六歳になっていた。

江戸蔵屋敷に勤めていた父・惟因も帰藩するため、一緒に故郷の足守に帰ることにした。

帰りの道中は父と一緒で、章にとって親孝行にもなる、楽しい旅だった。

足守で一息入れたら、すぐに浪速に向かうつもりだった。師・天游に自分の進境を、一刻も早く報告したかったからだ。


さりとて久しぶりに会う母への孝養《こうよう》も尽くしたいので、足守でゆっくり過ごしたかった。それは相容《あいい》れないことだが、どちらも心からの望みだった。


懐かしい実家で寛《くつろ》いでいた章に、早飛脚《はやびきやく》が来た。手紙を読んだ章の手が震える。

天游が危篤《きとく》だという。


章は直ちに浪速に向かったが、臨終《りんじゅう》に間に合わなかった。

章は、大勢の門弟に囲まれた師の亡骸《なきがら》にまろび寄った。

「天游先生。どうして、わたしの帰りを待っていてくれなかったのですか」

章は人目も憚らず天游にすがって泣いた。天游は微笑《ほほえ》んでいるように見えた。

「あの人は穀潰《ごくつぶ》しで、宇宙《そら》を夢見るばかり。けどあては、あの人がいなければ生きていかれへん。川に身を投げるつもりはあらへんけど、こころは宙に身投げしたようなものや」

隣で泣き濡れているさだの言葉を聞いて、章は、はっと目を見開く。

自分が、奥さまと同じように哀《かな》しみにくれていて、どうするのだ。

章は、拳で涙をぬぐう。

「わたしは江戸で蘭医学を修得し、菩薩医・坪井信道先生のお墨付きをいただきました。ですので中医院と思々斎塾は、わたしが支えます」

「それはあかん。章を引き留めたらいかんと、うちの人は言うとった。江戸から戻ったらすぐに長崎に行けば章は凄い学者になる、とうわごとのようにそればかりを繰り返して……」

そう言ったさだの声は、最後は涙に曇った。だが章は胸を張る。

「ご心配なく。中医院も思々斎塾もわたしが半年で万事、整えてみせます。ここはわたしの家で、先生と奥さまは浪速の両親、子が親に尽くすのは当然のことです」

さだは、しばらくして、声を詰まらせて言う。

「ありがとう、章。そう言ってくれて、なんや肩の荷が下りたわ。ほんならわがままついでに、もうひとつ頼みがあるんや。長崎に行く時は、耕介を一緒に連れていってくれへんか」

さだにしてみれば当然の願いだろうが、それは途方もない重荷だ。

長崎留学の大変さは江戸修学の比ではない。自分の身ひとつでもかつかつなのに、まだ十代の遺児《いじ》を同行して、果たして生活が立ち行くだろうか。だが章は躊躇《ちゅうちょ》せず答えた。

「わかりました。長崎に行く時は、耕介君を必ずお連れします」

それから数日間、章は八面六臂《はちめんろっぴ》で動き回った。

天游は、あちこちに小さな借財を残していたので、それらをまとめて引き受けてくれる商人を探した。師を一途《いちず》に想う章を見て、この若者のために一肌脱ごうと浪速の豪商たちは動いた。

中医院と思々斎塾は従弟の伊三郎に継いでもらうのがいいという結論に達した。果たして自分に務まるだろうかと伊三郎がためらうので、大師匠の橋本宗吉に相談した。

「何の問題もあらしまへんがな。伊三郎殿は図版作りの腕を買われ、『重訂《ちょうてい》解体新書』の解剖図も作ったという、立派な学識の持ち主や。わてらもお助けするのでご心配なさるな」

その言葉に背を押され、伊三郎は思々斎塾を引き受けた。

残る問題は金子だ。留学費の工面を模索していた章は、そこで運命の女性と出会うのである。

天游の四十九日《しじゅうくにち》には、浪速の蘭学者や門弟が大勢集まった。

法要《ほうよう》を終え、御斎《おとき》を供《きょう》していると、年配の男性が章に近づいてきた。

骨太の頑丈《がんじょう》そうな体つきで、豊かな鬚《ひげ》を蓄えた風格のある面持ちである。

「儂は億川百記《おくがわひゃっき》と申します。章さんのことは天游さんからお聞きしておりました」

勧められた酒を「わたしは呑みません」と断る章を見て、百記はにこにこしてうなずく。

「結構ですな。学問をやるなら酒はあきまへん。そこが、天游さんのいけないところでしたな。斗酒《としゅ》を辞さず、というおおらかさが命を縮めた。五十三歳、儂と同い年なのに早すぎます」

杯《さかずき》をあおった億川百記は、続けた。

「儂の本業は紙漉《かみす》きですが、浪速で漢方を学び、名塩村《なじおむら》で医業の真似事をしております。浪速から徒歩で一日の名塩には医者がおらんかったで、儂は子どもを五人、幼くして亡くしましてな。

娘の八重《やえ》が生まれた時、この子だけはなんとしても育て上げたいと思い、医者になろうと発心《ほっしん》したのです。それが四十の時ですわ。そんな折、道修町の薬問屋の店先でサフランを見つけまして、『小児薬王《しようにやくおう》　むしおさへ』という丸薬《がんやく》をこしらえたところ、大当たりしまして。使用人の熊《くま》太郎《たろう》に薬問屋を開かせ、『名塩屋』と名乗らせました。そのうちに、なぜサフランが効《き》くのか知りたくなり、天游さんに教えを請《こ》うたのです。だから儂は章さんの兄弟子ですわ」

「四十過ぎで蘭学を始めたとは、大変なご決心ですね」

「なあに、儂にとって蘭学は道楽のようなものでしてな。ところで章さんは、長崎留学をなさりたいのだとか。よろしければその費用、儂が用立てましょうか」

「ご冗談を。初めてお目に掛かったお方に、そんなことをしていただく謂《い》われはございません」

「遠慮は御無用。天游さんが死の床でしきりに、『章を長崎に行かせたい』とおっしゃられたので、つい安請け合いしてしまったんや。実はここだけの話、この話には裏がありましてな。娘の八重は幸い無事に育ち、親の欲目ながら気立てもよく、『名塩小町』と呼ばれる器量《きりよう》よしでして。天游さんにお婿《むこ》はんを見つけてくれるようお願いしたら、『八重さんには章がいい。ワテとさだのように、お互い認め合う夫婦になるぞ』と言われまして。以来、章さんがお戻りなられる日を一日千秋《いちじつせんしゆう》の思いで、首を長くしてお待ちしておったのです」

突然の話に章は戸惑う。蘭学の修学で手一杯で、嫁取りなど考えたこともなかった。

江戸の師の坪井信道も妻帯したのは、蘭学塾を開いた翌年の三十六歳の時だ。

だが章も二十六、武家としては晩婚だ。そのせいか帰省した時に母に縁談《えんだん》を勧められた。

その話は断ったが、師・天游の言葉には心が揺れた。

そんな章を見て、億川百記が言う。

「おお、嫁にもろてくださいと言いながら、本人をお見せしないのは気が利きませんでしたな。おーい、八重、こっちに来い。こちらが、いつも儂が話していた、緒方章先生や」

百記が女衆に声を掛けると、少女が「へえ」と答え、前掛けを外しながら側に寄り添った。うつむいて姉さんかぶりの手ぬぐいを外すと、少女は顔をすっと上げた。

「初めまして。八重と申します。どうぞよろしう」

涼しげな声がして、目の前に、ぱあっと花が開いたような心持ちがした。

「八重さん、お膳を運んでもらえまへんか」と、女衆から声が掛かる。

八重は「へえ、ただいま」と答え、章に会釈《えしゃく》をして立ち去った。

八重の後ろ姿を目で追う章に、億川百記が言う。

「嫁の話はさて置き、章さんにはこれからやらねばならんことがようけありますな。長崎留学に耕介さんを同行し、さださまの医院を安定させ、思々斎塾の経営を成り立たせる。それを成すには当然、多額の金子が必要になります。けど四つ一遍《いっぺん》となるとさすがに儂にも荷が重い。そこで頼母子講《たのもしこう》を考えました。集まったみんなで金子を出し合い、親が最初に使い、次回は別の人が使い、ひと回りするまで続ける寄り合いです。章さんが最初の親で集めた金子で留学し、次の頼母子講に金を出せばよい。実はすでに紙漉き仲間に声を掛けております。弓場五郎兵衛《ゆばごろうべえ》や木戸六三郎《きどろくさぶろう》など気心の知れた連中ですわ。なに、礼には及びません。章さんが医者になって戻られたら、名塩の連中が病気になった時に診てくだされば、それでええんですわ」

そこに天游の師、橋本宗吉が話に割って入ってきた。

「ええ話やないか。儂も若い頃、師匠たちの好意で江戸の芝蘭堂に留学させてもろたんや。今度はあの時の御恩を返す番や。儂も蘭学仲間から寄付を募《つの》ったる。師より先に逝《い》きおった天游の大馬鹿は、立派な弟子を残した。その弟子を一人前にすることが、せめてもの供養《くよう》や」

ありがたい言葉を聞いて、章の目頭は熱くなった。

夜が更《ふ》けても、御斎はしめやかに続いていた。

縁側でひとり座り、師を偲《しの》んでいた章は、背後から声を掛けられた。

「あの、先ほどは父さまが、いきなり失礼なことを言って、えろうすんまへんでした」

鈴を転がすような声が、章の胸に鳴り響く。

振り返ると、月の光に照らされた、仄白《ほのじろ》い八重の顔があった。

章は立ち上がり、首を振る。

「そんなことはありません。あなたこそ、いきなりわたしの嫁になれ、などと言われて、さぞや戸惑われたでしょう。聞けばあなたはまだ十四、わたしとはひと回りも違います。まあ、お父上の戯《たわむ》れだと思って、お忘れください」

その時、庭先のほたるが、八重の胸元に、ふわりと止まる。

八重は胸に手を当て、ほたるをそっと掌《てのひら》に包み込むと、凜《りん》とした声で言う。

「あては、章さまのことを父さまから聞かされてからずっと、兄さまのように思うていました。今日初めてお目に掛かり、思った通りの優しいお方とわかり、嬉しうなりました」

そう言った八重が掌を開くと、ほたるは庭先へふわり、と飛んでいく。

雪のように白い八重の横顔を、章は黙って見つめた。

その時、自分でも思いもしなかった言葉が口を衝いて出た。

「わたしはこれから、長崎で修学してきます。三年後に戻ってきた時、もしもあなたの気持ちが変わっていなければ……」

そこまで言うと、章ははっとして口をつぐんだ。

八重は佇んだまま、次の言葉を待つ。

そよ風がふたりの間を吹き抜け、さやさやと葉ずれの音が響く。

章が夜空を見上げると、八重も同じように空を見た。

満月の白い光が、静かにふたりに降り注いでいる。


翌朝。

朝靄《あさもや》に煙《けむ》る玄関先に、旅装の親娘《おやこ》が立っていた。

別れの挨拶をした八重の顔を、章はまっすぐ見ることができなかった。

――ゆうべは、なんであんなことを口走ってしまったのだろう。自分は間もなく、長崎へ旅立つ。蘭学修業は過酷《かこく》で、命を落とすこともあるというのに……。

同時に、口ごもって、最後まで言えなかったことを後悔もした。

思い切って、想いを伝えるべきではなかったか。

いや、修学を成し遂げて戻った時にお目に掛かり、その時こそ想いを告げよう。

だが八重が自分を待っていてくれるという保証はない。

章の想いは、千々《ちぢ》に乱れた。

百記が背を向けて歩み出し、八重は後に従う。

親娘は、二度と自分の手の届かないところに行ってしまうように思われた。

その時、八重はふいに立ち止まり振り返る。そして章の許《もと》に駆《か》け戻って来ると、両の掌に包むようにして胸に抱いていたものを差し出した。

「父さまが漉《す》いた紙で作った短冊《たんざく》です。あてが一番好きな歌を書きました」

章は、短冊に書かれた名を口にした。

「……花香《はなか》」

「それはあての、歌を書くときの号です。あては梅の花が一番好きです」

八重は濡れた瞳でじっと章を見つめた。それからくるりと背を向け、父の後を追った。

遠ざかる少女の、小柄な後ろ姿を、章はいつまでも見つめ続けた。

＊

八ヵ月後。

章は、思々斎塾と中医院の立て直しを見事に果たした。

そんな世知《せち》的な能力には欠けていると思い込んでいた章は、自分が思いのほか、他人との交渉事に長けていることを知って、自分でも驚いていた。だが、そうした交渉の達人である父・惟因の血を引いているおかげかもしれない、と思い直す。

そんな風に厄介ごとを片付けた章は、長崎へ向けて出立《しゅったつ》する手筈を整えた。

出立の日、章は、中伊三郎が継いだ思々斎塾から、天游の遺児、中耕介を連れて出た。

耕介は、祖父が作り、父に伝えられた『江戸ハルマ』を入れた行李《こうり》を背負い、母に別れの挨拶をした。

さだは、心配でならないという様子で、同じ言葉をくどくどと繰り返した。

「ええか、長崎では緒方先生の言うことをちゃんと聞いて、しっかり学んでくるのやで」

何度も何度も言い聞かせるさだに、耕介も何度も何度もうなずく。

さだは火打ち石で、門出を清めた。

旅立つ章と耕介の後を、門人や知人がぞろぞろとついていく。

最近めっきり足腰が弱くなったと嘆《なげ》く大師匠の橋本宗吉も、見送りに来てくれた。

「章は浪速の蘭学の一番星や。長崎の空に、ひときわ明るく輝いてこい。天游もきっと、空の上から見守ってくれとるはずや」

ありがたい大師匠の言葉を胸に、章と耕介は、馬関《ばかん》へ向かう阿弥陀船《あみだぶね》に乗船した。

「船が出るぞお」と船頭《せんどう》が声を張り上げる。

「緒方章君、万歳《ばんざい》、中耕介君、万歳」という見送りの人々の声が、船着き場に響く。

——こんな日が本当に来るなんて、夢のようだ。

章の胸の内で高まる希望が、風をはらんだ帆のように膨らんでいく。

船縁《ふなべり》に寄ると、岸辺で見送る門人が手を振っているのが見える。

隣では耕介が、故郷を離れる心細さに、涙をこらえている。

その姿が昔の自分と重なり、章は彼の肩を抱いた。

かつて、こんな風に震えていた自分の肩を、天游が抱いてくれた。

これからは耕介に、天游への恩を返していこう。

見送りの人たちの声が遠ざかり、風に吹き散らされて消えていく。

章の胸に、さまざまな思いが去来する。

多くの人たちの善意のおかげで自分は今、長崎の地に向かっている。

それは夢のようだった。

長崎で学び尽くして浪速に帰り、みんなに恩返しをしたい。

――そして、その時には……。

章は我に返って首を振り、胸の内に浮かんだ想いを振り払おうとした。

だが、可憐《かれん》な少女の面影《おもかげ》は、消えるどころか、茜《あかね》差す夕空にますますくっきりと浮かび上がるのだった。


浪速蘭学の統領・橋本宗吉は、弟子・中天游の塾を立て直した孫弟子・緒方章の長崎への出立を見届けた三ヵ月後の天保七年五月、愛弟子の後を追うように永遠《とわ》の旅路に出た。

享年七十四。

修学を始めた長崎の地で訃報《ふほう》を受け取った章は、瞑目《めいもく》して掌を合わせた。

8章　絢爛たり、長崎

天保七年（一八三六）

天保七年（一八三六）二月。夕暮れの丘に、大音寺《だいおんじ》の鐘の音が響いている。烏《からす》が鳴きながら、背後の風頭山《かざがしら》から港の方角へ飛び去っていく。

高台にある寺の境内から西方を望むと、海原に夕陽が沈んでいく。青貝細工《あおがいざいく》のようにきめ細かく入り組んだ街に、灯《あか》りが点《とも》り始める。夕闇に沈んだ街並みに、寒風が吹きすさぶ。

鎖国下の日本でただ一ヵ所、異国に開かれた窓となっている長崎の街は、三方を山に囲まれ、中洲《なかす》のような狭い土地に築かれている。

風頭山の麓《ふもと》の寺町には、いくつもの寺が隙間《すきま》なく連なり、異国の風から日本を守る屛風《びょうぶ》のようになっている。

大音寺は、長崎に三つある将軍朱印寺《しゅいんじ》のひとつで、そうした寺社の中でも格が高い。

ぽつん、ぽつんと灯りが点り始めた麓の家の一軒に、章は居を構えていた。

長崎に来て、はや十日。地役人《じやくにん》への届けや、貸家探しなどの雑事に追われる毎日で、肝心の蘭学者たちとは、まだ連絡が取れていない。

こんな調子で、果たして修学できるのだろうか、という不安を抱えた章は二十七歳。顔を上げると夕空に、ひときわ明るく、宵の明星が輝いている。

星が好きだった師匠の笑顔を思い浮かべた章は、師匠がつけてくれた名と訣別《けつべつ》しようと心を決めていた。その時、心に浮かんだのは、「洪庵《こうあん》」という名だった。

その名にふさわしく、広く大きな庵《いおり》に、ひな鳥たちを住まわせたい。

章は懐から、短冊を取り出した。そこには美しい手《て》跡で、和歌が記されている。

残りたる　雪にまじれる　梅の花　早く散りなそ　雪は消《け》ぬとも　花香

大伴旅人《おおとものたびと》の和歌を認《したた》めた利休鼠《りきゅうねずみ》の名塩紙を見ていると、可憐な少女の面影がよぎる。

夕風の寒さに震えた章は我に返り、家路をたどり始める。

境内を通り抜ける途中、立派な墓石の前に立ち、両手を合わせた。

文化五年（一八〇八）、長崎港に不法侵入した英国船「フェートン号事件」の責任を取って切《せっ》腹《ぷく》した、時の長崎奉行・松平康英《やすひで》の墓だ。

身体を張って長崎の町を守った彼の墓石の前には、いつも花が供えられている。

一年近く出遅れたため、章は焦《あせ》る気持ちを抑えつつ、狭く細い石段を足早に下りて行った。

長崎には細い水路が碁盤《ごばん》の目のように走り、その上に多くの橋が架かっている。

大坂に似た水の都だが、橋は大きく違っていた。

大坂は木橋だが、長崎は石橋だった。

麓の今籠町《いまかごまち》の長屋を借りて、中耕介と住み始めたのは、長崎に到着して四日目だ。

それから一週間、生活の目処《めど》が付き、そろそろ修学の手配をしなくては、と思いつつ坂を下る。四つ辻《つじ》を右に曲がると、玄関先に立派な駕籠《かご》が待っていた。

「さっきから、この人たちが兄さんをお待ちしていて」

玄関に出ていた耕介が心細げに言うと、駕籠舁《か》きの頭目《とうもく》と思《おぼ》しき人物が頭を下げた。

「緒方章さまですね。大通詞・末永家のお迎えの駕籠でやんす。どうぞお乗りください」

わけがわからぬまま、章は大小を携え、駕籠に乗り込んだ。

駕籠舁きが「では参ります」と言い、駕籠を持ち上げ、掛け声も勇ましく出発した。

初めて駕籠に乗った章は、ひどい揺れに閉口しながら考える。

――なぜ、大通詞さまがわたしのことをお招きになったのだろう。

長崎の蘭学界と連絡を取りたかった章にとって、願ったり叶ったりだったが、あまりにも好都合すぎて、却《かえ》って疑心暗鬼《ぎしんあんき》に囚われてしまう。

揺れる駕籠の中で章は、到着してここ数日で知った、長崎事情に思いを巡らせた。

天領・長崎は、江戸から派遣された奉行が行政の長を務める下に、与力《よりき》が十名、同心《どうしん》が三十名おり、代官、町年寄、会所《かいしょ》、乙名《おとな》と呼ばれる行政担当官には町人が任じられている。

他に特殊な通訳の役人がいて、オランダ語の通訳は蘭通詞、清《しん》国の通訳は唐通事《とうつうじ》と呼ばれる。

十八世紀後半、蘭通詞の世界に二人の天才が現れた。吉雄耕牛《こうぎゅう》と本木良永《もときよしなが》である。

吉雄耕牛は蘭医学の大家となり、本木良永は天文を主とした。

二人の薫陶《くんとう》を受けた弟子が、通詞から学者に転じた志筑忠雄《しづきただお》で、名著『暦象新書』の筆者だ。

その志筑忠雄の弟子の双璧《そうへき》が馬場佐十郎と吉雄耕牛の子・吉雄権之助である。

馬場佐十郎は語学の天才でオランダ語の他、英語も修得した。江戸に召され、天文方の役人に任命され、蝦夷地でロシア語の習得にも励んだが、惜しくも早逝《そうせい》した。片や吉雄権之助はシーボルトの通詞となり『ヅーフ・ハルマ』の訳編に関わったが、五年前に死去している。

かくして長崎の蘭通詞の天才の系譜《けいふ》は一旦、途絶えた。その後オランダは幕府を慮《おもんぱか》り、今は医師の派遣を控え、蘭通詞界も低迷を余儀なくされている。

それが章が長崎に留学した時期だった。それでも吉雄家、楢林家、末永家、猪俣家など著名な通詞の家は懸命に蘭医界を支えた。特に吉雄家、末永家は連携し、痘瘡の白神（ワクチン）の牛痘株の輸入を成功させることで、シーボルト事件の汚名《おめい》を雪《そそ》ごうとした。

中でも気を吐いたのが、暴れ馬・栄建と静かなる駿馬・宗建《そうけん》という、医家楢林家の兄弟だ。

そんな長崎の現状を考えているうちに、駕籠が止まる。

駕籠から降りた章は、目を瞠《みは》った。

色とりどりの提灯《ちょうちん》が軒先に提げられ、真昼と見紛うばかりの明るさだ。その傍らを、派手な着物を着た白塗《しろぬ》りの顔の女性が、男と並んで、一緒に通り過ぎていく。

格子《こうし》の飾り窓から、白粉《おしろい》を塗った女性が流し目を投げてくる。

そこは日本の三大遊郭《ゆうかく》のひとつ、丸山《まるやま》遊郭だった。

むせかえるような白粉の匂いに咳《せ》き込んだ章は、美しい花魁《おいらん》から目を逸《そ》らした。

「ようこそお越しくださいました。緒方章さま、ささ、どうぞこちらへ」

案内役の男性に従い門を入り、一段高くなっている玄関まで石畳を踏んで行く。灯りが点る赤い提灯の字は、ぼんやりと「花月《かげつ》」と読めた。

二階に上がると、奥まった部屋の襖が開いた。大きな硝子窓からは庭木の樹影が見える。広間の真ん中に大きな朱塗りの円卓があり、二人の男性が座に着いている。

「よっ。久しぶりだな、章。まあ、そこに座れよ」

それはよりによって章の天敵だった。田辺昇太郎は片手を挙げ、陽気な声で言った。

「大通詞さまのお招きの席に、なぜ昇太郎殿がおられるのですか？」

呆然とした章が問いかけると、昇太郎は楽しそうに笑って答えた。

「おいらは末永家の名代《みようだい》さ。去年、大通詞・末永甚左衛門の爺ちゃんに弟子入りして、世話になってたんだけど、半年前に爺ちゃんが死んじまって以後、この店に住んでいる。そうそう、おいらは長崎で改名したんだ。田辺昇太郎改め和田泰然ってんだ。和田ってのは母方の名字《みようじ》でね。そんなわけで、ひとつよろしくな」

「それは奇遇《きぐう》ですね。わたしも長崎で改名しました。章改め、洪庵と申します」

そう言いながら洪庵は、一瞬顔をしかめる。常に一歩先を行かれるような感じが煩わしい。

「長崎に着いて早々改名するなんて、気が合うな。まずは再会を祝して乾杯しよう」

「わたしは酒を慎んでおります。それに故《ゆえ》なき饗応《きようおう》は受けません」

「相変わらず堅苦しいヤツだなあ。けどよ、この酒席は長崎蘭学の総元締《そうもとじめ》、大通詞さまの招宴《しようえん》だぜ。故なきどころか大義がありまくり、もしも迂闊《うかつ》に断ったりしたら、章の長崎留学なんぞ、たちまち吹き飛んじまうかもしれないんだぜ。それでも乾杯しないつもりかえ？」

洪庵は唇《くちびる》を嚙《か》み、座り直して、しぶしぶ杯を持つ。

「偉いぞ、章も少しは大人になったようだな。では改めまして、田辺昇太郎と緒方章殿、もとい、和田泰然と緒方洪庵殿の、長崎での再会を祝して乾杯」

小声で唱和《しようわ》した洪庵は、苦い薬を飲むようにして杯を干した。

異国情緒あふれる、派手な着物姿の仲居《なかい》が、次々に小皿を運んでくる。

洪庵の前の円卓には造里《つくり》の皿が置かれ、湯引き、続いて三品盛、取り肴《ざかな》、満女《まめ》、焼物と油物の変わり鉢、山海の幸の大鉢、豚の角煮の中鉢、煮物と次々に料理が運ばれてくる。

朱色の円卓の上は、たちまち四角や丸い色とりどりの料理皿で埋め尽くされ、春爛漫《はるらんまん》の花畑に早変わりする。その華やかさに、洪庵は心を奪われた。

「これは国際都市・長崎の名物、卓袱《しつぽく》料理だ。席次の序列を考えずに、清国やオランダの連中と付き合うために、円卓にしたんだそうだ」

天游が好んだ「フレイヘイド」の精神だな、と洪庵は思った。

すると泰然は調子に乗って、仲居に代わって料理の説明をする。

「この長崎の名物料理は別名、『わからん』料理という。最初のお鰭は、鯛《たい》の胸びれの吸い物だ。四の五の言わずに、まずは召し上がるがよい」

箸をつけた洪庵は、味わいの深さに思わず目を瞑《つむ》る。そして珍しく軽口を叩いた。

「『わからん』料理とは異な事を。味はむしろ、わかりやすいようですが」

「は、無粋《ぶすい》な洪庵殿には『わからん』かな。漢字を当てれば『和唐蘭』、つまり日本人、唐人、蘭人の三者で仲良く食そう、という洒落《しやれ》だよ」

それでは「わからん」ではないか、と洪庵は思うが、そんなことを言ったら、負けず嫌いの泰然が何を言い出すかわからない。話がこんがらがりそうなので黙っていた。

ひと通り箸をつけた後で、泰然が訊ねる。

「それにしても章、じゃなくて洪庵さんよ、一年近く出遅れた上に、学童の瘤《こぶ》つきと一緒の長屋住まいとは一体、何がどうなっているんだよ」

「まあ、当方もいろいろございまして。ところでお隣のお方は、どなたですか」

洪庵は、泰然の隣にちんまり座る、小柄な青年に視線を向けた。

武家の形《なり》をしているが、武士には珍しい髭面だ。

「おお失敬、紹介するのをうっかり忘れてた。こいつは舎弟《しやてい》の小林《こばやし》杖策《じようさく》で、今は二十四だから、洪庵殿の四つ下だな。小倉《こくら》藩の藩医の次男坊で、おいらと一緒に長崎に行きたい、というもんだから、連れてきた。今は大石良英《おおいしりようえい》殿のところに寄宿しているんだよ」

「なんと、大石先生のお宅とは羨ましい。大石殿は温厚で、優秀なお方ですから」

大石良英は洪庵、長州の青木兄弟の弟・青木研蔵《けんぞう》と共に、「象先堂の雪月花《せつげつか》」と称された三傑のひとりで、洪庵も、その人となりは、よく知っていた。

大石良英と青木研蔵は鳴滝塾の出身で、オランダ語に優れているのは誰にも納得できる。

そんな二人と肩を並べる評判を得た洪庵の優秀さは、異質だった。

長崎修学が遅れた理由を重ねて問われたので、洪庵はしぶしぶ事情を説明した。

すると、泰然はからからと笑う。

「相変わらず要領の悪いヤツだなあ。亡くなっちまった師匠なんぞほっぽり出して、さっさと長崎に来てしまえばよかったのに。この一年の遅れは取り返しがつかないぞ」

「わたしはあなたとは違います。そんな恩知らずな真似はできません」

「それは『小仁《しょうじん》』というもんだよ。『君《くん》に忠《ちゅう》、親に孝《こう》』なんて古くさい考えが民を縛り、それに嵩にかかってお上が民を抑え込むもんだから、日本は遅れちまったのさ。蘭学者もお上に色目を使う連中ばかり。玄朴殿はその筆頭だ。その点、長英師匠はトンデモだったが、今にして思えば大した見識の持ち主だった。長崎に来たら目から鱗《うろこ》がぽろぽろと落ちたのよ」

「果たしてそうでしょうか。お上の思し召しで、万民は安寧《あんねい》に暮らせるのです。祖法《そほう》を蔑《ないがし》ろにしては、世は立ち行かなくなります」

「うーん、やっぱり章とは相容れないな。まあ、いいや。では章が今一番気になっている本題、今後の蘭学修学について話そうか」

思わず洪庵が居住まいを正すと、泰然は厳《おごそ》かな口調で言う。

「章はおいらの手下になるがいいよ。商館長のニーマン殿は学識豊かで、医学の造詣《ぞうけい》も深い。商館付の医師にも直接修学ができるよう、話をつけてやる」

「シーボルト事件以後、オランダは医師派遣を控えているはずですが」

「は、そんなの、建前に決まってるだろ。商館員が病気になったらどうすんだよ。医師の同行は命綱《いのちづな》、表向きは医師は同行していないという形にしているだけだよ」

しばし考え込んだ洪庵は、やがて顔を上げ、きっぱりと言う。

「身に余るお申し出ですが、泰然殿のお世話になるのは心苦しいので、お断りします」

すると泰然は手を叩いて、大笑いした。

「ほらな、おいらの言った通りだろ。章ってのは、本当に融通が利かない頑固者なんだよ」

泰然の隣に座っている小林杖策は、鬚面の首を振り、呆《あき》れ顔で洪庵を見た。

「安懐堂の緒方章しゃんと言えば、江戸の蘭学者で知らぬ者のない第一人者。そのお方が、かような愚かしいご判断をなさるとは信じられんとです」

「まあ、いいさ。それならおいらが章に頼み事をしよう。ここにいる杖策に、蘭学の初歩を指導してくれないか。もちろん、お代は払う」

「大石殿の塾に寄宿し、出島で蘭人に自由に学べるなら、わたしの助けなど、無用なのでは？」

「長崎ではそれでいいが、コイツも江戸に帰り、お上にお仕えすることになる。その時の出仕の心構えも教えてもらいたい。そんなことを頼めるのは謹厳居士《きんげんこじ》の章くらいしかいないんだよ。ふむ、それもダメか。よし、わかった。それなら章に『ヅーフ』を筆写してもらって、その労賃としてお代を払うというのならどうだ？」

「なんと。泰然殿は『ヅーフ・ハルマ』をお持ちなのですか？」と洪庵は驚く。

「おいらのではないが、末永家の本が大石殿のところにあり、自由に閲覧《えつらん》できるのさ」

『ヅーフ・ハルマ』は五代前のオランダ商館長ヘンドリック・ヅーフが編纂した蘭和辞典だ。

原本の『ハルマ辞書』はフランソア・ハルマ編の蘭仏辞書で、アルファベット順に並べてあるオランダ語の単語を和訳して、フランス語の部分を省《はぶ》いたものを、『ヅーフ・ハルマ』として世に出したものだ。

それ以前の日本最初の蘭和辞書『江戸ハルマ』は収録語数約六万、全十三巻の大部だった。

ところが『ヅーフ・ハルマ』は、収録語数こそ五万語と若干下回るが、豊富な例文が掲載されていて、全五十八巻、総頁《ページ》三千を超える大著となった。

ヅーフが日本を去った後は、吉雄権之助が中心になって編纂作業を続け、三年前にようやく完成したという。だがその辞書は、筆写の三十三部しか作成されておらず、蘭学者たちの垂涎《すいぜん》の的《まと》になっていた。

その『ヅーフ・ハルマ』を、この手に取ることができるとは……。

煩悶《はんもん》している洪庵を見て、泰然は大笑いする。

「あの『ヅーフ』を筆写できるんだぜ、悩むことはなかろう」

それでも口ごもる洪庵を見て、肩をすくめた泰然は諦め顔で言う。

「わかった。それなら、杖策の依頼ということならどうだい？」

「ええ、それでしたら……」

「よっしゃ、これで決まりだ。やっと章を納得させることができたぜ」

泰然が両手をぱん、と打って、陽気に言う。すると洪庵は恐る恐る言う。

「あのう、先ほどから章と呼ばれておりますが、わたしは洪庵と改名したので……」

「おっといけねえ、ついうっかりしてた。すまんすまん。だが『洪庵殿』という名はどうも堅苦しくていけねえな。おいらはこれまで通り『章』と呼ばせてもらおうか」

「ならばわたしもあなたを『昇太郎殿』と呼ばないといけないのでしょうか？」

「そいつは勘弁《かんべん》してくんな。おいらは昔から、昇太郎という名前が嫌いでね。だからおいらのことは『泰然』と呼んでくんな」

なんと身勝手な、と思うが、嫌いな人間にどう呼ばれようとどうでもいいか、と思い直す。

「ではそれで結構です。でもどうして、そこまでわたしによくしてくださるのですか？」

「蘭方医同士で、いがみ合ってもしゃあないだろ。おいらたちは志が同じ仲間なんだから」

さらりとそう言われて、不覚にも洪庵の胸は熱くなる。

「ついでに杖策にも改名を勧めてるんだ。図体がデカいんだから小林の『小さい』を取り、姓は林《はやし》、名は杖策改め洞海《どうかい》ってんだ。三人揃って長崎での襲名《しゅうめい》披露ってのはどうだい？」

「どうだい、と言われましても……」

洪庵が戸惑っていると、泰然がご機嫌な口調で言う。

「それでは、本日の諸々《もろもろ》の一本締めと参ろう。みなの衆、お手を拝借」

派手派手しい朱塗りの円卓に、華やかな手拍子が響いた。


「この後、渡り廊下の向こうにもちょっくら付き合えよ」と言われたが、嫌な予感がして洪庵は断った。すると泰然は、舌打ちをしてから、にっと笑う。

「ち、相変わらず勘のいいヤツだな。あちらは『引田屋《ひけたや》』、女郎屋の名店だよ」

罠《わな》に落ちずに済んでほっとした洪庵は、玄関で待っていた駕籠を断った。

すると、小林杖策から改名したばかりの林洞海が、夜道を一緒についてきた。

しだれやなぎが生えている川沿いの小道を歩きながら、洞海が言う。

「なして洪庵先生は、あそこまで泰然しゃんを嫌《きろ》うとるとですか？」

「いえ、嫌ってはおりません。わたしは法を守ることは大切にしているのですが、あの方は、そこを軽々と飛び越えてしまう。その自由闊達《かったつ》さがいささか恐ろしく、苦手なのです」

洪庵の言葉に耳を傾けた洞海は、少し合点がいったという表情になり、言う。

「まあ、『ヅーフ・ハルマ』の筆写をお引き受けになられたのは、よかことでした。洪庵先生もこれで『ヅーフ』を手に入れることができるとですね」

「いえ、そうはいかないでしょう。写本は泰然殿のものですので」

「なんと、本気でそんなことば、おっしゃるとですか。三部模写して一部は泰然しゃんに渡し、一部は手元にお持ちになり、もう一部は売り払って金に換えればよかですよ」

「そんな手は思いつきもしませんでした。ご教示、感謝します」

橋の中程に立ち、生真面目に礼を言った洪庵を、洞海はしみじみと見た。

「ほんに洪庵先生は、泰然しゃんのおっしゃる通りの方ですばい。先生が今、立たれておられる橋は、思案橋《しあんばし》と言うとです。街から丸山につながる橋で、花街《はなまち》に行こか戻ろか、思案するのでその名があるとです。ばってん洪庵先生には、そげな悩みは関係なかようですな」

足下の橋を見る。確かに自分がこの橋で思案することはないだろう。

洪庵は、翌日の再会を約し、思案橋のたもとで洞海と別れた。

こうして洪庵は、泰然の手下になることなく、最大限の利を得た。

だがそれは、泰然の温情のおかげだということは、よくわかっていた。

*

洪庵と洞海を見送った泰然は、渡り廊下を通り、隣の引田屋に移った。

廊下を歩いていると、稚児髷《ちごまげ》の女の子が、泰然に飛びついてきた。

「おっちゃん、お帰り。待ってたの。さあ、一緒に遊んで」

「はは、おイネちゃんは元気だな」

泰然は少女の手を引いて、座敷の襖を開ける。

するとそこには、艶《あで》やかな姿の花魁が端然《たんぜん》と座っていた。

泰然は、手に持っていた菓子包みを、少女に手渡した。

「最近、巷《ちまた》で評判の、梅寿軒《ばいじゅけん》の『もしほ草』です。其扇さまもおひとつ、どうぞ」

「美味《おい》しそうでありんすね。イネ、泰然さまにお礼を言ってから、いただきなさい」

イネは「ありがと」と言って、お菓子を口に含む。そしてもうひとつを花魁に手渡した。

「上品な甘さでありんすな。されど妾《わらわ》は、毎度、お座敷にお呼びいただきながら、何もしないというのは心苦しいのでありんす」

「とんでもない。おいらは、其扇さまから長崎奉行や出島の内部事情を聞かせていただいておりますので、それで十分です。それにおいらには江戸に瀧子という女房がおります。同じ名の女性を抱いたと知れば、家内が角を出すでしょう」

其扇は、「左様《さよう》でありんすか」と言って微笑んだ。

彼女は商家の娘で、本名をおたきと言う。シーボルトに見初《みそ》められて身請《みう》けされ、形式的に出島への出入りが許される名付遊女という、丸山の遊女となり、シーボルトの内妻となった。

シーボルトとの間に生まれた娘のイネは、今年で十歳になる。

シーボルトの国外追放後、町人と再婚したおたきを、泰然は座敷に呼んだ。

遊里に入り浸《びた》るのは父・藤佐が江戸入りした時と同じで、まさに佐藤家のお家芸である。遊女は蘭館の内情に通じていた。泰然は、オランダ商館の内部事情を馴染みの遊女から聞き出し、蘭通詞のお供をして蘭館に出入りを重ねた。

やがて出島に自由に出入りし、赤ら顔の巨漢の商館長ニーマンとはいつでも面談できる、特別な間柄になった。常に書物を手元から離さない学究《がっきゅう》の徒のニーマンは、自由闊達で伸びやかなこの若者を気に入り、外国事情や博物学、兵法の基本など、彼が持つありったけの知識を惜しまず伝授した。かくしてニーマンの一番弟子となった泰然は、彼が同道した外科医からも内密に直接手ほどきを受けるようになった。

そんな風にニーマンの信頼を得られたのも、其扇のおかげだった。

地の者にしかわからない微妙な人間関係や、出島内の独特な慣習の知識を其扇から得たおかげで、泰然はいろいろな場面で、ことを有利に運ぶことができた。

その夜、泰然は其扇に、つい先ほどまで会っていた緒方洪庵のことを語った。

「章の融通の利かなさには呆れ果てますが、ああいう一刻者《いっこもん》が、これからの日本には必要とされるのかもしれません」

「妾もその、章さまというお方に、お目に掛かってみたいものでありんす」

其扇は艶然《えんぜん》と含み笑いをして言ったが、泰然は肩をすくめた。

「そいつは難しいでしょう。章が花街に足を踏み入れることは、二度とないでしょうから」

そう言う泰然の膝の上では、はしゃぎ疲れたイネが、すやすやと寝息を立てていた。

9章　豪傑・楢林栄建

天保八年（一八三七）

その日から洪庵は、林洞海が寄宿している、豊後町《ぶんごまち》の大石良英の私邸《してい》に通いつめた。

大石良英は蘭通詞・本木家の次男で、若い頃から崎陽《きよう》（長崎の異称）の名医と謳《うた》われていた。

長じて佐賀藩医の大石家の養子になり、鳴滝塾に入った。シーボルト事件後は江戸に出て、同郷で同門の先輩、伊東玄朴の象先堂に入門した。

そうして、同年代の緒方洪庵・青木研蔵と共に、「象先堂の雪月花」と称された。

洪庵が長崎に着いた半年後、江戸の先輩で青木研蔵の兄の青木周弼と岡海蔵《かいぞう》が合流した。

元鳴滝塾の二人は長崎の事情を熟知していたので、即座に活動を始めた。知り合いの通詞から入手した、オランダ人プラッへの著書『蘭方処方箋集《らんぽうしよほうせんしゆう》』を、三人で訳し始めた。

これは後に『袖珍内外方叢《しゆうちんないげほうそう》』として、長崎で流布《るふ》するようになる。

大石良英の私邸は蘭学者の集会所になり、あたかも私塾のようになった。

そこに泰然も顔を出したため、洪庵と顔を合わせる機会が増えた。泰然は商館長のニーマンや、ひそかに来日したオランダ人医師から出島で外科を学び、不明な点を大石良英に質した。

洪庵が蘭書を訳していると他の者が寄ってきて、ああだこうだと口を挟んでくる。

それは煩わしくも楽しい日々となった。

そんな洪庵は、出島まで幾度か歩いて行ったことがある。板塀《いたべい》で囲まれた人工島は扇形《おうぎがた》で、歩いて二十分ほどで端から端まで行けてしまう。ひとつだけ架かっている石橋の南門には門番が詰め、奉行所の許可証を持つ者だけが出入りを許される。医官舎《いかんしゃ》は日本風二階建ての建物で、側に番屋が張り付いている。

その建屋は、洪庵が佇んでいる石橋のたもとから遠望できた。聞けば泰然は、許可証なしで出島に出入りし、医官舎でも自分の家の如く過ごしているという。

わたしにはとても真似ができぬ、と呟いた洪庵だが、悔しくはなかった。

洪庵にとって蘭学とは、書物の中に息づいているもので、本の世界で完結していた。だから洪庵は、オランダ人と直接話をしてみたいとは思わなかった。

秋風が吹く十月末、長崎の街は諏訪神社《すわじんじゃ》の祭り一色になる。

洪庵はひたすら修学に励んでいたが、一緒に学ぶ仲間は、気もそぞろだ。特に一番年少の中耕介は、銅鑼《どら》の音を聞いて、そわそわと落ち着かない。

そこにふらりとやってきた泰然が、部屋で蘭書を読んでいるみんなを見て声を上げる。

「こいつはたまげたな。みんなは、諏訪神社の祭りに行かんのか？」

数人の塾生が顔を上げ、すがるような目つきで泰然を見た。

どうか自分たちを祭りへ連れ出してほしい、と彼らの目は哀訴《あいそ》していた。

泰然は懇願《こんがん》する視線をさらりと受け流し、洪庵に話しかけた。

「今日は章に会いたいという、物好きなお客さんをお連れしたぞ」

泰然の後から、派手な段だら模様の着物を着た、角力《すもう》取りのような巨漢が部屋に入ってきた。

「おいどんは蘭通詞で、楢林栄建と申す者ですたい。大石良英どんや青木研蔵どんと並び称された『象先堂の雪月花』のひとり、緒方洪庵どんにひと目お目に掛かりたく、馳せ参じたと」

大音声《だいおんじょう》の銅鑼声が部屋に響き渡り、言葉が熱風のように吹き抜け、場の空気が一変する。

泰然が頭を掻きながら言う。

「すまんなあ、章。栄建殿が、どうしても章に会わせろ、とやいのやいのとうるさくてな」

「とんでもない。通詞であり医家としても名高い楢林家の方にお目に掛かれて、光栄です」

「いや、オランダ通詞としては、楢林家は中の上よ。医家は分家で、生業《なりわい》も外科だからな」

泰然がにやにや笑って言うと、栄建はむっとして言い返す。

「まったく、ひどい言われようたい。おいの弟の『大成館《たいせいかん》』で修学しておるくせに、泰然どんはおいを褒めとるのか貶《けな》しとるのか、さっぱりわからんと。洪庵どんは修学を邪魔する者を蛇蝎《だかつ》の如く嫌うと泰然どんに脅《おど》されたので、今日はお気に召しそうな秘本をお持ちしたと」

栄建が差し出した書物を受け取ると、洪庵はたちまち書籍に没頭してしまう。

「なんでソイツを最初に出しちまうかなあ。こんな風になったら、章のヤツはどうにもならなくなっちまうんだぜ」

泰然がぼやくと、栄建は「すまん」と両手を合わせ、ぺこりと頭を下げた。

「ばってん、こんお方は確かに、わが弟とよう似とるわ」

「だろ？　長男のくせに、弟に家督を譲ろうだなんて考える栄建殿なら、わかるだろ」

「せやね。せやけどこげん人たちのおかげで、おいどんや泰然どんのような外れ者が勝手放題できるわけだから、感謝せんといけんばい」

そんな雑音を一切気にせず、手にした冊子を一気に読んだ洪庵は、ほう、と吐息をついた。

「この書物は、どなたが書かれたのですか？」

「長崎通詞の大天才の馬場佐十郎先生たい。幕府の天文方に召し抱えられ、大槻玄沢先生と共に『ショメル百科事典』を訳したお方ばい。オランダ商館長ヅーフ殿から、欧州で牛痘法が成果を挙げていると聞き、文化十年に松前藩に出張を命じられた際、オロシアに拉致《らち》された択捉島の番人・中川五郎治《ごろうじ》どんが持ち帰った『オスペンナヤ・クニーガ（牛痘にて天然痘を逃れる法）』という本を手に入れたと。それを筆写し七年後に江戸で翻訳し直して、『遁花秘訣《とんかひけつ》』としたのが、その本たい。中国では痘瘡を『花』に喩《たと》えるので、その花から遁《のが》れる秘訣という意味たい」

そこで泰然が合いの手を入れる。

「その馬場佐十郎先生にオロシア語の手ほどきをしたのが、大黒屋の爺ちゃんだったんだよな。オロシアでオランダ人に助けを求めたら冷たくあしらわれて、オランダ人の親切は利が絡《から》むから信用できん、と爺ちゃんは言っていた。その言葉を、おいらは肝に銘じているんだよ」

大黒屋を知らない洪庵は、泰然の言うことが理解できなかったので、栄建に訊ねる。

「ここには『人痘を植えると余毒で死ぬ者もあるが、牛痘は毒が残らず痘瘡になる心配もない』とありますね。驚きました。この本はどうすれば手に入れられるのですか？」

「それはわが楢林家に伝わる秘本だから、洪庵どんは入手できんたい」

「そうですか」と洪庵は、残念そうにうつむいた。

だが、すぐに気を取り直して訊ねる。

「そういえば松前藩で、オロシアの牛痘株の接種が行なわれていたと聞いたことがあります」

「さすが安懐堂の駿馬、よくご存じたい。松前藩の種痘は中川五郎治どんが独自にやっていて、誰にも伝えずに死んでしまい、松前の牛痘の種は絶えてしまったと」

そう言った栄建は、懐から布袋を取り出し、机の上に中身を広げた。

奇妙な刃先の形をした刃物を見せびらかした栄建が、銅鑼声で言う。

「先端に溝があるこのランセットで、腕に傷を付け、牛痘の痘漿《とうしょう》を傷口になじませると」

洪庵は、手にした両刃メスの刃先を、まじまじと見つめた。

「種痘をすると、実際の痘瘡と似た経過をたどるというのは本当ですか？」

「そん通りたい。種痘を植えた七日後、水疱《すいほう》になった痘疱《とうほう》から痘漿（膿）を掬《すく》い、種痘を受ける子に植える。今は清国伝来の人痘が主やが、効果がなかったり、痘瘡になってしまったりと不安定たい。だから長崎の通詞は、オランダからの痘漿を待ち構え、そん時に連れて行く通詞の子どもまで決めとる。本日はお近づきの印に洪庵どんにこのランセットば、差し上げるたい」

「こんな貴重なものを、いただくわけには参りません」

洪庵はそう言って、ランセットを机の上に置いた。だが視線はメスを見つめたままだ。

「確かに高価なものばってん、持つべき者に持ってもらうんが道具の幸せというもんたい」

「しかし……」となおもグズグズ言う洪庵に、泰然がびしゃりと言う。

「章、これは世のため人のためだから、遠慮せずにもらっておくがいいさ」

そう言われた洪庵は珍しく、「わかりました」と素直にうなずいた。

そして、ランセットを布袋に収めると両手で捧《ささ》げ持ち、頭を下げた。

「お二人は、よくご一緒されるのですか？」

洪庵に同行している耕介が訊ねると、泰然と栄建は同時にうなずいた。

「まあね。おいらは栄建殿の弟の宗建殿の医学塾・大成館でご指導を仰《あお》いでる。楢林流は外科の大家、手技は豪快で思い切ったところがあるので、おいらは一発で気に入っちまったよ」

「江戸では外科は非力と聞きもす。剛胆《ごうたん》な泰然どんは外科向きで、開業すれば流行ることは間違いなか。それにしても泰然どんはまっこと、とんでもないお方ばい。おいが四年間、手塩に掛けて育てた三宅艮斎《みやけごんさい》どんは、泰然どんに出会った途端、江戸について行きたいと言い出す始末。恩を仇《あだ》で返すとはこのことたい」

「そいつは言いがかりだぜ。おいらは勧誘してないからな。医業の他の方面でもいろいろ教わっている弟子のおいらが、師匠の栄建殿に逆らうはずがなかろう。いいか、みなの衆、よく聞くがよい。こちらにおわします栄建殿は、町年寄の高島秋帆殿とも昵懇《じっこん》で砲術にも詳しく、医方の名著を書く片手間に『西洋軍艦表』や『西洋火薬表』も出したお方である。下々は控えよ」

芝居めいた口上に、洪庵たちが恐れ入って頭を下げると、栄建は照れて頭を掻いた。

「それは所詮《しょせん》は余技たい。ばってん秋帆先生は、江川英龍先生や佐久間象山《さくましょうざん》先生など、先進的な思想を持つお歴々《れきれき》にも、砲術の肝を教えとるもんだから、幕府の小役人に目を付けられているという噂もあるたい。念のためおいも用心ばしとるとよ」

「セコいお上は、蘭学に矛先《ほこさき》を向け、数々の失政に対する批判をごまかそうとしているだけさ。先般、大塩《おおしお》殿の打ちこわしもあったばかりだから、ビクビクしてるんだ」

泰然の言葉を聞いた洪庵の顔が曇る。

今年の二月、大坂町奉行所の与力・大塩平八郎《へいはちろう》が、飢饉に喘《あえ》ぐ民のため、豪商の金銭と米を強《ごう》奪《だつ》する大乱を起こしたせいで、浪速は大火になり、さだの医院も焼け落ちたと聞いた。

けれども今の洪庵は大坂には戻れないので、さだと伊三郎に任せるしかない。

すると、段だら模様の着流し姿の栄建は、気まずくなった空気を察して、話題を変えた。

「ところで洪庵どんは、『ヅーフ』の『T』の冊子の筆写が終わり『U』に入ったそうな。もう一息たいね。ヅーフ殿は『T』まで仕上げて帰国なさり、残りは通詞が力を合わせて完成させたばってん、中心だった吉雄忠次郎先生は、シーボルト事件のお咎めで獄死されてもうた。当代一の通詞でおいも弟も可愛がってもらったと。まっこと惜しいお方を亡くしたものたい」

唇を噛みしめた栄建は、更に続けた。

「ヅーフ殿は天晴《あつぱ》れたい。商館長を務めた十四年余り、母国はナポレオンに敗れて併合され、英国が蘭領ジャワ島を占領した大変な時期やった。ばってん、文化五年に英国軍艦フェートン号が長崎に侵入した時は、奉行と協力して対応なさったと」

「あの事件で責任を取り切腹を申しつけられた当時の長崎奉行・松平康英さまの立派なお墓は、大音寺で拝見しました。あれは長崎の民の気持ちですね」

「せやけどフェートン号事件の六年後のシャーロット号事件の方が凄か話たい。英国海軍が出島の乗っ取りを企《くわだ》てて、再び軍艦を派遣し、英国軍艦に乗艦したワルデナール前商館長に投降を説得されたと。ばってん大通詞と協議し、英国軍艦をオランダ船として扱うが、正体が露見したら日本軍が焼き払うぞと脅したと。事実、幕府は六年前のフェートン号事件を教訓に湾岸警備を強化していたので、英国人は白旗を上げ、積み荷を処分して立ち去ったと。こうしてヅーフ殿は、世界でただ一ヵ所のオランダ国旗が翻る拠点を守り抜き、大通詞の石橋助左衛門《いしばしすけさえもん》殿と馬場為八郎《ためはちろう》殿は、ヅーフ殿の信用を勝ち得たと。やがてナポレオンが没落すると、オランダ本国は独立を回復し、文化十二年（一八一五）のウィーン会議で植民地の回復も認められ、ヅーフ殿は日本の貿易拠点、出島を守り抜き、凱旋《がいせん》帰国したと。ところがヅーフ殿の帰国船が嵐で難破《なんぱ》し、多くの資料が失われると、後任者が『ヅーフ・ハルマ』は自分の業績だと言い張って、争いになった。ばってん長崎通詞がヅーフ殿の業績だと証明してことなきを得たばい。ヅーフ殿と長崎通詞の間には強い絆《きずな》があって、ヅーフ殿が残されたお子も、みんなで大切にしたとが、幼くして亡くなったと。そんなヅーフ殿が一昨年、故郷で亡くなったとニーマン商館長に聞いた時は、長崎通詞たちは涙を流したものたい」

日本をそこまで大切に思ってくれたオランダ人がいたかと思うと、胸がいっぱいになる。

栄建は、そこで言葉を切ると、声を落とした。

「ところが幕府は文政八年（一八二五）二月、異国船打払令を発したと。外国の脅威《きょうい》に常に晒《さら》されている長崎を抜きにして、国防は語れんたい。高島秋帆先生はその最高峰たい。ばってん幕府はそん人を蔑ろにしとる。このままでは大変なことになると」

洪庵は居心地が悪い思いをした。どうしてもお上に逆らえない洪庵に、泰然が言う。

「ヅーフ殿は何も伝えずにお上に逆らったが、結局はお国のためになった。お上の方針に固執《こしつ》して激怒させたオロシアの使節に、北辺を荒らされた露寇事件を考えてみろ。わからんちんのお上に唯々諾々《いいだくだく》と従い続けたら、世の人々を苦しませることにもなりかねないんだぜ」

渋《しぶ》い顔になってしまった洪庵を見て、泰然は楽しそうに言う。

「さてみなの衆、せっかくの諏訪神社の祭りだから、縁日を覗いた後でヅーフ殿の偉業を偲んで、引田屋に繰り出そうではないか。おいらが奢るぜ」

わっ、と塾生が歓声を上げる中、洪庵はひとり頭を下げる。

「せっかくですが、わたしはお誘いはお断りします」

「なんとまあ、無粋なお方ばい」と栄建が舌打ちをする。

「言っただろ。章はどうにもならん野暮天なんだよ」

「ほんにクソ真面目が着物を着たような御仁たい。ばってん今度、おいの一つ年下の、弟の宗建に会ってみてくれんね。きっと、洪庵どんとは気が合いそうたい」

そう言い残し、栄建は泰然と肩を並べて部屋を出て行く。その後を蘭学生たちが、わいわい騒ぎながらついていく。そして洪庵の顔色を窺いながら、耕介も一緒に出て行った。

あとにはひとり、洪庵が残された。

さっきまでの喧噪《けんそう》が嘘のように、部屋は、しん、と静まり返っている。

静寂の中、洪庵は『ヅーフ』の親本を広げると、黙々と「U」の項の筆写を始めた。


そうこうしているうちに、修学の年限と定めた三年の月日はたちまち過ぎ去った。

とても学び尽くしたとは言えないが、全五十八巻、三千頁の稀覯本《きこうぼん》『ヅーフ・ハルマ』の筆写は、何とかやり遂げた。『ヅーフ』を筆写しつつ『袖珍』の逐語訳《ちくごやく》をしていると、単語のひとつひとつが生き物のように息付いてくる。

オランダ語の力がぐん、と伸びたと実感した洪庵は一層、筆写と翻訳にのめり込んだ。

訳した『袖珍』は刊行こそされなかったが、大石塾で筆写され、長崎に広がった。

そして「大石塾に緒方洪庵あり」と、その名は長崎中に知れ渡った。

洪庵は長崎滞在費用を稼ぐために、医院も開業したが、蘭学者としての名声とはほど遠く、まったく流行らなかった。洪庵は病人に、病の理から諄々《じゅんじゅん》と説き起こし、今の身体の状態を理解させるところから始めた。その峻厳《しゅんげん》な口調に、患者は萎縮してしまう。

洪庵が患者を思う真心は、他の医家の誰よりも深かったのだが、そんな真情を市井《しせい》の民に届ける言葉を、洪庵は持ち合わせていなかった。

洪庵は、どこでも舎弟を作ってしまう泰然の、他人に斟酌《しんしゃく》しない豪放磊落《ごうほうらいらく》さに辟易しつつも、泰然の周囲の人々とは慎ましやかに付き合い、それは洪庵にとって素晴らしい人脈となった。

洪庵は終生、泰然に反感を抱き続けたが、実は二人には似たところがあった。

人を惹きつける魅力があり、他人や学術に対する広い度量を持ち合わせていることだ。

そう考えると洪庵が泰然に抱いた反感は、同族嫌悪に似た感覚だったのかもしれない。

洪庵と泰然は同じ頃、長崎を去ると決めたように、二人の人生における選択は、まるで示し合わせたかのように、不思議としばしば同期したのである。

10章　さらば、長崎

天保九年(一八三八)

長崎を去る日が、日一日と近づいてくる。

正月、三年間の修学終了を前に、洪庵は長崎の通詞や奉行所に挨拶回りを始めた。

その頃には一冊余分に筆写した『ヅーフ・ハルマ』を売り、相当の額を得ていたので、知り合いに餞別を贈り、目を付けていた蘭書も購うことができた。

三年の月日の間に、同行した中耕介も一人前になった。彼は洪庵と一緒に学んでいた長州の青木周弼が、医学教授所を開くというので、そちらで修学を続けたいと言い出した。

洪庵はひとつ、肩の荷を下ろせてほっとした。

一月八日、洪庵は久しぶりに思案橋を渡った。

丸山遊郭は大勢の見物人で賑わっていた。

長崎の町人は年に一度、正月に切支丹《きりしたん》でない証《あかし》として、マリア像を踏むという慣習があり、丸山では着飾った遊女たちが表で「絵踏《えぶみ》」をするのだ。

その華やかさに目を奪われた洪庵は、ためらいつつ引田屋に入る。

長崎に来た直後に一度だけ足を踏み入れたことがある、丸山いちの名店だ。

「どんな妓《こ》がお好みですか」と女将《おかみ》に訊ねられた洪庵があわてて、「泰然先生を訪ねてきた」と告げる。すると、すぐに奥まった部屋に通された。

中華風の赤い欄間《らんま》が派手派手しく、床の間に清国の絵が掛けられていた。女郎を侍《はべ》らせ、寝間着《ねまき》姿で煙管《キセル》をふかしていた泰然は、驚いて身体を起こした。

「章がおいらを訪ねてくるなんて一体全体、どういう風の吹き回しだい？」

洪庵は居住まいを正すと、一礼して言った。

「来週、長崎を辞去することにしましたので、改めてお礼を申し上げに参りました」

紫煙《しえん》を吐き、火鉢の縁《へり》に煙管をぽん、と叩くと、泰然はにっと笑う。

「ちゃんと挨拶に来るとは、章も大人になったなあ。ちょうど今、『絵踏』の後の厄払いの祝い膳をやってたんだ。それにしても奇遇だなあ。おいらも来月、長崎を引き払うつもりなんだよ。まあ、潮時かな」

年明け早々、ニーマン商館長は江戸参府をするため、長崎は半年近くばたつくことになる。

このタイミングで修学を切り上げるのは、妥当な判断なのである。

「足かけ四年、思いがけず滞在が長くなったが、おかげで蘭書も山のように買えたし、三宅良斎や岡海蔵、島田玄令《しまだげんれい》といった連中が、江戸でおいらと一緒に働きたいなんて言い出す始末よ」

泰然という人は、どこでも舎弟をこしらえてしまう体質らしい、と洪庵は苦笑する。

泰然は、杯を干しながらしきりにぼやく。

「それにしても章の頑固さには参ったよ。何度誘っても、出島の医術を見に来なかったものな。百聞は一見に如《し》かず、実際の蘭人医師の手技を見るのは本当に貴重な体験だったんだぜ」

「わたしにとって医とは真実を積み重ね理を極めること、切った張ったは二の次です」

「ふむ、章は本道《ほんどう》（内科）で、おいらは外科という、立ち位置の違いか。けど章よ、オランダ語や医学の知識を頭に詰め込むだけでは患者は治せないぜ。実地の治療を見ることは、蘭書を読むより大切だ。おいらはニーマン商館長に頼んで、日本に同行したオランダ医の外科の手技を間近で見せてもらったけど、ありゃあ凄まじかったぜえ」

「されどお達しで、出島への出入りは禁じられておりますので」

「わからんちんのお上の、どうしようもない規則を生真面目に守って、何の得があるんだよ」

「お上の規則のご加護《かご》のおかげで、世の安寧が保たれているのです」

「『徳を守り矩《のり》を踰《こ》えず』とは章らしいけど、江戸の蘭学は長崎の二番煎じだ。江戸の連中はこすっからい。長崎で処方箋を二、三枚写し、やれ秘伝だ秘薬だともったいをつけ、高い金を取り治療する連中ばっかだ。蘭学生が最初に読む『蘭学階梯』の著者の大槻玄沢殿でさえ、長崎で二、三ヵ月学んだだけで、江戸では蘭学の顔役だなんて、ちゃんちゃらおかしいぜ」

そこまで言い切った泰然は、洪庵の顔色が変わったのを見て、あわててつけ加えた。

「もっとも、戸塚静海先生や坪井信道先生みたいな例外もおられるがな」

泰然の言葉には、猛毒が含まれている。それが単なる誹謗《ひぼう》でないことは、心の底ではわかっていても、口に出せない。その代わり、これまで言えずにいた感謝の気持ちを口にする。

「泰然殿のおかげで、楢林栄建・宗建両先生とも親しくさせていただき、種痘術も学べました。牛痘苗の輸入は失敗続きですが、人痘法に『清国式』と『トルコ式』の二通りあって、膿でなく瘡蓋《かさぶた》を使う方法もあると知ったのは収穫でした」

「そう言ってもらえると、おいらも嬉しいよ。おいらが長崎で得たのは、でっけえ望みかな。おいらは長崎の通詞連中の、その上を行きたいんだ。蘭書を読むだけでは蘭医学の真髄《しんずい》は会得《えとく》できない。今、江戸や浪速に蘭学塾が乱立しているが、実地の医術を教える塾はない。というわけで江戸に戻ったらおいらは、医業と学問を両立させた、本物の蘭学塾を始めるよ」

「それは奇遇ですね。実はわたしも浪速で蘭学塾を開こうと考えているのです」

「なんと、章もか。はは、またしても勝負か。今度こそ江戸と浪速とで、どちらが成功を遂げるか、本気の果たし合いと洒落込もうぜ。まあ、今回もおいらの勝ちだろうけどな」

「望むところです。今度は負けません」

きっと顔を上げた洪庵は、きっぱりと言い放つ。

「お、言うねえ。長崎に来て、章も少し性格が変わったか」

「違います。それはわたしの本願《ほんがん》なのです。わたしの家は貧しかったけれど、師匠や善意の方たちのおかげで存分に学ぶことができました。今度はわたしがその御恩を後進に返していく番です。若人《わこうど》のため、雨風を凌げる大きな庵を作りたいのです」

そう言いながら洪庵は、師匠の中天游や坪井信道の薫陶を次の世代に伝えていくことが自分の天命だったんだ、と気づいた。泰然と相対していると不思議と自分の姿が見えてくる。

このお方は姿見《すがたみ》なのかもしれない、とちらりと思い、あわててその考えを打ち消した。

「はは、章は偉いヤツだな。でもその考え方は、おいらにはよくわからねえや。ま、いいや。ところで浪速に戻る前に、お前の見解を聞いておきたいことが二つほど、あるんだが」

杯を干した泰然は、隣に侍る遊女を下がらせると、珍しく声を潜めた。

「ひとつ目は先年の大事を起こした大塩殿についてだ。章はどう思う?」

昨年二月に起きた、大坂町奉行所の与力・大塩平八郎の大乱は、一日ももちこたえられず鎮圧《ちんあつ》された。その際、浪速は「大塩焼け」と呼ばれる大火になった。瓦町の百軒のうち五十七軒と、半分以上が焼け落ち、中医院も思々斎塾も焼失したという便りに、章も胸を痛めていた。

「大塩殿は、優れた見識をお持ちのご立派な方だった、とお聞きしております。それだけに、あのような振る舞いをなさったことは、残念でなりません」

「やっぱり章はそう考えるんだろうな。おいらは真逆でね。大塩殿はお見事だったと褒めて差し上げたいよ」

「大塩殿は、天下の謀反人《むほんにん》ですよ」

「謀反にも理がある。天保の飢饉で苦しむ民を憂いての決起は、まことに天晴れ。大塩殿の乱の直後、英明な佐倉藩主・堀田正篤さまを大坂城代《じょうだい》に任命したのも、お上の焦りだろう。もっとも堀田さまは着任して二ヵ月足らずで、江戸の西丸《にしのまる》老中に呼び戻されてしまったんだが」

「なんと。泰然殿は浪速や江戸城内の事情にも通暁《つうぎょう》されているのですね」

「あたぼうよ。ま、種明かしすると、おいらは、蘭学に強い関心をお持ちの堀田さまとは懇意《こんい》でね。折に触れて長崎の情報をお伝えしていたのよ」

泰然は立ち上がり、抽斗から一通の書状を取り出すと、洪庵に手渡した。

「それは蜂起《ほうき》前日、大塩殿が老中に宛てた書状の写しで、老中は握り潰したものさ。おいらは知り合いの伊豆韮山代官の江川英龍殿から、文の写しをもらったのよ」

奉行や城代の不正蓄財《ちくざい》が民を苦しめていることが縷々《るる》綴《つづ》られた書状には、毛筋ほどの乱れもない。この書状が世に知られたら、大塩平八郎の評価は大きく変わっていただろう。

「これでも章は、わからんちんのお上が作った規則を、生真面目に守り続けるつもりかい？」

洪庵は、泰然の言葉に半分同意しつつも、どうしても素直にうなずけなかった。

泰然は商館長ニーマンの邸宅を足繁く訪れ、医学のみならず海外の情勢や西洋の文物、果ては兵術や兵器について幅広く最新知識の薫陶を受けている、という噂だった。

加えて町年寄の兵法家、高島秋帆の塾にも出入りしていた。

そうした行動は医学修学を逸脱したもので、洪庵には矩を踰えた行動に映った。

──不敬である。

洪庵が泰然に下した評価は、泰然が洪庵に持った印象とは対照的だった。

──杓子定規《しやくしじようぎ》で堅物すぎる。

そんな本音を隠したふたりは、互いに見つめ合った。

ようやく、洪庵が口を開いた。

「法があることで、秩序が守られるのです。たとえお上が腐敗していても、わたしは法を守り続けようと思います」

「は、いかにも章らしいや。おいらは大塩殿の快挙に喝采《かつさい》するよ。特に散り際は見事だったぜ。隠《かく》れ家《が》を幕吏《ばくり》に囲まれた大塩親子は、大量の爆薬で自爆したため、死体は損傷がひどくて、本人だと同定できなかった。それは最後の大仕掛けだった。おかげで大塩殿はこの後、あらゆる場所に神出鬼没《しんしゆつきぼつ》で出現できるようになったんだからな。それは民草《たみくさ》の願望なんだよ」

洪庵は唇を噛む。反論できない自分がなんとも歯がゆい。

泰然は続けた。

「聞きたいことのふたつ目は、昨年の『モリソン号事件』のことだ。章の言で行けば、漂流民を届けてくれた米国商船に砲撃したお上は正しい、ということになっちまうんだが」

これも答えにくい問いだったが、洪庵はなんとか答えを捻り出した。

「あれは担当したお奉行さまの考え違いによる不始末です。商船は友好的だったと伺いましたので、祖法に従い長崎に回航するように伝えれば、ことなきを得たのではないか、と思います」

「ふうむ、うまく逃げやがったな。まあ、いいや。どうせおいらと章は噛み合わないんだからな。それでもおいらと章の、この先の目論見《もくろみ》が一致したのは目出度《めでた》い。この先を考えると、わくわくしてくるぜ。おいらたちの若干《じゃっかん》の食い違いはひとまず置いて、別れの杯を交わそうか」

いつもと違って洪庵は、注《つ》がれた酒を拒《こば》まず、素直に杯を干した。


長崎滞在中、洪庵はオランダ人と直接会うことを極力避けていた。許可なく異人と会うことを禁じた、幕府のお達しに従ったのだ。代わりに洪庵は、唐通事と親しく付き合った。オランダ人は国際監獄と呼ばれる狭い出島に押し込められていたが、唐人は内陸の広い地域に豪壮な屋敷を構えていた。

この頃、唐通事界に、頴川四郎八《えがわしろうはち》という超新星が現れた。

「蘭通詞」と比べて、「唐通事」は序列が厳しく固定されていた。頴川家は通常であれば大通事にはなれない家柄だったが、彼は二年前、四十三歳の若さで大通事になった。同僚だけでなく町人からの信望も厚く、たちまち通事界を取りまとめる顔役になった。

洪庵は、漢方にも造詣が深い頴川四郎八から薫陶を受けた。

洪庵の姿勢は、師・宇田川玄真の方針をなぞったものだった。

玄真は養子の榕菴に、最初は漢方の原典である『素問《そもん》』『霊枢《れいすう》』『傷寒論《しょうかんろん》』など古典や本草学を学ばせた。蘭学を習得するにはその方が早道だと考えたのである。

植物学者・化学者であった榕菴は結果的に、「元素、酸素、窒素《ちっそ》、細胞」などという化学や生物学分野の新語を創出した。

それは「漢学を基礎とする蘭学修得」という玄真の教育方針の賜物《たまもの》だった。

洪庵は、唐人街の丘の中腹にある興福寺《こうふくじ》で、海を見ながら頴川四郎八に別れの挨拶をした。

「頴川さまには、漢籍の本質を教えていただきました。ありがとうございました」

その時、寺の境内に天妃《てんぴ》像を捧げ持つ唐人の一行が、銅鑼を打ち鳴らしながら入ってきた。

その様子を眺めながら、四郎八は説明してくれた。

「あれは『菩薩揚げ』という行事です。唐船は船内に航海の安全を守る天妃を祀《まつ》っているのですが、上陸している間は興福寺、崇福寺《そうふくじ》、福済寺《ふくさいじ》の三寺でお守りするのです。その渡御《とぎょ》と巡り会うとは、これは吉兆《きっちょう》。天上聖母、媽祖《まそ》さまが洪庵殿の行く末もお守りくださるでしょう」

頴川四郎八は、赤く太い蠟燭《ろうそく》に火を点した。

蠟燭の灯火《ともしび》に願い事を託すのだという。

「ただ今、天上聖母さまに、洪庵殿の大願成就《たいがんじょうじゅ》をお願いさせていただきました」

聖母という言葉を耳にした洪庵の脳裏《のうり》に、名塩の少女の面影がふわりと浮かんだ。

だが可憐な顔立ちの印象がすっかりぼやけていることに気がついて、胸がざわめく。

そんな洪庵に向かって、頴川四郎八は言う。

「長崎に留学してくる方はみな、蘭学を目的としています。漢方の情報は従来の医家が独占し、秘伝としてしまうため、長崎に修学する者はいません。これでは漢方は廃《すた》れてしまう。でも洪庵殿とお会いできたのは幸せでした。疱瘡の予防に、人痘でなく牛痘苗というものがあると教えていただいたので、唐通事としても清国から輸入できないか、道を模索しようと思います」

「頴川さまのようなお方が、そのように考えてくださっていることは、大変心強いです。わたしは清国であろうとオランダであろうと、牛痘が手に入りさえすれば、それでいいのです。当座は人痘で対応するしかなさそうですが」

するとと頴川四郎八は、手にしていた風呂敷包みをほどいた。中から出てきたのは、蓋が蠟で密封された、青花《せいか》の磁器《じき》の壺《つぼ》だった。

「お別れに、洪庵殿にふさわしい餞別を差し上げます。この壺の中には、人痘術に用いるための、疱瘡に罹った子の瘡蓋が封入してあります。清国の使者から脇荷としていただいたものです。どうぞお納めください」

「こんな貴重なものを、頂戴してよろしいのでしょうか？」

「ええ。私の手元にあるより、洪庵殿がお持ちになった方が、世のためですから」

「では、世のため人のため、ありがたく拝受いたします」

鮮やかな青い壺を受け取ると、洪庵は深々と頭を下げた。

その隣を聖母さまを高く掲げた「菩薩揚げ」の行列が、銅鑼を鳴らしながら通り過ぎていく。

疱瘡の瘡蓋入りの青花の壺と、惜別《せきべつ》の漢詩を贈られた洪庵は、興福寺を後にした。

頴川四郎八に別れを告げた翌日、洪庵は日見峠《ひみとうげ》の頂《いただき》に立った。

初めてこの峠から見下ろした時、見慣れぬ顔の長崎の街は広く、茫洋《ぼうよう》としていた。

だが今の長崎はこぢんまりして、あちこちに小さな逸話が思い浮かぶ。

――さらば、長崎。

そう呟いた洪庵は歩を進め、日見峠を越えた。

こうして洪庵は、二十六歳から二十九歳までの、足かけ四年の年月を過ごした青春の街・長崎を去った。

その後、緒方洪庵は、その生涯で二度と長崎を訪れることはなかった。

第2部

融点

天保九年（一八三八）～安政二年（一八五五）

11章　花香

天保九年（一八三八）

天保《てんぽう》九年（一八三八）一月。

三年の長崎留学を終えた洪庵《こうあん》は、浪速《なにわ》に戻る前に、故郷の足守《あしもり》に立ち寄った。

久々に会う父母に、報告やお願いしたいことがいくつかあった。

改名したこと、そして八重《やえ》と結婚したい、ということだ。

改名は、父が「洪庵とは、いかにも医師らしい名で、よいではないか」と喜んでくれた。

八重との結婚は、母が反発するかと思ったが、三十路《みそじ》も近い洪庵本人が望んでいるようだと察したのか、特段反対はしなかった。

いささか拍子《ひょうし》抜《ぬ》けした洪庵は、青花《せいか》の壺《つぼ》を取り出した。

「これが長崎留学の成果です。『人痘《じんとう》』という清《しん》国伝来の医術で、軽い痘瘡《とうそう》に罹《かか》ることで重い痘瘡にならないようにするものです。できれば兄上のお子に試してみたいのですが」

すると母は眉《まゆ》を顰《ひそ》め、父は腕組みをして、二人とも黙り込んでしまった。

――やはり無理か。

洪庵は青花の壺を、何も言わずに、日の当たらない机の上に置いた。

数日後、父が「出かけるぞ」と声を掛けた。

連れ立って川《かわ》っ縁《ぺり》の街道を伝い、陣屋町《じんやまち》の中心に着いた。

昔、藩校があった場所で、少し先には殿さまのお屋敷がある。

街道筋の入口に立派な屋敷があり、「醬油《しょうゆ》」という旗が掲げられている。

屋敷から姿を見せた、恰幅《かっぷく》のいい初老の男性に、父が会釈《えしゃく》する。

「こちらは藩医の石坂桑亀《いしざかそうき》先生だ。醬油の醸造《じょうぞう》で分限者《ぶげんしゃ》になられ、足守藩の財政が大変だった時、その利で紙幣を発行し、藩の財政を救ってくださった。人々は『銭屋《ぜにや》さま』と呼んで尊敬しておる。儂《わし》などはお世話になりっぱなしだ」

「あれは足守の民のため、ちょいと散財しただけのこと。私はシーボルト先生に師事《しじ》し、医学の他に学んだ舎密《せいみ》学（化学）を応用して醬油の醸造法を編み出し、商《あきな》いにしたのですよ」

太った身体《からだ》を揺すりながら、石坂桑亀は豪放《ごうほう》に笑う。

天明《てんめい》八年（一七八八）生まれの桑亀は農家出身でこの時、齢《よわい》五十一。

十三歳で医家を志し、京で「古医方《こいほう》」の吉益南崖《よしますなんがい》に師事し、二十八歳の時に紀伊《きい》の名医、華岡《はなおか》青洲《せいしゅう》の門下になり外科術を修得した。

その時に宇田川玄真《うだがわげんしん》の『医範提綱《いはんていこう》』を読み、西洋医学を志したので洪庵の兄弟子にあたる。

その後、長崎でシーボルトに学び、津山《つやま》に近い故郷の福渡《ふくわたり》で医業を開業した。その評判を聞きつけた藩主の木下《きのした》侯に藩医として取り立てられた。

桑亀は、ぐい、と身を乗り出し、大音声《だいおんじょう》で言った。

「『人痘術』はまことに素晴らしい試《こころ》みです。私も全面的に協力しますぞ。なにしろあなたとは、父君が同僚で、蘭学では同門と、ご縁が深いですからな」

「桑亀先生にこう言われては、儂も反対できん。その上でお前の兄の馬之助《うまのすけ》に相談したら、洪庵が長崎で学んできたことであれば協力します、と、色よい返事をもらったのだ」

「母上は納得なさったのですか？」と洪庵は一番の気がかりを口にする。

「あれは儂が説得する。これはもはや佐伯《さえき》家を越えた、足守藩の大事となったのだ」

そこで洪庵は、桑亀に、長崎で学んできた人痘の手法を説明する。

「これまでの『清国式』は瘡蓋《かさぶた》を粉末にして鼻から吸引させせましたが、今回はランセットで腕に傷をつけ、瘡蓋の粉末をすり込むという、最新の『トルコ式』でやろうと思っています」

「うまくいったら、他の子にも接種できるよう、手筈《てはず》を整えておきましょう」

帰宅して成り行きを報告すると、憮然《ぶぜん》とした母のきょうは、ぽつんと言った。

「本当に大丈夫なのでしょうね」

その言葉が、肩にずしんとのしかかる。そんなことは、誰にもわかりはしない。

我ながら無責任だと思う。だがもう後には引けない。

こうなったら、やるしかないのだ。

こうして天保九年三月、洪庵は甥《おい》と姪《めい》に人痘を実施した。

接種後、二人は腕が腫《は》れて高熱が出たが、その後は順調に快癒《かいゆ》し、胸をなで下ろした。

けれども大事を取って、他の子どもへの接種は見送ることになった。

「これでは疱瘡に罹ったのと同じことではないか」と呟《つぶや》いた母の言葉が、胸に突き刺さる。

成功とは言い難《がた》かったが、これが機縁で一年後の天保十年（一八三九）七月、洪庵は足守藩主から捨て扶持《ぶち》の三人扶持を賜《たまわ》った。

それが藩医・石坂桑亀の進言によるものだったことは、言うまでもない。

天保九年三月下旬、足守を発《た》った緒方《おがた》洪庵は、四月初旬、大坂瓦町《かわらまち》に医院と蘭学塾を開いた。名称は師・中天游《なかてんゆう》の「思々斎塾《ししさいじゆく》」に倣《なら》い「適々斎塾《てきてきさいじゆく》」とし、「蘭方医　緒方洪庵」と併せて二枚の看板を掲げた。後には略して「適塾《てきじゆく》」と呼ばれるようになる。

「適塾」の名の由縁《ゆえん》について、塾生は『論語《ろんご》』が原典だの『荘子《そうし》』の引用だのと、あれこれ当て推量《ずいりよう》したが、いくら問われても洪庵は、笑うばかりで答えなかった。

まさか師・天游の「適当さ」に憧れて選んだ言葉だとは、今さら言えない。

こうして洪庵は、長年の本懐《ほんかい》を、ついに遂《と》げた。「大塩焼《おおしおや》け」で焼け残った験《げん》のいい借家を、格安で借り受けられたのは、請人《うけにん》を引き受けてくれた大和屋喜兵衛《やまとやきへえ》のおかげだ。

いつもぱたぱたと気忙《きぜわ》しく扇子《せんす》をあおいでいる、恰幅のいい西洋薬種商《やくしゆしよう》の主人は、中《なか》医院に出入りしていて、かつて洪庵もさだに連れられて店を訪れたこともあり、旧知の仲だった。

そんな縁の深い大和屋は、洪庵の開院をわがことのように喜んでくれた。


七月。

二十九歳になった洪庵は、名塩《なじお》の医家・億川百記《おくがわひやっき》の娘、八重と祝言《しゆうげん》を挙げた。

隣に慎《つつ》ましく座る白無垢《しろむく》姿の八重は、ひと回り下の十七。初々《ういうい》しい可憐《かれん》さが匂《にお》い立つようだ。

——わたしは果報者《かほうもの》だ。これ以上、望むものはない。この先は一層精進《しようじん》し、後進を育てることにわが身を捧《ささ》げよう。

京人形のように整った横顔を見つめた洪庵は、しみじみと思う。

洪庵の母は体調を崩し、父は公務が忙しく、二人とも式に出られなかったが、父母からはそれぞれ、八重宛《あ》てに温かい手紙が届いた。手紙を読んだ洪庵は幼い頃、熱を出すと一晩中寝ずに、濡《ぬ》れた手ぬぐいを替えてくれた母の姿を思い出した。

仲人《なこうど》の二代目・中環《たまき》を襲名《しゅうめい》した伊三郎《いさぶろう》が高砂《たかさご》を謡《うた》い、塾生が思い思いに祝いを述べる。

座は次第にほぐれ、笑い声があちこちに響いた。

やがて祝言が終わると、人々は三々五々、新郎新婦に挨拶《あいさつ》をして辞去していく。

いつまでも粘っていた親族や塾生も、ひとり、ふたりと姿を消した。

最後に、岳父《がくふ》となった億川百記が残った。

洪庵は正座すると畳《たたみ》に手をついて、深々と頭を下げた。

「舅《しゅうと》殿、開塾の手配をはじめ諸々《もろもろ》、感謝しております。この御恩《ごおん》はこれからみなさまにお返しして参ります。どうか今後もご指導賜りますよう、よろしくお願いします」

「ご立派になられましたなあ。空の上の天游さんも本望でしょう。儂も、三国いちの婿殿《むこ》を迎えることができ、もう、いつお迎えが来ても悔《く》いはありません。では婿殿、邪魔者はこれで失礼します。八重、しっかり洪庵殿にお仕えするのだぞ」

八重は顔を赤らめてうなずくと、うつむいてしまった。

洪庵と八重のふたりきりになった部屋を、静寂が包む。

夜の蟬《せみ》が、ぢぢ、と鳴いた。洪庵は立ち上がり、縁側《えんがわ》に出た。八重は従う。

宵闇《よいやみ》の中、庭の白いくちなしの花がぼうと霞《かす》み、甘い香りを漂《ただよ》わせている。

洪庵は目を閉じて、言う。

「天游先生の四十九日《しじゅうくにち》の法要《ほうよう》で、初めてあなたにお目に掛かり、一緒に夜空を見た時のわたしは、長崎留学を控えて身を立てるあてもなく、その後どうなるかも見当がつきませんでした。ただあの時に思ったのです。もしあなたがわたしの側《そば》にいてくれたら、どんなに素晴らしいだろう。そうしたらすべてを擲《なげう》ち、学問に専心できる、と」

「あてもずっと、章《あきら》さまのお側にいたい、と思うとりました」

その言葉を聞いた洪庵は、まっすぐに八重を見つめた。

「お父上はわたしを三国いちの婿殿とおっしゃってくれましたが、それは間違いです。八重さんと一緒になれたわたしの方が、三国いちの果報者です」

頰《ほお》を染めてうつむいた八重は、やがて口を開いた。

「ひとつ、お願いがあります。長崎に行かれて章さまは、洪庵さま、とお名前を変えたのですね。でもふたりきりの時は今までのように、章さま、とお呼びしてもよろしいやろか」

「ええ、八重さんがお好きなように呼んでください。洪庵という名はお嫌いですか?」

「そんなことはあらしまへん。けど、あてには洪庵さまという名は少し怖いのです。なんだか、本当の章さまとは違う気がして」

八重の言葉に胸を衝《つ》かれた。

言われるまで、そんな風に自分の姿を振り返ったことがなかった。

「おっしゃる通りなのかもしれません。わたしは後進のため、広い庵《いおり》を作りたいという、ただその一心でした。そこには、わたし自身の姿はないような気もします」

そう言いながら「洪庵という名は、裃《かみしも》を着たみたいで厳《いか》めしい」と言った泰然《たいぜん》を思い出す。愛《いと》おしい女性と、合口《あいくち》の悪い天敵が、奇《く》しくも洪庵という名に対して同じような気持ちを抱《いだ》いた偶然を思う。

すっかり考え込んでしまった洪庵の袖《そで》を、八重がそっと引く。

「洪庵さまというお人は、きっとそんな風にして生きていかはるのやと思います。でも、あての前では、章さまのままでいてほしいのです」

紅《べに》を引いた赤い唇《くちびる》に告げられて、洪庵はうなずいた。

「そう聞いて、少しほっとしました。ではわたしにも、わがままを言わせてください。ふたりきりでいる時は、『花香《はなか》』と呼ばせてくださいい。旅立つ前に短冊《たんざく》をいただいた時から、わたしの中では八重さんは、ずっと『花香』なのです」

「へえ」と小声で答え、頬を赤らめた八重は我に返り、洪庵の袖を引いた手を離した。

洪庵はその華奢《きやしや》な手を握り、小柄な身体を引き寄せる。

抱き合ってひとつになった二人の影を、くちなしの甘い香りが包んだ。

降りかかる月光が、庭先の岩を濡らしている。

洪庵と八重が祝言を挙げた七月二十五日、江戸では長崎帰りの和田泰然が、両国《りようごく》・薬研堀《やげんぼり》に蘭医塾「和田塾《わだじゆく》」を開いた。

長崎から多数の蘭書を持ち帰り、林洞海《はやしどうかい》や三宅艮斎《みやけごんさい》など優れた蘭医学者を率いて、最先端の蘭医学を教授する泰然の私塾は、たちまち評判になった。

「西の適塾、東の和田塾」という、東西の蘭学塾が覇《は》を競う時代が到来したのだった。

＊

適塾の評判は高かった。

浪速では、橋本宗吉《はしもとそうきち》一門で中天游の愛弟子《まなでし》、江戸の「安懐堂《あんかいどう》」で塾頭《じゆくとう》を務め、長崎では蘭書の翻訳で名を挙げた洪庵の盛名《せいめい》を慕《した》い、入塾者は引きも切らなかった。

最初に山鳴剛三《やまなりごうぞう》と大戸郁蔵《おおどいくぞう》の二人が入塾してきた。坪井信道《つぼいしんどう》の安懐堂で洪庵と同窓だった二人は親戚同士で、その頃は修学を終えて故郷の福山《ふくやま》藩の陣屋町、笠岡《かさおか》に帰っていた。

そこで洪庵の開塾を知り、駆《か》けつけてきたのだ。

幼なじみの二人は、何から何まで対照的だった。

山鳴剛三は名の如《ごと》く剛直で、一を聞いて十を知り、目から鼻に抜けるが如き才子《さいし》だった。大勢で騒ぐのが大好きで、やることなすことが陽気で、煌《きら》びやかな金流しのような男だった。

かたや大戸郁蔵は人付き合いが悪く、学問をしていれば他は何もいらないという、いぶし銀のような青年だ。上京前に故郷で『ヅーフ・ハルマ』の筆写を終えた破格の人物は、身なりに構わず、読書と酒を愛し、他は切り捨てても一向に平気という、図太いところがあった。

山鳴と大戸は適々斎塾の内塾生となり、騒がしく日々の暮らしを送りながらも修学にも励《はげ》み、蘭学塾としての骨格を作り上げていく。

次いで弟子入りしたのは東讃州《ひがしさんしゆう》出身の、有馬摂蔵《ありませつぞう》という青年だった。

浪速では蘭学が隆盛していたが、漢方医も巻き返しを図っていた。折衷《せっちゅう》派ながら漢方の旗頭《はたがしら》と目《もく》された「合水堂《がっすいどう》」は、紀州《きしゅう》から切り札を投入してきた。華岡青洲の娘婿の天才外科医・華岡南洋《なんよう》を派遣してきたのである。

南洋が大坂・合水堂に合流したのは、大塩平八郎《へいはちろう》の乱の直後の天保八年（一八三七）で、洪庵が開塾する前年だった。

若い頃、華岡流に憧れていた洪庵は、独自の路線で医を極める姿勢を尊敬していた。加えて蘭方医《らんぽうい》も治療に用いる薬物は漢方が多く、医業に漢方の素養《そよう》は必須《ひっす》だった。また洪庵は外科が苦手で、血を見るのを好まず、外科治療が必要だと診立《みた》てると、迷うことなく合水堂に送っていたのである。

適塾には塾生が殺到していたものの、経営は苦しかった。安い授業料で貧しい塾生を大勢受け入れ、寄宿までさせたのだから当然だろう。けれども新妻の八重は、平然としていた。

「さだ奥さまのご苦労を思えばこれくらい、どうということあらしまへん」

八重は父・百記から、洪庵が、天游とさだを理想の夫婦とみていると聞かされていた。なので八重は、自分もさだのようになりたいと切に願っていた。

学塾は繁盛《はんじょう》したが、医業はまったく流行《はや》らなかった。

かつて、上総《かずさ》でも長崎でも、同じことが起きた。

——わたしはたぶん、患者の気持ちを摑《つか》むのが下手《へた》なのだ。

そう反省はするものの、もって生まれた性分《しょうぶん》は、如何《いかん》ともし難い。

勢い、洪庵は蘭医書の翻訳に励むことになる。内科の訳書は宇田川玄随《げんずい》の『内科撰要《ないかせんよう》』、宇田川玄真の『医範提綱』、坪井信道の『診候大概《しんこうたいがい》』、高野長英《たかのちょうえい》の『西説医原枢要《せいせついげんすうよう》』などの名著が多数あるが、病理学は抄訳《しょうやく》しかなかった。

そこで師・宇田川玄真はいくつかの書を編纂《へんさん》して病理学の総論を出そうとした。

だが志半ばで没し、後事《こうじ》は洪庵に託《たく》されていた。

この頃、朗報《ろうほう》があった。

かつてシーボルトが推薦《すいせん》したフーフェランドの『内科書』の蘭訳本の二版が出版され、早々に日本にも伝わったのだ。

洪庵は勇躍《ゆうやく》、その翻訳に取り掛かった。

こうして二つの大著に着手した洪庵はその際、当時の医学書の常識だった高踏《こうとう》的な修辞《しゅうじ》を避けて極力、平易《へいい》な文体を用いるように心がけた。

当時の主流だった美文調は、嚙《か》み砕《くだ》かないと意味が通じない。それでは二度手間だと、洪庵は考えたのだ。

このように気力に溢《あふ》れ、公私ともども充実していた洪庵の耳にも、江戸・両国の薬研堀に設立された、和田塾という蘭学塾の評判が聞こえてくる。

——この勝負、絶対に負けるわけにいかぬ。

洪庵は武者震《むしゃぶる》いをした。

洪庵にしては珍しく、気負っていた。

その頃、適塾の土台を作った山鳴剛三が、帰郷することになった。好敵手で親類である大戸郁蔵は猛反対したが、家の事情でどうしても戻らなければならないという。修学を中途で断念し、無念に思っている弟子を憐《あわ》れみ、洪庵は、八重が洪庵のために手縫いした羽織《はおり》を与えた。章さんのことを一心に思って仕立てた羽織なのに、と八重はちょっぴり悲しい気持ちになる。けれども剛三の嬉しそうな表情を見て、これでよかったのだ、と思い直した。

剛三が去った後、塾生たちの口数は少なくなった。自分とて、いつまで修学を続けられるかわからない、という現実を突きつけられたからだ。それは他人事《ひとごと》ではなかった。

この当時、蘭学を志す者には人それぞれの動機があった。蘭学を修学し、どこぞの大名に藩医として召し抱《かか》えられ、一旗揚げたいという若者も少なくなかった。

幕府は、強固な身分制を堅持《けんじ》することで体制を維持していたため、蘭学を学んで医家の道を志すことは、青年が出世するための数少ない道のひとつだった。

適塾には、身分が低く貧しいが、意気盛んな若者が集まった。

身分も、旗本《はたもと》から貧農までと、さまざまだ。

中には悪ぶって、いきがる者もいた。

適塾生同士の内輪揉《も》めや、裕福な士族の子息が集まる合水堂の塾生との諍《いさか》いも、日常茶飯事《さはんじ》のようになっていた。

そんな塾生を正道に導いたのは、学究的姿勢に徹した厳父・洪庵と、塾生に優しく接する慈《じ》母《ぼ》・八重だった。

「奥さまは故郷のおっ母《か》さんのようだ」

塾生にそんな風に言われた八重は、負けじと言い返す。

「お母はん、だなんて、憎らしいこと言うもんやね。せめて姉さんにしたってや。そんなことを言うもんは、朝餉《あさげ》のおかずを一品、減らしたるわ」

八重はよく喋《しゃべ》り、よく笑い、塾生に分け隔《へだ》てなく気さくに接した。

塾生にとってそんな八重は、何でも心置きなく言うことができる、気安い母だった。いつしか八重は、塾生ばかりでなく、洪庵にも安らぎを与えてくれる大切な存在になっていた。

適塾は、八重の手によって、支えられていたと言っても過言ではなかったのである。

血気《けっき》に逸《はや》る若者に、洪庵はかつての自分の姿を重ね見た。

小言は滅多《めった》に言わないが、怠《なま》ける塾生は厳しく叱《しか》った。

時を無駄《むだ》に過ごすことがどれほどの損失なのか、わかってもらいたかったからだ。

塾生に勉学は強要しないが、自身は深夜遅くまで蘭書と取り組んだ。塾生は、二階の居室から見下ろす師の書斎の丸窓に、いつまでも灯《あか》りが点《つ》いているのを見て発奮《はっぷん》した。

こうして適塾は、いよいよ栄えた。

しかしこの頃、長年積もっていた、蘭学の隆盛に対する反発がついに噴出《ふんしゅつ》する。

かくして徳川幕府の最大の言論弾圧事件、「蛮社《ばんしゃ》の獄《ごく》」が勃発《ぼっぱつ》したのである。

12章　蛮社の獄

天保十年（一八三九）

天保十年（一八三九）三月、泰然の姿は半蔵門《はんぞうもん》・三宅坂《みやけざか》の田原《たわら》藩上屋敷にあった。月に一度の「尚歯会《しょうしかい》」という会合に参加するためだ。

会の名称は「歯を大切にしよう」という、他愛《たわい》のない意味で、集まる顔ぶれもその時々で変わる。三十代半ばの泰然は、そんな肩肘《かたひじ》張らない感じが気に入っていた。

春爛漫《はるらんまん》、お屋敷の中庭に咲き誇っている桜を眺めていると、野太い声を掛けられた。

「おお、今日は泰然殿が一番乗りか」

胴間声《どうまごえ》の偉丈夫《いじょうぶ》がこの会の主催者で、一万二千石《ごく》の小藩、田原藩の江戸家老、渡辺崋山《わたなべかざん》だ。

長刀を帯びた姿は、いかにも武芸者風だが、風流を解し書画は玄人《くろうと》はだし、漢詩の素養も深い洒落《しゃれ》人だ。身なりは貧相で、上着と下着が揃《そろ》うことは滅多にない。粗忽《そこつ》で大酒飲みの野人《やじん》と自称する崋山のおおらかな人柄に惹《ひ》かれ、具眼《ぐがん》の士が多数参集した。泰然もそのひとりだった。

そこへがらりと戸を開け、禿頭《とくとう》の大男が足音高く入ってきた。

「なんだ、来てたのか、わが弟子よ」

鳴滝塾《なるたきじゆく》いちの英才と謳《うた》われた高野長英である。泰然と同い年ながら蘭学の素養では雲泥《うんでい》の差がある。貝坂《かいざか》に開いた「大観堂《たいかんどう》」に、泰然は弟子入りしたが、長英が蘭医術の教授を疎《おろそ》かにしたため退塾していた。

「実は診断に難渋《なんじゅう》している症例がありまして、長英先生のご助言をいただきたく」と泰然は切り出した。患者の症状の説明を、鼻歌交じりで聞いていた長英はぼそりと言う。

「そいつは瘧《おこり》の始めだな。明日あたり高熱が出るから、キナを飲ませておけばいい」

「左様《さよう》ですか」と答えた泰然は、あまりにもあっさり診断されて釈然《しゃくぜん》としない。

長英の医学の実力は抜きん出ていて、話を聞くだけで下す診断は驚くほど当たり、処置は常に適切だった。聞いただけでは判断しかねる時でも、診せればたちまち正診《せいしん》にたどりつく。神業《かみわざ》の如し、と評判で江戸の蘭医の間では「困った時の長英頼み、最後の命綱《いのちづな》」とささやかれていた。今や飛ぶ鳥を落とす勢いの伊東玄朴《いとうげんぼく》も、いつも自分を小馬鹿《こばか》にする長英を疎《うと》ましく思いながら、困り事は弟子を介してこっそり相談しているのだという。

この才を医学に集中させたら、さぞや素晴らしい名医になれるだろうに、と泰然は羨《うらや》ましく、同時に腹立たしく思う。泰然も長崎留学から戻って薬研堀で開業し、そこそこ名が売れていた。

それでも長英には遠く及ばないのがなんとも歯がゆい。

年長の崋山にも対等の言葉遣いで話す長英は、出会った十年前と少しも変わっていない。

そこに、顔の半分が目ではないかと思われるような、ぎょろ目の男性が姿を見せた。

「本日は物騒《ぶっそう》な面々が揃っておりますな。それではまずはご報告から。先日の浦賀《うらが》測量の件は、崋山殿の忠言のおかげで上手《うま》く行きましてな。目付《めつけ》の鳥居《とりい》殿が割り込んできて、崋山殿ご推薦の測量技師の同行を拒否したり、ことあるごとに難癖《なんくせ》をつけられましたが、鳥居殿の測量技術はあまりにも拙《つたな》かったため、みなの面前で老中《ろうじゅう》に叱責《しっせき》され、顔面蒼白《がんめんそうはく》になっておりました」

そう報告したのは、伊豆韮山代官《いずにらやまだいかん》の江川英龍《えがわひでたつ》だ。泰然より三歳上で、老中首座の水野忠邦《みずのただくに》に重用《ちょうよう》されている開明派の幕臣である。長英が楽しげに笑う。

「ほほう、いつも老中の後ろ盾《だて》をひけらかし、城内で見るに堪《た》えない振る舞いと悪評の高い鳥居耀蔵《ようぞう》殿をうろたえさせたとは愉快千万《ゆかいせんばん》。俺《おれ》も拝見したかったです」

だが英龍の表情は冴《さ》えない。持参した風呂敷包《ふろしきづつ》みを開き、小冊子を崋山に渡した。

「鳥居殿は蝮《まむし》のように執念《しゅうねん》深いお方ですので、拙者《せっしゃ》に忠言をしてくださった崋山殿や、幕府の施策《しさく》に放言しておられる長英殿に、とばっちりが行くやもしれません。拝見した『慎機論《しんきろん》』にも危《あや》うい箇所がございます。付け紙をしたところを、書き直していただけると安心です」

「これは江川殿にお読みいただくための遊び書き、そんな大層な心づもりはございませんよ」

「論は優れたものですので是非《ぜひ》、公刊していただきたいのです。ですのでお上《かみ》のお咎《とが》めがないよう、僭越《せんえつ》ながら問題点を指摘させていただいた次第でして」

するとその冊子を取り上げた長英が、ぱらぱらと流し読みする。

「どれ、拝見。なるほど、確かに江川殿が指摘した箇所は、揚げ足を取られかねませんな」

そう言った長英に「ほれ、お前も読んでみい」と手渡され、一読した泰然が言う。

「崋山殿の鎖国《さこく》批判は的《まと》を射すぎております。国土を防衛するには夷狄《いてき》撃退論は役に立たず、日本の神国《しんこく》思想も頼れない。欧州事情を知ることが第一義であるとはまことにおっしゃる通り。されどこれは幕閣《ばっかく》たちにとっては、飲み難き煮え湯のようなものでしょう」

すると長英は、懐《ふところ》から書き付けの紙片を取り出し、英龍に手渡した。

「崋山殿は生真面目《きまじめ》すぎるのです。その点、俺の傑作《けっさく》は、言いたい放題をしながら結局は夢落ちの問答としてあるので、お上もケチのつけようがないはずです。いかがですかな」

江川英龍は「ううむ」とか「いやはや何とも」と呻《うめ》きながら、長英の文を読み終えた。

「確かにこの『戊戌夢物語《ぼじゅつゆめものがたり》』は甲《こう》と乙《おつ》の掛け合いの世迷《よま》い言《ごと》、しかも長英殿らしからぬ冗長《じょうちょう》な筆運びは、相当読み込まなければ何を言っているかすら、よくわからぬのに、一旦理解してしまえば、すべてが明瞭《めいりょう》というお見事なお手前。これではお上も如何ともし難いでしょう」

長英は得意満面だ。二年前、漂流民を送り届けた米国の商船を、浦賀奉行《ぶぎょう》と薩摩《さつま》藩が砲撃で打ち払った「モリソン号事件」を、「無礼で杓子定規《しゃくしじょうぎ》な対応だ」とこき下ろしていた。

「幕府の小心さには呆《あき》れ果てる。海防に自信がないが故《ゆえ》の虚勢《きょせい》は、情けないにもほどがある」

憤激《ふんげき》する長英の隣で、その頃長崎にいて、裏事情を詳しく聞いていた泰然は言う。

「海防の点では『フェートン号事件』よりも『シャーロット号事件』の方が参考になるはずです。『フェートン号事件』を教訓として強化した海岸警備を最大限に活《い》かし、ヅーフ殿は五人の大通詞《おおつうじ》と綿密《めんみつ》に協議した上で強硬《きょうこう》な対応をして、早々に立ち去らせたのですから」

「なるほど。武装を見せつけて、兵を動かさずに敵を退けたとは、まさにぶらかしのお手本ですな。実はこれから、名高い砲術家の高島秋帆《たかしましゅうはん》殿をお招きして上府《じょうふ》していただき、西洋砲術の採用を持ちかけようと考えているところです」

「素晴らしい。秋帆先生のご指導があれば、幕府の海防は底上げされるでしょう。秋帆先生に海防の肝《きも》を教わったおかげで、おいらも一端《いっぱし》の砲術家を名乗れているのです」と泰然が言う。

「それはうぬぼれがすぎるな。貴君の如きはなたれ小僧が大口を叩くなど、十年早いわ」

酒臭い息を吐きながら口を挟《はさ》んだのは、いつの間にか会合に顔出ししていた小関三英《こせきさんえい》だ。

仙台藩医・小関三英は、高野長英と並び称される、蘭学の実力者だ。

小関三英は、長英と真逆の性格で慎重居士《こじ》、年も長英より十七も上なのに、なぜか二人は気が合った。それは互いに蘭語の実力を認め合っていたことに加え、シーボルトと吉田《よしだ》長淑《ちょうしゅく》という、当代きっての二人の蘭学者の指導を一緒に受けたという、同門生のせいだろう。

長英が、我が意を得たり、とばかりに手を打った。

「小関よ、よくぞこの小生意気な孺子《じゅし》をたしなめてくれた。コイツは俺の不肖《ふしょう》の弟子で未《いま》だに、『医で世を救う』などという、寝呆《ねぼ》けたことをほざいておる。人は食わねば生きていけぬ。だから俺は『二物考《にぶつこう》』を著《あらわ》し、飢饉《ききん》を救う食物として早蕎麦《はやそば》と馬鈴薯《ばれいしょ》を推奨《すいしょう》したのに、そんな師の心をちっとも理解しようとせんのだよ」

泰然をこきおろしつつ、自分自身を持ち上げる高野長英に、崋山はうなずいた。

「確かに長英殿の提言は素晴らしかったですな。その案を採用したおかげで、わが田原藩では、先の天保大飢饉でも死者を出さずに済みました。一万二千石の小藩ゆえ、残念ながら快挙としては、黙殺されてしまいましたが」

渡辺崋山は淋《さび》しげな笑顔を浮かべた。

江戸家老の崋山が推《お》し進めている藩政改革は、郷里では不評だった。奢侈《しゃし》に溺《おぼ》れ、怠惰《たいだ》に過ごす城代家老は変化を厭《いと》い、崋山の中傷に励んでいる。そんな閉塞《へいそく》した状況の中、尚歯会での自由《じゆう》闊達《かったつ》な討論だけは、崋山にとって心安く寛《くつろ》げる場だった。

「本日の討論は、海防を考える点で大変有意義でした。勘定吟味役《かんじょうぎんみやく》の川路聖謨《かわじとしあきら》殿がご欠席されたのは残念でした」と江川英龍がぽつりと言う。

その場の面々は、大福《だいふく》のように福々《ふくぶく》しい顔立ちながら、いつも、はっとするような鋭い論評を加える川路聖謨の面影《おもかげ》を思い描いた。

思えばこの日が、尚歯会の面々にとって、一番幸せな時であった。

彼らに弾圧の魔の手が伸びたのはその一ヵ月後、五月中旬のことだった。

天保十年五月十四日、田原藩江戸家老・渡辺崋山は、北町奉行所に出頭《しゆつとう》せよとの書状を受け、取り調べを受けた後、江戸伝馬町《てんまちよう》の揚屋《あがりや》入りとなる。「蛮社の獄」の始まりである。

崋山の検挙は蛮学盲信《ばんがくもうしん》、無人島渡航計画、大塩の乱への通謀《つうぼう》の三点が理由とされたものの、どれも言いがかりに過ぎず、決め手は自宅で発見された「慎機論」の原稿だけだった。

刊行されてもいない走り書きで罪に問われ崋山は驚いたが、すぐに疑いは晴れるだろうと考えた。だが七月二十七日、奉行所の口書《くちがき》を取られるに至り、処罰が確実となった。

思わぬ展開に崋山は呆然《ぼうぜん》とした。これには周囲の者も驚き、あわてて助命嘆願《じよめいたんがん》を始める。中でも漢学の師である松崎慊堂《まつざきこうどう》の嘆願書は奉行の胸を打った。このため崋山は死罪を免《まぬか》れ、国元での蟄居《ちつきよ》となったのである。

残る二人の対応は対照的だった。

五月十七日、小関三英は、逮捕前に手首を切って自殺してしまう。

一方、高野長英は弟子の泰然の家に潜伏《せんぷく》した。

自分が罪に問われることはあり得ない、と確信していた高野長英は、傲然《ごうぜん》と嘯《うそぶ》いた。

「幕府も、まことに珍妙《ちんみよう》なことをする。笑止《しようし》千万だ」

「まさしく、おっしゃる通りです。一体、お奉行がいかなる罪を課そうというのか、おいらには、皆目《かいもく》見当もつきません」

すると長英は、次から次へと手紙を書きながら、言う。

「いかなる追及もすべて論破し、伝馬町の牢の正門から堂々と出て来てみせるさ」

長英は一通の文を妻に届けてほしい、と頼んだ。

前年に結婚した新妻は妊娠《にんしん》していた。

「奥方《おくがた》とお母上のことは、おいらが面倒を見ますので、ご心配なく」

「すまん、恩に着る」と長英は珍しく素直に礼を言う。

翌日、長英は悠然《ゆうぜん》と自首し、取り調べにも堂々と応じた。

しかし十二月十八日、打ち払い令に反対したことと「戊戌夢物語」の著述により、長英は終身禁獄に処せられてしまう。

刊行されてもいない戯《ざ》れ書《が》きで罪になるなど、前代未聞《ぜんだいみもん》の椿事《ちんじ》である。

崋山は「慎機論」で、長英は「戊戌夢物語」でモリソン号を追い払った幕府の外交政策を批判し、それが幕閣の逆鱗《げきりん》に触れたのだ。だがそれは幕府の焦《あせ》りの表出でもあった。

その様子を見た泰然は、林洞海が希望していた、長崎への再留学の資金を出すことにした。

泰然も、蛮社の獄の側杖《そばづえ》を食う可能性があったからだ。どうせ財を召し上げられるくらいなら、舎弟《しゃてい》のために使った方がマシ、というわけだ。「早見えの泰然」、面目躍如《めんもくやくじょ》である。

かくして林洞海は、二度目となる、三年間の長崎留学をすることとなった。

天保十二年（一八四一）。長英が永牢《えいろう》、崋山が蟄居に処されて、二年の月日が経《た》った。

十月になり、初冬の風が木枯《こが》らしに変わりつつあった。

蛮社の獄に連座するお咎めを免れた和田塾は、入門希望者が引きも切らず、流行っていた。

おかげですっかり羽振《はぶ》りがよくなった泰然は、黙然《もくねん》と薄い冊子を読んでいた。

そこに門人の三宅艮斎がやってきて、「何を読んでおるとですか、泰然先生」と訊ねる。

長崎で知り合って泰然の人柄に惚《ほ》れ込み、江戸につき従ってきた三宅艮斎はこの時二十五歳になったばかりで、林洞海と共に和田塾を支える二本柱になっていた。

「男子の志、かくあるべし、と師に教えられ、身を正しているところだよ」

そう言って渡された小冊子を、ぱらぱらと流し読みした三宅艮斎の顔色が変わる。

「こげな危険な本を書くなど、とんでもなか。泰然先生も、高野長英先生や渡辺崋山先生の二の舞になってしまいますたい」

「まあな。だが心配はご無用。その本を書いたのは、長英先生ご自身だからな」

「そげな馬鹿なこつ、あるはずなか。長英先生は伝馬町の牢におるはず。最近、牢名主《ろうなぬし》になったちう噂《うわさ》ば、聞いたとですが」

「それよそれ。今年の閏《うるう》一月、前《さき》の将軍の家斉《いえなり》公が薨去《こうきょ》され、恩赦《おんしゃ》で牢名主が赦免《しゃめん》されたので、長英先生がその座に就《つ》いたそうな。牢名主はうまみのある役らしく、新しい囚人《しゅうじん》から得たみかじめ料で牢番《ろうばん》、同心《どうしん》の下僕《げぼく》、非人《ひにん》を手なずけ、獄外との文通の自由を勝ち取ったのよ。筆墨《ひっぼく》を取り寄せて書いたのがその本、というわけさ。いやあ、さすがわが師、天晴《あっぱ》れな心意気よ」

三宅艮斎は「蛮社遭厄小記《ばんしゃそうやくしょうき》」という冊子の頁《ページ》をめくりながら、感嘆《かんたん》の声を上げる。

「確かにすごか本ですたい。蘭学の発展からシーボルト事件、鳥居・江川の浦賀測量問題、無人島事件の真相に『戊戌夢物語』の執筆と、蛮社の獄の原因が見事に書かれておるとですな」

「獄中にあってなおこの気炎《きえん》、天文方《てんもんかた》のお歴々《れきれき》も、長英先生の気概《きがい》を見習ってほしいものだ。翻訳の禁令に、幕府天文方の杉田立卿《すぎたりゅうけい》、宇田川榕菴《ようあん》、大槻玄沢《おおつきげんたく》、箕作阮甫《みつくりげんぽ》、杉田成卿《せいけい》などの錚々《そうそう》たる面々が早々に連名で、容認する上申書《じょうしんしょ》を提出したのは、なんとも情けない限りよ」

当時、蘭学に対し、幕府は風当たりを強めていた。蛮社の獄の年の七月には、鳥居耀蔵の腹心で天文方見習・渋川六蔵《しぶかわろくぞう》が、蘭学取締り十ヵ条の意見書を提出した。

蛮社の獄を利用して、蘭学者を抑え込もうとした政策は昨年、蕃書《ばんしょ》翻訳取締りの開始で具現化する。長英という強力な矛《ほこ》を失った蘭学者たちは、あっさり権力に屈《くっ》したのである。

「その点で泰然先生はさすが、長英先生の一番弟子ですばい。お上の意向に逆らって、林洞海殿にファン・デル・ワートルの『薬性論《やくしょうろん》』を翻訳させたとですから」

「なあに、あれは洞海がもう一度長崎に行きたい、と言うもんだから、それなら翻訳で稼げ、と発破《はっぱ》を掛けただけのこと。それにあれは和田塾でも教科書として重宝してるから、一石二鳥《いっせきにちょう》よ。良斎も負けずに翻訳書でも書くといい」

「おいは勉強は好かんけん、勉学は洞海殿にお任せし、外科の方技《ほうぎ》に磨きば掛けるとです」

「まあ、良斎はそれでいいのかもしれんな。それより今、清国で大変な騒動になっているというのに、幕府があまりにも無為無策なので呆れているよ」

ちょうど二年前の九月より、清国と英国の間で阿片《アヘン》戦争が勃発していた。

英国軍艦の威嚇《いかく》に屈した清の道光《どうこう》皇帝は、阿片貿易を一掃《いっそう》しようとした忠臣・林則徐《りんそくじょ》を罷免《ひめん》し、和議を成立させた。ところが国内強硬派が和議を撤回《てっかい》し、英国も講和派から司令官が交代したため、今年八月には軍事衝突が激化していた。

「清国の姿は、明日の日本だということを、幕府は理解していない。そんな中でやったことといえば、林子平《はやししへい》殿の名誉回復《めいよかいふく》だけだというのだから、なんともどん臭《くさ》いものよ」

泰然は、大きく吐息をついた。林子平は半世紀前の寛政《かんせい》四年（一七九二）に、『海国兵談《かいこくへいだん》』や『三国通覧図説《さんごくつうらんずせつ》』など先駆《せんく》的な書を著したため、幕府の怒りを買い、弾圧された先覚者《せんかくしゃ》だ。

「ばってん、そんでも少しは前進したとではなかですか」

「そんなのは焼け石に水だよ。政治的な批判はいけないという暗黙の通達に、蘭学者たちは牙《きば》を抜かれ反骨精神を失っているとは情けない。ああ、崋山先生や長英先生の心意気が懐かしい」

そこに手紙を持った従者が訪れた。

「泰然殿に、お言付《ことづ》けがございます。わが主君、渡辺崋山は三日前の十月十一日、田原藩の蟄居先で自刃《じじん》してございます」

その言葉に、泰然は呆然とした。形見に渡された一幅《いっぷく》の掛け軸《じく》を持つ手が、震《ふる》える。画家としても名高い崋山の「鹿鳴図《ろくめいず》」は、見事な出来映えだった。

「かような具眼の師を犬死にさせる幕府に、未来はなか」

艮斎が絞《しぼ》り出すように言うと、泰然はうなずいた。

「だが崋山殿が蒔《ま》いた種は、決して枯れてはいない。崋山殿の盟友、江川英龍殿が推挙した高島秋帆殿は、阿片戦争で清国が敗《やぶ》れたことに危機を覚え、今年五月に『火砲を近代化すべし』と主張した『天保上書《じょうしょ》』を幕府に提出し、大いに気を吐いているからな」

その進言を受けた老中・阿部正弘《あべまさひろ》は、武蔵《むさし》国徳丸《とくまる》ヶ原《がはら》で洋式砲術と洋式銃陣《じゅうじん》の公開演習を行ない、『火技中興洋兵開基』との称号を江川英龍に送り、砲術を指南《しなん》させた。

崋山の志は、彼らに引き継がれたのである。

＊

その頃の幕府の蘭学、もしくは蘭学者への対応は右往左往《うおうさおう》し、混乱を極めていた。

蛮社の獄の直前は、蘭学の雪解《ゆきど》けの時代だった。

文化八年（一八一一）に幕府天文方に「蕃書和解御用《わげごよう》」なる蘭書の翻訳部門が置かれると、宇田川玄真、宇田川榕菴、杉田立卿、小関三英といった俊英《しゅんえい》たちが局員に任命された。

ところが蛮社の獄で状況は一変し、蘭学を取り巻く環境は一気に暗転した。

翌天保十三年（一八四二）七月には、文政八年（一八二五）に発布された異国船打払令を緩和《かんわ》する「薪水給与令《しんすいきゅうよれい》（遭難《そうなん》船のみ補給を認める法令）」が発布された。

それは、長英や崋山の批判は適切だったと追認したに等しく、崋山の名誉回復となった。

その一方で、国を憂《うれ》う高島秋帆の行動は守旧派の逆鱗に触れた。密貿易の廉《かど》で讒言《ざんげん》されたため、高島家はお取り潰《つぶ》しとなり、武蔵国岡部《おかべ》藩にて蟄居となった。

その動きを裏で煽動《せんどう》したのは守旧派の首魁《しゅかい》・鳥居耀蔵である。

この時、秋帆の弟子の楢林栄建《ならばやしえいけん》は連座を恐れ、弟の宗建《そうけん》に家督《かとく》を譲《ゆず》り京に出て、昔の門人の日野鼎哉《ひのていさい》宅に寄寓《きぐう》した。その後、富小路三条上《とみのこうじさんじょうあが》ルで開業し、再び洪庵と縁を結ぶことになる。

江戸の坪井信道は洪庵に現状を伝え、獄は幕府に異を唱《とな》える反体制派への弾圧であり、直接的な蘭学抑圧ではないので心配する必要はない、と手紙で書き送っている。

だが、わざわざそんなことを伝えてくること自体、暗に逆風を認めたようなものだ。

徳川幕府の最大の言論弾圧事件となった「蛮社の獄」は、老中・水野忠邦が重用したふたりの重臣、江川英龍と鳥居耀蔵の確執《かくしつ》に起因する、鳥居耀蔵一派が仕掛けたでっち上げの政争事件で、真の標的《ひょうてき》は江川英龍・羽倉外記《はぐらげき》など水野政権内部の進歩派だった。

それは、鳥居耀蔵の逆恨《さかうら》みによる冤罪《えんざい》にすぎず、その詮議《せんぎ》は江川・羽倉にはとうてい及ばず、鳥居一派は本懐を遂げられなかった。

蛮社の獄の本来の目的は別にあったが、蘭学の抑圧に転用され、蘭学者に甚大《じんだい》なダメージを与えた、徳川幕府最大の言論弾圧事件になった。

以後、世は「蘭学抑圧時代」に入った。

その流れは、黒船の来航を経て、嘉永《かえい》七年（一八五四）に幕府が日米和親《わしん》条約を締結《ていけつ》して、事実上「鎖国令」を撤廃《てっぱい》し、外交政策を開国へ転舵《てんだ》するまで続いた。

蘭学が復権を果たすまで、実に十五年の長きを要したわけだ。

そしてその時、冤罪に沈んだ秋帆は、再び表舞台に登場するのである。

13章　新天地・佐倉順天堂

天保十四年（一八四三）

天保十二年（一八四一）閏《うるう》一月七日、十一代将軍・徳川家斉が逝去《せいきょ》した。半世紀にわたる治世だった。

煙《けむ》たい父が死去し、十二代将軍・家慶《いえよし》は四十八歳でようやく実権を握った。家慶に、蔓延《まんえん》していた賄賂《わいろ》政治を一掃せよ、と命じられた老中・水野忠邦は「天保の改革」を推進した。だが多方から反発された上、重用した鳥居耀蔵は私的な動機で政治を左右したため、怨嗟《えんさ》が満ちた。

蛮社の獄で蝮の耀蔵の執念深さを思い知らされた泰然は、用心深く日々を過ごしていた。

だがそんな泰然のこころ配りは、恐れを知らない父・藤佐《とうすけ》の蛮行《ばんこう》のせいで無駄になった。

それは天保十一年（一八四〇）十一月に発せられた、あるお達しが発端《ほったん》だった。

出羽《でわ》庄内《しようない》藩主の酒井忠器《さかいただかた》を越後長岡《えちごながおか》に、武州川越《ぶしゆうかわごえ》藩主の松平大和守《まつだいらやまとのかみ》を庄内に、長岡藩主の牧野備前守《まきのびぜんのかみ》を川越に転封《てんぽう》するという領地替え、世に言う「三方領地替え」である。

突然の転封に驚いたのは、酒井家が長年統治してきた庄内の民である。

二百年余、酒井家は善政を敷き、庄内藩は天保の大飢饉の際も餓死者を出さなかった。庄内の農民は「百姓《ひやくしよう》といえども二君に仕えず」と蓆旗《むしろばた》を掲げ、幕府へ直訴《じきそ》を企《くわだ》てた。そんな心意気にほだされた藤佐は一肌脱ぎ、旧知の佐倉《さくら》藩主・堀田正篤《ほつたまさひろ》に駕籠《かご》訴《そ》で転封中止を嘆願させるという奇手《きしゅ》を打つ。その一方、自身は敵の松平大和守の懐に入り、内部から崩壊させようとした。

だが、その隠密《おんみつ》行動が露見《ろけん》し、藤佐は庄内の民からは裏切り者、幕府からは反対運動の煽動者と見做《みな》されてしまう。そして長男・泰然と次男・然僕《ねんぼく》と共に一家三人、お白洲《しらす》で雁首《がんくび》並べて江戸町奉行の矢部《やべ》駿河守《するがのかみ》のお調べを受けることになった。

こうなったらあとは、ひたすら恭順《きょうじゅん》の意を示し、お目こぼしを願うしかない。それなのに藤佐はこの死地で、想像を絶するような暴挙《ぼうきょ》に出る。お白洲で堂々と、酒井忠器の善政を賞賛《しょうさん》し、今回の転封を真正面から非難し、転封は取り消すべしと主張したのだ。

隣で聞いていた泰然は仰天《ぎょうてん》した。お白洲でお上の政事を批判するなど前代未聞だった。死罪覚悟の陳述《ちんじゅつ》は、辣腕《らつわん》の公事師《くじし》として名を馳《は》せた佐藤《さとう》藤佐、一世一代の晴れ舞台だ。

自分の発言は黙殺されるだろうと藤佐は踏んでいた。ところが名奉行・矢部駿河守は、あろうことかその捨て身の陳述に感動してその言い分を認め、酒井家の転封中止命令を出してしまう。

あっと驚く大逆転劇である。だが、老中の意向に逆らった代償《だいしょう》は大きかった。

翌年七月、矢部駿河守は禄《ろく》召し上げの上、桑名《くわな》藩にて蟄居となる。その処分の裏には奸物《かんぶつ》・鳥居耀蔵の暗躍があった。駿河守は抗議のため、断食して死を選んだ。

天保十四年（一八四三）閏九月、堀田正篤は老中職を辞した。果断に身を処した正篤は幕政から身を引くが、これで悪評高い天保の改革に参画《さんかく》したことが帳消しになり、却《かえ》って声望《せいぼう》を高めた。お門違《かどちが》いの倹約《けんやく》は庶民の反発を買い、諸大名にも不評だった。このため鳥居耀蔵は水野を裏切り、反対派の老中・土井利位《どいとしつら》に機密資料を流したため、天保の改革は頓挫《とんざ》してしまう。

この混乱を咎めた家慶は同月、お気に入りの水野忠邦を罷免した。

素早く土井側に寝返った鳥居耀蔵は、矢部駿河守に代わり、南町《みなみまち》奉行と勘定奉行を兼任した。

こうなると蝮の耀蔵がどんな嫌がらせをしてくるか、皆目見当もつかない。

天保十四年四月、こんな状況の中で泰然は、藤佐に告げた。

「親父殿《おやじ》、おいらは堀田さまの所領《しょりょう》に移ることにしたよ。佐倉に家を買ったんだ」

「ほう、薬研堀の塾は畳《たた》むのか？」

「さすがに、そんなもったいないことはしないよ。ちょうど舎弟の洞海が三年の年限を終えて、長崎留学から戻ってきたから、長女のつるを娶《めと》らせて、和田塾を譲ろうと思ってる」

藤佐は腕組みをして少し考え、にっと笑う。

「ふむ、悪くない判断だ。堀田さまは偉ぶらず、下々《しもじも》の者の話にも耳を傾ける度量《どりょう》がある。儂の献言《けんげん》を真に受けて、老中を辞職されたくらいだからな。無欲な明君は得難いものよ」

まったくいい気なものだ、と恨み言《うらごと》のひとつも言いたくなる。泰然は、やんわりと言う。

「親父殿はもう年なんだから、いい加減、おとなしくしていてくんねえかな」

「儂は、自分が稼いだ金で好き勝手しておるから、おぬしにとやかく言われる筋合いはないぞ。そもそも、あんな滅茶苦茶《めちゃくちゃ》な転封が成り立ったら、民も秩序も滅茶苦茶にされてしまうだろう。お前だってそう思ったから、儂に協力したんだろうが」

「まあ、それはそうなんだけどさ」と泰然は歯切れが悪い。

不惑《ふわく》の泰然も、還暦《かんれき》を超えた父・藤佐の前では赤子《あかご》の如しで、手も足も出ない。

「親父殿も一緒に佐倉に来るといいよ。常々、堀田さまからもお招きされていただろ？」

泰然がさりげなく誘うと、藤佐はにやりと笑い、首を横に振る。

「儂は江戸に残る。堀田さまには申し訳ないが、佐倉のような片田舎《かたいなか》は性《しょう》に合わん。儂は然僕の世話になるよ。なんなら順之助《じゅんのすけ》は江戸に置いていってもよいぞ」

江戸から十二里、たかだか一日の道行きの地を、片田舎と言い放つとは……。

佐倉移住は、藤佐の身を案じてのことだった。それをひと言で断られては立つ瀬がない。

だが考えてみれば、蛮社の獄で渡辺崋山や小関三英を死に追いやり、高野長英を永牢に押し込めた張本人の老中・水野忠邦を失脚《しっきゃく》させたのは、結局は藤佐だったということになる。

やはり親父殿は大したものだ、と認めざるを得ないのがなんとも口惜しい。

かくなる上は、長崎から戻りたての林洞海にこの差配を告げ、あわてふためく様を眺めて鬱憤《うっぷん》を晴らすか、と泰然は考えた。実際、洞海のうろたえぶりは想像以上で泰然は大笑いした。

「と、とんでもない。おいに泰然しゃんの代役なぞ務まろうはず、ありまっしぇん」

「そんなことないぞ。おいらはオランダ語が不得手《ふえて》だが、洞海は二度も長崎に行って学んできたんだ。そんじょそこらの蘭学者では太刀《たち》打ちできん。和田塾は江戸一の蘭学塾になるぜ」

「ばってん、おいがつるさまば娶るなど、とんでもなか」

「なんだ、お前はつるが嫌いなのか」

「そげんこつ、なかです」

消え入るような声で言った洞海は、耳たぶまで真っ赤にしてうつむいてしまう。

「嫌いでないのなら、よいではないか。それにおいらの横暴ぶりを間近で見てきたつるには、洞海が聖人君子に見えて、心底尊敬して仕えるから夫婦円満間違いなし。めでたしめでたし、だろう。それと順之助は江戸に置いていくから、面倒を見てくれよ」

親父殿に頭を下げるのは癪《しゃく》だが、洞海なら威張《いば》って命じることができる。

長男の惣三郎《そうさぶろう》は、長崎留学の前に義兄の山内豊城《やまうちとよき》の養子にした。次男の順之助も十歳。あいつはいずれ、松本《まつもと》家に引き取ってもらおう。あの家には器量《きりょう》よしのひとり娘がいるが、男の子はいないから良さんもきっと喜んでくれるだろう。こんな風に猫の子のように、自分の子をあちこちにばらまく泰然には、お家大事という感覚は微塵《みじん》もない。

洞海の隣で、青年が、兄弟子のうろたえぶりを眺めて、笑いをこらえている。

目鼻立ちが整った、貴公子然とした若者の肩を、泰然はぽんと叩いた。

「ニヤついている場合ではないぞ。佐倉ではお前を統領《とうりょう》にするつもりだからな」

「ご冗談を。自分は入門して一年も経たない若輩者《じゃくはいもの》。そんな大それた役は無理です」

いきなり大役を振られた若者は、あわてふためいた。ここぞとばかりに洞海がやり込める。

「オイのことを笑った罰《ばつ》たい。泰然しゃんに見込まれる大変さを思い知るがよか」

すると若者は、不敵に笑う。

「わかりました。師匠と兄弟子が、やれ、とおっしゃるのなら、やって進ぜましょう」

強気な若者を泰然は頼もしげに眺める。弱冠《じゃっかん》十六の青年は、不世出《ふせいしゅつ》の天才外科医と謳われ、後に泰然の養子になり、明治初期の医学界を牽引《けんいん》する山口舜海《やまぐちしゅんかい》、後の佐藤尚中《たかなか》だった。

文政《ぶんせい》十年（一八二七）、下総小見川《しもうさおみがわ》藩医・山口甫仙《ほせん》の次男に生まれ、十六の時、師の留守中に担《かつ》ぎ込まれた農民の傷を裁縫針で縫合《ほうごう》した。農民が痛みを訴《うった》える間もなく縫合が終わった。才能を見抜いた師は薬研堀の和田塾に紹介した。泰然の盛名が引き寄せた逸材である。

――章よ、お前はコイツのような麒麟児《きりんじ》を見出《みいだ》すことができたか？

そう呟いて、西方を眺め遣《や》る。地道な学業が不得手な泰然が和田塾を盛り立てられたのは、大度量と人材を見抜く力、そして西方で名を馳せている洪庵の適塾への対抗心からだ。

――『西の適塾、東の和田塾』だなんて、ふざけるなよ。角力《すもう》の呼び出しだって、東を先にするんだぜ。どう考えたってここは『東の和田塾、西の適塾』とすべきだろうが。

負けず嫌いの泰然は、たとえ呼び順でも洪庵の後塵《こうじん》を拝することが我慢ならなかった。逆風の中で都落ちした泰然だったが、まったくめげる様子はない。

――おいらは『早見え』で佐倉の田舎に行く。章よ、ここからが本当の勝負だぜ。

過渡期だった天保の世が終わり、動乱の時代が始まりを告げようとしていた。

佐倉藩主・堀田正篤は、四十五歳で藩主になった父・正時《まさとき》の五十の時の子だ。十六歳で藩主に就任した正篤は、父子二代の「ご厄介《やっかい》」の境遇からの遅咲きの藩主である。

後見人《こうけんにん》は、四半世紀以上も若年寄《わかどしより》の重責《じゅうせき》にあった佐倉藩の支藩の佐野《さの》藩主・堀田正敦《まさあつ》。「文化露寇《ぶんかろこう》事件」の時に「蝦夷防衛総督《えぞぼうえいそうとく》」に任じられて以後、ロシア軍艦が択捉《えとろふ》や樺太《からふと》、宗谷《そうや》周辺で幕府の施設や日本船を攻撃した事態にも対応した。文化八年（一八一一）には天文台総頭《てんもんだいそうとう》を務め蕃書和解御用を置き、大槻玄沢や馬場佐十郎《ばばさじゅうろう》らにロシア語の翻訳事業をさせている。

正敦の薫陶《くんとう》を受けた正篤は「西洋堀田」と呼ばれ、蘭癖《らんぺき》大名の名を馳せる。

天保三年（一八三二）、正敦が没すると、渡辺弥一兵衛《わたなべやいちべえ》が正篤を補佐した。

翌天保四年（一八三三）、正篤は「佐倉学問所」を拡充し「成徳書院《せいとくしょいん》」とした。

蘭医学の推進のため、泰然を招請《しょうせい》したのも、渡辺弥一兵衛の進言だ。

正篤主従は蘭医学の凄《すご》みを知っていた。渡辺の背中に瘍《できもの》ができた時、手を拱《こまぬ》いている漢方医を尻目《しりめ》に、蘭医が処置してあっという間に快癒したことが強い印象を残した。

正篤は天保八年（一八三七）五月に大塩平八郎の乱の後、大坂城代《じょうだい》に任命され、天保十二年三月に西丸《にしのまる》老中となり、水野忠邦の「天保の改革」に参与したが、方針に反対し病気を理由に老中職を辞した。きっぱりした進退の裏には、泰然の父・藤佐の献言があったと言われる。


佐倉に移り住んだ泰然は、父の姓《せい》である佐藤を名乗ることにした。

その二ヵ月後の天保十四年閏九月末、佐藤泰然は堀田正篤侯にお目通りを果たした。

「よう来たな、泰然。首を長くして待っておったぞ」と堀田侯は気さくに話しかける。

だが正篤が老中の辞任を認められたのは、泰然が佐倉に着いた五十日後なので、首を長くして待っていたのは、むしろ泰然の方だったのではあるが……。

「は、恐悦至極《きょうえつしごく》、汗顔《かんがん》の至りでございます」と泰然は両手を畳について平伏《へいふく》する。

「よせよせ、らしくないぞ、泰然。江戸の上屋敷にいた頃と同じで構わぬ」

江戸では、ざっくばらんな堀田侯につられ、泰然もついぞんざいな口調《くちょう》で話していた。

初お目通りの時に、『六歳下ということは章と同い年か』と思った時から、洪庵を相手にするように、上から目線で言いたい放題をしていた。武家では許されない非礼だが、伊奈《いな》家では年の近い当主と友人のように付き合っていた泰然には、不自然な振る舞いではなかった。

だがさすがは譜代《ふだい》の殿さま、居城《きょじょう》の佐倉城でのお目通りとなると、つい威儀《いぎ》を正してしまう。

「らしくない」とは、まったくその通りだ。福々しい堀田侯は穏《おだ》やかな口調で言う。

「余《よ》は口下手《くちべた》のゆえ、江戸城内では苦労した。余は、優秀な者の経綸《けいりん》を具現するためのはりぼてじゃ。泰然には医学のみならず、藩政にも助言してほしい。しかし余も、藩で最上位とはいえ長年、厄介の身だった若輩者。おぬしを厚遇《こうぐう》できぬのが歯がゆいばかりじゃ」

この言葉の裏には、伊東玄朴を高禄で召し抱えている佐賀藩の鍋島閑叟《なべしまかんそう》への対抗意識があるな、と泰然は察した。泰然は客分の雇医の待遇で一人扶持、蘭医学の教授にも任じられていない。鍋島侯は二十八で、掘田侯より六歳も下だ。そこで泰然は包み隠さず、本音を口にした。

「おいらは風来坊《ふうらいぼう》ゆえ、お城勤めはとうてい無理です。佐倉藩には蘭医学の藩校『成徳書院』があるのでおいらは無用の身。にもかかわらず蘭医学の私塾の場を提供していただき、感謝しております」

それは半分は本音だが、半分は打算だ。譜代の城に新参者《しんざんもの》が乗り込めば、たちまち排斥《はいせき》されてしまう。まずは地盤を確立することだ。堀田正篤は穏やかな微笑を浮かべる。

「欲のない奴《やつ》め。謙虚な言葉を後悔するくらい使い倒してやるから、覚悟せよ」

「御意《ぎょい》。それはおいらも望むところです」

堀田正篤は側に控える重臣に、「よきに計らえ」と声を掛けた。

面《おもて》を上げた渡辺弥一兵衛は、泰然の招聘《しょうへい》を勧めた張本人《ちょうほんにん》だった。

翌日。城下の外《はず》れの本町に案内された泰然はがっかりした。周囲を田畑で囲まれ、農業を兼ねた小商人の家が百軒足らずあるだけの、まさに田舎のど真ん中だった。

泰然が購入したのは、その中の一軒の屋敷だった。

――これで三十五両とはふっかけやがったな。けど親父殿を引っ張ってこなくてよかった。

そんな泰然の気持ちを読み取ったかのように、渡辺弥一兵衛が深々と頭を下げる。

「名高い蘭学者を招きながら、このような辺鄙《へんぴ》な土地しかご用意できず、申し訳ござらぬ」

すると、泰然はすぐに気持ちを入れ替え、からりと笑う。

「地所《じしょ》を紹介していただけただけでも、ありがたいです。佐倉には蘭医学を根付かせる土壌《どじょう》があります。三月に鏑木仙安《かぶらぎせんあん》殿が刑死者《けいししゃ》の解剖《かいぼう》を行なったとか。越えねばならない難所は過ぎているので、ここから先は一気呵成《いっきかせい》でしょう」

「さすがは泰然殿、解剖の一件をすでにご存じとは、驚きましたな」

「その快挙は江戸でも話題になっていましたから。それに今は辺鄙ですが、十年もすればおいらの医院と学塾に患者や生徒が押し寄せるので、周りが空《あ》き地の方がむしろありがたいです」

それはさすがに強がりに聞こえたが、数年後、泰然の言葉は現実となった。

かくして天保十四年十月、佐藤泰然は江戸の豪商の旧家を買い上げ、医院と医学塾を構えた。屋号《やごう》は泰然が好んだ『易経《えききょう》』の「天道《てんどう》に順《したが》う」から取り「順天堂《じゅんてんどう》」とした。

「佐倉順天堂」が創設されたこの時、泰然は不惑の四十歳。

その一ヵ月後、弘化《こうか》に改元された。老中首座・土井利位は、火災に遭《あ》った江戸城本丸の再建費用を調達できず不興《ふきょう》を買い失脚し、水野忠邦が復権する。忠邦は直《ただ》ちに裏切り者の鳥居耀蔵を解任し、捕縛《ほばく》した。これで藤佐親子の身は安全になり、泰然は精力的に活動を開始する。

江戸から山口舜海を呼び寄せて医術教授役に据え、林洞海が訳したワートルの『薬性論《やくしょうろん》』を薬学の教科書にした。この訳書は天保十一年に刊行願いを出していたが、蘭学抑圧時代に十年以上も塩漬《しおづ》けにされてしまった。

佐倉順天堂では、泰然が長崎留学した際に買い付けた蘭書を教科書に用いた。コンスブルック、セリウス、モストなどが著した最先端の蘭書の中でも、特にセリウスの外科書を重用した。泰然が長崎時代、「接骨備要《せっこつびよう》」と「眼病」の章を訳していたが、後に佐藤尚中が『施里烏私瘍学全書《セリウスようがくぜんしょ》』として全訳し、基本的な教科書とした。

けれども順天堂では蘭書の読解力よりも、治療の実技に重きを置き、手術承諾書《しょうだくしょ》の形式を整え、医療費を明快に規定するなど、医業の基本構造を整えた。

当時の医師は収入が不安定だった。坪井信道は「菩薩医《ぼさつい》」と賞賛されたが、それは医療費を取らず困窮《こんきゅう》したということの裏返しだった。著名な医師は江戸に在府する大名の診察や治療で高額の謝礼をもらい、かろうじて生計を立てていた。それではそれ以外の医師は医術では安定した生活を営《いとな》めない。そう考えた泰然の発案は強い反発も招いたが、佐倉藩内で定着していく。

最古参《さいこさん》で義理の息子となった林洞海、長崎の留学時代に意気投合した外科の名手の三宅艮斎、養子にした外科の国手《こくしゅ》の佐藤尚中など、錚々たる名医が顔を揃えた佐倉順天堂の盛名は轟《とどろ》き、入門希望者が殺到した。

こうして「日新の医学、佐倉の林中より生ず」という世評を得るに至り、泰然は自分の地盤を完全に確立したのである。

14章　不夜城・適塾

弘化二年（一八四五）

天保年間の最後から弘化年間の初めにかけて、洪庵は、揺れ動く日々を送っていた。

天保十三年（一八四二）五月、適塾が開塾した頃から手がけていたフーフェランドの内科医学書の翻訳をほぼ終えた。ベルリン大学教授フーフェランドの、五十年にわたる自身の経験を集大成した内科書『医学必携《エンキリディオン・メディクム》』の翻訳は、洪庵の畢生《ひっせい》の大著となる『扶氏経験遺訓《ふしけいけんいくん》』として結実していた。それなのに出版の目処《めど》はまったく立たない。

師・坪井信道に添削《てんさく》をお願いしていた『病学通論《びょうがくつうろん》』の刊行も滞《とどこお》っている。蘭書の刊行には漢方医の総本山である「医学館《いがくかん》」の許可が必要で、申請《しんせい》はことごとく握り潰されていた。

六月には二歳の長男・整之輔《せいのすけ》を失い、八月には父・惟因《これより》が病《やまい》に倒れたため、洪庵は足守に戻り治療した。惟因は回復したがこれを潮《しお》に隠居《いんきょ》して快翁《かいおう》と号し、兄・馬之助が家督を継いだ。

翌天保十四年（一八四三）六月、洪庵は両親と姉を呼んで京都見物をした。

八月一日、次男の平三《へいぞう》が生まれた。後に明治の陸軍軍医部の支柱となる緒方惟準《これよし》である。

九月初旬には再び両親を呼び、出産で里帰りしていた八重とその両親も招き、名塩に近い名《めい》湯《とう》・有馬《ありま》温泉でゆったり過ごした。おきゃんな長女の多賀《たが》のはしゃぎぶりや、生まれたばかりの平三の弱々しい泣き声などで賑《にぎ》やかだった。長男を亡くした悲しみや、出版の目処が立たない著作という艱難《かんなん》の中にあった洪庵は、木漏《こも》れ日のように穏やかなひとときを過ごした。

この頃から、洪庵を取り巻く医業の周辺でも変動があった。

天保十四年二月には、長崎留学後、長州《ちょうしゅう》の青木周弼《あおきしゅうすけ》の医学教授所「好生館《こうせいかん》」で修学していた中耕介《こうすけ》が帰坂《きはん》し、伊三郎の娘・てつ子を娶った。

それは耕介の母・さだの強い希望でもあった。洪庵は月下氷人《げっかひょうじん》を頼まれた。

そうして中医院を継いだ耕介はその後、洪庵にとって欠くことができない右腕となる。

翌弘化元年（一八四四）には、洪庵は大戸郁蔵を義弟とし、家塾を独立させた。以後、彼は緒方郁蔵と名乗り、彼の学塾は「独笑軒塾《どくしょうけんじゅく》」と称するようになる。

その名の由来は、郁蔵にとっては、ひとりで酒を飲みながら読書をすることが、唯一無二の楽しみで、そうした時には自然に笑ってしまう、ということからつけられたものだ。

初めは適塾の近くに居を構えたが、あまりにも近すぎたので北久宝寺町《きたきゅうほうじまち》に移転した。

このため洪庵の「北塾」に対して、郁蔵の独笑軒塾は「南塾」と並び称された。

こうして天保の終わりから弘化の初めにかけては、洪庵の医業と学業は、中医院の中耕介と、南塾の緒方郁蔵という、二本の支柱を得て、安定したのである。

そんな中、洪庵の心を波立てるようなできごとが起きた。

弘化元年六月三十日、伝馬町の獄舎《ごくしゃ》で火災があった。

その際、三日間限りの「切り放ち」に乗じて、永牢の高野長英が逃亡したのだという。

七月、大坂町奉行に呼び出された洪庵は、「この者を見つけた際は奉行所に一報されよ」と厳しく申し渡された。

——それにしても脱獄とは、思い切ったことをなさったものだ……。

「蛮社遭厄小記」を牢内で執筆するなど意気軒昂《いきけんこう》な長英の気持ちは、痛いほどわかる。言いがかりででっち上げられた筆禍《ひっか》で六年以上も牢につながれては、我慢《がまん》の限界だったのだろう。

さりとて、長英と出くわしたらどうすればいいのか、いくら考えても答えは出ない。

幸い、風の噂では中国地方に落ち延びたとも、九州を周遊しているとも言われた。

脱獄といい、消息が入り乱れ世を騒がせる様といい、神算鬼謀《しんさんきぼう》の高野長英の面目躍如だ。

だがこれで一層、蘭学への風当たりは強まるだろうな、と洪庵はうんざりした。


弘化二年（一八四五）の年の瀬、適塾は瓦町から北の過書町《かしょまち》に引っ越した。

塾生が増えて手狭《てぜま》になったため、両替商《りょうがえしょう》の天王寺屋《てんのうじや》の別邸だった町屋《まちや》を購入したのだ。

相当の高額だったが「これから塾生がようけ入って、またすぐに手狭になりまっせ」という大和屋の言葉に背を押された。大坂で蔵屋敷を仕切った足守の父に「お買い得の物件だ」と言われ、洪庵は胸をなで下ろす。屋敷の二軒隣は、洪庵がシーボルトとお目通りした銅座《どうざ》だ。

町屋造りは奥行きが深く、京風の通り庭から奥を家族の住居とした。二階に上がる階段は急で、二階の上の物干し台は見晴らしがよく、川を隔てた向かいの中之島《なかのしま》に合水堂を望めた。

背中合わせに譜代の筆頭、彦根《ひこね》藩の井伊《いい》家の大坂蔵屋敷がある。

適塾は充実期を迎えていた。塾の一期生・有馬摂蔵の評判は特に高く、億川百記は八重の妹のおその婿にしたいと考えた。長崎留学へ旅立った摂蔵は、長崎で牛痘《ぎゅうとう》の書を手に入れたという報告に、おそととの結婚を承諾する由《よし》を書き添えて返事を寄越《よこ》した。

翌弘化三年（一八四六）一月、父・惟因の傘寿《さんじゅ》の祝いが最後の親孝行となった。

翌年九月、父・惟因は八十一歳で大往生《だいおうじょう》し、洪庵は父の死に水を取った。父の一周忌《いつしゅうき》の時、足守藩の藩医に任じられた。その晴れ姿を父に見せられなかったのが唯一の心残りだった。

弘化四年（一八四七）春、有馬摂蔵が一年間の長崎留学から戻った。最新の牛痘の書の冒頭を訳して師・洪庵に見せたところ、「この本は直ちに全訳すべきです」と緒方郁蔵も絶賛した。

そこで郁蔵と洪庵、摂蔵の三人で手分けして翻訳する算段《さんだん》を整えた。ところが摂蔵は、京の親戚を訪れた夏の盛りに、往来で突然死して、百記を嘆《なげ》き悲しませた。

「この牛痘の訳書は、私が有馬と成し遂げますので、私に預けてください」と告げた郁蔵は、適塾の蔵書から牛痘の記述部分を抜き出し、「乾《けん》」「坤《こん》」の二分冊にまとめて『散花錦嚢《さんかきんのう》』と題し、冊子の冒頭は有馬摂蔵の文を用いた。

それは後に、除痘館《じよとうかん》の公式の手引書として用いられることになる。


弘化五年（一八四八）正月。佐賀《さが》藩一代限りの匙医《さじい》となった伊東玄朴が適塾に立ち寄った。流れる汗を手ぬぐいで拭《ふ》く様子は、一月なのに暑そうだ。

洪庵は、玄朴を歓待するために宴席を設けて、塾頭で長州出身の久坂玄機《くさかげんき》や、佐賀藩から入塾したばかりの佐野栄寿《さのえいじゆ》なども同席させた。玄朴は得意満面で言う。

「この度《たび》は国元の家老が病《やまい》になり、その治療のために西下《さいか》を命じられたのよ。それがめでたく快癒されたため、その褒美《ほうび》に金三百両分の書籍を購《あがな》うことが許されたので、ついでに長崎で蘭書を見繕《みつくろ》ってきた。そのほとんどは兵書だがな」

その言葉に、塾頭の久坂の顔色が変わる。彼が医術よりも兵術に関心を持っていることに、洪庵はうすうす気づいていた。そんな気配を、玄朴も察したようだ。

「おや、天下の適塾にも、兵学に興味がある塾生がおられるようだな。どうだね、儂の『象先《しょうせん》堂《どう》』に来ないか。適塾生なら大歓迎だよ」

目の前であからさまな引き抜きの勧誘をされ、さすがに洪庵も顔色も変える。そんな洪庵の気持ちを逆撫《さかな》でするように、お調子者の佐野栄寿が言う。

「ほんとですか？　それなら適塾での修学を果たした後で、象先堂に伺いたいです。よろしいですか、洪庵先生？」

「ああ、もちろんだよ。わたしは転塾を止めたことはないからね」

洪庵がしぶしぶそう言うと玄朴は、満面の笑みを浮かべて、言う。

「それはめでたい。佐野栄寿君か。歓迎するよ」

その言葉を聞いた洪庵は、苦虫を嚙み潰したような表情になる。

確かに洪庵は転塾を快く認め、紹介状も書いた。そんな大度量《だいどりょう》の洪庵だが、玄朴の元に塾生を送るとなると、話が少々違ってくる。

洪庵は、塾生たちの兵学志向を快く思っていなかった。そして象先堂は今や、医学塾としてだけではなく、兵学塾として名を馳せていたのである。

しかし、そんな玄朴の申し出は、適塾に深く根を下ろし、その後も俊英たちが象先堂に移籍していくようになるのだった。

さすがに少しやりすぎたか、と感じ取ったのか、玄朴は話題を変えた。

「そうそう、洪庵殿に報告したかったことは、それだけではない。儂は英明な鍋島侯を見込んで、蘭方医の積年の悲願である、牛痘の輸入を出島《でじま》の蘭館に掛け合うことを焚《た》きつけてきた。それをお許しになられたので、今度こそ牛痘を得られるやもしれぬ」

農民から匙医になるという、異例の大出世を遂げた玄朴だけあって、ひとの本音を嗅《か》ぎ取る力は抜きん出ている。洪庵は、「素晴らしい。さすがは玄朴殿です」と言わざるを得なかった。

「いやいや、それは先年、適塾生が訳した『牛痘法』を献上したのが功を奏したのやもしれぬ。その礼と言ってては何だが、最新の砲術書を一冊、差し上げよう。遠慮なく受け取ってくれい」

それを聞いて洪庵は複雑な心境になる。実は洪庵は、権勢欲あふれる玄朴が苦手だった。象先堂に少し顔出ししただけなのに、「当塾の雪月花《せつげっか》」と言いふらされたのも不快だった。だが、玄朴の政治的な動きが蘭医の地位を向上させたことも確かで、蘭学普及の貢献度から見れば、勲一等の人物なのは間違いない。

「毒も用いようでは薬になる、か」と洪庵は小声で呟く。

「ところで、拙者の養子、玄敬《げんけい》を適塾に修学させる件は、了解していただけるのかな」

「もちろんです。適塾は『来る者は拒《こば》まず』ですので。ただし当塾は平等主義なので、玄朴殿のご子息といえども、特別扱いはいたしません。それでもよろしいのですか」

「構わん。むしろ厳しくしてもらった方がいい。玄敬は最近、拙者の養子であることを鼻に掛け、増上慢《ぞうじょうまん》の気が見える。なので、天狗《てんぐ》の鼻をへし折っていただけるとありがたい」

「浪速は江戸以上に遊興《ゆうきょう》に事欠きません。あまり修学に適した環境ではないのですが」

「堕落《だらく》したらそれまでのこと。育たぬ苗は早めに間引くまで」と玄朴は冷ややかに言う。

「それにしても、昨今の蘭学の隆盛は隔世《かくせい》の感がありますね。それは江戸で玄朴殿や箕作阮甫先生が、多くの翻訳を著してくださった成果でしょう」

玄朴の鼻がひくひくと、得意げに動いた。

伊東玄朴が蘭医界の巨頭であるなら、箕作阮甫は兵学や海防の分野の旗頭として、幕府への影響力が著《いちじる》しい点で双璧《そうへき》を成していた。

箕作阮甫は津山藩の藩医の家に生まれ、江戸で宇田川玄真に入門し、医学から兵学、地理学、歴史学へ関心を広げ「蕃書調所《ばんしょしらべしょ》」の教授に任命された知識人の筆頭で、洪庵も教えを乞《こ》うたことがある。幼い頃の怪我《けが》のせいで右肘《みぎひじ》が利《き》かず、医業を諦《あきら》め著述翻訳を主にした。玄朴と競合しないせいか、他の者を褒《ほ》めると途端《とたん》に機嫌が悪くなる玄朴も、箕作阮甫は例外だった。

伊東玄朴は、胸焼けがするような暑苦しさと最新の砲術書、そして鍋島侯への牛痘要請《ようせい》という土産話《みやげばなし》を残して、江戸へ帰っていった。

玄朴の養子、伊東玄敬が入塾してきたのは、それから半年後のことである。

十七歳の青年は旗本の若武者《わかむしゃ》のような出《い》で立ちで、下僕を連れていた。

束脩料《そくしゅうりょう》として洪庵に、金二百疋《ぴき》（金二分〈二両の半分〉現代の約四万円に相当）を払った。

権門《けんもん》の養子には、その程度の支出は苦にならないようだ。蘭語は象先堂仕込みでピカ一だったが、花街《はなまち》に入り浸《びた》って門限破りを繰り返し、最後は適塾を飛び出してしまった。

翌年には坪井信道の長女・牧《まき》と結婚し養子になった坪井信良《しんりょう》も入塾してきた。だが彼は病気がちで、七ヵ月で退塾した。嘉永五年（一八五二）には信道の長子・信友《しんゆう》も入門したが、怠け癖《ぐせ》がひどく破門されてしまう。

江戸の蘭学大家《たいか》の御曹司《おんぞうし》は、かくも軟弱だったのである。

その頃、江戸から悲報が届いた。洪庵が敬愛する坪井信道が、胃病で逝去したのだ。

四十路《よそじ》を前にして、洪庵はまたひとり、心腹の師を失った。

弘化五年二月、改元して、嵐が吹き荒れる、動乱の嘉永時代の幕が開いた。

＊

豊かな家庭に生まれた子息が修学に挫折《ざせつ》する一方で、徒手空拳《としゅくうけん》で学問の階段を這《は》い上がっていく貧しい者もいる。

嘉永二年（一八四九）のある日、道端《みちばた》でそんな青年を拾ってきたのは浪速の母・さだだ。

「章、なんや、けったいな子がおったで。なにわ橋の上で、ため息をつき川面《かわも》を見ておったんで声を掛けたら『適塾に入りたいけど、紹介人がいない』と言うやないか。なんだか、昔の章を思い出してな、洪庵先生に直談判《じかだんぱん》してみたらどうや言うて連れてきたんや。ほれ、ぼっとしとらんと、洪庵先生にご挨拶せんか」

そう促《うなが》されて青年は、小声でぼそぼそと言う。

「俺は長州の萩《はぎ》出身の伊藤精一と申します。父は萩の浜崎村《はまさきむら》の村医者で、うだつが上がらず、このままではいかんと、思い切って大坂に出てきました。けれども片道の旅費しかなかったので、財布はすっからかんです」

破れた肩口《かたぐち》、ほつれた袖、顔は埃《ほこり》だらけ。饅頭《まんじゅう》のような丸顔で体型もずんぐりしている。

どこか天游師匠を思わせる雰囲気がある。なにわ橋の上に佇《たたず》み、途方に暮れて合水堂を眺めていた若き日、自分を拾い上げてくれた天游師匠を思い出し、洪庵は言う。

「入塾を認めよう。束脩料の代わりに薪割《まきわ》り、風呂焚《ふろた》き、お使い等、雑事をやってもらう」

「あ、ありがとうございます」と伊藤精一は畳に頭をこすりつけた。洪庵は塾頭を呼んだ。

「新入生だ。出身は萩だそうだから同郷だな。面倒を見てやってくれないか」

塾頭の村田蔵六《むらたぞうろく》は長州の村医の子で、防府《ほうふ》でシーボルトの弟子の梅田幽斎《うめだゆうさい》に師事して蘭医学を学んだ後、日田《ひた》の「咸宜園《かんぎえん》」で漢学を学び、二年前の弘化三年に適塾に入塾すると、たちまち頭角《とうかく》を現し、塾頭になった。口数は少ないが、道理が通らないと顔を真っ赤にして激怒し、滔々《とうとう》と論を述べる。その容貌《ようぼう》から、後に口の悪い高杉晋作《たかすぎしんさく》がつけたあだ名が「火吹き達磨《だるま》」。

外見は老成しているが、実は精一と同い年の二十四歳だ。「こちらへ」とぶっきらぼうに言う、さいづち頭の蔵六に続き、急な勾配《こうばい》の階段を上ると小部屋がある。

「ここは『ヅーフ部屋』で、『ヅーフ・ハルマ』は持ち出し禁止なのであります」

そこには洪庵が長崎で筆写してきた『ヅーフ・ハルマ』が置かれていた。全三千頁に五万語が収録された蘭和辞書は全部で七巻、一冊は拍子木《ひようしぎ》ほどの厚さがある。

手垢《てあか》がつき頁が膨《ふく》れて嵩《かさ》が増した大著の迫力に精一は圧倒された。すべてオランダ語で書かれたウェイランドの『オランダ語辞典』全四冊もあったが、そちらはほとんど汚《よご》れていない。

「斎藤方策《さいとうほうさく》先生の蘭医塾では漢方の古典を学んだ後、『解体新書《かいたいしんしょ》』など蘭学の古典を学びつつ、オランダ語の勉強を始めますが、適塾では最初から蘭語の原書の『ガランマチカ（文法書）』と『セインタキス（文章構成法）』を学び、『和蘭文典前編《わらんぶんてんぜんぺん》』と『和蘭文典後編《こうへん》・成句論《せいくろん》』という箕作先生の訳書を参照しつつ、『ヅーフ・ハルマ』を使うのであります」

そこで言葉を切った蔵六は威儀を正し、規則の説明を続ける。それはお上からあらぬ嫌疑《けんぎ》を掛けられぬよう、洪庵が考えた自衛手段だったが、そうした裏事情は蔵六も知らない。

「塾則の第一条の『原書を読むことのみにとどめ、一枚たりともみだりに翻訳は許さず』は重要ですが、初めは会読《かいどく》の課題で手一杯でしょうから、新人は気にすることはないのであります」

「他には、どんな規則があるのですか？　たとえば禁酒とか……」

精一がおずおずと訊《たず》ねると、蔵六は初めて、にこりと笑う。

「飲酒は大丈夫であります。吾輩《わがはい》の気晴らしは、蘭学を学んだ後で、物干し台で夕涼みをしながら、豆腐《とうふ》を肴《さかな》に一杯やることなのであります」と言われ、酒好きの精一はほっとした。

隣の引き戸を開けた蔵六は、青年がたむろしている三十畳《じょう》の大広間の片隅《かたすみ》を指さした。

「あなたの場所は西側の階段の脇、夜は階下の雪隠《せっちん》へ行く者に枕を蹴《け》られ、昼は蠟燭《ろうそく》がなければ書も読めない、最悪の場所です。会読でいい成績を取れば好きな所へ移れるのであります」

「おお、新人ですな。塾頭殿、会読の規則もちゃんと教えてあげなされ」

そう言ったのは、一年先輩の塾生、佐野栄寿だった。蔵六はうなずく。

「もちろん、そうしようと思っていたところなのであります。まず、会読では指定された一章を書写し、訳すのであります。会頭《かいとう》が順番を決め数行ずつ訳し、正しく訳せたら『△』の『抜群』で、意味がわからなければ次の者が読み、文意や趣旨の討論で勝者に『○』、負者に『●』がつきます。『△』は『○』の三個分の価値があるのであります」

「三角だから三倍たい。指定箇所を最後まで訳してない者は、早い順番になることば、祈るたい」

茶々を入れた栄寿を、蔵六がぎょろりと睨《にら》むと、栄寿は「おお、こわ」と、肩をすくめる。

「そんなことにならぬよう、日々研鑽《けんさん》に励まねばならないのであります。九級から始めて会読で三ヵ月連続『抜群』を取ると昇級となるのであります。そして、一級の上の最上級まで上ると、洪庵先生の講読を直々《じきじき》に聞くことができるのであります。初学者は会読の翻訳以外は、誰に何を聞いてもよろしいのであります」

「早速、いいことを教えたるわ。出世頭は大部屋を出て隣の書斎をあてがわれるばい。引き戸一枚隔てて、極楽と地獄に分かれるたい」とすかさず栄寿がつけ加える。

蔵六は芝居っ気たっぷりの台詞《せりふ》を聞き流し、「諸先輩を見習い、勉学に励んでください」と言い残すと襖《ふすま》を開け隣の部屋に姿を消した。すると先輩の栄寿が親しげに話しかけてくる。

「おいは肥前《ひぜん》の者たい。塾通いと女郎屋《じょろうや》通いが趣味で、佐賀の『弘道館《こうどうかん》』に始まり『松尾塾《まつおじゅく》』で外科を学び、京では広瀬元恭《ひろせげんきょう》殿の『時習堂《じしゅうどう》』に入門したと。今は華岡流の合水堂にも通うとる。この間、伊東玄朴先生に招かれたので、いずれは江戸の象先堂に移る予定たい。短い付き合いになるが、まあ、せいぜい仲良くやろうや」

佐野栄寿は早速、精一に先輩として就学法を、丁寧《ていねい》に手ほどきしてくれた。原書の写本は鶴《つる》の羽《はね》の芯《しん》を削《けず》ったペンに墨《すみ》をつけて書く。一回の会読の分量は半紙三枚から五枚程度。

適塾の夜は百目蠟燭が乱立し、春日大社《かすがたいしゃ》の万燈籠《まんとうろう》のようだった。

適塾の塾生には通いの「外部生」と、住み込みの「内塾生」がいる。内塾生は月二朱《しゅ》の賄《まかな》い料を払う。食事は各自、自分の茶碗《ちゃわん》に飯を盛り、階下の板敷きの間で立ち食いをする。

賄い料を納められない者には仕事が斡旋《あっせん》された。蘭書の写本が割がよく、『ヅーフ・ハルマ』

の筆写は半紙一枚に三十行の横文字を写すると十六文《もん》、日本語の注も写せば二十四文。半紙十枚も写せば一ヵ月分の生活費になる。その金で外食をするのは気晴らしのひとつだ。新町遊郭《しんまちゆうかく》の傍《かたわ》らに安さが自慢の牛鍋屋《ぎゅうなべや》があり、百五十文出せば牛肉と酒で腹一杯になる。ごろつきと適塾生が上得意さまで、伊藤精一も週に一度は通い、仲間と怪気炎《かいきえん》を上げた。

精一より二つ年下だが一年先輩になる武田斐三郎《たけだあやさぶろう》は大らかな大酒家《たいしゅか》で、気が合った。

精一が、「自分は医家の出だが、実は医術は苦手なんだ」と白状すると「俺も同じだよ。これからの蘭学は砲術が中心になる。いずれは俺も栄寿の後を追って江戸に行き、象先堂で学びたいと思っておる。将来、一緒に大筒《おおづつ》をぶっ放そうぜ」とからりと笑う。

斐三郎は伊予《いよ》国大洲《おおず》の出で、十七まで洟《はな》を垂《た》らした母親べったりの甘えっ子だったクセに、と栄寿にからかわれるのを聞いて、精一は、斐三郎に格別の親しみを覚えた。

血気逸る若者の貧しさや空腹、修学を無事に終えられるのかという不安など、大部屋の真ん中の大柱には鬱屈《うっくつ》した想いをぶつけられた刀傷《かたなきず》が幾筋もある。

そんな塾生たちを、洪庵は勉学に向けさせようと意を砕いた。

だが洪庵は塾生の自主性を尊重した。二階の大部屋の窓からは洪庵の居間の丸窓に灯りが点《とも》っているのが見える。遅くまで勉強する自分の姿を見せて、洪庵は塾生を教導した。

塾頭になれば諸藩から召し抱えの声が掛かるのも、野心あふれる若者には魅力だった。

洪庵は塾を去る塾生に、フーフェランドの「医訓」の掛け軸を贈った。それは開業した弟子が、洪庵の免許皆伝《めんきょかいでん》を得たことを示した。洪庵は小まめに弟子に手紙を書き、質問に答えた。往復書簡《しょかん》で結ばれた塾生と洪庵の結びつきは深く、強固だった。

適塾門下生とのやりとりには情報網という側面もあり、後年、牛痘種痘術《しゅとうじゅつ》の拡大やコレラの流行時、緊密で迅速《じんそく》な情報交換ができた。

このようにして、適塾の評判は日に日に高まっていったのである。


過書町に移った適塾には毎年、優秀な青年が塾生録に名を連ねた。

洪庵は他塾での修学を容認し、移る際にも快く紹介状を書いた。佐野栄寿のように、適塾で蘭医学を学び、合水堂で実践的な外科を学ぼうという強者《つわもの》も現れた。

けれども、二つの塾の塾生たちの折り合いは、きわめて悪かった。

合水堂の塾生は裕福な士族の子息が多く、身なりもきちんとしていたが、適塾生は貧乏でボロ服姿で、道で遭遇《そうぐう》すると「ごろつき蘭学野郎」「かび臭《くさ》い漢方坊主」と互いに罵《のの》り合った。

若い頃、合水堂に憧れていた洪庵としてはいささか不本意だったが、どうにもならない。

そんな時、着流し姿でふらりと立ち寄った男性の姿を見て、洪庵は驚いた。

それは華岡青洲の婿養子で合水堂の頭首《とうしゅ》、合水堂再興の立役者の華岡南洋だった。

当時の医の主流は漢方で、中でも合水堂は漢蘭折衷《かんらんせっちゅう》派として飛び抜けた存在だった。

南洋は、慢性疾患《しっかん》に対する洪庵の処方について教えを乞《こ》い、礼を言った後に身を正した。

「華岡流外科は秘伝としていたんやが、ここらで華岡流の秘奥《ひおう》を公開しようかと思いましてな」

「左様ですか。それは素晴らしいことですが、なぜ今、そう思われたのでしょう」

「『春林軒《しゅんりんけん》』門下の本間棗軒《ほんまそうけん》殿が天保八年（一八三七）に『瘍科秘録《ようかひろく》』全十巻を著しておるのやが、シーボルト先生や杉田立卿殿にも師事した、蘭流の考えがしみついているお方でな。今は水《み》戸《と》の烈公《れっこう》の侍医に召し抱えられ、『西の華岡、東の本間』と並び称されておるそうや。それで、もはや相伝《そうでん》の秘奥を守る時代ではなくなったのかもしれぬ、と思いましてな」

南洋が差し出した紙片《しへん》を見た洪庵は、驚いて目を見開く。

「曼荼羅華《まんだらげ》八分、草烏頭《そううず》八分、白芷《びやくし》二分、当帰《とうき》二分、川芎《せんきゆう》二分、南星炒《なんせいしや》一分を細かく砕いて熱湯に投じ、煮沸《しやふつ》し数回攪拌《かくはん》、滓《かす》を除き温かいうちに服用《ふくよう》すれば一刻半《いっときはん》で意識を失う……これは『通仙散《つうせんさん》』の処方ですね。わたしは外科は不得手で、この秘伝を受け継ぐ資格はありません」

「せやからこそ、洪庵殿に知っておいてほしいんや。義父の青洲がこれを秘伝にしたんは、自分たちの利を守るためではなく、他の理由があったからや」

「と申しますと？」

「偽薬が流通したら人の命に関わるので秘伝とし、免許皆伝が使用の条件としてきたんやけど、儲《もう》け主義とやっかまれ、宗家の利のためだと言われてまう。せやけど華岡流と縁が薄く、学術に厳しい洪庵殿が、偽薬《ぎやく》を防ぐため、と言えば不埒《ふらち》な連中も畏《おそ》れ入るやろ。つまりエセ医師をのさばらせないため、手助けをしてほしいんや」

「そういうことでしたら、喜んでお引き受けします。華岡流外科の秘伝の『通仙散』の処方、しかと受け取りました。天地神明《てんちしんめい》に誓って、この処方を濫《みだ》りに公開はいたしません」

「頼みましたで。お上の権威が揺らぐ中、医業まで無責任になったら、泣かされるのは民草《たみくさ》や」

胸に残る言葉を残し、南洋は飄然《ひようぜん》と立ち去った。

この時洪庵は、こうしたことは自分にあまり関係はないだろう、と思っていた。

だが後に除痘館を設立した時、南洋の考え方は大いに参考になったのである。

＊

四十路を迎えた洪庵の家庭は円満で、毎年のように子が生まれた。長男は二歳で亡くしたが、長女の多賀、次男の平三、三男の四郎《しろう》、次女の小睦《こむつ》はすくすく育っていた。腕白《わんぱく》な平三は塾生に甘えた。なぜか厳めしい顔の蔵六に、特によく懐《なつ》いた。

その頃、塾頭の村田蔵六は適塾を出て、購入したぼろ家に「漏月庵《ろうげつあん》」という洒落た名をつけた。蔵六は幼い平三をおぶい、町内をひとめぐりしたが、「デス、デル、デム、デン」というオランダ語の冠詞《かんし》の活用を子守唄代わりに口ずさんだので、平三もいつの間にか覚えてしまった。まさに門前の小僧、習わぬ経《きょう》を読む、である。

嘉永二年一月、三女の七重《ななえ》が誕生した。ところがその翌月、緒方家は深い悲しみに包まれる。数えで十、可愛い盛りの長女の多賀が、風邪《かぜ》をこじらせて、あっけなく亡くなってしまったのだ。八重は多賀の着物を抱いて涙にくれた。半年後の八月には次女の小睦がこの世を去った。

医家でありながら娘たちの死を防げなかった洪庵の胸には、虚無感《きょむかん》が去来《きょらい》した。

その一方で、江戸からは吉報《きっぽう》が届いた。師・宇田川玄真の遺稿を元に、多くの蘭書を参考に手を入れ続けた『病学通論』が完成し、三百五十部刷られたうちの百五十部が届けられたのだ。

悲喜こもごもの綾《あや》を成すような出来事が、洪庵の胸を千々《ちぢ》に乱した。

子だくさんの上、適塾のおっ母さんとして大勢の塾生の面倒もみなければならない八重を助けてくれたのは、父の億川百記だった。百記はしばしば孫たちを名塩の実家に連れていった。

名塩の紙漉《かみす》き職人の木戸六三郎《きどろくさぶろう》の娘・お鹿《しか》を、お手伝いに紹介もした。お鹿は長身で気立てもよく、しなやかな身のこなしで、てきぱき家事を片付け、たちまち八重のお気に入りとなった。お鹿は、塾生にも人気があった。同じ頃に入塾した精一とは、特に親しくなった。

このように、百記の熱心な助けなくしては、適塾の隆盛はなかっただろう。

洪庵は大坂町奉行や与力《よりき》からも信望が厚かった。人当たりが柔《やわ》らかく、奉行所の役人や浪速の豪商と如才《じょさい》なく付き合った。裏表のない洪庵の人柄を知ると、誰もが贔屓《ひいき》になった。

そんな洪庵にとって不本意だったのは、本業の医院があまり流行らなかったことだ。

普通の医家では弟子の代診《だいしん》は歓迎されないが、適塾ではむしろ塾生の代診は喜ばれた。

「洪庵先生は、病状や治療法を理詰めで論されるので、聞いていると却って具合が悪くなる」と塾生にこぼす患者もいた。洪庵は医業をあまり好まず、内心では患者を診察する時間があるならその分、蘭書を訳していたいと思っていた。診察中も無意識にそんな本音がこぼれるので、患者は居心地が悪かったのかもしれない。

そんなところは師・天游に似ていた。江戸の師でいえば、臨床に重きを置いた坪井信道ではなく、隠居して臨床から距離を置いて著述に集中した宇田川玄真に近い。

そんな風に公私共々、充実期を迎えた洪庵の元に、ある日、朗報が届いた。

日本中の蘭医が待ち望んだ痘瘡のワクチン、牛痘苗が長崎で生着したというのだ。

その報《しら》せを聞いた洪庵は、全身の血が沸《わ》き立ち、思わず武者震いをした。

15章　牛痘伝来

嘉永二年（一八四九）

嘉永二年八月、京の小石元俊《こいしげんしゅん》の「究理堂《きゅうりどう》」に移籍した元塾生が、適塾に駆け込んできた。

「洪庵先生、吉報です。六月に長崎に入港した船にて牛痘の瘡蓋が運ばれ、オランダ商館医モーニケ殿が楢林宗建先生のご子息に接種したところ、七月に生着したとの一報が日野鼎哉先生のところに入りました。一刻も早く、先生のお耳に入れようと、参上《さんじょう》した次第です」

「なんと、宗建殿が、ついに宿願《しゅくがん》を果たされたか」と言って立ち上がった洪庵は、読みさしの蘭書を床に落とした。本をなによりも大切に扱う洪庵には、滅多にないことだった。

日野鼎哉は鳴滝塾出身の蘭方医で、天保四年（一八三三）、三十七歳で医院を開き、京の名医、新宮涼庭《しんぐうりょうてい》と名声を競っていた。

洪庵は、直ちに招集を掛け、料亭《りょうてい》の花外楼《かがいろう》に顔を揃えた蘭学仲間に朗報を伝えた。

すると、日野鼎哉の実弟の日野葛民《かつみん》が怪訝《けげん》そうに言う。

「はて、オランダからの牛痘株とは面妖《めんよう》な。兄者《あにじゃ》は数年来、牛痘株の輸入を弟子の越前《えちぜん》国福井藩の笠原良策《かさはらりょうさく》殿と謀《はか》っておったはず。それは唐通事《とうつうじ》を介した清国からだと聞いていたが……」

日野葛民は日田の広瀬淡窓《ひろせたんそう》の咸宜園に入門後、鳴滝塾生になり、天保十一年（一八四〇）に大坂の道修町《どしょうまち》に医院を開いた。開業祝いの宴席には洪庵の他にも、漢方医の親玉《おやだま》・原老柳《はらろうりゅう》や、儒学者で漢詩の達人の広瀬旭荘《きょくそう》など、著名な文化人も多数集まった。

「詳しいことはわかりませんが、大坂にも分苗《ぶんびょう》をお願いしたいと思います。浪速の種痘事業は日野葛民先生に統領をお願いし、僭越ながらわたしもお手伝いさせていただきます」

洪庵の発言に、「異議なし」の声が上がる。だが五歳上の日野葛民は首を横に振る。

「もちろん私もやるが、浪速の統領は是非、洪庵殿にお願いしたい。この件は奉行所も巻き込んでいく必要がある。ならば新参者の私よりも、与力の方々からの信も厚く、『病学通論』という画期《かっき》的な著作を上梓《じょうし》して、盛名が上がっておられる洪庵殿の方が適任であろう」

「わかりました。不肖洪庵、粉骨砕身《ふんこつさいしん》、重責を務めさせていただきます」

洪庵は間髪容《かんはつい》れず、申し出を受諾《じゅだく》した。なにごとにも控えめな洪庵にしては珍しい。

乾杯、と唱和《しょうわ》する声が、花外楼の大広間に響いた。


痘瘡（天然痘《てんねんとう》）という病は頭痛と高熱で発症し、三日後に全身に赤い発疹《はっしん》が現れる。いったん小康《しょうこう》状態になるが、次の三日で発疹が丘疹《きゅうしん》になると全身が猛烈《もうれつ》な痒《かゆ》みに襲《おそ》われ、患者は気が狂いそうになる。やがて丘疹は透明な水疱《すいほう》になり、二、三日後には膿疱《のうほう》となる。この時点で、脳炎《のうえん》で患者の三割が死亡し、角膜炎《かくまくえん》を併発《へいはつ》して失明《しつめい》することもある。

回復すれば膿疱は瘡蓋となり、二週間で快癒するが、剝《は》げ落ちた痕《あと》は荒肌《あばた》となり一生残る。

これを俗《ぞく》に「ホトボリ三日、デソロイ三日、水膿《みずうみ》三日、山アゲ三日、カセ三日」と言う。

当時の日本人の四割が感染し、民草は神仏《しんぶつ》に頼り、痘瘡神が崇《あが》められた。痘瘡は赤を嫌うという俗説から赤い鍾馗《しょうき》像の錦絵《にしきえ》が流布《るふ》し、まじないや迷信が横行した。

「道修町の神農《しんのう》さん」の愛称の薬の神・少彦名命《すくなひこなのみこと》を祀《まつ》る神社が信仰を集めたのもこの頃だ。

だが医術で痘瘡に対抗する動きもあった。

痘瘡は一度罹ると二度は罹らないこと、重症化する「大痘瘡」と軽症の「小痘瘡」の二種があることも知られた。延享《えんきょう》二年（一七四五）に来日した清国医師・李仁山《りじんせん》は「小痘瘡」を人工的に接種する「人痘種痘法」を伝え、江戸中期には人痘を専門とする「痘科」も成立していた。久留米《くるめ》藩の緒方春朔《しゅんさく》は、後に秋月《あきづき》藩藩医となり人痘種痘法を広め、千数百人の子どもに種痘して、ひとりの死者も出していない、と書き残している。しかしながら実際は痘瘡を発症し、死に至ることも少なくなかったらしい。

洪庵は種痘への思い入れが格別強かった。

天保九年（一八三八）、故郷の足守で甥と姪に人痘種痘を実施した時には、善感したものの、高熱が出てしまい、他の子への接種は断念した。弘化二年（一八四五）には高麗橋《こうらいばし》の白粉商《おしろいしょう》「薊《あざ》原屋《はらや》」の子が立て続けに痘瘡で亡くなり、祖母は残った二歳の孫への種痘を洪庵に願い出た。だが男児は種痘のせいで死んだ。依頼した祖母は、この失敗を糧《かて》にして種痘を続けてほしいと懇願《こんがん》したが、そんな理解者は滅多にいない。「過書町適塾」の華々《はなばな》しい船出の陰で洪庵は、人痘接種の失敗で苦い経験をしていた。洪庵は長い間ずっと、その失敗を悔《く》やみ続けた。

洪庵が直面していたのは、予防医学の最大の課題である。種痘が成功すれば後に痘瘡に罹らずに済む。だが種痘で命を落としては本末転倒《ほんまつてんとう》だ。洪庵はその煩悶《はんもん》を終生抱き続けた。

そうした姿勢は、医師としての洪庵の誠意であり良心の現れでもあった。だがそれは、医学がはるかに進歩している二十一世紀の今日でも、答えが出せていない問いなのである。

天然痘の予防は、十八世紀末に英国で発見された「牛痘種痘法」により一気に進展した。一七九六年五月、村医エドワード・ジェンナーは、村の言い伝えを知り、八歳の少年に牛痘に罹った女性の水疱の痘漿《とうしょう》（膿）を植えてみた。すると軽症の牛痘に罹ったが、以後痘瘡の膿を植えても発症しなかった。その発見は学会ではなかなか承認されなかったが、ジェンナーは粘り強く報告を続けたため、牛痘種痘法は次第に世に広がっていく。

シーボルトは長崎に赴任する際、バタビアから牛痘の痘漿を持参したが、炎暑の長い旅で痘苗は劣化し、到着時には効力を失っていた。

実は、牛痘が日本に最初に持ち込まれたのはロシア経由である。文政七年（一八二四）、シーボルトが失敗した翌年、抑留《よくりゅう》されたシベリアで牛痘法を学んだ中川五郎治《なかがわごろうじ》が帰国すると、蝦夷で種痘を始めた。松前《まつまえ》藩で微禄《びろく》を得た五郎治は、これを秘伝としたため世に広がらなかった。九州では大村《おおむら》藩の長与俊達《ながよしゅんたつ》（長与専斎《せんさい》の祖父）が、人痘を牝牛《めうし》に感染させる試みをしたが失敗した。佐賀藩主・鍋島閑叟は、オランダ経由での牛痘輸入を模索した。推進者は江戸詰の藩医・伊東玄朴、長崎在住の楢林宗建、在郷の大石良英《おおいしりょうえい》の三人だ。そしてシーボルトから四半世紀後の嘉永二年八月、出島に届いた牛痘株をモーニケ医師がついに生着させた。

痘漿の輸送で失敗を重ねたが、今回は瘡蓋にしたために、成功したのだった。

八月下旬に「牛痘が長崎にて生着」の一報がもたらされてから、時が止まってしまったかのように、ぴたりと情報が入らなくなった。京と浪速は目と鼻の先、徒歩で一日の距離だ。

焦《じ》れた洪庵は京に上り、日野鼎哉に直談判しようとしたが、実弟の葛民に止められた。

「兄者は狷介《けんかい》な性質で、相手が師でも一歩も退《ひ》かぬ。そのため帆足万里《ほあしばんり》師匠に破門される始末。加えて他人の過《あやま》ちを寛恕《かんじょ》する器量に欠けるため、洪庵殿が今、直接面談するのは却って危うい。京では『京の鼎哉、浪速の洪庵』という評判になっているそうな。今、洪庵殿が訪問すれば兄者は敵愾心《てきがいしん》を燃やし、やぶ蛇《へび》になってしまうかもしれぬ」

「それはわたしに対する過大評価です。でもそれならば、わたしはどうすればいいのでしょう」

「兄者に当たる前に、他の人物から客観的な情報を得てから談判するのが上策《じょうさく》かと」

「日野先生よりも早く、長崎の情報を得られる人物などいるはずがないでしょう」

「さて、それはどうかな。長崎で牛痘苗を入手したのは、どなたでしたかな」

葛民がにっこり笑うと、洪庵は、はっと顔を上げる。

洪庵の脳裏《のうり》に、段だら模様の派手な着流し姿で高らかに笑う、豪傑の顔が浮かんだ。

「そうか、京には楢林栄建殿がいらしていましたね」

栄建にも痘苗が届けられていれば、浪速でもすぐに種痘所を作れる。そこで洪庵が顔馴染《かおなじ》みの大和屋喜兵衛に、種痘所《しゆとうしよ》を開設したいと語ると、打てば響くような返事が戻ってきた。

「この大和屋、全力で対応いたします。建屋《たてや》の目星《めぼし》は、とうにつけてありまっせ」

「ありがたい。いつも世話になってばかりで済まぬ」

洪庵が、深々と頭を下げると大和屋は、両手を振ってその言葉を遮《さえぎ》った。

「わては洪庵先生が、多くの子を救いたいゆう心意気に惚れとります。浪速の商人は、がめつく稼いで綺麗《きれい》に使うもんや。浪速の川に架かる八百八橋《はっぴゃくやばし》は、お上の世話になってまへん。浪速の商人が民を思い架けたものでんねん。けどあいにく橋はもう、こさえられてます。乗り遅れた大和屋は、『種痘所』という大きな太鼓橋《たいこばし》を作りたいんや」

「かたじけない」と言い、洪庵は目頭《めがしら》を押さえた。

こうして万全の備えをした洪庵は、日野葛民と共に京へ向かった。


今回の痘苗輸入の立役者は佐賀藩の藩医・楢林宗建だった。兄の栄建もかつて、長崎町年寄《まちどしより》の高島秋帆と謀り、牛痘の輸入を試みた。だが秋帆は疑獄に問われ、お家断絶となった。栄建は累《るい》を逃れるため弟の宗建に家督を譲り、鳴滝塾同門の日野鼎哉がいる京に行き、開業した。

「おお葛民、久しぶりだな。見たところ、いつもにまして元気そうたい」

そう言って葛民の肩を大きな掌《てのひら》でばんばん叩いた栄建は、洪庵に抱きついた。

「洪庵どんとは長崎以来やね。懐かしか。すっかり名を上げたとですな」

洪庵が口を開きかけると、栄建は右手を上げ、洪庵の言葉を制した。

「言わんでも、おふたりがここに来た理由なぞ、とうに察しとるわ。牛痘のことやろ？」

「ご明察《めいさつ》です。主導したのは越前とも長崎とも佐賀とも聞きますし、清国から輸入するはずが、オランダから入ってきたなど話が錯綜《さくそう》しており、本当の様子がさっぱり見えないのです」

「せやろな。結論から言えば噂は全部本当たい。おいもこんがらがっておったと」

だが、さすが当事者に近いところにいるだけあって、栄建の説明は要を得ていた。

越前福井藩主の松平春嶽《しゅんがく》侯が牛痘輸入を願い出て、老中首座・阿部正弘が認可した。その命では輸入先は清国で、これを受け日野鼎哉が唐大通事・頴川四郎八《えがわしろうはち》に依頼した。

これが幕府公認の正式ルートである。

同じ頃、伊東玄朴は長崎在住の佐賀藩藩医、楢林宗建と協力して藩主・鍋島閑叟に働きかけ、オランダに牛痘輸入の依頼を出す。長崎の防備を担当している佐賀藩は、役人に顔が利いたのだ。六月、蘭商館医モーニケがバタビアから持ち込んだ痘苗を、楢林宗建の息子に生着させた。

その直前の三月、幕府は医学領域に蘭学の導入を禁止する「蘭方医学禁止令」を出したばかりだったので、あまりにも間が悪かった。幕府はこの快挙に知らん顔を決め込んだばかりでなく、長崎奉行に対し、みだりに牛痘株を外部に出さないようにという沙汰《さた》まで出してしまう。

そこで大通事・頴川四郎八は、オランダ株を越前ルートに乗せてしまうという奇策《きさく》を思いつく。接種後、善感した息子から得た八個の瘡蓋を、早馬で京に送った。長崎を出立《しゆったつ》した早飛脚《はやびきやく》は二百六十十里をわずか十三日で踏破《とうは》し、九月十九日、京の日野鼎哉の元に到着したのである。

裏事情を語り終えた楢林栄建は、にっと笑う。

「実はおいのところにも弟の宗建から瘡蓋が届いたと。子に植えて、今は結果待ちたい」

「なんと、栄建殿も痘苗を得たのであれば、今すぐ、浪速に分苗してくださ い」

「それはできん相談たい。痘苗は長崎から外に出してはいかんと言われとる。禁を破ったら、弟に迷惑を掛けてしまうばい」と、気《き》っ風《ぷ》のいい栄建にしては、意外な反応だった。

洪庵も珍しく「そこを枉《ま》げて、なんとか……」と食い下がるが、栄建の答えはつれない。

「ダメなものはダメたい。そげなことをしたら、わからんちんのお上が、痘苗を禁制にしてしまいかねん。まずは越前の牛痘株を分けていただくようお願いして、駄目《だめ》だったらおいの痘苗を使えばよか。お上相手には手順を踏んで、不必要な諍いはできるだけ避けるが吉たい」

諭《さと》されて洪庵は我に返る。自分はお上に忠実だった。なのに、今の自分ときたら……。

洪庵は居住まいを正した。

「栄建殿のおっしゃる通りです。まず正々堂々、正面突破を目指します」

「それがよかよ。洪庵殿は相変わらずクソ真面目で、悲壮な顔をしとるばってん、もっと気楽に構えた方がよか。世が必要とすることなら、必ずやうまくいくもんたい」

栄建は、洪庵の肩を大きな掌でばんばんと叩き、豪放に笑った。


牛痘が京に到着した経緯の詳細は、次のようなものだった。

八月初旬、長崎での牛痘生着の一報を受けた日野鼎哉は、越前の弟子・笠原良策に文を送る。良策が江戸詰の中根雪江《なかねせっこう》に伝えると、中江は急ぎ上申《じょうしん》する。福井藩主・松平春嶽は良策に、「直ちに長崎に行き、これを入手せよ」と命じた。九月三十日、良策は越前を発った。

「白翁《はくおう》」の号を持つ歌人の彼は、この時の悲壮な心持ちを和歌に歌っている。

たとへ我　命死ぬとも　死ぬましき　人を活《いか》さむ　道開きせん

十月五日、良策は師・日野鼎哉に経緯を報告するため、京に立ち寄った。

するとなんと、牛痘の生着を祝っているではないか。驚く弟子に、鼎哉は事情を説明した。

「頴川さまにいただいた牛痘の痘苗を継痘《けいとう》しようとしたが失敗続きで、九月三十日に最後の一粒でようやく善感と相成《あいな》った。たった今、その朗報を福井に送ろうとしていたところや」

「なんという奇遇《きぐう》。九月三十日は、拙者が福井を発った日です」と良策は声を震わせる。

良策と鼎哉の師弟は、抱き合って男泣きした。

良策は安堵《あんど》して旅装《りょそう》を解き、京の日野鼎哉の屋敷に寄寓《きぐう》することになった。

かくして十月十六日、「京都除痘館」が設立された。継痘が成功してわずか十日あまりだ。

鼎哉一門は「正しく種痘を広め、利を貪《むさぼ》らず」という「救命の誓い」を立て、「除痘館のため家業が傾くのも厭わず」と宣言した。

開館式には内大臣・醍醐輝弘《だいごてるひろ》も臨席《りんせき》し、自分の孫に種痘を施《ほどこ》した。

同じ十月、楢林栄建の元にも、弟の宗建から痘苗が送られてきた。

栄建は直ちに、京の新町通《しんまちどおり》に種痘所「有心堂《ゆうしんどう》」を設置する。

その頃洪庵は再び、日野葛民と楢林栄建を訪れ、情勢を訊ねた。

すると腕組みをした栄建は、巨体を揺すり、うーん、と呻く。

「笠原良策というお方は、洪庵殿に輪を掛けて融通《ゆうずう》が利かなそうたい。年格好《としかっこう》も洪庵殿にそっくりや。ま、今宵《こよい》、おいが設けた宴席《えんせき》で直談判するのが一番の早道やろうな」

洪庵は礼を言ったが、不安と希望と絶望が、ない交ぜになった心持ちで宴を待った。

羽振りも気っ風もよい楢林栄建が整えた宴席だけあって、雅《みや》びで豪華な膳《ぜん》がずらりと並んだ。

だが洪庵は料理には目もくれず、ひたすら上席の笠原良策を見つめ続けた。

宴もたけなわになった頃、洪庵が分苗の依頼を切り出すと、いかにも頑固一徹《がんこいってつ》そうな顔立ちをした良策は、じろりと洪庵を見た。

「この種苗はわが君、春嶽さまが福井藩の下々のため頂戴《ちょうだい》したもの。主命《しゅめい》なくして軽々《けいけい》に、他藩に譲り渡すなど、できぬ相談です」

「ですが牛痘普及は大坂の民にも大切です。ひとつでいいので瘡蓋を分けていただけませんか」

「それは無理ですな。越前で生着するまで他所《よそ》に出してはならぬ、と長崎奉行から厳命されているとのこと。百歩譲って、わが主《あるじ》のお許しがあれば考えないでもありませんが」

唖然《あぜん》とした。今から五十里も離れている福井に行き、春嶽侯の許しを乞え、というのか。

洪庵は腸《はらわた》が煮えくりかえる思いだったが、亡き有馬摂蔵の想いに応《こた》えるためにも、このままおめおめと引き下がるわけにはいかない。その時、ふと、天敵・泰然の顔が浮かんだ。

――どうだい、章、おいらの気苦労が少しはわかったかい。

なるほど、あの方はいつもこんな気持ちだったのか、と思った時、ふいに閃《ひらめ》いた。

かつて自分が言われて困惑《こんわく》した、泰然殿のような言い方をすれば突破口《とっぱこう》が拓《ひら》けるかもしれぬ。

しばし考え込んだ洪庵は、おもむろに口を開く。

「ご忠義《ちゅうぎ》、誠に天晴れです。ところで笠原殿はなぜ、痘苗を取り寄せようと思ったのですか？」

「言うまでもない。ひとりでも多くの子を救いたい一心だ。福井では連年、痘瘡が流行した。特に弘化元年（一八四四）の流行はすさまじく、藩内で一万人を越える幼児が死んだ。その惨状《さんじょう》を見て拙者は、村医師という低い身分も顧《かえり》みず、畏れ多くも藩主さまに直訴したのだ」

「なるほど。そうだとすると、大坂への分苗をお断りになったということは、笠原殿にとって、大坂の子どもたちは、どうでもいい者たちだということなのですね」

思いもよらなかった問いに、ぎょっとして黙り込む良策に、洪庵は静かに畳み掛ける。

「もうひとつ伺《うかが》います。仮に痘瘡の瘡蓋が途中で効力を失したならば、どうなさいますか」

「その時はこの腹を真一文字《まいちもんじ》にかっさばき、お詫《わ》びを申し上げるまで」

「しかしそれでは牛痘の苗を手にしながら、子どもを救うという大目的が果たせなくなります。実はわたしに考えがございます。京の楢林栄建殿の種痘所の他にもう一ヵ所、浪速にも種痘所を作るのです。元になる痘苗は二ヵ所にあった方がより安全です。いかがでしょうか？」

「大坂に分苗するのは、福井藩へ痘苗を届ける『蕃殖《ばんしょく》（続苗《ぞくびょう》）』のため、というわけだな」

すかさず栄建が銅鑼声《どらごえ》で合いの手を入れると、洪庵は頭を畳にすりつける。

「浪速では種痘を実施する建屋の目星もつけてあります。わたしは栄建先生のご厚意で長崎で『遁花秘訣』を拝読してからずっと種痘の研究を続け、ランセットの使い方にも習熟しております。それらをすべてを含みおき、今一度、ご配慮のほどを」

それは、洪庵らしからぬ大言壮語《たいげんそうご》ぶりだった。平伏しながら、洪庵は思う。

——なにやら、大仰《おおぎょう》な泰然殿のもの言いが、乗り移ってしまったかのような……。

そんな洪庵を見て笠原良策は考え込む。重苦しい沈黙を破ったのは日野鼎哉だった。

「万が一絶苗したら、お上はこれ幸いと、牛痘苗を長崎の外に出すのは罷《まか》り成らん、と言うやもしれん。ここは大坂に分苗所を作り、既成事実にした方がよろしいように思う。実は愚弟《ぐてい》にそう諭されてな。兄に意見するとは腹に据《す》えかねるが、一聴《いっちょう》の価値がある意見やと思う」

だが誰も口を開かない。洪庵にとって無限にも思われる長い静寂が続いた。

やがて笠原良策はふう、と大きく息をつき、うなずいた。

「確かにその方が安全そうですな。福井藩御用達《ごようたし》の痘苗は、拙者ひとりの判断で勝手に分け与えるわけにはいきませんが、福井藩の痘苗の予備という形ならば、問題ないかもしれません」

平伏し続けた洪庵の頭上に、栄建の割れ鐘《がね》のような大声が響く。

「よし、話は決まった。めでたい。まずはみなの衆、祝杯ば、上げ申そう」

洪庵が顔を上げると、気難しい顔をしていた笠原良策は、穏やかな微笑を浮かべている。

――本来はこういうお方なのだ。重責に耐えるため、気張っておられたのだろう。

そう思うと、一つ年上の笠原良策に、急に親しみが湧《わ》いてきた。

洪庵が大見得《おおみえ》を切ったためか、日野鼎哉は、自《みずか》ら大坂に出向いて分苗式を執《と》り行ないたいと言い出した。そこで供に連れてきた塾生を一足先に浪速に帰し、大和屋に状況を伝えさせた。

実際、洪庵の準備は万全で、長崎の蘭学仲間から、ロンドンにある天然痘専門病院や種痘院の情報を得ていた上、適塾の移転を経験しており、新しい家屋を準備するコツも摑んでいた。

建屋は過書町適塾からそう遠くない、古手町《ふるてまち》になった。そこは道修町五丁目の御霊筋《ごりょうすじ》を東へ入ったところで、日野葛民の医院と目と鼻の先だった。だが「保痘館」では「痘瘡を保つ場所」と誤解されかねないと指摘されたため、すぐに「大坂除痘館」と改称した。

嘉永二年十一月六日、善感した子を連れた日野鼎哉と笠原良策が大坂除痘館に到着し、翌七日に厳《おごそ》かに「伝苗式」が執り行なわれた。

正面には京都除痘館と同じように少彦名命と、福井藩主・松平春嶽、長崎通事・頴川四郎八という、牛痘獲得の立役者の名を並べて神位《しんい》とした。

同時に、緒方洪庵、日野葛民、大和屋喜兵衛の三人が社中を結び、世話役として天游の実子の中耕介や洪庵の義弟の緒方郁蔵など総勢九名の他、天満《てんま》与力の親子も参加した。

「伝苗式」の場で洪庵は、社中の面々に種痘の手本を見せた。

最初に種痘を受けたのは天満与力・荻野《おぎの》七左衛門の息子だった。洪庵の前に行儀よく座った少年は、洪庵がランセットを手に取ると、目をぎゅっと瞑《つむ》り、身を固くした。

洪庵は「大丈夫、痛いのは一瞬だからね」と言う。

そして少年の二の腕を摑み、手技《しゆぎ》の説明をしながら実施する。

「両腕に二個ずつ二行、十二箇所に刃先で×の形にチョンチョンと小さな傷をつけ、善感した子の痘瘡の膿を潰し、その液《えき》を傷口に塗り綿《わた》を置き、更に膏薬《こうやく》を貼り、適宜《てきぎ》これを温めます」

「ほんまや、痛いのはちょっとだけや」と与力の子が言うと、他の子の表情も和《やわ》らいだ。

接種を受けた八人の子のうち五人は、東西の大坂町奉行所の与力の子だった。

その後洪庵は、ランセット一式を社中の者に与え、各自に種痘を行なわせた。

種痘の手技は医家ならば難しくないが、言葉で伝えきれない部分もあるので、実際に見せるのが確実だ。このため「伝苗式」は急遽《きゆうきよ》、種痘の手技の講習会になった。

こうして、大坂へ牛痘苗の植え継ぎをする「伝苗式」は恙《つつが》なく終わった。

その後、社中のメンバーは日野鼎哉、笠原良策を招いて祝宴を張った。

主賓《しゆひん》の座に着いた笠原良策はすっかり打ち解けて、隣に座る洪庵に上機嫌で言う。

「洪庵殿の種痘術の手技を拝見致しました。確かに準備はできておられましたな」

「わたしはずっと、種痘を世に広めたいと願い、日夜研鑽し続けておりましたので」

「なるほど、緒方塾の評判が高い理由が、よくわかりましたわ。しかし天下に名高い緒方塾を、近々わが藩の麒麟児が震撼《しんかん》させることでしょう」

「どなたか、藩医のご子息がわが塾に入塾なさるのですね」

「左様左様。拙者はしがない村医者ですが、藩医の半井仲庵《なからいちゅうあん》殿、橋本彦也《はしもとげんや》殿の知遇《ちぐう》を得て、三人で『蘭方研究会』を結成しております。その会に参加している橋本殿のご子息の左内《さない》殿は驚くべき少年で、齢十六にしてすでに我ら老骨《ろうこつ》を凌駕《りょうが》しておるのです」

村医者と藩医が同席して勉強会を開いているという福井藩の風通しのよさに感心しつつ洪庵は、「十六とはお若いですね。入塾生の最年少かもしれません。楽しみです」と答えた。

「むう、洪庵殿は拙者の言うことを本気にしておられませんな。左内殿の父の彦也殿は華岡門下の外科医で、春嶽さまのご病気の治療に功があり、本道《ほんどう》（内科）しかなれない御匙《おさじ》に任じられた傑物《けつぶつ》でしてな。蘭学にも熱心で、長崎蘭通詞・猪俣伝次右衛門《いのまたでんじえもん》殿のご子息・瑞英《ずいえい》殿が来福した際、一年ほど寄寓させた折に、左内殿はオランダ語を会得《えとく》してしまったのです」

「猪俣瑞英殿は名門通詞の御曹司。妹御《いもうとご》は確か、伊東玄朴殿の嫁御の照《てる》殿でしたね」

「左様左様。左内殿は、藩医の半井殿の計らいで、大坂留学の前に箔付《はくづ》けも兼ねて、刑死者の解剖の主解《しゅかい》にも任じられております。今時分、執刀《しっとう》をしている頃やもしれません」

「まさか。たかだか十六の若者に、解剖執刀医の大役など務まるはずが……」

「そのまさか、を体現してしまう、規格外の俊英なのです。しかしながら、それ故に少々気に掛かることもある。洪庵殿には、くれぐれも左内の善導をお願いします」

詳しく事情を確認しようとしたその時、酔っ払ってご機嫌の中耕介が割り込んできた。

「大坂に牛痘がもたらされるとは、兄者の長年の夢がついに叶《かな》いましたね。諦めなかった兄者は偉い。実にめでたい。これも笠原先生のおかげです。まずは一献《いっこん》」

そのため会話は途切れたが、橋本左内という名は洪庵の胸に深く刻まれた。

その後も洪庵は、笠原良策とは幾度も会った。

話をしてみると、良策は風雅《ふうが》を愛し、和歌や絵画を楽しむ風流人であることがわかった。

「実は拙者には、ひとつ自慢がございましてな。福井に義経《よしつね》伝説の『天馬石《てんばせき》』という奇岩《きがん》があるのですが、拙者が描いたところ、なかなか雅趣《がしゅ》があると褒められまして。鑑賞会を開き歌仲間に讃《さん》を寄せてもらい、一帖《いちじょう》の巻物に仕立てたのです。特にわが師で憂国攘夷《ゆうこくじょうい》の士、橘曙覧《たちばなあけみ》先生の讃が自慢でしてな。来福されましたら是非ご高覧《こうらん》を賜りたいものです」

奥ゆかしくも、どことなく自慢げなのが微笑《ほほえ》ましい。

洪庵の負けず嫌いの気性がむくむくと頭をもたげてくる。

「それは是非、拝見したいものです。実はわたしも広瀬旭荘先生や篠崎小竹《しのざきしょうちく》先生など漢詩の先生や歌会仲間がおりまして、近々、和歌の師の萩原広道《はぎわらひろみち》先生に『源氏物語』を講義していただくつもりです。奇岩の絵画を拝見させていただくお返しに、その輪読会《りんどくかい》にお招きしましょう」

笠原良策は身を乗り出して、「おお、是非に、是非に」と言う。

牛痘を通じて知り合った洪庵と良策は、ほぼ同年代だったということもあって意気投合し、以後、生涯を通じて刎頸《ふんけい》の友となった。

*

大坂の分苗式の十二日後の十一月十九日、笠原良策は主命を果たすべく、福井に旅立つ。

良策は緻密《ちみつ》で周到《しゅうとう》な計画を立てた。

十一月十六日、京都で雇い入れた二児に種痘を施し、十九日に善感を見極めると京を出立。善感した二児と道中で接種すべく福井から呼び寄せた二児、その両親を加えた総勢十二名を引き連れて琵琶湖《びわこ》を渡り、十一月二十三日には大雪の栃ノ木峠《とちのきとうげ》を越える。

この時期には珍しく峠には六尺《しゃく》を超える雪が積もり、良策一行は決死の覚悟で雪山を越えた。七日目の二十四日は水痘《すいとう》期の植え継ぎの日で、武生《たけふ》で雇い入れた三児のうち一児に接種した。植え継いだ六日目、福井入りした日の午後から、良策は直ちに種痘を始めた。自分の隣家を仮除痘館とし、良策自らが総裁《そうさい》となった。

だが漢方医の抵抗は手強かった。その上、牛痘に対する庶民の感情的反発も難敵で、除痘館の経営は困難を極めた。

それでも良策はひるまず、幾度も訪れた絶苗の危機も、藩主・松平春嶽の揺るぎない支持と、仲間の結束で脱した。松平春嶽は、種痘に強い思い入れがあったのか、早期に種痘を藩公認の事業とした。

良策が種痘を始めた三ヵ月後の嘉永三年（一八五〇）二月には、城下に種痘所が設置され、その一年八ヵ月後の嘉永四年（一八五一）十月には、官許《かんきょ》の「除痘館」が設立された。

官許は大坂より早く、わずか二年弱での達成だった。

福井藩の決定を良策からの私信で聞いた時、洪庵が先を越された悔しさに唇を噛んだという話が、まことしやかに伝えられている。

16章　猛鷲西下

嘉永二年（一八四九）

伝苗式を終えて、一息ついた洪庵の許《もと》を、ひとりの男が訪ねてきた。

「なんや、えろう高飛車《たかびしや》なお方が、お見えになってはるんですけど」

八重が言うなり、どかどかと足音が響き、「御免《ごめん》」という大音声と共に襖が開いた。

深編笠《ふかあみがさ》の偉丈夫が、書を読んでいる洪庵の前に立つ。その背後に子どもの手を引いた若 侍《わかざむらい》が従っている。洪庵が顔を上げると、笠を持ち上げた男と目が合った。

「久しぶりだな、章」

「これはこれは、泰然殿、突然どうされたのです？」

佐藤泰然はどっかりと腰を下ろすと胡座《あぐら》をかいて、八重を見上げた。

「このお方が章の恋女房か。確かに別嬪《べつぴん》だな。道理で丸山《まるやま》の花魁《おいらん》に目もくれなかったわけだ」

「な、何をおっしゃるのです。わたしは丸山では一度も……」と洪庵はうろたえる。

「確かにその通りだが、遊里《ゆうり》に足を踏み入れたのは事実だ。しかも二度目は自分からだ」

「そんなご無体《むたい》な……」と洪庵は口ごもり、恨みがましそうな目をする。

二人のやりとりをじっと見つめている八重に気がつくと、泰然は言う。

「さっきは褒めたが、遠来《えんらい》の客に茶のひとつも出さんとは、気が利かん奥方だな」

「へえ、すんまへん、ただいますぐに」と言うと、八重はあわてて部屋を出て行く。

普段の八重なら、客人にお茶を出し忘れたりしないが、そもそも普通の客は、案内なしに勝手に部屋に上がり込んだりはしない。八重は、盆《ぼん》に茶と饅頭を載せて戻ってきた。

「ほう、子に饅頭とは気が利くな。前言《ぜんげん》撤回、まさに章にお似合いの、素晴らしい奥方だ」

洪庵はうつむき、「それはどうも」と、もごもご口ごもる。

泰然は、お供の青年を指さして言う。

「コイツは佐倉藩の藩医の子で、神保《じんぼ》良《りよう》粛《しゆく》という。優秀なヤツなので、適塾で修学させようと思って連れてきた。外科の方技は一通り仕込んであるから、適塾流で鍛《きた》えてやってくれ」

青年は黙って頭を下げる。控えめな所作《しよさ》には好感が持てた。

部屋の外に人の気配がしたので、泰然は立ち上がると、襖を開け放つ。

すると襖の隙間《すきま》から部屋を覗《のぞ》き見していた塾生たちが、部屋になだれ込んできた。

「学問に休む間なし、一刻《いっとき》も時間を無駄にしてはいかん」と洪庵は一喝《いつかつ》する。

「申し訳ありません」と塾生たちは口々に言い、蜘蛛《くも》の子を散らすように姿を消した。

泰然は、にっと笑う。

「相変わらずの堅物だな。だが『東の和田塾、西の適塾』と並び称されるだけのことはある。この勝負、とりあえず引き分けということにしてやろう」

「まさか泰然殿は、そんなことをおっしゃるために、わざわざ大坂までお見えになったのですか？」

隣で饅頭にかぶりついている少年の頭を撫《な》でながら、泰然は首を横に振る。

「馬鹿言うな。さすがにおいらも、そこまでヒマじゃねえよ。今日はいつぞやの、長崎での貸しの取り立てにやって来たのさ。おい章、おいらに牛痘の痘苗を寄越せ」

「除痘館を立ち上げて一週間なのに、浪速で痘苗を得たことをご存じとは、さすが早耳《はやみみ》ですね」

「おいらは『早見えの泰然』だぜ。『早耳頭巾《ずきん》』は洞海で、ヤツが聞きつけたのよ。経緯もよく知ってるぞ。本年六月、蘭商館医モーニケ殿が、バタビアから届いた牛痘の苗を、佐賀藩主・鍋島閑叟侯から痘苗取り寄せの命を受けていた楢林宗建殿の息子や通詞関係者の子どもに植えた。八月六日、無事善感し佐賀の藩医・大石良英殿が家中及び領内の者に接種し、それを江戸詰の伊東玄朴殿が藩主の次女に痘苗を種痘するとやはり善感し、長女の貢姫殿に接種した。このように佐賀藩に関わりを持つ蘭医が総出で成し得た快挙だよ。だがその後、京にも痘苗が届けられたと聞いた。それならきっと、章も手に入れているだろうと踏んだのさ」

「恐れ入りました」と洪庵が、泰然の情報の正確さに舌を巻くと、泰然は肩をそびやかす。

「この程度で恐れ入るとは、おいらのことを舐《な》めてるな。『早見えの泰然』の本領はここからよ。そもそも今回の件は牛痘輸入に留《とど》まらず、とんでもない影響を及ぼすことになるだろうよ」

「と申されますと？」

「楢林宗建殿は佐賀藩の智恵袋よ。永代長崎居住の藩医の立場を存分に活かし、蒸気船や蒸気機関車の絵図を鍋島侯に献上《けんじょう》し、西洋砲術、大砲鋳造《ちゅうぞう》法、航海術、医学など諸分野の洋書を取り寄せている。おまけに他藩に先駆け洋式船を十隻《せき》以上も保有し、反射炉《はんしゃろ》まで建造している。今後は軍事方面が蘭学の主流になっていくだろう。今のおいらは宗建殿と同じような立場で、佐倉藩の堀田正篤侯を教導しているのよ。これこそ、恐れ入るところだぜ、ご同輩」

洪庵はぽかんと口を開けた。泰然は的確に近未来像を見抜いていたが、今の洪庵はいかに種痘事業を広げていくかの一事で手一杯で、泰然の言葉をまったく理解できなかった。

「蘭学の主流はともかく、痘苗は玄朴殿に譲っていただけば話が早かったのでは？」

「おいらが言いたかったのは、宗建殿やおいらと比べれば、玄朴殿など、屁《へ》の河童《かっぱ》ということよ。だいたい玄朴殿は分苗の際、べらぼうな金子《きんす》を吹っかけやがる。その性根《しょうね》が気にくわん」

「でも、金子で物事を解決するのは、泰然殿の得意技ではありませんか」

泰然は、ちっ、と舌打ちをした。

「章も小賢しい浅知恵《あさぢえ》が働くようになったな。仕方ない、本音を言おう。実は先年、次男の順の字は良さんの養子になって、今は松本良順《りょうじゅん》と名乗っている。いずれは御典医《ごてんい》になる身だが、今おいらが玄朴殿に頼み事をしたら、順の字を人質《ひとじち》に取られてしまいそうで、イヤなんだ」

「万が一、わたしのところが不首尾《ふしゅび》だったら、どうなさるおつもりだったのですか？」

「その時は京の栄建殿にねじ込もうと考えていた。おいらは栄建殿の愛弟子の三宅艮斎を、佐倉藩の召し抱えにしている。弟子の面倒を見ているんだから、イヤとは言わせねえよ」

「さすがですね。よくわかりました。恩義ある泰然殿の頼みゆえ、分苗いたします。ただし当館ではその際、事前に講義を受けていただいてから、分苗免状を発行しております。分苗の費用はいただきませんが、絶苗《ぜつびょう》した場合は金二百疋を納めていただきます」

泰然は立ち上がると腹に巻いた胴巻《どうま》きをほどき、ばらばらと小判をまき散らした。

「しゃらくせえ。こいつは絶苗うんたらの前払いだ。改まった講義だの免状だの、おいらがそういうまだるっこしいことが大の苦手なのは知っているだろ」

まばゆい金色の小判を眺めながらも、洪庵は一歩も退かずに言い返す。

「しかし絶苗を絶対に避けるために、講義は受けていただきたいのです」

「おいらが大嫌いなのは無駄と損で、得意なのは金儲けだ。そんなおいらが絶苗なんて間抜けなことをするはずがなかろう」と泰然の巻き舌が炸裂《さくれつ》する。

「そこまでおっしゃるのであればやむを得ません。大恩《だいおん》ある泰然殿には特別対応いたします」

「それでこそ西の雄・適塾の大親分だ。そうと決まればさっさとこの子に種痘してくれ」

泰然の膝《ひざ》の上で、寝息を立てている子の寝顔を見ながら、洪庵は言う。

「残念ながら種痘から一週間経たないと継痘できないのです。幸い、明日は痘苗を植えた子から植え継ぎをする七日目ですので、支度《したく》が調《ととの》いましたら宿に使いをやりましょう。明日、改めてそちらのお子をお連れになってください」

「そいつはありがたい」と言った泰然が宿の名を告げると、洪庵が言う。

「和田塾の盛名は、浪速にも伝わっております。今は洞海殿が主宰《しゅさい》されておられるとか。洞海殿のオランダ語の実力を以《もっ》てすれば、繁盛するのも当然かと存じます」

「ほう、章が世辞《せじ》を言うとは珍しいこともあるもんだ。それを聞いたら洞海のヤツは泣いて喜ぶだろうよ。でもおいらは佐倉で順天堂という新しい医学塾をこしらえたんだよ」

「佐倉で立ち上げたのは蘭学塾ではなく、医学塾だったのですか」

「その通り。蘭書を紙魚《しみ》のように貪ってばかりではダメだ。書物は実技を補《おぎな》うために読み、すべては患者から学ぶべきだ。外科は理屈じゃねえ。ついでだから、ウチの教科書を見せてやるよ」

泰然が手荷物から取り出した冊子は「接骨備要」という表題で、著者は「佐藤泰然」とある。

「そいつはセリウスの外科書から脱臼《だつきゅう》に関する部分を抜き書きしたもんだ。おいらが訳したことにしたが、大半は洞海が訳したもんさ。だが順天堂の教科書なら、おいらの名の方が通りがいいと言うんでそうしたんだ。いずれセリウスは養子の尚中に全訳させる。コンスブルックの治療書も使い勝手がいいし、薬理は洞海が訳したワートルの『薬性論』が抜群だ。けどわからんちんのお上が翻訳書刊行の決定を医学館に委《ゆだ》ねたせいで、版木《はんぎ》印刷は取りやめになった。まあ順天堂で使う分には差し支えはねえんだがな。章がフーフェランドの大著を翻訳したのは聞いてるし、『病学通論』もなかなか見事な出来映えだ。けどよ、どんくさすぎるんだ。おいらは理屈をすっ飛ばして、手っ取り早く役に立つ医者を育てたいんだよ」

泰然の口からは、洪庵が初めて耳にする書物の名もぽんぽん出てくる。このお方は一体、どれほどの書物を読んでいるのか、と驚愕《きょうがく》する。すると泰然は一枚の紙を差し出した。

「おいらはこんなこともやってるんだぜ。手術で問題があっても後で訴えないと約束させた覚《おぼえ》書《がき》さ。要は手術がうまくいかなくても、払うものを払ってもらうための念書《ねんしょ》だよ」

その紙を見た洪庵は、呆れて言う。

「これは、『医は仁術《じんじゅつ》』のこころに背《そむ》いているのでは？」

泰然は、からからと笑う。

「そんな辛気《しんき》臭い言葉は、おいらはとっくの昔に捨てたよ。患者ってのは病気になると医者にすがりついてくるくせに、元気になったら知らん顔をするような、自分勝手な連中さ。だから医者は、自分で自分の身を守らなくちゃなんねえ。章みたいな古臭い考えに囚《とら》われているから、章の医院はいつまで経っても流行らないんだぜ」

泰然に、痛いところをずばりと突かれた洪庵は黙り込む。

「その様子だと、こっちを見たら腰を抜かすだろうな。『療治定《さだめ》』といって、治療の代金表さ。手間がかかればそれに応じた手間賃をもらうのは当然だろ」

その代金表には、順天堂で手がけている医術がずらりと並んでいた。傷口の処置は傷口一寸《すん》につき金百疋、お産は金二百疋、割腹《かっぷく》し胎児《たいじ》を取り出すのが一番高くて十両。

埋葬《まいそう》用の寺送り手形《てがた》まで用意させているのを見た洪庵は、言葉を失った。

「因《ちな》みに先月には、義理の兄の山内豊城の『たま取り手術』も差配《さはい》したんだぜ」

「たま取り、とは、睾丸摘出術《こうがんてきしゆつじゆつ》のことですか」

「その通り。おいらが診察し、戸塚静海《とつかせいかい》殿に林洞海、三宅艮斎を加えた執刀陣を手配し、玄朴殿は指示役、竹内玄同《たけのうちげんどう》殿が薬物係、大槻俊斎《おおつきしゆんさい》殿に参考蘭書を読ませながら睾丸を摘出したという、蘭学仲間の力を総結集した一大事業よ。兄やんは『鬱陶《うつとう》しくなってせいせいした』とご満悦《まんえつ》さ。その時にこの手術承諾書と代金表を使ったが、兄やんは文句を言わなかったぜ」

泰然は飄々《ひようひよう》とした口調で、棚に置いてある紙片を取り上げて言う。

「どれ、章の塾則を拝見するか。ほう、四角四面の朴念仁《ぼくねんじん》がこの程度で済ませたとは上出来だ。だが何だよ、このバカ安い束脩料は。玄朴殿の半分以下で、やっていけるのかよ」

「何人か藩主さまのかかりつけ医に任じられたので、今のところは、まあなんとか……」

「医術も塾も同じ生き物だ。身を削って弟子を育てても、師匠が痩《や》せ衰えたら何にもならねえ。幹《みき》が枯れちまったら花は咲かないんだぜ」

「ゆずり葉のたとえもあります」と洪庵は反論する。

「枯れ葉になって肥やしになるなんていう辛気くせえのは、おいらはまっぴら御免だね。高い授業料を取り質の高い授業をする。それが佐倉順天堂さ。それより考えておかなくちゃいけないのは、ゆずり葉じゃないが後継者だが、その点でもおいらは完璧さ。山口舜海という麒麟児を養子にしたからな。章よ、お前はそんな駿馬《しゅんめ》を得たのか？」

そう言って泰然に顔を覗き込まれた洪庵は、しばし考えた後に八重を呼んだ。

「お客さまに、お茶のお代わりを。それから蔵六を呼びなさい」

やがて現れた男性を見て、泰然は手を叩いて喜んだ。

「おいおい、七福神《しちふくじん》の福禄寿《ふくろくじゅ》みたいに長い頭じゃねえか。コイツは春から縁起《えんぎ》がいいや」

すると塾頭の村田蔵六は、にこりともせずに言う。

「今は十一月ですから、春の始まりの立春は二ヵ月も先ですし、本格的な春となりますと公転周期でいえば春分の日の前後となるのであります。従いまして『春から』という言葉遣《づか》いは不適切でありますし、縁起がいいというのも非科学的な妄言《もうげん》であり、いずこにも根拠がないのでありま す。ですのであなたが発した言葉は、射出角度を間違えた砲弾《ほうだん》のようなもので、吾輩の陣地《じんち》にはとうてい届きそうにありませんな」

滔々と語る蔵六の、激しくも珍妙な響きの言葉を聞いて、目を白黒させている泰然を横目で眺めながら、洪庵は笑いを噛み殺す。

——珍しく激しておる。さては、福禄寿と言われたのが気に障《さわ》ったな。

「勉学の邪魔をしてすまなかったね。下がっていいよ」と洪庵が言う。

蔵六は泰然をぎょろりと一瞥《いちべつ》すると、頭を下げて部屋を辞した。

すっかり度肝《どぎも》を抜かれた態《てい》の泰然は、ほう、とため息をつく。

「いやはや、おったまげたぜ。章以上に、四角四面で杓子定規なヤツがいるとは思わなんだ。あんなへんてこな亀《かめ》を飼っているとは、章も度量がでかくなったもんだな」

「蔵六のさいづち頭の中には医の知識だけではなく、天文学から兵術まで、この世の森羅万象《しんらばんしょう》の知識が詰まっています。医家として患者の受けはよくないのですが、きっといつの日か大きなことを成すでしょう」

「四角四面に見せながら、相手の弱点を瞬時に見極めて攻撃するなんて芸当は、なかなかできるもんじゃやねえ。いずれは一廉《ひとかど》の兵法家《へいほうか》になりそうだな。わかった。順天堂と適塾の一番弟子同士の一騎打《いっきう》ちも引き分けだ。ついでだからこいつも寄越せ。順天堂の学堂に掲げてやる」

そう言った泰然は、床《とこ》の間を指さした。それは洪庵の手による「扶氏訓戒《ふしくんかい》」の掛け軸で、医の倫理を説いた文言を、洪庵は塾生に暗唱《あんしょう》させていた。

「もちろん差し上げますが、泰然殿がかような文言に興味を持たれるとは意外ですね」

洪庵が皮肉めかして言うと、泰然は肩をすくめた。

「別においらの好みじゃないが、洞海は涙を流して喜ぶだろうよ。さて、長々と邪魔したな。それじゃあ明日、宿で使いを待ってるぜ。そうそう、別嬪の奥方にもよろしくな」

そう言って深編み笠をかぶった泰然は、眠っていた子を起こすと一緒に立ち去った。

後に残された供の若侍は、居住まいを正し、洪庵に一礼する。

「あのう、拙者の束脩料は先ほどの金子から充《あ》てていただきたく……」

洪庵は苦笑すると、再び塾頭の蔵六を呼び、神保を案内するよう命じた。

翌日、洪庵は除痘館で、泰然が連れてきた子に、牛痘の痘漿を植えた。

別れ際に洪庵は泰然の目の前で、青花の磁器《じき》の壺に瘡蓋を入れ、蠟《ろう》で封をして渡した。

「壺の中に瘡蓋を二個入れて、密封してあります。夏場は三年、冬場なら五年は保《も》ちます。日の差さないところで清潔に保ち、火気や湿気は避けてください。万が一のための予備です」

「絶苗はしないと言っただろうが。まあ、せっかくだから戴《いただ》いておくか……」

むすっとした顔をした泰然は、目を細めて受け取った壺を眺めた。

「ほう、なかなか雅趣のある壺だな」

「長崎を辞す際、唐通事の潁川殿に餞別《せんべつ》で頂戴した、清国由来の由緒《ゆいしょ》正しい青花の壺ですから」

「そんな大切なものをくれるなんて気前がいいなあ。もらっておいてなんだが、金を取らずに分苗するのはいかがなものかな。江戸では玄朴殿が相当の値で分苗し、あこぎに稼いでおるぞ」

「医術で儲けが出たら、種痘を広める原資に充てると、日野鼎哉殿と笠原良策殿にお約束し、除痘館の社中のみなとも誓っているのです。種痘は世のため人のために、行なうものです」

「その話で思い出したが、章と入れ違いで『日習堂《にっしゅうどう》』に入塾し、章を尊敬していると言って憚《はばか》らない変わり者がいたぞ。桑田立斎《くわたりゅうさい》という、年の頃も章と同じくらいで深川《ふかがわ》で開業した蘭医なんだが、今度、新たに種痘所を始めるそうだ。あの強欲な玄朴殿から無料で牛痘の苗をむしり取ったってんだから、相当のやり手だぜ。機会があったら、章のことを伝えておいてやるよ」

そう言って、痘苗を植えた子を連れて立ち去ろうとした泰然は立ち止まり、振り返る。

「ところで、高野長英先生が脱獄した話は知ってるか？」

「ええ。伝馬町の牢の火災で一時切り放ちをされたのに、約束の三日後に戻らなかったとか。とんでもないお方ですね」

「確かにとんでもない話だが、章は本当にとんでもないところがわかってねえな。あれはたまたま起きた火事じゃない。長英先生が金子で手なずけた手下に、付け火をさせたのよ」

「なんと……」と言ったきり、洪庵は言葉を失った。泰然は続ける。

「冤罪で投獄された長英先生には、脱獄する理がある。脱獄した直後、尚歯会の連中の家を転々と渡り歩き、おいらもしばらくの間、匿《かくま》った。玄朴殿は居留守《いるす》を使ったので恩知らずだと罵るくらいお元気だった。実は長英先生が無謀《むぼう》な振る舞いに出た責任の一端《いったん》は、おいらにもある。赦免活動をしてくれていた御奉行の矢部定兼《さだのり》殿は、おいらの親父殿がしでかした一件で讒言され失脚しちまったのよ。その矢部殿に代わり南町奉行になったのがあの鳥居耀蔵だってんだから、長英先生が自棄《やけ》になるのも当然さ。でもその鳥居耀蔵もその年の九月に解任された。あと、ほんの少しの辛抱《しんぼう》だったんだがなあ。まあ、それも天命か……」

洪庵は、泰然の父がしでかしたことはまったく知らなかったが、あえて訊ねなかった。

「その後は長英殿は、どちらにいらしたのですか?」

「各地を転々として九州や中国地方にも一時滞在していたが、鳴滝塾の同窓《どうそう》の二宮敬作《にのみやけいさく》殿の手配で、蘭癖大名の宇和島《うわじま》藩主・伊達宗城《だてむねなり》さまに招かれ、厚遇されたそうだ。だが隠密に嗅ぎつけられ逃げ出した時、世を変えるには江戸にいなければならないと舞い戻った。なのでおいらが和田塾の近くに住まいを手配した。窮鳥《きゅうちょう》懐に入《い》らずんば、というヤツさ。くれぐれも目立たぬように、と釘《くぎ》を刺しておいたが、はてさてどうなることやら」

「獄中で『蛮社遭厄小記』などという、世を騒がせる書を執筆されたお方が、こんなに揺れている世で、おとなしくしていられるとも思えませんが」

「そうなったらその時はその時、と肚《はら》を括《くく》っているよ。なにかと手が掛かる面倒なお方だが、江戸に戻るために硝酸《しょうさん》で顔を焼いたという執念は凄《すさ》まじいわな。そこまでするようなお方なら、とことん付き合うしかあるめえよ」

洪庵は首を傾《かし》げて問う。

「どうしてわたしにそんなことを伝えてくださるのですか？　わたしが長英殿を評価していないことはご存じのはずなのに」

「もちろん、そのことはよく覚えているさ。でも反《そ》りが合わなくても、同じ蘭学仲間だからな。それによくよく考えたら長英先生は、おいらと章の縁の始まりになったお方だから、一応章にも伝えておくのが筋かな、と思ったんだ。実は昨年、親父殿が身罷《みまか》った。ろくでなしだったが、いてくれたおかげで、おいらの肩の荷が軽くなっていたんだってことに、改めて気がついたのよ。そう思った時、章にも、ちっとは感謝しないといけないのかなと思ってな」

一体どういう理屈なのだろう、と洪庵は理解しかねた。

だが泰然の中では、それは渾然一体《こんぜんいったい》として、つながっているものらしいということは、洪庵にもうっすらと理解できた。

洪庵は、泰然の暴れん坊の父は知らないので「それはご愁傷《しゅうしょう》さまでした」とありきたりのお悔やみを述べるしかない。

泰然は、そんな洪庵を見て、思い出したかのように続けた。

「そういえば宇和島では今、長英先生の後釜《あとがま》の蘭学者を探しているそうだから、そのうち章のところにも依頼が来るかもしれん。気にかけておいてくれ。二宮殿は、今もシーボルト先生の娘のイネ殿の面倒を見続けている、律儀《りちぎ》なお方だ。さっさと見切りをつけて逃げ出した長英先生とは正反対なのに、なぜか二人はうまが合うらしい。ま、おいらと章みたいなものかな」

自虐的《じぎゃく》にそう言った泰然は、珍しく真面目《まじめ》な口調になって続けた。

「昨日も言ったが、おいらは今、佐倉で西洋兵学の手ほどきをしていて、そっちが本業みたいになっちまってる。堀田さまに日本を導いていただきたい一心で手伝っているが、本音を言えば、医術を中心でやっていきたいんだ。けど蘭学の重心は、医学から兵学や砲術に移っていくだろう。うんざりするが、これも時流ってもんだから仕方がないんだろうな」

そう言い残して立ち去った泰然を見送った洪庵は、背中にふと、視線を感じた。

振り向くと八重が、無表情で佇んでいる。

「章さんに、あんなお友だちがいらっしゃるなんて、知りませんでした」

「いや、あの方とは友人ではない。わたしは気が弱いので、ずけずけ言われてしまうんだ」

「けど、あの方とご一緒した丸山いうところは、綺麗な女の方が大勢いらっしゃるそうですね」

抑揚のない口調で言われた洪庵は、やはり聞かれていたのかと思い、身を竦《すく》めた。

不思議なことに、泰然と洪庵はいろいろな点で機縁が重なることが多かった。

江戸で蘭学を学んだ際もそうだったし、長崎では共通の知己《ちき》と共に蘭学の修学に励んだ。

長崎留学後に江戸と浪速で蘭学塾を創設したのも、まったくの同時期だった。

ただし病院経営の方針など、根本の方向性は正反対のことが多い。だから「兵学には手を出さず医術に専念したい」という泰然の言葉は意外だった。

それは洪庵と同じ志向だったからだ。

この時の「早見えの泰然」の目に映っていた風景を、洪庵は共有できなかった。

それは、二人の間にある深い溝《みぞ》であり、越え難い高い壁だった。

しかしやがて必然的に、洪庵の適塾は、泰然が予見した方向へと押し流されていく。

こうしてさまざまな余韻《よいん》と波紋《はもん》を残して、泰然は飄然と浪速を去った。

佐倉藩で唐突に、藩を挙げての牛痘種痘が始まったのは、それから半月後の、十二月初旬のことだ。「さすがは西洋堀田、蘭方の妙薬《みょうやく》を魔法のように手に入れなさった」と人々はうなずき合ったのだった。

その当時、オランダ語の力を兵学や砲術に転用した蘭医学者は多かった。意識の高い諸侯が、そうした人材を厚遇したからである。身分の低い士分や能力の高い農民にとって、立身出世が約束された、天から降りてきた蜘蛛の糸だった。それにすがって有能な人物が多数現れた。

こうした傾向は、蘭癖大名において顕著《けんちょ》だった。

筆頭の九十万石の薩摩藩主・島津斉彬《しまづなりあきら》は四十一歳。戸塚静海を藩医に取り立て、高島秋帆に兵法を学び、城下で製鉄や大砲鋳造のため寄り合いを作るなど、西洋風の軍制の確立に励んだ。

三十五万石の佐賀藩主・鍋島閑叟は三十五歳。長崎在住の楢林宗建や大石良英、江戸詰に伊東玄朴などの鳴滝塾出身者を召し抱え、兵学書や砲術書の充実を図った。

十万石の宇和島藩主で三十二歳の伊達宗城は、伝馬町の牢を脱獄した高野長英を匿い、藩の兵制改革をさせ、要塞の設計も委託《いたく》した。鳴滝塾の同窓の二宮敬作が長英を陰で支えた。

十一万石の佐倉藩主・堀田正篤は四十歳で、島津斉彬とほぼ同年代だ。

そんな蘭癖大名らを軸に据え、大胆な幕政改革を目論《もくろ》んでいたのが、老中の阿部正弘である。二十五歳で老中職に就き、時の老中首座に返り咲いた水野忠邦を、天保の改革の際の不正の廉《かど》で放逐《ほうちく》し、代わって老中首座に就いた阿部正弘は、弘化二年（一八四五）に海防掛を新設し、外交・国防問題に当たった。この時、阿部は三十一歳。

そして、変革を目指す彼を中心にした幕府は、大いなる外圧に晒《さら》されることになる。

蘭癖大名の堀田正篤に登用された泰然は、当代いちの蘭学者との声望が高かった。

当初、蘭医学に専念しようとした泰然だが、藩政への寄与《きよ》も求められた。泰然の時宜《じぎ》を得た献《けん》策《さく》が堀田正篤をして、国事多難《こくじたなん》な折の幕府を率いる老中首座へと押し上げていく。

こうして佐倉藩は幕末に他藩よりも頭ひとつ抜けた存在になった。

泰然は、藩政にも近づいた。否《いな》、近づかざるを得なかった、と表現した方が正しい。

それを象徴するような出来事があった。

嘉永三年（一八五〇）、藩主・堀田正篤の観覧《かんらん》の下《もと》、砲術演習が行なわれ、泰然も陪席《ばいせき》させられた時のことである。

演習後の慰労《いろう》の祝宴で、召し抱えの荻野《おぎの》流の砲術師が藩主の前で、自慢話を始めた。

すると泰然は大笑いして、「みなさんの砲術は児戯《じぎ》だよ」と言い放った。

他藩に先んじて砲術を歩兵の主軸に据えた、正篤ご自慢の砲術部隊を笑い飛ばした泰然に、宴席は水を打ったように静まり返った。

堀田侯が、咳払《せきばら》いをする。

「泰然、いくらそちが長崎帰りの蘭学通とはいえ、医術のことならともかく、畑違いの砲術に関して根拠なき暴言、専門の者にはとうてい許せまい。直ちに謝罪せよ」

すると泰然は、不遜《ふそん》な笑みを浮かべて答える。

「おいらは謝りませんよ。児戯を児戯と言うことが許されないのなら、もうこんなところにいることはできません。でもまあ、説明もせずに頭から児戯だと決めつけたのは、いささか乱暴でした。ですので、今から、その根拠を申し上げます」

そう前置きをした泰然は、旧来の日本の砲術の欠点と、西洋砲術の長所を滔々と述べ始めた。最初のうちは、宴席の専門家の間には反感が渦巻《うずま》いていたが、泰然の指摘がいちいち的を射ていたため、最後には泰然が語る西洋砲術を傾聴《けいちょう》する者が多数となった。

ここに至り、砲術部門の長が恐る恐る口を開く。

「泰然殿はいかにして、そのような見識《けんしき》を得られたのか、お聞かせ願いたい」

「おいらは長崎に留学した時、高島秋帆殿、楢林栄建殿に砲術の肝を教わった上、オランダ商館長ニーマン殿にも直々に教わり、砲術理論を身につけたのです」

すると砲術部門の長は、頭を下げて言う。

「恥を忍《しの》んでお願いいたす。どうか泰然殿の奥義《おうぎ》を我等《われら》にご伝授《でんじゅ》いただけないだろうか」

「そいつは無理ってもんです。おいらの本分は外科医ですから」

「しかし、それでは佐倉藩の面目《めんぼく》が立たん。そこを枉げて是非、ご教示を」

そんな風に食い下がられた泰然は、腕組みをして考え込む。やがて顔を上げた。

「おいらが教えることはできませんが、誰に教わればいいか、教えて進ぜます。今、砲術を学ぶなら佐久間象山《さくましょうざん》先生でしょう。佐久間先生に師事できるよう手配してもらえばいいのですよ」

それを聞いた堀田侯は、打てば響くように言う。

「あいわかった。砲術組から五名、佐久間象山殿に弟子入りさせることを認めよう」

平伏して藩主の差配に感謝した砲術部門の長が、改めて泰然に礼を言おうとして顔を上げた。するると、その時にはすでに泰然の姿は、宴席の場から消えていた。

こんな風にして、佐倉藩の軍政にも助言したおかげで、泰然の藩内での地位は高まった。

そこで泰然は江戸から三宅艮斎を呼び寄せ、藩召し抱えの藩医にしてもらった。

佐倉順天堂は、泰然の娘婿で薬研堀の和田塾を主宰している林洞海と、養子にした佐藤尚中の二枚看板を筆頭に、三宅艮斎、銚子《ちょうし》で見出した関寛斎《せきかんさい》、新星・佐藤進《さとうすすむ》という錚々たる陣容《じんよう》で勢威《せいい》を誇っていく。

だが佐倉順天堂は、好評と悪評が相半《あいなか》ばした。

塾生は蘭学を目指す若者の常で、不遇《ふぐう》だが野心だけは満々で、乱暴狼藉《らんぼうろうぜき》する不埒な者も多く、周囲の農家からは悪評芬々《ふんぷん》だった。このため泰然は、塾生に厳しい学則を課した。

――このおいらが悪たれどもに向かって、やれ、酒は飲むな、勉学に励めなどと、説教臭いことを言わなければならなくなるとは、世も末だぜ。

我が身を省みると、苦笑するしかない泰然だった。

だが、そんな彼は正篤の厚誼《こうぎ》に応え、佐倉藩の医療の充実も図った。

地味だが重要な業績として、城下で横行した乳児の間引きを止めさせたことがある。

母親が子育てに専念すると貧しい農民の家計は成り立たず、乳児は間引くしかなかった。

だが、そんな倫理なき悪弊《あくへい》が、地域社会に及ぼす悪影響は大きかった。

そこで泰然は堀田侯を説き伏せ、子どもの間引きの禁止令を発してもらった。

牛痘術を実施する前には、人痘術も実施していた。長崎で見聞した人痘術を実施するために、知己の楢林宗建に人痘の種を送ってもらい、直ちに種痘に着手した。

けれども洪庵が危惧《きぐ》した通り、実は地道な仕事は苦手な泰然は、たちまち絶苗させてしまい、人痘の種痘所は開店休業状態になっていた。

その意味で今回の牛痘種痘所の設立は、泰然にとって名誉挽回《ばんかい》の意味合いもあった。

こうして泰然は、佐倉藩になくてはならない存在となっていた。

だがそんな泰然の視線は、常に西方に注がれていた。負けず嫌いの泰然にとって、洪庵に遅れを取ることだけは、どうにも我慢がならなかったのである。

17章　大坂除痘館

嘉永三年（一八五〇）

嘉永二年（一八四九）は洪庵にとって、大きな転換点になった年だった。

この年の前半に、慶事《けいじ》となる出来事が三つ、あった。

ひとつ目は牛痘を得て、大坂に除痘館を立ち上げたことだ。

ふたつ目は『病学通論』が刊行に至ったことである。

話は江戸での修学時代に遡《さかのぼ》る。

江戸の師・宇田川玄真は晩年、病理学大系の樹立を試み、弟子の坪井信道門下の俊英・青木周弼にフーフェランドの病理学書を、洪庵にコンスブルックとコンラジの病理学書を翻訳させ、それらを折衷して編纂を続けた。ところが志半ばで没してしまう。

玄真の遺稿をもらい受けた洪庵は、ハルトマンの病理学、リセランド、ブリュメンバッハ、ローゼの生理学、スプレンゲルの治療総論に加え化学、物理学書を参照し、改稿を重ねた。

書き直すたびに書名は『遠西医鑑病機編《えんせいいかんびょうきへん》』『遠西原病約論《げんびょうやくろん》』『病学通論』と変わった。

師の坪井信道が寄せた序文によれば、改稿は実に七、八回に及んだという。

執筆を終えた二年後の嘉永二年四月、ようやく出版の運びとなった。

『病学通論』は「生機論」「疾病総論」「病因総論」「病証総論」の四部構成だ。病気には原因があり、病因を解明して治療法を導く、という近代医学の方法論を打ち出している。

この書は洪庵の代表的な翻訳になった。

そして慶事のみっつ目は、福井藩の藩医の子息、橋本左内が入塾したことである。

撫《な》で肩の小柄な少年は、蘭学の合戦場のような適塾に颯爽《さっそう》と現れると、たちまちにして頭角を現し、適塾を席巻《せっけん》したのである。

*

洪庵は、騎虎《きこ》の勢いで種痘事業に邁進《まいしん》していた。

立ち上げ直後の十一月に大坂除痘館の引札《ひきふだ》に記載された分苗所は、堺《さかい》、兵庫《ひょうご》、灘《なだ》、伊丹《いたみ》、尼崎《あまがさき》、池田《いけだ》、高槻《たかつき》、三田《さんだ》、和歌山《わかやま》、丹波《たんば》、姫路《ひめじ》、加古川《かこがわ》、小豆島《しょうどしま》、阿波《あわ》、讃岐《さぬき》、越前大野《おおの》など三十ヵ所以上に及んだ。それは各地に散った適塾の門人のつながりを駆使《くし》した成果でもある。

これは、疱瘡の脅威《きょうい》から子どもの命を守るという崇高《すうこう》な理念と、利益を度外視《どがいし》した熱意に加えて、医術の秘伝主義を排し接種法の知識と技術を惜しみなく伝授するという、当時としては例外的で、先進的な考え方に依《よ》るところが大きかった。

翌嘉永三年（一八五〇）一月、洪庵は故郷の足守に錦《にしき》を飾った。

足守藩主・木下肥前守利恭《ひぜんのかみとしやす》に直々に、藩内での種痘の実施を命じられたのだ。

折ある毎《ごと》に、藩医の石坂桑亀と連絡を取り合っていた洪庵が、大坂除痘館の設立を報せると、桑亀が直ちに藩主に直訴したのだ。

洪庵は足守出身である塾生の山田禎順《やまだていじゅん》と津山藩出身の菊池秋坪《きくちしゅうへい》、泰然が連れてきた佐倉藩の神保良粛など数名の塾生と、種痘を植えた子二人の大人数で、西国橋《さいごくばし》から備前《びぜん》船に乗り込んだ。

留守を守る八重と塾頭の村田蔵六、義弟の緒方郁蔵が、河岸《かし》から出立を見送った。

足守に到着した洪庵は木下侯にお目通りすると、姫君や重臣の子息に種痘をした。

その手際《てぎわ》のよさに感心された木下侯は、「足守に『除痘館』を設《もう》けよ」と直々に命じた。

こうして洪庵の実家近くの川崎町の屋敷に、除痘館を構えることになり、洪庵が館長になり、門人の父の山田元珉《げんみん》を補佐とした。洪庵は、この日の晴れ姿をひと目、父・惟因に見てもらいたかった。だが母が大層喜んでくれたので十分報《むく》われた思いだった。

義弟の緒方郁蔵は、適塾の蔵書六冊から牛痘に関する記述を抜き出し『散花錦囊』の「乾」「坤」二分冊にまとめた。足守ではこの書を、種痘を学ぶ医師に書写させた。

そこにはかつて郁蔵と机を並べ、才能を嘱望《しょくぼう》されながら、故郷で医業を開くために退塾した山鳴剛三も駆けつけてきた。

剛三は、退塾する際に洪庵が餞別として贈った、八重の手縫いの羽織を身にまとっていた。洪庵はそのことに気づいて、切なくなった。

洪庵から『散花錦囊』を渡された剛三の表情が陰《かげ》った。

修学を中途で放棄した剛三は、親友の大戸郁蔵が、弘化元年（一八四四）に洪庵の義弟となり、私塾の独笑軒塾を主宰《しゅさい》し、多数の蘭書の翻訳に関《かか》わり今も活躍していることに対し、忸怩《じくじ》たる思いがあったようだ。そんな剛三はふと、前書きの署名に気がついた。

「有馬摂蔵も、この書の編纂に関わっていたのですか？」

「ああ。この書は、長崎で摂蔵が見つけ、訳したいと持ち帰ってきたものだ。摂蔵は亡くなったが、郁蔵がどうしても入れたいと言い張ったので、冒頭に載せたのだ。いい文章だろう？」

うなずいた剛三の頰を、一筋の涙が流れ落ちた。

適塾の立ち上げ当時、郁蔵と摂蔵、剛三の三人で学を競い合った日々が、瞼《まぶた》に浮かぶ。

洪庵はそんな剛三を哀《あわ》れみ、翌二月に足守に「葵ヶ岡《あおいがおか》除痘館」を創設した際、剛三を責任者に任命し、菊池秋坪と神保良粛を補助につけた。

足守藩の全面的な支援で、三月末までに藩内の小児、千五百名に接種した。

その後も各地から六十五名の医師が、足守の除痘館で分苗を受けた。彼らに接種技術の研修を義務づけ、牛痘感染の鑑別《かんべつ》法を洪庵が教授した上で、免状を与え請状《うけじょう》（誓約書）を取った。

そこには仁術の本意を守る趣旨《しゅし》を盛り込み、手引書として『散花錦囊』二分冊が配られた。

分苗は痘漿を用いるのを基本としたが、遠隔地《えんかくち》には痘蓋を送った。

洪庵の差配は懇切丁寧《こんせつていねい》で細部まで考え抜かれていて、大坂除痘館の評判はいよいよ高まった。

一見、順風満帆《じゅんぷうまんぱん》に思われた除痘館事業だが、苦難の影が密《ひそ》やかに忍び寄っていた。

痘苗の植え継ぎには相当の手間が掛かる。接種の三日後に善感を判断し、一週間後に水疱が潰れる時期に善感した子を種痘所に呼び出す。片袖《かたそで》をまくった腕を一日中、綱で吊《つ》るして、次の子の苗元にする。

種を植え継ぐ未感染の子を確保するため、時には子や親に菓子や金子を与えたりもした。

除痘館を維持する困難さは、最初の京都除痘館の顚末《てんまつ》を見れば明らかだ。

京都では日野鼎哉が、朝廷の信任が厚かったことは種痘に好影響をもたらした。種痘を始めてわずか二ヵ月で、皇后をはじめ有栖川宮親王《ありすがわのみやしんのう》、公卿殿上人《くぎようてんじようびと》などを含めた三百人に種痘を施すことができた。

だが鼎哉には狷介なところがあり、人々と和することを拒んだ。

たとえ自らが破産しようとも種痘は広めると決意し、豪商の援助を頑《かたく》なに拒否し続けた。

するとたちまち経営は行き詰まり、翌嘉永三年に鼎哉が五十四歳で病没すると京都除痘館ではあっという間に絶苗し、施設も潰れてしまった。

その点、同じ京都でも楢林栄建が打ち立てた種痘所・有心堂の経営は、堅実だった。

栄建は、豪商「鳩居堂《きゆうきよどう》」の支援を受け、種痘所の経営を続けた。それでも痘苗維持のためには金子や菓子をばらまき、親子の歓心《かんしん》を買わなければならなかった。

大坂除痘館も同様の苦境に陥《おちい》っていた。

社中の者がひとり、ふたりと櫛《くし》の歯が抜けるように辞めていった。

だがそれは、仕方がないことだと洪庵は思った。

除痘館にかかる手間と費用は膨大《ぼうだい》なのに、種痘の費用を取らないため、当然ながら赤字経営を余儀《よぎ》なくされた。

民衆からの評判も悪かった。だから医院が種痘に関わっていると、本業の医業が成り立たなくなってしまうという悪循環に陥った。

かくの如く、種痘は途方もない難事業だったのである。

それでなくとも、もともと予防医学は理解されにくいもので、そのことは現代でもあまり変わりがない。

それでも洪庵と社中の堅忍不抜《けんにんふばつ》の尽力で、除痘館の分院はじわじわと増え、気がつくと西日本では百七十ヵ所もの種痘所が設立されていた。そんな洪庵たちの前に立ちはだかったのが、旧弊《きゅうへい》の漢方医からの反発と、言い伝えや妄言、迷信の類《たぐ》いだった。

特に強烈だったのは「牛痘を打つと、牛の角《つの》が生えてくる」という迷信である。

神仏への信仰心が厚い庶民は、見慣れぬものに拒否反応を示しがちだ。

だが、洪庵は思いがけない援軍を得た。

ある日、洪庵は一通の書状を受け取った。

桑田立斎という差出人の名は、どこか聞いた覚えがあったが、誰かは思い出せない。

封を開けると色鮮やかな錦絵が二枚出てきた。

絵に添えられた讃を読んだ洪庵の胸は、感動に打ち震えた。

——そうか、この手紙の主が以前、泰然殿がおっしゃっていた御仁《ごじん》だな。

*

長崎に留学した洪庵と入れ違いに日習堂に入塾した桑田立斎は天保十三年（一八四二）、小名木川《おなぎがわ》のほとりの深川海辺大工町《うみべだいくまち》に小児科医院を開業すると、人痘種痘を始めた。

それから時を経て、和泉橋通御徒町《いずみばしどおりおかちまち》で本道（内科）を開業した伊東玄朴が、牛痘種痘の施術を始めたと聞きつけ、押しかけて行って痘苗を分けてもらった。

そうして嘉永二年十一月、洪庵とほぼ同時期に自院で牛痘接種を始めた。

一年間で千人余りの子に接種して善感九百七十四人を得るという、大成功を収めた。

七年後の安政四年（一八五七）には、蝦夷地で痘瘡が流行した際、幕府の命で蝦夷地の種痘接種の責任者となり、六千人以上のアイヌの人々に牛痘を接種し、「日本のジェンナー」と呼ばれるような、代表的な種痘医となる人物である。

だがそんな彼も、浪速の洪庵と同様、住民の絶望的な無理解に苦しめられた。

漢方医が「牛痘を受けると角が生えて、牛の子になってしまう」などと、とんでもない妄言を広めたため、親が「牛の角が生えてくるよりは荒肌の方がマシだ」などと言い出した。

「荒肌ならまだよいが、死んでしまったら何にもならないのだぞ」といくら立斎が説得しても、一向に埒《らち》があかない。

そこで苦心の末に考え出したのが、二枚の錦絵だった。

「牛痘児の図」は、金時《きんとき》（金太郎）を模《も》した子どもが白牛にまたがり、手にした槍《やり》を突き出し、赤鬼のような疱瘡神《ほうそうがみ》を退治するという勇ましい図柄だ。

もう一枚は、武器を手にした「白神（ワクチン）」を先頭に新薬連合軍が、病魔の軍勢をなぎ倒す様を、紫雲《しうん》たなびく天から天照大御神《あまてらすおおみかみ》、午頭天王《ごずてんのう》、水天宮《すいてんぐう》、神田大明神《かんだだいみょうじん》、山王大権現《さんのうだいごんげん》などの善神たちが頼もしげに眺めているという、派手派手しい錦絵だった。

桑田立斎からの書状には、次のように認《したた》められていた。

「牛痘を受け入れてもらうため、当院ではこの錦絵を、種痘前に両親や子に配り、大変好評です。よろしければ大坂の除痘館でもご自由にお使いください」

この時、種痘推進の三羽烏《さんばがらす》はみな不惑《ふわく》で、越前の笠原良策は四十二歳、洪庵は四十一歳、桑田立斎は四十歳と、ほぼ同年代だった。

彼らには子どもの頃、痘瘡の大流行に苦しめられたという共通体験があったのである。

＊

洪庵は早速、立斎からもらい受けたその絵を中伊三郎のところへ持ち込んだ。

「この絵を模写できるか、やて？　ワイを舐めるな。原画以上の出来にしてみせたるで」

『重訂解体新書《ちょうていかいたいしんしょ》』で精密《せいみつ》な人体図を描いて名を上げた伊三郎は、中天游が亡くなった後に医家を継いだが、遺児の耕介が長崎・長州遊学から戻ったのを機に、本業の銅版画家に戻っていた。

その言に違《たが》わず伊三郎は、原画に負けず劣らぬ錦絵を数日で仕上げて、洪庵に届けた。

以後、大坂除痘館でも種痘前の親子に二枚の錦絵が配られるようになった。

洪庵はこのようにして、種痘の普及のためにあらゆる伝手《つて》を使った。そして種痘で得られた財は惜しげもなく、すべて種痘事業に投入した。

そんな風に私財を投じて継痘に努める一方で、種痘所の官営化《かんえいか》を目指した。

種痘所に立ちはだかったふたつの壁は、接種を受ける民衆の無理解と、掛かる費用だった。

人々は牛痘の効果を頭から信じようとせず、神仏に頼り、迷信にすがりついた。

そうした庶民の迷妄を、佐賀藩の匙医・伊東玄朴は次のように喝破している。

――疱瘡の神とは誰が名付けけん、悪魔外道《あくまげどう》の祟《たた》りなすもの。

そうした問題を解決する手立ては、ふたつしかない。

ひとつは、種痘の意義を周知徹底《しゅうちてってい》することだ。

それは著名な医家である洪庵が率先《そっせん》して行ない、今では徐々に成果が上がり始めている。

もうひとつは、権威者の支持を取り付けることである。

民衆は、お上の言葉に従順だ。

その点、大坂町奉行が協力的なのは大きかったが、やはり江戸が動かなければ道は遠い。

官許の最大の利点は、幕府が費用を負担してくれることだ。

痘苗を維持するため、社中の者は持ち出しを強《し》いられ、離脱者も少なくない。

義弟の郁蔵ですら、体調を崩したことをきっかけに、社中から身を引いた。

けれども洪庵は、彼らを責める気にはならなかった。

「幹が枯れちまったら花は咲かないいんだぜ」という泰然の言葉が、胸を抉《えぐ》る。

その頃の洪庵は、雨後《うご》の竹の子のように現れた「もぐり除痘館」にも苦慮《くりょ》していた。

高い費用を取りながらいい加減な施術を行ない、時に痘瘡に感染させてしまうような、無責任な種痘を撲滅《ぼくめつ》するのも自分の責務だと、洪庵は考えた。

その対策として、分苗時に種痘法を教示し、義弟の郁蔵が著した小冊子『散花錦嚢』を手引書として与え、免状を発行するという手法を採《と》ったのである。

それは漢蘭折衷派の合水堂のやり方を踏襲《とうしゅう》したものでもあった。

だが所詮《しょせん》はその場しのぎでしかない。

施設を恒久的に安定させるには、やはり官許は必須だった。けれども蘭書の翻訳を事実上禁止しているような、頑迷蒙昧《がんめいもうまい》な幕府の上層部に、そんな見識は期待できそうにない。

絶望的な状況に鬱屈があふれ出るようにして、新しい道を求める青年たちが集まってくる適塾は、やがて倒幕《とうばく》開国を目指す志士の人材供給源へと変質していく。

種痘の普及を一心に希《こいねが》っていた洪庵は、気がつくと社会変革を望む時代の最先端に立たされていた。

「矩《のり》を守る」ということを、何よりも大切にしていた洪庵の信念は、全く変質しなかった。

だがその結果、洪庵と、彼が率いる適塾の身心は真っ二つに引き裂かれていく。

それはまさに、幕末という未曽有《みぞう》の混乱期がもたらした、大いなる悲劇だった。

嘉永三年十月、そんな世情を反映したような、象徴的な事件が起きた。

江戸の青山百人町《あおやまひゃくにんちょう》に潜伏していた高野長英が、密告《みっこく》により同心や捕方《とりかた》に踏み込まれ、自刃して果てたのである。

郷里の水沢《みずさわ》に身を隠していた長英は、世を変えるためには江戸にいなければならないと考え、硝酸で焼いて顔を変え、妻子を伴い江戸に戻り、麻布本村町《あざぶほんむらちょう》や青山百人町を転々としていた。

日本の将来を憂いた国士の憤死《ふんし》の報を聞いて、東西の蘭学の巨魁《きょかい》となっていた洪庵と泰然は、やるせない思いに沈んだのだった。

18章　天馬降臨

嘉永三年（一八五〇）

適塾が蘭医塾から、広く蘭学塾へと変容した時代を象徴する存在が、橋本左内だった。

駿馬と呼ばれながら、恵まれた境遇でも学業に集中できずに辞めていく若者がいれば、不遇の中から這い上がろうと、死に物狂いで学問にかじりつく駑《ど》馬《ば》のような青年もいる。

そして、豊かな天稟《てんぴん》と恵まれた環境を存分に活かし、天与《てんよ》の翼《つばさ》を羽ばたかせ、あらゆる困難を軽々《かるがる》と飛び越えてしまう天馬《てんま》のような若武者もいた。木枯らしが吹き始めた師走《しわす》のある日、洪庵が自ら二階の大広間に連れて来た橋本左内は、そんな天馬の如き青年だった。

「福井藩の藩医のご子息、橋本君だ。十六歳は当塾の最年少だろう。世話をしてあげるように」

前髪を上げたばかりの少年は、凛《りん》とした声で言う。

「小生《しょうせい》は、橋本綱紀《つなのり》と申します。父母からは左内と呼ばれております。先輩方、ご指導をよろしくお願いいたします」

そう言って礼儀正しく一礼した少年には、新人の指定席の西の隅《すみ》、階段の側の畳が居場所にあてがわれた。

左内は、小机を置くと端然《たんぜん》と座し、風呂敷包みを開いて書物を取り出した。

「そこは一番悪い場所で、夜中に小用を足す者に起こされたりするから大変だよ。でも十日後に会読があって、成績順で好きな場所を選べるから、それまでの辛抱だよ」

隣に座る伊藤精一が先輩ぶって言うと、左内はにっこり笑い、首を横に振る。

「小生は元服《げんぷく》した際、いかなる環境でも修学を怠《おこた》るまいと発起《ほっき》し、『啓発録《けいはつろく》』という書を認めて誓いました。ですので学問さえできればどこでもいいのです」

「偉いなあ。でも先輩たちも必死だから、席次はそう易々《やすやす》とは上がらないよ」

すると隣であくびをしていた先輩が言う。

「よう、新入り、お近づきの印に牛鍋屋で一杯、やろうぜ」

その先輩は、羽振りのよさそうな新入りに酒をたかるので、評判が悪かった。

「小生は学を成すまで酒は嗜《たしな》まないと決めております。せっかくのお誘いですが、お断りします」

「新入りのくせに、先輩の誘いを断るとは生意気なヤツだな」

「小生は学を成して国に戻るため、一刻も早く医を極めなければならないのです」

先輩は舌打ちし、「なんか白けるぜ。精一、行くぞ」と言った。

はあ、と生返事をした精一は、正座した左内の姿を眩《まぶ》しく見遣る。

精一は、学問には真摯《しんし》に精魂《せいこん》を傾けていた。彼には蘭語だけでなく数学の才もあった。

そんな精一だったが、酒の誘惑には弱かった。『ヅーフ・ハルマ』を筆写して六日に一度、仲間と牛鍋屋で飲むのを楽しみにしていた。けれどもどれほど酔っても、蘭書を学ぶ日課は欠かさなかった。このため精一の席次はみるみる上がっていた。

席次順に居場所を選ぶという適塾方式は、学力だけを基準としている。

適塾は家柄も財力も関係ない、まさに平等な世界だった。

なので、身分が低く財もない青年にとって、自力で道を切り開ける魅力ある桃源郷《とうげんきょう》だった。

一心に修学に励んだ精一は、次第に周囲に認められていった。

精一と同い年の塾頭の村田蔵六は同郷で、蔵六、精一殿と呼び合っていた。

そこにふたつ年下の武田斐三郎がつるんで、同年代の三羽烏が互いに鎬《しのぎ》を削っていた。

塾頭の村田蔵六、伊藤精一、武田斐三郎という適塾の三羽烏は、各々クセが強かった。

蔵六は緻密にひとつのことの本質をとことん究《きわ》める性質だ。

精一は大雑把だが、どんなこともたちまち概略《がいりやく》を把握してしまう。

そして斐三郎は教えるより、理論と実際を結びつけ、実利を得ることを好んだ。

大工道具に喩《たと》えれば蔵六は錐《きり》、精一は鉋《かんな》、そして斐三郎は木槌《きづち》だった。

蔵六に教わると、理解するまでとことん問い詰められるが、精一はざっくり教えた後は放任するので、後輩は精一に教わるのを好んだ。

精一は、いつか必ず、蔵六に追いついてやると決意していた。

そんな彼らの前に、まったく異質の存在である年下の橋本左内が現れ、あっという間に三人を飛び越えて行ってしまったのだ。

適塾では九級から始めて、月六回の会読で三ヵ月連続で「抜群」を取ると次の級に進級できる。ところが左内は、わずか三ヵ月足らずで上級組に入ってしまった。

誰の目から見ても、会頭より優秀だったからだ。

会読で、最初に当てられた塾生がたどたどしく訳し始める。やがて口ごもると、会頭は次の者を当てる。

「ヘット　サメンステル　エーネル　ターレ、国詞の、サーメンステル、組み立てをなすところの、オイトマーケン、オールデン、オールデン、詞が……」と言い、次の者も行き詰まる。

一向に先に進まないので、会頭が続きを言う。

「セイン・ハン・オンデルシケーデン、種々の、アールド、性質のもので、セイン、ある、エ・ン、そうして、ダラーゲン・フルシキルレンデ、さまざまの、ベナーミンゲン、名付けを、ダラーゲン、持つ。すなわち『詞が、それは国詞の組み立てをなすところの詞が種々の性質のものである。そうしてさまざまな名付けを持つ』という文意である」

本来であれば、一番できる会頭の訳に、異を唱える者がいるはずはない。

ところがそこに、凜とした左内の声が響く。

「それでは、まったく意が通じません。この文は『詞は順序によって性質が変わることがあり、さまざまな名称で呼ばれる』という意味だと思います」

会頭は「うむ。その通りである」と言い、左内に最高評価の『△』をつける。

誰が見ても、会頭よりも左内の方が実力は上だ。だからこその破格の飛び級だった。

一級の上には最上級という特別の組があり、洪庵の講義を直接聞くことが許される。塾生の憧れの到達点だが、左内はいつの間にかその組に入っていた。

左内の勉強法は他の塾生と次元が違っていた。『ヅーフ・ハルマ』には手を付けず、上級生でも滅多に使わない全四冊のウェイランドの『オランダ語辞典』を参照していたのだ。

そんな左内旋風《せんぷう》が吹き荒れていたある日、精一は思い切って訊ねてみた。

「なあ、左内。お前は他の塾で、オランダ語を学んだことがあるのか？」

「塾ではありませんが、長崎の蘭通詞の猪俣伝次右衛門殿のご子息の瑞英殿が来福した時に、わが家に一年ほど寄宿しておられました。その時に直接、手ほどきを受けました」

もともと才のある奴に、蘭通詞を一年間みっちり家庭教師につけていたのか。

これはとても敵《かな》いっこない、と精一は絶望した。だが、次の瞬間、思い直す。

——いや、左内は天馬、俺は駑馬だ。駑馬には駑馬のやり方がある。

そんな彼らが一堂に会したこの時期は、適塾の黄金期だったといえるだろう。


左内が最上級の組に入った数日後、洪庵が二階の大広間に上がってきた。

「奉行所からのお達しで明朝、葭島《よしじま》で刑死体の解剖許可が下りた。見学医十名、解剖医二名が行ける。見学希望者は挙手しなさい。それと解剖係は蔵六にやってもらう」

蔵六の頬が紅潮《こうちょう》する。解剖係は大変な名誉で、蔵六にとっては晴れ舞台だ。

解剖見学は天保十三年（一八四二）、洪庵が義弟の緒方郁蔵と解剖社中を結んで作った仕組みだ。毎年五月と十月に男女一体ずつ、計二体の刑死体を解剖する慣《なら》わしとなっていた。

翌朝、適塾生は淀屋橋《よどやばし》のたもとから「適塾」の幟《のぼり》を立てた二艘《そう》の川船に分乗して出発した。

そこに「南塾」の幟を立てた船が合流する。郁蔵率いる独笑軒塾の塾生の船だ。

中洲《なかす》の葭島に着くと、岸辺の臨時小屋の入口で入場券を購入する。

適塾生と独笑軒塾の学生は、入場料を免除されている。

台上には斬首された罪人の頭が置かれ、隣に身体が横たえられている。男女一体ずつで頭がふたつ、身体がふたつ。それが四ヵ所の解剖台に安置され、頭と胸・腹をそれぞれ二名ずつが担当する。

作業衣の村田蔵六が頭部の台に歩み寄る。他の台でも、執刀医が所定の位置に着いた。

「ただいまより、頭部の解剖を執刀いたします」と蔵六が宣言した。

メスが煌《きら》めき、大脳や眼球や骨が次々に取り出されていく。

蔵六の手際のよさは際立《きわだ》っていた。頭蓋骨《ずがいこつ》の中心部の蝶形骨《ちょうけいこつ》は繊細で壊れやすい。それを無骨《ぶこつ》な蔵六の指が易々と取り出したのは鮮烈な印象を残した。

食い入るように解剖手技を凝視《ぎょうし》している精一の前で、あっという間に時が過ぎていく。

「以上で解剖を終わります」と蔵六が言うと拍手が湧いた。

それは滅多にないことだった。

帰りの船中、興奮さめやらない精一は、誰彼構わず話しかけ、淀屋橋の船着き場に戻った時にはぐったりと疲れ果てていた。適塾に戻ると、左内はいつもと同じように黙々と蘭書を訳し始めた。その静かな佇まいを見て、精一は思わず訊ねる。

「左内、さっきの解剖を見て、興奮しなかったのか？」

「ええ。入塾前に越前で執刀しましたので、どうということもなく」

精一は啞然とした。新入生の左内はすでに、塾頭の蔵六と同じ経験を積んでいたのか。

それを聞いて件《くだん》の先輩が左内に絡《から》み始めた。解剖見学に行かず飲んでいたのか、息が酒臭い。

「気取りやがって。そのちっこい身体に同じ赤い血が流れておるか、確かめてくれよう」

そう言うと脇差《わきざし》を抜き、喉元《のどもと》に突きつける。だが左内は平然としていた。

精一は驚いて「先輩、止めてください」と言い、手を押さえようとした。ちょっと脅《おど》そうとしただけの先輩は、武芸の嗜みがない精一の予期せぬ動きに手元が狂い、自分の脛《すね》を切りつけてしまう。血が吹き出て、先輩は悲鳴を上げてへたりこんだ。

「おい、左内、お前は医家の心得があるんだろ？　手当をしてくれよ」

精一に肩を摑まれた左内は、立ち上がると階下に下りていった。

やがて煙草盆《たばこぼん》を手に戻ると、先輩の側に立ち、赤々と火の入った炭を火箸《ひばし》で取り上げた。

怪我をした先輩が「ど、どうするつもりだ」と震え声で訊ねると、左内はあっさり答える。

「生憎《あいにく》、小生は刀傷の手当をしたことはございませぬ。されど火傷《やけど》の手当は経験がありますので、まずは傷口を火箸で焼き、火傷とすれば小生にも手当ができるかと」

「や、やめてくれえ」と先輩が叫び声を上げた。

その声を聞きつけて、塾頭の村田蔵六と、古参塾生の佐野栄寿がやってきた。

「これは外科処置が必要ですね。洪庵先生をお呼びしますか？」

刀傷を見た栄寿がそう言うと、蔵六は首を横に振り、厳かに言う。

「洪庵先生は外科が不得手であります。いつものように合水堂に頼むのがよろしいでしょう」

「それでしたら私が運びましょう」と佐野栄寿が言う。

すると、すかさず左内も立ち上がり、「小生も同行します」と言う。

その時、左内はちゃっかり合水堂に入門してしまった。ただし左内の祖父と父は華岡青洲の春林軒の門下生だったので、橋本家の人間として、その行為はごく自然なことだった。

この日以降、左内の近寄り難い雰囲気は、一層強まった。

そんな左内を見て、先輩の適塾三羽烏はひそひそと話し合う。

「このまま左内を独走させたりしたら、先輩としてあまりにも情けない。なんとかしないと」

そんな風に口火を切った精一に、塾頭の蔵六があっさり白旗を揚げる。

「なんとかすると言っても、左内のオランダ語の力は、とうに吾輩を凌駕《りようが》しているのであります。あれは天賦《てんぷ》の才、われわれの如き凡夫《ぼんぷ》には、どうにもなりませんな」

「おいおい、蔵六よ、塾頭のお前がそんな情けないことを言っていたら、困るじゃないか」

そんな風に躍起《やつき》になっている精一に、斐三郎が笑いながら言う。

「ムキになるな。優秀な後輩の背に乗って、われらの評判も上げてもらえばよいではないか」

精一は、仲間の不甲斐《ふがい》ない言葉に呆れながら、自分だけでも絶対に負けるもんか、と決意を新たにしたのだった。


嘉永四年（一八五一）五月、左内は道頓堀《どうとんぼり》で傑物、横井小楠《よこいしようなん》と出会う。

彼は知見を広めるために半年間、上方《かみがた》から北陸の二十余藩を遊歴している最中だった。

左内が小楠の宿を訪ねたこの時、横井小楠四十三歳、橋本左内十八歳と、親子ほどの年の開きがあった。小楠は左内を熊本へ誘ったが、左内の遊学希望を故郷の父は認めなかった。

左内は、小楠に強く勧められ、『聖武記《せいぶき》』を耽読《たんどく》した。

それは、阿片戦争で敗北した清国が、領地を譲り渡す和約を結んだことを激烈に批判した、忠烈《ちゆうれつ》なる義士・魏黙深《ぎもくしん》が「国は武装すべきである」という謦咳《けいがい》を発した書だった。

それを読んだ左内は自ら「聖武記跋《ばつ》」を書き「日本を清国のようにしないため、今こそ立ち上がる時だ」と塾生に檄《げき》を飛ばした。仰天した洪庵は、左内を呼んできつくたしなめた。

「海外事情を塾生に説くのは控えなさい。霍乱者《かくらんしゃ》として違逆《いぎゃく》の禍《か》にかけられるぞ。『海国兵談』の林子平殿然《しか》り、『慎機論』の渡辺崋山殿然り、『戊戌夢物語』を執筆した高野長英殿然り。筆禍で罪を得た俊英は今の時代、枚挙《まいきょ》に暇《いとま》がない」

だが左内は「今、何が起きているのかを知らなければ、愛国具眼《あいこくぐがん》の士が育つはずがありません」と言い返し、師の忠告にまったく耳を貸そうとしなかった。

やむなく洪庵は、塾生から遠ざけるため左内を傍らに置き、翻訳の手伝いをさせることにした。それには翻訳をし終えた「扶氏経験遺訓」の原稿を推敲《すいこう》させるという目論見《もくろみ》もあった。

「左内の語学力はわたしを凌《しの》ぐ。今後はわたしの書斎で翻訳作業の手伝いをしてもらう」という洪庵の通告を聞いた塾生から不満の声は出なかった。だが当の左内が特別扱いに反発した。

「小生の如き浅学《せんがく》の輩《やから》が、師の誤りを指摘するのは道理に反すると思います」

「それは違うぞ。左内の考えは『小人《しょうじん》の仁《じん》』というものだ。師の誤りを正すのは、弟子の重要な責務なのだ。わたしの誤りは、それを学ぶ学生に伝播《でんぱ》してしまうのだから」

自分の思い違いを認めた左内は以後、師の原稿の誤りを遠慮会釈なく指摘した。同時に、推敲を重ねた洪庵の訳に感銘《かんめい》した左内は、医術を「刀圭《とうけい》の賤技《せんぎ》」と見做していた自分を恥じた。

左内は越前の笠原良策に所望《しょもう》された蘭書を購入して、送る前に片っ端《ぱし》から読破してしまった。

全三十巻の西洋内科の集大成『キンスト字引』の筆写の依頼には、適塾生を差配し、大美濃紙《おおみのがみ》百十枚の写本に仕上げた。師・洪庵に成り替わったかのような仕事ぶりである。

かくして左内の卓越《たくえつ》した語学力や指導力は、故郷の越前にも知られるところとなり、藩主・春嶽侯から奨励金《しょうれいきん》を賜るという栄誉も得た。

こうして左内は適塾において、鶏群《けいぐん》の一鶴《いっかく》となった。

嘉永四年七月。夏の陽射《ひざ》しの下、書を読んでいた洪庵は、外が騒がしいので表に出た。すると左内が武家を相手に口論をしていた。学業一筋で優等生の左内が争いごとに加わることはなかったので、驚いて洪庵が声を掛ける。

すると、左内は顔を紅潮させて言う。

「こちらの方が大声で、適塾の悪口をおっしゃられているので、抗議しているのです」

供を数名連れた武家はふん、と鼻先で笑う。

「わが藩の裏手に面妖な建物ができておるので覗いたら、この者が無礼《ぶれい》なもの言いをしたのだ」

「無礼なのはそちらでしょう。わが塾の前で『臭うてたまらぬ』などと聞こえよがしに放言されては、看過《かんか》するわけには参りません」

「ああ、臭い臭い。日本には茶の湯、和歌や漢詩など、嗜むべきことがたくさんあるというのに、そうしたことを一顧《いっこ》だにせず、異国の言葉を得意げにひけらかす蘭学連中の鼻持ちのならなさが、ぷんぷんと臭うておるわ。そんな下郎《げろう》共が巣食う建物は、わが藩の蔵屋敷の裏手にあって欲しくはないのだ」

その言で、相手が彦根藩の新藩主・井伊《いい》直弼《なおすけ》だとわかった。

若武者・左内は吠《ほ》える。

「蘭学は世のため人のために学ぶのであって、ひけらかすためではございません」

「は、オランダかぶれがほざきおる。いかにも野良犬らしい遠吠《とおぼ》えよ」

「そこまでの暴言を吐《は》かれるのであれば、小生も一言《いちごん》ございます。彦根藩の先代藩主の井伊直亮《なおあき》さまは大老の大役を務めながら、水野忠邦侯がなさることに何ひとつ意見せずただうなずくのみで『赤べこ』と変わらぬとのご評判。それで適塾の学徒を嗤《わら》えるのですか」

ご厄介の身の自分を取り立ててくれた養父を侮辱《ぶじょく》され、「ぶ、無礼者」と井伊直弼は真っ赤になって激怒した。すると側に控えていた侍が口を開く。白皙《はくせき》、面長《おもなが》で鼻が高く、炯々《けいけい》とした眼光は左内と一対《いっつい》の武者人形のようだ。だが背が高く、公家《くげ》風の長袖《ながそで》姿なのが違う。

「わが日の本には『国学』がある。お上に尽くすに蘭学は無用である」

直弼の国学の師・長野主膳《ながのしゅぜん》の反撃を、左内は受けて立った。

「本居《もとおり》先生の本業は医師で、適塾の精神に近しい存在です」

「だが先生は医業のため、『古事記《こじき》』研究が思うようにいかないと嘆かれた。医は賤業《せんぎょう》よ」

「確かに医は賤業、されど民が求めるところで、政《まつりごと》を司《つかさど》る士が汲《く》み取るべきもの。国学にしがみつくばかりで本居先生の精神を理解しなければ、新たな世に対応できなくなります」

「無礼者。貴様は国学を古臭いと申すか」

「そうは申しておりません。あなた方が古臭いと申し上げているのです」

「おのれ、主君に対し無礼三昧《ざんまい》。叩き斬《き》ってやるからそこに直れ」

長野主膳が刀の鯉口《こいくち》を切ると、左内も刀の柄《つか》に手を掛けて腰を沈め、居合《いあ》いの形を取る。

「朝倉義景《あさくらよしかげ》が家臣にして野太刀《のだち》の創始、真柄家宗《まがらいえむね》が末裔《まつえい》、橋本左内なり。覚悟して掛かられよ」

高く澄んだ声で名乗りを上げると、あたりがしん、と静まり返る。

野次馬《やじうま》の町人が遠巻きにする中、洪庵は二人に割って入り、腰をかがめた。

「わたしは足守藩の禄を食む士分で、本塾を主宰する緒方洪庵と申します。浅学の若者の非礼は、国と民を思う衷心《ちゆうしん》ゆえのこと、なにとぞご寛恕《は》ください」

だが長野主膳の怒りは収まらない。抜刀しかけたその時、のんびりした声がした。

「お武家さまが、天下の往来で抜刀したら、どのようなことになるか、ご存じですよね」

丸顔で秀でた額《ひい》の下、どんぐり眼の小柄な男が、咳払いをして言う。

「これは着任早々、譜代の彦根藩新藩主、井伊掃部頭《かもんのかみ》さまと適塾の緒方洪庵先生のお二人に、一度にご挨拶できるとは、この大坂東町奉行の川路聖謨、相も変わらず運がよいですな」

聖謨にちらりと視線を投げた井伊直弼は、手を上げて主膳を制した。

「もうよい。痴《し》れ者に道理を説いても意味がない」

新藩主はぷい、とそっぽを向き、場を立ち去った。川路聖謨はひとり言のように呟く。

「掃部頭さまも変わられたものよ。十三代彦根藩主・直中《なおなか》さまの十四男で養子にも行けずに、埋木舎《うもれぎのや》でくすぶっておられた頃は、学問を愛し風流を解する、気の弱いお方だったのだが」

それから左内の肩をぽん、と叩き「そなたは若い。少し自重《じちよう》なされよ。井伊さまはご自分で流派を打ち立てようという、居合いの達人ですぞ」と言い残し、川路聖謨は飄々と立ち去った。

開明派の川路聖謨は幕末最高の外交官でこの時、意気盛んな五十一歳。

その後ろ姿を睨みつけた左内は、収まりがつかずに憤怒《ふんぬ》を迸《ほとばし》らせる。

「無念です。あのような輩、一刀の下に切り捨てましたものを」

「そんなことをしたら、ただでは済まないよ。御奉行さまがおっしゃる通り、自重しなさい。蘭学という戦場では、左内は無敵の勇者なのだから」

「小生は、議論で負けるのはイヤなのです」

「泣き虫左内」は溢れ出る涙を拳でぬぐう。そんな左内の幼さに、洪庵は不安を抱いた。

——この子は、危うい。

それにしても彦根藩の主従が、たかが一介の書生の若造にあそこまで突っかかったのはなぜだろう。左内が発する青臭さが、老獪な人物の癇《かん》に障ったのだろうか。左内の言は一分の隙もない優れた論だが、優秀であるがゆえに、時に人を見下すかのように見えることがある。

塾内でも飛び抜けて優秀な左内の周りには、やっかみや嫉妬、故なき恨みなど複雑な感情が渦巻いている。どんな反発も涼しい顔でやり過ごす左内の態度が更に反発を招いていた。

この一件以降、左内の潔癖さに拍車が掛かった。

酒も煙草もやらず、女遊びもしない高僧のような生活を送り、放埒《ほうらつ》で学業怠慢な先輩の塾生を叱りつけたりした。だが晩秋になると、学業一筋だった左内は奇妙な行動が目立ち始めた。

夕食が済むと、ふい、と姿を消し、戻ってくるのは決まって夜更けだ。

それがあまりにも頻繁《ひんぱん》となったため、先輩の塾生たちはひそひそと噂した。

酒の味を覚えたか？　いや、呑《の》んではいないようだ。ならばおなごだな。

周囲の見解は一致した。少しは遊びを覚えた方がよい、と先輩はうなずき合う。

だが左内に反感を持つ者は、好機到来とばかりに、左内の不行状を洪庵に告げ口した。

洪庵は放任主義だったが、やむなく信頼の厚い渡辺卯三郎《うさぶろう》に左内の後をつけさせた。

尾行から戻った卯三郎が首尾を報告すると、洪庵は驚いて目を見開いた。

「左内は天満橋下の乞食《こじき》小屋で、痘瘡に罹った乞食の治療をしておったのか」

洪庵は腕組みをして考え込む。患者に身分の貴賤《きせん》なく平等に扱うべし、という坪井信道の教えにも叶う、絶賛すべき行為だが、洪庵の胸には、何かが引っかかった。

左内の行動には一点の曇りもない。だが血が通った温《ぬく》もりが感じられない。すべてが理で割り切れ、割り切った後には寒々とした残骸が残るのみだった。

盟友となった笠原良策がかつて残した、気になる言葉を思い出した。

——くれぐれも、左内の善導をお願いします。

あれはこういうことだったのか、と合点がいった洪庵は、左内を書斎に呼んだ。

「左内は毎晩、天満橋のたもとの乞食小屋で、痘瘡に罹った患者の面倒を見ているそうだな。なぜそんなことをしておるのだ」

洪庵の穏やかな声に、左内は上目遣いで答えた。

「小生は痘瘡済みの身、患者の苦しみを和らげようと日参しました」

「その行ないは素晴らしい。しかし、痘瘡に罹らぬようにするには牛痘が有効だが、発症した患者には有効な治療法は知られていないはずだ」

「清国伝来やオランダの風説、巷《ちまた》の俗説など、百を下らない養生法が伝えられています。小生はそれらを試してみたいのです」

「薬効が不明な薬を、見ず知らずの者に施すのは惻隠《そくいん》の情ではなく、学理の追究ではないか」

「それは、いけないことなのでしょうか？」

左内の問いは一点の濁《にご》りもなく、清浄無垢《せいじようむく》だ。その眩しさから目を逸《そ》らし、洪庵は言う。

「いけなくはない。だが左内は今、学んでいる医術を深めるべきだと思うのだ」

すると洪庵の真意を見抜こうとするかのように、左内の目が妖《あや》しく光る。

「洪庵先生から、かようなお言葉を聞くとは意外でした。患者には貴賤なく治療を施すべし、ということが何よりも大切、と常日頃からおっしゃっておられましたので」

「左内は正しい。だがその正しさは、眩《まばゆ》いがゆえに、凡人《ぼんじん》には毒になるのだ」

すると左内は、拳《こぶし》を膝の上で握りしめ、言い放った。

「おっしゃっていることが小生には理解いたしかねます。医師はその手で扱う患者しか救えません。でも士分になり政を司れば万民を救えます。小生は一刻も早く藩主をお助けしたい。残り少ない時間で医を極めたく、乞食小屋で疸瘡の治療を試みたのです。道理のわからぬお上が作った規則を生真面目に守っても、民の利になりません」

その言葉に洪庵は、はっとした。それは泰然の言葉とまったく同じではないか。

洪庵は左内の言葉に打ち砕かれた。優秀な弟子は、心中に牙を隠し持っていた。

かつて洪庵は左内を見て、自分が望む分身を得た、と喜びに胸を震わせた。

凛とした言葉は一分の緩《ゆる》みもなく、雄大な構想をはらみ、論理は流麗《りゆうれい》で美しくさえあった。

泰然が山口舜海を得たように、洪庵もついに誇れる麒麟児を手に入れたのだと思った。

だが、それは思い違いだった。

「左内、お前はすでにわたしを超えている。ただ『易経』には『亢龍《こうりよう》、悔いあり』とある。今後はくれぐれも言動に用心した方がよかろう」と、洪庵は静かに告げた。

両手をついて平伏した左内は、顔を上げると、まっすぐに洪庵を見た。

「小生は富貴《ふうき》を極めようとは思わないので、何があっても悔いることはございません」

違う、そうではないのだ、という言葉が喉元で止まる。

もはや洪庵には、覚醒《かくせい》した天馬の飛翔《ひしょう》を押しとどめることは、できなかった。

一礼した若武者の端然とした姿が、次第に薄くなっていくような錯覚《さっかく》に囚われる。

左内が宋《そう》の悲劇の将軍、誠忠《せいちゅう》・岳飛《がくひ》にあやかり「景岳《けいがく》」と号していることを思い出す。

岳飛は誠実すぎるがゆえに、佞臣《ねいしん》に討《う》たれた。その悲劇的な勇姿と左内の姿が重なった。

洪庵は、左内を連れて二階の大広間に上がると、塾生に告げた。

「左内が夜な夜な遊び歩いている、と告げ口する者があった。だが左内は苦しむ貧民に、無償で医療を施していた。まさに扶氏の精神を体現したものである」

洪庵には左内の本当の意図がわかっていた。

左内は師の言葉を使って、適塾内に溢れかえっていた塾生の反感を躱《かわ》そうとしたのだ。

これで、適塾内での左内の地位は不動となったが、同時に一層孤立を深めた。

その頃、塾頭の村田蔵六は、故郷で開業するため適塾を去ることになった。

その才を惜しんだ洪庵が、「本当によいのか？」と何度も確認したが蔵六は淡々《たんたん》としていて、

「吾輩は村医者の子ですから、村医者になるのが当然です」と答えるばかりだった。

その結果、空席になった塾頭の座に左内が任じられるだろうと誰もが思った。

ところが塾頭に指名されたのは、左内の好敵手であらんとしていた伊藤精一だった。

そんな嘉永四年師走のある日、左内は、急遽、越前へ帰国することになった。

「故郷の父が喀血《かっけつ》し、重病との報《しら》せがあり、急ぎ帰国せよとのこと。医学は道半ばで残念なのですが、ひとまずここで勉学にひと区切りをつけ、お暇させていただこうと思います」

もはや左内を引き留める言葉を持たない洪庵は、黙ってうなずくしかない。

退塾にあたり左内は、塾頭に就任した伊藤精一に、別れの挨拶をした。

「お前は故郷で、適塾の新しい塾頭の評判を耳にするだろうよ」

強がる精一に、左内は微笑で応えた。

左内の姿が消え、ぽっかりと空《あ》いた隣を見て、精一は切なくなった。

飲み仲間の武田斐三郎も砲術を極めるため、洪庵の紹介で江戸の伊東玄朴の象先堂に転じた。

蔵六、左内、斐三郎という、互いに切磋琢磨《せっさたくま》した友人が次々に姿を消してしまい、精一はひとり取り残されたような気持ちになった。


嘉永五年（一八五二）閏二月一日、左内は福井に帰藩した。

適塾での修学を中途で断念した形になったが、悔いはなかった。

もはや適塾は、天馬には狭い檻《おり》になっていた。

適塾を去る左内の脳裏に、幼い日の一場面が蘇《よみがえ》る。

それは藩医の父・彦也に連れられ、藩主さまにお目通りした時のことだ。

「苦しうない。面を上げよ」と涼《すず》やかな声が掛かり、恐る恐る顔を上げる。するとそこには、春風のような、穏やかな微笑があった。

春嶽侯は左内に歩み寄ると傍らにしゃがみ、頬を撫でた。

「利発そうな、可愛い子であるな。そなたも父君のように、余を助けてくれるか？」

その手が触れた瞬間、痺《しび》れるような感覚が走った。その時左内は、自分はこのお方に身を捧げるのだ、と直感した。その藩主に、藩医ながらお仕えできる、と思うと左内は喜びに躍《おど》った。

そしてひそかに、いつか必ず武家となり藩政の経綸でお役に立ってみせる、と決意した。

十月、父・彦也の逝去に伴い、橋本左内は藩命にて二十五石五人扶持の家督を継いだ。

幼い頃からの願いはもうすぐそこ、手の届くところにあった。

やがて時代の奔流《ほんりゅう》は左内を、医家から藩政を司る武家へ、そして国の病を治療する奔走家へと押し流していく。

そうして最期は、左内は悲劇の義士として青史《せいし》に名を刻むことになるのである。

19章　黒船襲来

嘉永六年（一八五三）

嘉永五年（一八五二）は、日本が泰平《たいへい》の惰眠《だみん》を貪ることができた最後の年だった。この年、オランダ商館長クルチウスは、翌年に米国艦隊が開国要求を日本に突きつけてくるだろうという、確実な情報を「別段風説書《べつだんふうせつがき》」にて幕府に伝えた。その背後には、オランダで情勢を遠望しているシーボルトがいた。オランダ国王やロシア皇帝の国書の代筆を依頼されていた彼は、日本に世界情勢を伝えようと躍起《やっき》になっていた。ところが老中首座・阿部正弘はその報せを黙殺した。

これまでのように開国要求を拒絶すればそれで済むだろう、と高をくくっていたのだ。だが産業革命が起こり、蒸気機関が発明され、新たな動力源を得て、世界は縮んでいた。そうしたことを阿部が気づかなかったのは、鎖国の世ではやむを得ないことだろう。

そして翌嘉永六年（一八五三）六月三日、日本に激震が走る。

米国東インド艦隊司令官マシュー・カルブレイス・ペリーが率いる米国の黒船四隻が浦賀沖に現れ、通商を求めてきた。ペリーは浦賀来航前に琉球《りゅうきゅう》王国を表敬《ひょうけい》訪問し、小笠原《おがさわら》諸島を探索して領有を宣言するなど、戦略的に行動した。幸い林子平の『三国通覧図説』に小笠原諸島についての記述があり、その事実を根拠に、ペリーの小笠原領有はかろうじて否定できた。

それはかつて、幕府が抑圧した林子平のおかげであり、皮肉な僥倖《ぎょうこう》だった。

ロシア使節・プチャーチンも七月十八日、四隻の軍艦を率いて長崎に来航した。

文化露寇事件以来、ロシアには長年対策を講じてきた幕府の対応は迅速で、直ちに海防掛兼務の川路聖謨勘定奉行を派遣し、天文方の箕作阮甫と武田斐三郎を通詞として同行させた。

シーボルトは、初めは日本外交の窓口・長崎に行くべしと、ロシア皇帝ニコライ一世に助言していた。プチャーチンは忠言に従ったが、ペリー提督《ていとく》はたらい回しにされるだろうと看破《かんぱ》し、いきなり江戸の喉元の浦賀沖に現れ礼砲をぶっ放した。それはきわめて効果的だった。

その圧力は直接江戸城に伝わり、ペリーは国書を手渡し、翌春の来航を予告して去った。

江戸城中は大混乱に陥った。よりによってこの時、十二代将軍家慶が死去した。

愚昧《ぐまい》な家慶の後継者は、うつけと言われた十三代将軍家定《いえさだ》になった。

阿部正弘は開国反対派だったが、この国難に当たり柔軟《じゅうなん》に諸々の手を打つ。

天文方の蘭学者の箕作阮甫と杉田成卿にペリーの国書の翻訳を命じると、閣議《かくぎ》で議論後の七月一日、諸大名にペリーの国書を示して対応を論議し、旗本からも意見を求めた。それは徳川幕府二百五十年の歴史で初となる画期的な試みだった。阿部正弘は、開国を是《ぜ》とする江川英龍や川路聖謨、岩瀬忠震《いわせただなり》など有能な人材を積極的に登用した。この時、貧乏御家人《ごけにん》の勝麟太郎《かつりんたろう》は積極海防論を具申《ぐしん》して頭角を現している。更に岡部藩に幽閉《ゆうへい》されていた高島秋帆を赦免した。

もともと阿部正弘は天保十二年（一八四一）、武蔵国徳丸ヶ原で日本初の洋式砲術と洋式銃陣の公開演習を行なった高島に「火技中興洋兵開基」の称号を与え、幕命で江川英龍などに洋式の高島流砲術を学ばせていた。その後、鳥居耀蔵一派による讒言により罪に落とされるも、高島は幽閉中も『嘉永上書』を書いて、開国・通商を説き続けたという気骨の士だった。

講武所《こうぶしょ》施術師範《しはん》にはまさにうってつけの高島秋帆を抜擢《ばってき》し、砲術訓練の指導者に任命した。もしも高野長英が生き長らえていたら、復権していたかもしれないと思うと惜しまれる。これが蘭癖大名の黒船建造競争へつながり、宇和島藩は村田蔵六を召し抱えた。

こうした前代未聞の阿部の大英断は、一方で守旧派の不興を買った。その頃、出府《しゅっぷ》してきた井伊直弼は反対派の首魁で、広く公論を求める姿勢が幕府の弱腰に見えることを嫌った。井伊直弼は、家格の低い阿部正弘が、外様《とざま》や下級武士を取り立てることで幕府の序列を破壊することが我慢できず、正弘の方も幕府の序列にこだわる直弼を評価しなかった。

その上、将軍継嗣《けいし》問題でも二人は意見を異にしたため、互いに激しく反目《はんもく》し合っていた。十三代将軍・家定は、暗愚と評された上に世継ぎがいなかった。このため次の将軍を直ちに立てるべきだという意見が出るのは当然だった。その候補は二人に絞られた。

御三家《ごさんけ》の紀伊の徳川慶福《よしとみ》と、水戸から御三卿《ごさんきょう》である一橋《ひとつばし》家の養子に入った慶喜《よしのぶ》である。

徳川慶福を支持する譜代の一派は南紀《なんき》派と呼ばれ、その筆頭は井伊直弼だ。慶福は、家定の従弟《いとこ》であり血筋は文句なしで、大奥の覚えもめでたかったが、年齢が八歳とまだ幼かったことが難点だった。

一方、一橋慶喜は十六歳で英明と評判の上、父は水戸藩前藩主の徳川斉昭《なりあき》でこちらも血筋は申し分ない。斉昭に私淑《ししゅく》する越前の松平春嶽が音頭《おんど》を取り、老中首座・阿部正弘が主導した一派は、一橋派と呼ばれた。阿部正弘の妻は春嶽の養女で姻戚《いんせき》関係にあったのである。

一橋派を主導する阿部正弘は開国反対派の巨頭・徳川斉昭を前面に押し立て、通商に消極的な外交政策を推進しようとした。そして自分の陣営に外様である薩摩藩の島津斉彬や宇和島藩の伊達宗城といった、攘夷派の英明な実力者を引き入れた。阿部正弘は開国通商を求める諸外国に抵抗するために海防力を高め、雄藩《ゆうはん》連合とも呼ぶべき政体を打ち立てようとしていた。

これを機に、阿部正弘が重用する「蘭癖大名」の声は次第に大きくなっていく。

八月には薩摩藩の島津斉彬が国防強化のため艦船建造、兵書武器輸入の許可を正面切って幕府に求めた。そして幕府は翌月、大船建造の禁を解いたのである。

この荒れ狂う時流の先を捉《とら》えるのは、「早見えの泰然」の得意とするところである。

正式に佐倉藩藩医に任命された泰然はすぐに、養子にした秘蔵っ子、山口舜海に家督を譲る。泰然は長男の惣三郎を山内家、次男の順之介を松本家、五男の董三郎《とうさぶろう》を林家に養子に出し、自分は山口舜海を養子に取った。血筋を大切にする当時の感覚からすれば相当の蛮行である。

――親父殿は、こんなおいらを、空の上で怒っておられるかな。

五年前の嘉永元年、七十四歳で大往生した父・藤佐を思い、自問した泰然は、にっと笑う。

――いや、悪くない判断だ、と褒めてくださるだろうよ。

泰然は七月一日に示されたペリーの国書についても、堀田正篤に諮問《しもん》された。

「のう、泰然、そちも思うところがあるだろう。余がそちに成り代わり、阿部さまに話すことができる。だから思う存分、経綸を言うてみい。何ならそちの名前で提出してもよいぞ」

「堀田さま、老中さまに意見を言うなんて面倒ごとは、御免蒙《こうむ》ります。ですが日本の立国は重要事、ここはおいらが堀田さまのため、ばしっと一筆、書いて進ぜましょう。まずは指揮系統を整え、優秀な指揮官の下に、勇猛な歩兵をつけることが肝要《かんよう》です。勇将の下に弱卒《じゃくそつ》なし、名ばかりの武家を淘汰《とうた》して再編成することが必要です」

泰然は肩をすくめ、巨牛のような肥満体のニーマン商館長から聞いた西洋事情を伝えた。

「なんと大胆な……そのような奇矯《ききょう》なことが、可能なのか?」

すると泰然は首を横に振り、学生を諭すように主君に言う。

「奇矯ではなく、合理的というものです。可能かと問うのではなく、西洋でやれることが日本でできないのはおかしい、と考えるのです。たとえば今のオランダや英国には侍という身分はありません。因習に囚われていては、日本が没落してしまうことは間違いありません」

「むう、それは大変だ。けれども朝廷は、攘夷せよ、とせっついてくる。外国を参考にするなどという暴論が、果たして通じるだろうか」

「通じなければ国が滅ぶのみ。今の日本の国力で外国と戦えば、清国のようになってしまいます。ここは忍《にん》の一字、開国して交易で国力を蓄《たくわ》えるより他に手はありません」

泰然はそうした見解を「開国の議」として三ヵ条にまとめ、堀田正篤に奏上《そうじょう》した。

現在の日本の弱点を「艦船の軟弱、大砲及び武器の不整備、弱兵」と簡潔に指摘した上で、「外国と比すと、日本の戦艦は軟弱で大砲及び器械は不整備、長年平和に堕《だ》した兵は弱い」とこきおろした。そして、「故《ゆえ》に開国して交易を為《な》し、十年の後を期すべし」と指針を示した。

簡にして要、「寸鉄《すんてつ》人を刺す」の至言は堀田正篤を老中として返り咲かせたのである。

だがその見解の源流は、尚歯会の渡辺崋山や高野長英にあった。

そんな直言《ちょくげん》をしつつも、五十路を越えた泰然は、懐手をして首を捻《ひね》る。

——おかしな具合になってきやがった。時勢や政治を講釈するなんて、おいらしくもない。

こいつは、とっとと逃げないとまずいことになりそうだ、と思った泰然は、佐倉藩藩医に取り立てられるという名誉を受けながら、早々に尻尾《しっぽ》を巻いて逃げ出す算段を始めた。

まったく、とんでもない男がいたものである。

だが、すぐにそうしなかったのは、泰然なりの計算があった。

――堀田さまのようなお方に国を動かしていただくのが、一番手っ取り早い。

人の言に耳を傾け、正しい判断をする点では人並み以上に優れた堀田侯だが、口下手で押し出しが弱く、瞬時の判断が苦手だった。つまり対面での交渉事には向いていない。

けれども口八丁手八丁の泰然が側にいれば、堀田侯の欠点を補える。これ以後、幕府は開国に向けて、堀田侯を中心に次々に画期的な決断をしていく。

そうした立案の背後には、泰然が控えていた。

泰然は「西洋堀田」に、国際情勢を叩き込んだのである。

それにしても皮肉なものだ、と泰然は思う。

――藩主さまに偉そうに助言する立場になっちまったが、おいらだって自分の足元は覚束《おぼつか》ない。

まさか順の字が、あのように思い惑《まど》う性質だったとは、笑っちまうぜ。

佐藤家は代を重ねていくごとに小粒になっていきやがる、と泰然はぼやいた。

次男の順之助は、盟友の松本良甫の養子になって松本良順と改名し、今では奥医師として江戸城に出仕《しゅっし》している。城内では蘭方上がりの外れ者と見做され、漢方の連中から陰険《いんけん》にいじめられているらしく、妻にしきりに泣き言を言っているという。

腕白な順之助が、着慣れぬ十徳《じっとく》を着て、神妙《しんみょう》な面持《おもも》ちで登城している様を思うと、可笑《おか》しいやら哀れやらで、複雑な気持ちになる。

だが順天堂で持て余した異才・島倉伊之助《しまくらいのすけ》を使いこなしている度量は見事というべきか。

そんな風に東で泰然が次男の将来について思い煩《わずら》っていた頃、西では洪庵が愛弟子の件で頭を悩ませていた。

この時も、ふたりの状況は同期していたのである。

＊

——世は風雲急《ふううんきゅう》を告げているというのに、俺ってヤツはなんと情けない。二十七にもなって、酔って町人と喧嘩騒《けんかさわ》ぎを起こして破門されるなんて、左内に合わせる顔がないではないか。

そう呟いた伊藤精一は、拳で頭を叩いて悔やんだ。

適塾を破門されて二ヵ月、巷《ちまた》には秋風が吹いている。

事の起こりは三ヵ月前の六月十二日の夕方のこと。

土砂降《どしゃぶ》りの中、精一は牛鍋屋で、攘夷かぶれのゴロツキ連中にからまれた。

適当にあしらえばよかったものを、新入りの塾生を連れていたため、逃げ腰の自分を見せたくなくて、精一は見栄《みえ》を張った。

頼りがいがあった友人の蔵六や左内、斐三郎が次々に適塾を去り、自分が適塾を背負っていかねばならない、という意気込みばかりが空回りしたという面もある。

だが、ことがそれだけだったら、軽いお咎めで済んだだろう。その時に精一が、貴重な砲術書を机の上に出しっぱなしで出かけたことが問題視され、そこに乱闘騒ぎが加味された。

洪庵に「たるんでいる。塾頭失格だ」と一喝され、精一の頭の中は真っ白になった。

中耕介宅で謹慎《きんしん》を命じられたが、そこでも詰問《きつもん》され、いたたまれなくなって逐電《ちくでん》した。

呆然と彷徨《さまよ》った精一は、気がつくとなぜか四国の大洲にいた。

どうやってそこにたどり着いたのかは、よく覚えていない。ただ、四国を目指した理由には、いくつか思い当たる節がある。

宇和島藩の二宮敬作が藩医を要請《ようせい》するため適塾を訪れた際、洪庵は故郷で村医者をしていた村田蔵六を推薦した。そのやりとりを聞いていたことが精一の足を四国へ向けさせたのだろう。

飲み友だちの武田斐三郎の故郷だということも頭の隅《すみ》にあった。斐三郎は酔うとしきりに、大洲のよさを精一に語った。その話に惹《ひ》きつけられていたのかもしれない。

いずれにしても四国行きは、思い詰めた精一が最後にすがった蜘蛛の糸だった。

こうなってしまった以上、元塾頭の親友に取りなしてもらうしか、適塾に復帰できる見込みはない、と勝手に思い込んでいたのである。

雨が少ないのに、妙に蒸し暑かったひと夏を、精一は大洲で過ごした。

斐三郎の言った通り、大洲はいいところだった。その上、名医の山本有仲《やまもとうちゅう》は武田斐三郎の幼い頃を知っており、適塾の塾頭だった精一を厚遇してくれた。

けれども、待てど暮らせど一向に、蔵六が現れる気配はない。

風に秋の気配が混じる頃には、温暖な気候と優しい山本有仲の下で、大洲に骨を埋めるのも悪くないかな、などと思い始めた。そんなある日、村田蔵六が、大勢の付き人と各地の医師を引き連れて、ようやく大洲に姿を見せたのである。

「おや、精一さんではありませんか。こんなところで何をしているのでありますか？」

太い眉の下からぎょろりと大きな目を剝《む》いて訊ねられ、ほっとした精一は嗚咽《おえつ》を漏《も》らした。

蔵六はその姿をぼんやり眺めた。なぜ泣くのだろう、とは考えない。蔵六には人の情がわからないところがある。やがて落ち着いた精一から事情を聞いた蔵六はあっさり言う。

「洪庵先生の処分は、ふだんの先生からすると厳しすぎるように感じますな。黒船騒ぎも影響したのやもしれません。洪庵先生は何より諍いが嫌いなお方ですが、外国と争うことになりそうなご時世で、それが精一さんの処分に重さを加えたのでしょう」

そんな風に冷静に分析されても、励ましにもならない。精一は洟をすすりながら訴えた。

「頼むよ、蔵六。俺が塾に復帰できるよう、塾頭のお前から先生に取りなしてもらえないか」

「吾輩は塾頭ではなく元塾頭です。今は精一さんが塾頭ですから、吾輩のことを塾頭と呼ぶのは二重の過誤《かご》であります。精一さんはよほど動揺されているとみえますな」

「動揺してるし、混乱もしてる。蔵六が最後の頼みの綱なんだよ」

「わかりました。他ならぬ精一さんの頼みとあらば、手紙の一本くらい、お安い御用であります。それを持って直ちに大坂に戻られるのがよろしいかと。善は急げ、と言いますから」

どこか一本ネジが外れているようなもの言いに、少し苛立《いらだ》ちながらも、精一は頭を下げた。

「恩に着る。でも俺は蔵六が宇和島に入る晴れ姿を見届けて、洪庵先生にご報告したい。差し支えなければ蔵六の露払《つゆはら》いを務めさせてもらえないだろうか」

蔵六は「精一さんがそうしたいのなら、吾輩は構いません」とあっさり承知した。

翌日、大洲を出立した蔵六の一行は、伊予松山《まつやま》の名医・藤井直一、大洲の山本有仲、卯之町《うのまち》で医業を開いている推薦者の二宮敬作など、四国を代表する名医を従えた麗々《れいれい》しいものとなった。

蔵六の駕籠の前を、馬を借りた伊藤精一が露払いをした。行列は狭い宇和島の街を賑々《にぎにぎ》しく練《ね》り歩き、はるばる大坂から名医がやってきたとたちまち大評判になった。

だが蔵六が藩主・伊達宗城から直々に命じられたのは、蘭医として仕えることではなく、沿岸を守る砲台と蒸気で走る黒船を造ることだった。

それは薩摩の島津斉彬、佐賀の鍋島閑叟、宇和島の伊達宗城という当代切っての三人の蘭癖大名が浦賀沖の黒船を見て、自藩で造る競争をしよう、と誓い合ったことに端《たん》を発していた。

万事に無頓着《むとんちゃく》な村田蔵六は、そんな未経験の分野の無理難題を無造作に引き受けたのだった。


年が明けて嘉永七年。

精一は、蔵六の手紙を懐に、大坂の船着き場に降り立った。目の前に大坂の雑踏《ざっとう》が広がる。

過書町へ向かう精一の足取りは重い。

――果たして先生は、俺をお許しくださるだろうか。

適塾に到着すると、洪庵の書斎に招き入れられた。そこには師の懐かしい笑顔があった。

「いいところに戻って来てくれた。近いうちに名塩に行くのだが、同行してくれないか？」

「あの、破門された俺が、ご一緒してもよろしいのでしょうか」

「もちろんだ。精一が来てくれれば百人力だ」と言った洪庵は、続けた。

「飲むな、とは言わない。だが自分を見失ってしまうような深酒《ふかざけ》はやめなさい。それと修学は初心に帰ってやり直すこと。それができるなら、復学を許そう」

伊藤精一は、へなへなとへたり込んだ。洪庵は笑顔になる。

「実は蔵六から早飛脚で書状が届いてね。宇和島出仕の報告かと思いきや、精一のとりなし状だった。『本人は深く反省し、心を入れ替える所存故、なにとぞお許しくださいますよう』などと、今や飛ぶ鳥を落とす勢いの元塾頭に頼まれては、イヤとは言えないよ」

伊藤精一は、まだ渡していない懐中の手紙を握りしめた。蔵六の心遣いが染み入ってくる。

「ありがとうございます。今回の失敗を肝に銘《めい》じ、俺は終生酒を口にせず、今から『慎蔵《しんぞう》』と改名し、名を呼ばれるたびに断酒の誡《いまし》めを思い出すようにいたします」

伊藤精一改め慎蔵は、畳に手を突いて平伏し、号泣した。

部屋の外で耳をそばだてていた塾生たちが歓声を上げて、書斎になだれ込んできた。

彼らにもみくちゃにされた慎蔵の顔は、涙でくしゃくしゃになる。胸に手を当て心配そうに見ている、女中のお鹿《しか》の顔も見える。

そうした様子を眺めて、洪庵は胸をなで下ろした。

もともと破門するつもりなどなく、気の緩みが見えたから一喝しただけだ。

誰よりも期待していたからこそ、お灸《きゅう》を据えた。中家に預けたのも反省させるためだ。

まさかそのまま逐電してしまうなんて、思いもしなかった。

——ワテみたいにええかげんなもんが言ったことを本気にするなんて、あほボンやな。

師匠の天游の言葉が、底抜けの笑顔と共に、脳裏に甦《よみがえ》る。あれを真似《まね》てみようとしたが、天游と違って生真面目な洪庵には、真意をうまく伝えることができなかったのだ。

しばらくして、洪庵は臨月《りんげつ》の八重とお鹿、そして慎蔵を連れて、八重の実家がある名塩へ向かった。お鹿の父で、洪庵が長崎に留学した際に頼母子講《たのもしこう》に加わってくれた恩人の木戸六三郎が病になり、診察に行ったのだ。洪庵と慎蔵の治療が功《こう》を奏《そう》し、お鹿の父は快癒した。

ある日、慎蔵はお鹿と一緒に、名塩の丘に登った。二人の頬を柔らかい風が撫でていく。

「お前の故郷はいいところだな。俺は好きだよ」と慎蔵が言うと、お鹿は「へえ」と言って微笑み、うつむいて頬を赤らめた。

八重は名塩に残り九月、十番目の子・十郎《じゅうろう》（後の惟直《これなお》）を産んだ。

復学した伊藤慎蔵は、以前に増して修学に励み、たちまち塾頭の座に返り咲いたのだった。

*

嘉永七年一月、前年に「一年後に再来航する」としていたペリーが、約束を半年も早めて来航した。得意の「ぶらかし」が通用しなくなった老中首座・阿部正弘は嘉永七年三月三日、ペリーとの間に「日米和親条約」を結ぶ。「通商は拒否するが、下田《しもだ》と箱館《はこだて》の二港を開港する」という、一時凌ぎの先延ばしを目的とした条約だ。下田に大使を常駐《じょうちゅう》するという条項があったが、それはどちらかの国が認めれば外交官を置けるという条文だった。

だが日本語訳は、双方の国が合意しなければ外交官は置けないとされた。

単純な間違いか、意図的な誤訳かはっきりしないが、阿部正弘の性格を考えると、文言の解釈をこじらせれば更に先延ばしができると踏んだのではなかろうか。

だがこの条約の締結で、二百五十年にわたった「鎖国」政策は、あっけなく終焉《しゅうえん》を迎えた。

不平等条約を拙速《せっそく》で締結したことで、幕府の弱腰が露《あら》わになり、批判が高まっていく。

水戸の烈公《れっこう》はこれを不服として幕府海防参与の参与を辞任した。そうして本居宣長《のりなが》の国学を土台にした水戸学の創始者、藤田東湖《ふじたとうこ》を腹心に据え、外国排斥の攘夷の動きを強めていく。

このため、攘夷派の風当たりをもろにうけた阿部正弘は、板挟《いたばさ》みになった。

継嗣問題では、烈公お気に入りの子息の一橋慶喜を推戴《すいたい》しているのに、外交政策で思うようにいかないからといって悪《あ》し様《ざま》に罵られたのでは、立つ瀬がない。

阿部正弘自身は何度か、異国船打払令の復活を幕閣に図ったが、海防掛に拒否されてしまう。日米和親条約を締結しつつ異国船打払令を再び出そうとするなど、政策に一貫性がないにもほどがあるが、それこそが、なまずだの、ひょうたんだのと評された阿部正弘の真骨頂《しんこっちょう》だった。

そして阿部正弘はひそかに、あっと驚く人事を画策《かくさく》し始める。

そんな江戸城の様子を、遠望していたのが泰然である。得意の「早見え」で、主《あるじ》の出番が近いと見越した彼は主君・堀田正篤に、恙なく開国を推し進めていく算段を叩き込んだ。

前年十二月にはロシア使節・プチャーチンが再来日して、長崎で川路らと会談した。

そんなきな臭い世情を反映して、兵学や砲術が注目を集めていた。

だが適塾には兵学や砲術の書が少なく、兵術家の武田斐三郎は適塾を去り、江戸の象先堂に入塾して蘭書で兵学を学び、佐久間象山に師事した。そして象山と共に、浦賀沖の黒船を見に行き、『三浦見聞録』を著《あらわ》したのが認められ、幕府の旗本格に登用された。

また、同じように適塾から象先堂に転じた佐野栄寿は、佐賀藩の指南役だった楢林宗建が嘉永五年に亡くなると、翌年の嘉永六年に鍋島閑叟に呼び戻され、江戸で学んだ知識を活かし、鉄の精錬部門の責任者に抜擢された。

このように蘭学を学んだ者たちが、医の領域からはみ出していく趨勢《すうせい》を、洪庵は複雑な思いで眺めていた。すべての塾生が医術で身を立てられるわけではない。ならば塾は間口《まぐち》を広くすべきだろうと、自分を納得させるしかなかった。

適塾の初心は、貧しいひな鳥たちを保護する、広い庵を目指すというものだ。だから決して初心を忘れたわけではない。

だがそれは洪庵にとって、決して望ましいとは言えない、やむを得ない転舵だった。洪庵の甥で藤井《ふじい》家の養子に行き神官になった藤井高雅《たかつね》が、国事に奔走し始めたのもこの頃だ。そんな甥を危《あぶ》なげに思いつつ、洪庵には見守るしか術《すべ》はない。

期せずして、そんな洪庵のところには、幕政に関する情報が寄せられてくる。中には彦根藩の開国に関する意見書などという、決して外部に漏れてはならないような情報もあった。

そうした情報を求め、灯火《とうか》に集まる火蛾《ひが》のように、憂国の士が足繁くやってくる。広瀬旭荘が立ち寄った際には洪庵が不在だったので、八重が独断でその書簡を彼に見せている。

自分の本意に反して動乱の真っ只中《ただなか》に放り込まれた洪庵は、不向きな判断を求められることが増えた。そんな時、洪庵は途方もない孤独感と焦燥感《しょうそうかん》に囚われた。

そんな洪庵にとって、八重の存在は一条の救いのひかりだった。洪庵を一心に案じてくれる八重は、彼にとってかけがえのない同志であり、心の支えになっていたのである。

20章　慎蔵、開運す

安政二年（一八五五）

嘉永七年（一八五四）九月十九日の朝。

伊藤慎蔵が呼ばれて書斎に行くと、師の隣に裃を着た武士が座っていた。

「昨日、天保山《てんぽうざん》沖にオロシアの艦船『ディアナ号』が停泊し、露人《ろじん》が交渉を求めてきたそうだ。そのため奉行所からオランダ語の通訳を頼まれた。わたしの名代《みょうだい》として、通訳を務めなさい」

この三ヵ月前の六月には、日米和親条約を締結したペリーが、艦隊を率いて箱館と下田を回航《かいこう》後に帰国し、幕府は胸を撫で下ろしたばかりだった。

そのわずか三ヵ月後、今度はロシアの軍艦が大坂にやってくるとは、息つく暇もない。

「俺にそんな大役が務まるでしょうか」

慎蔵は思わず問い返すと、洪庵は即座に答える。

「慎蔵の他に一体、誰がやれるというのだ。お前は適塾の塾頭なのだよ」

慎蔵は考える。

普通に考えればここは師の出番だろう。だがこんなどたばた騒ぎに、いきなり師を担ぎ出すわけにはいかない。洪庵は浪速の、いや、日本の切り札なのだ。

ここは自分がやるしかない、と思った。

一方、洪庵は、まったく違うことを考えていた。

――わたしはオランダ語の会話には自信がない。

洪庵は視覚的な人間だった。オランダ語を読むと言葉が魚のように泳ぎ出すように見えるが、それは紙の上のこと。音読の聞き取りは覚束ないので、通訳では不始末をしでかしてしまうかもしれない。加えて今回は単に会話を訳せばいいわけではない。オロシアの艦長の政治的意図も読み取り、奉行に伝える必要がある。こうした交渉にはある種のふてぶてしさが必要だ。

その点、塾頭という立場を忘れて、町のゴロツキと大立ち回りしてしまうような、でたらめな慎蔵は、まさにうってつけの人材に思われた。

こうして思惑《おもわく》は違いながらも、期せずして師弟の判断は一致した。

洪庵は慎蔵に、長崎での外国船対応の肝を教えた。

「英国のフェートン号が長崎に来た時は、蘭商館のヅーフ殿と蘭通詞が相談して対応したそうだ。慎蔵はその時の蘭通詞の役を果たせばよい。対応に悩んだら保留《ほりゅう》して持ち帰るのだ。肝要なのは相手の言い分を正確に理解し、誠実に訳すことだ。通訳次第で交渉は変わる。こうした臨機応変の対応には、慎蔵の大胆な性格は向いているはずだ」

師の言葉が、慎蔵を勇気づけた。

だが洪庵は決してお世辞を言ったつもりはなかった。

慎蔵は二階の塾生をたたき起こし、紋服《もんぷく》に着替え、腰に大小を差した。塾生は大小を質入《しちい》れして一組だけ手元に残し、正式な行事の時はみなで使い回しをしていた。

「行って参ります」と挨拶をすると、門口《かどぐち》に立ったお鹿が火打ち石を切る。

洪庵と八重が門口で慎蔵を見送る。背中に感じる塾生たちの視線がこそばゆくも誇らしい。

気がつくと塾生がひとり、付き従っている。宇和島藩の医師、二宮敬作の次男の逸二《いつじ》だ。

苦笑した慎蔵は「ついて来てもいいが、奉行にお目通りはできないぞ」と釘を刺す。

大坂城代が部隊を差配し、各藩の蔵屋敷から留守居役が、兵を引き連れ天保山に向かう。

兜《かぶと》に陣羽織《じんばおり》姿の武士に鉄砲を担いだ足軽が従う光景は、今にも合戦が始まるようだ。

そんな彼らに交じり、慣れない大小を腰に下げた慎蔵と逸二は歩みを速める。

諸藩の部隊が陣取る天保山の、高灯籠《たかとうろう》が安置された小高い丘からロシア軍艦・ディアナ号の威《い》容《よう》を望見した。三本マストのフリゲート艦は大砲を五十二門備え、船員は五百名近い。

精一杯の武装をした岸和田《きしわだ》や尼崎の藩兵は、急ごしらえで統率が取れていない。

様子を眺めていると、軍艦から小舟が降ろされ、水兵が数人、乗り込んだのが見えた。

「通詞殿、ついて参れ」と奉行所の与力に言われ、慎蔵は走り出す。水兵が上陸しようとしていたところに駆けつけると、オランダ語で押し問答を重ねた末、水兵は軍艦に戻った。

使節は親書を渡しに来たという目的を理解し、水兵の行動を抑えた慎蔵は、喫緊《きっきん》のお役目は果たせたと胸をなで下ろす。

慎蔵は適塾に使者を出して洪庵に概要を伝え、師のお出ましを乞う。

翌朝、礼服に二本差しの正装で現れた師の姿は、頼もしかった。

「交渉は慎蔵に任せる。これからはこうした仕事が増えるだろうが、万事は常在戦場、適塾での会読だと思って臨《のぞ》めばどうということはない」

そう言った洪庵は、懐から一通の書状を取り出し、慎蔵に見せた。

懐かしい筆跡は、飲み友だちであり好敵手でもある、武田斐三郎のものだった。

斐三郎は佐久間象山に師事して兵学や砲術を学び、ペリー来航時に『三浦見聞記』をまとめた業績を認められ、長崎で今回のロシア使節との交渉に当たる勘定奉行兼海防掛の川路聖謨に同行する箕作阮甫の助手として交渉の場に同席し、その詳細を伝えてきたのだ。

長崎では、樺太・択捉の全島支配を目論むロシアに対し、択捉島と樺太の半分は日本領だと主張し、日露和親条約に反映させた。ここでもその根拠となったのが、発禁処分とされた林子平の『三国通覧図説』だったというのは、幕府にとって皮肉だが幸運な巡り合わせだった。

若き洪庵は、かつてシーボルトに禁制の地図の写しを頼まれたふたりの師に異議を唱えて、一時破門された。だがあの時の自分の判断は間違ってなかったと改めて確信した。

斐三郎の手紙には、旗本格で箱館に派遣され、ペリー一行との会談にも対応し、箱館奉行所が設置されるので箱館詰めになる見込みだと書かれていた。そうした経緯を知った慎蔵は、自分が任じられた役目の重要さを理解して、わが身を奮《ふる》い立たせる。

――あの洟垂れ斐三郎にだってやれたのだ。俺にやれないはずはない。

洪庵が、斐三郎の書状を見せたのは、慎蔵の発奮《はっぷん》材料の意味もあったが、大切なのは、情報から先を読み取ることだ。交渉事は情報量が結果を左右するものなのだ。

ロシア使節の真の目的を知った慎蔵と洪庵は、自信満々でプチャーチンと与力の交渉の通訳に対応できた。こうして慎蔵は無自覚ながら、外交の基本を身につけた。それはフレイヘイドの精神を基盤に置いて洪庵が作り上げた適塾だからこそ、成し得たことだった。

「通商交渉を望むが、ダメなら公文書だけでも受け取ってもらいたい」というプチャーチンの要望には、江戸にお伺いを立てるしかない。なので早馬を出した。

重要な交渉は次回になるが、今回は江戸からの返事を伝える書面対応が主になるだろう。

数日後に届いた信書は、下田に回航せよと指示していた。慎蔵は直ちに蘭訳し、公文書として手交《しゅこう》すると十月九日、ロシア軍艦は天保山沖から立ち去った。

この騒動で、重要な役割を果たした適塾の盛名はいよいよ上がり、日本各地から蘭学を志す青年が押し寄せてきた。

混乱期には、権威と新興勢力のせめぎ合いが起こる。そんな相克《そうこく》は医学界にも出現していた。

漢方医は巻き返しを図ったが、いかんせん、それは時代の要請とはかけ離れていた。

この時、蘭学の勢力拡大に機敏に動いたのが伊東玄朴である。嘉永二年（一八四九）の「蘭方医学禁止令」で漢方の総本山の医学館が出版の決定権を握ったため、蘭書の刊行は滞っていた。

だが玄朴はペリー来航の衝撃を利用して、これを空文化《くうぶんか》してしまった。

若年寄の遠藤但馬守《えんどうたじまのかみ》に、大槻俊斎が銃創《じゅうそう》治療の項を抄訳した『銃創瑣言《さげん》』の緊急刊行を勧め、幕府は医学館に諮らずに公刊を許したのである。

かくして玄朴は、動乱の世を動かす政医の第一等の地位に就いたのだった。

嘉永七年も終わりに近づいた十一月、日本は立て続けに未曽有《みぞう》の大災厄《だいさいやく》に見舞われた。

わずか一年弱の間に、三度も大地震に襲われたのである。

最初は嘉永七年十一月四日、東海道、東山道、南海道に及んだ大地震だった。

太平洋沿岸を大津波が襲い倒壊・流失家屋《かおく》八千三百戸、焼失家屋三百戸、死者一万に及んだ。二度目は翌五日に発生した、伊勢湾《いせわん》から九州東部にかけての西日本中心の地震で土佐《とさ》、阿波、紀伊の三国が甚大な被害を蒙り、全壊一万戸以上、六千戸が焼失した。

この時は大坂湾も大津波に襲われ、流失戸数は一万五千戸に達した。

津波で、大坂湾に停泊していた千石船《せんごくぶね》が潮の流れに乗り、川筋に入り込んだ。巨大な北前船《きたまえぶね》が川筋に架かる小橋を次々に破壊し、人々が下敷きになる様は地獄絵図のようだった。

幸い、適塾の被害は軽微《けいび》だった。地震後、貴重な蔵書を土蔵にしまうと、大量の炊《た》き出しをして人々に配り、塾生は近所の家の家財道具を運び出すのを手伝った。

洪庵の気がかりは、翻訳し終えたものの未だ刊行の目処がつかない「扶氏経験遺訓」の原稿だった。これを出版せずに失ったら死んでも死にきれない。一刻も早く出版したいという気持ちが湧き上がる。だが今は災厄を乗り越えることが最優先だ、と焦りを押し殺す。

下田に回航していたロシア軍艦ディアナ号は、大破し沈没した。幸い乗務員は全員無事だったので、日本で新たな船を建造して帰国することになった。

こうした災厄や黒船来航など、験の悪いことが続いたため、嘉永七年十一月二十七日、西暦で一八五五年一月十五日に嘉永から安政に改元した。

十一月末の改元だったため、安政《あんせい》元年は一ヵ月と少々しかない。

『群書治要《ぐんしょちよう》』の「庶民安政、然後君子安位矣」を出典とした幕府の願いも空《むな》しく、およそ一年後の安政二年(一八五五)十月二日には、江戸を中心とした三度目の大地震が襲う。

江戸の死者は七千人を数え、水戸藩の攘夷論者の首魁、藤田東湖は藩屋敷で圧死した。

以後、水戸藩の攘夷派は抑えが利かなくなり迷走し、幕末の混乱に拍車がかかっていく。

また安懐堂と日習堂は坪井信道の死後、養子の信良が継いでいたが、この大地震で建屋が崩壊し、大津波で壊滅《かいめつ》的状態となったため、翌安政三年（一八五六）に閉塾となる。

「安政の三大地震」で民の心情は荒《すさ》み、徳川幕府は終焉に向けて突き進んで行くこととなる。

さりながら、こうした騒動に乗じて、当の幕府はさりげなく開国方向へと舵《かじ》を切った。

安政二年一月には、蘭書翻訳御用に箕作阮甫や勝海舟《かいしゅう》が任命され、幕府は洋学所の設立に向けて始動しており、江戸が大地震に襲われた十月には、長崎に海軍伝習所《かいぐんでんしゅうじょ》を設置した。

その十日後、阿部正弘は老中首座を辞し、その座を佐倉藩主の老中・堀田正篤に譲った。

だが阿部正弘には、堀田に実権を譲るつもりなど、さらさらなかった。堀田を風よけに使い、自分の経綸を思う存分実現させようと目論んでいたのである。

堀田正篤は、阿部正弘以上に優柔不断《ゆうじゅうふだん》なところがあった。ただ、阿部正弘が自分を傀儡《かいらい》の如く扱い、開国政策をおざなりにしようとしていることには反発を感じた。

このため堀田正篤は、開国やむなしと肚を括っていた老中・井伊直弼と協調し、継嗣問題では南紀派に与《くみ》するようになっていく。

そんな「西洋堀田」が首座になると、蘭学を国家の骨格に据える動きが加速した。

閏七月には蘭学者を取り立てる動きがいよいよ顕在化《けんざいか》し、人付き合いの苦手な洪庵の義弟・郁蔵にも驚くような話が来た。

土佐藩主の山内容堂《やまうちようどう》が二十人扶持の厚遇で、郁蔵を藩校の御用掛に取り立てたのである。

赤貧《せきひん》洗うが如しだった郁蔵の生活は、これで豊かになった。

洪庵の適塾ではなく、郁蔵の独笑軒塾に声を掛けたのは、いかにも奇をてらう風雲児気取りの容堂らしい選択だった。それはまた嘉永元年（一八四八）に藩主になった容堂が、ようやく藩政改革に着手できるようになったことの現れでもあった。

十一月、塾頭の渡辺卯三郎が退塾して、故郷の加賀《かが》・大聖寺《だいしょうじ》で開業することになった。生真面目で人望もある渡辺卯三郎を高く評価していた洪庵は、息子の平三と四郎を、卯三郎に預けることにした。

ふたりはオランダ語に関しては普通の新人と比べて一日《いちじつ》の長《ちょう》があるが、適塾にいたら塾生におだてられ、自身の力を過信してしまうかもしれない。

加えてオランダ語を学ぶには、漢文に習熟することが早道だと洪庵は考えていた。

実際、オランダ語の構文は漢語と構造が似ていた。中には「レ点を打てばよろしいのでは」と言う初学者もいて、目から鱗《うろこ》が落ちる思いをしたこともある。

漢文の素養《そよう》は、仕官する上で必須の教養でもあり、若い頃に叩き込んでおけばいずれ役立つ。漢詩の達人でもある渡辺卯三郎は、まさにうってつけの人材に思われた。

ところがここで思わぬ反対意見が出た。「十二歳と十一歳の兄弟は、家から出すには幼すぎます」と、珍しく八重が、洪庵に異を唱えたのだ。

洪庵は基本、家の中のことは八重に判断を任せていた。そして八重は、洪庵の意志を汲み取って対応していた。だから洪庵と八重の意見が衝突することはほとんどなかった。

けれどもこの時、洪庵と八重の判断は食い違った。それは本当に珍しいことだった。

そこで八重は折衷案を出し、本人の気持ちを確かめてみようということになった。

八重が訊ねると、平三は「父上が行けとおっしゃるのなら、大聖寺へ参ります」と答えた。四郎も、「兄者が行くなら、わても行く」と言う。男の子というものは、知らぬうちに大きくなるものなのだな、と頼もしく感じつつも、八重は少し淋しく思った。

十一月末、兄弟ふたりは、仲良く手を携《たずさ》えて、北陸の地へと旅立って行った。

安政の退廃《たいはい》した空気の中、適塾は光り輝いていた。

その一灯《いっとう》を求め、続々と新人が蝟集《いしゅう》してくる。

その象徴が適塾の双璧、安政元年入塾の肥前《ひぜん》大村藩の藩医の一粒種《ひとつぶだね》の長与専斎と、翌年入塾してきた豊前中津《ぶぜんなかつ》藩蔵屋敷の小役人の次男、福沢諭吉《ふくざわゆきち》である。

そんな中、塾頭の伊藤慎蔵は女中のお鹿を嫁にした。最初、お鹿は尻込みしたが、洪庵夫妻も勧めたので申し出を受けることにした。

敬愛する先輩であり親友でもある村田蔵六が構えた漏月庵に、慎蔵は憧れていた。

結婚した慎蔵は適塾を出て自分の家を持ち、ついに長年の夢を叶えた。

しっかり者の新妻に支えられ、慎蔵の生活は落ち着いた。

しばらくして慎蔵に仕官話が来た。越前大野藩の藩校「明倫館《めいりんかん》」の教授職である。

大野藩は四方を山に囲まれた四万石の小藩だが、藩主・土井能登守利忠《のとのかみとしただ》は進歩的で、藩政の新たな展開として北蝦夷地、現在の樺太経営に関心を寄せていた。

このためロシア使節と交渉した経験を持つ慎蔵を、召し抱えようというのだ。

大型船の建造やロシアとの交渉などは、まさに慎蔵は適役だった。

大野藩は特産品の煙草、紬《つむぎ》、生糸《きいと》を商うため、浪速に「大野屋《おおのや》」という出店を開いていた。慎蔵を招請した内山良休《うちやまりょうきゅう》は藩の重臣だったが、大野屋の番頭役も兼務していた。

内山良休は慎蔵を店に招くと、いきなりこう切り出した。

「蝦夷地を、オロシアの脅威《きょうい》から守らなければなりません」

型破りの挨拶に驚かされたが、ロシア使節と折衝《せっしょう》した経験がある慎蔵には深く響いた。

「大野藩は山間《やまあい》で領地が狭く、財政も思うに任せません。そこで北辺の蝦夷、択捉、樺太に着目して、開拓に乗り出すことになりました。そのためには堅牢で足の速い巨大船を建造する必要があります。そこで伊藤殿には是非、明倫館で蘭学の教鞭を執っていただきつつ、蝦夷地の開発や大型船・大野丸の建造に関して、ご助言を頂戴したいのです」

その話を聞いた慎蔵の目に、帆《ほ》に風をはらみ洋々と出航する大型船の舳先《へさき》に立つ、自分の姿がありありと映った。

安政二年十一月、伊藤慎蔵は適塾を去り、新妻のお鹿と大野藩へ向かう。伏見《ふしみ》まで三十石船《さんじっこくぶね》で行き、琵琶湖の湖西の道をたどる。海のように広い琵琶湖の湖面を寒風が吹き渡っていた。

そこから雪が積もる山中の森を越えると、花山峠《はなやまとうげ》の頂上から広い平野が見渡せた。

眼下に見えるのは新天地、大野藩四万石だ。

かくして伊藤慎蔵は、齢三十にして上げ潮に乗った。

第3部

沸点

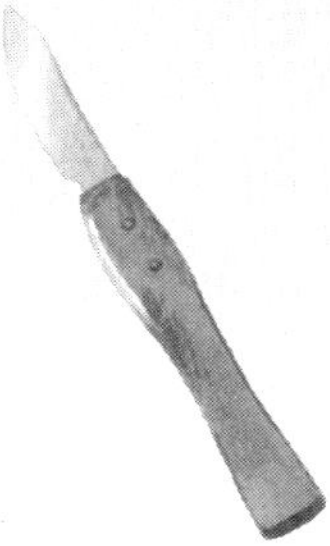

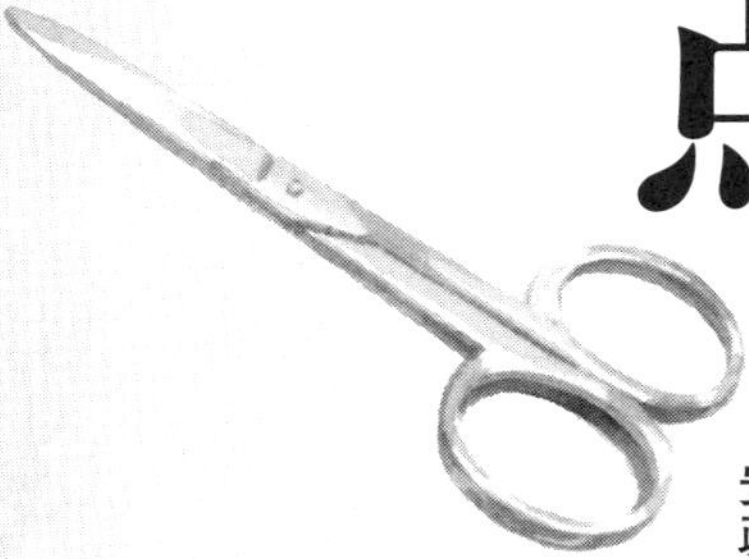

安政三年（一八五六）～明治五年（一八七二）

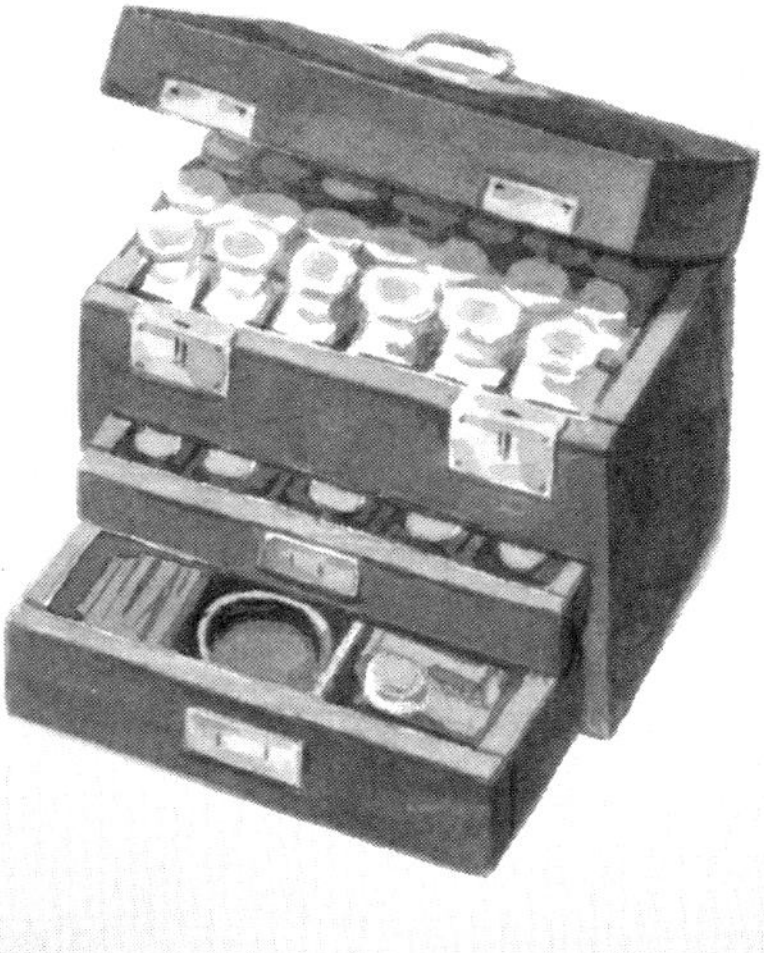

21章　長崎医学伝習所

安政三年（一八五六）

安政《あんせい》三年（一八五六）七月。

日米和親《わしん》条約に基づき、タウンゼント・ハリスが初代米国総領事に着任し、下田《しもだ》の玉泉寺《ぎょくせんじ》に領事旗を掲げた。彼の駐在を追認《ついにん》せざるを得なくなった幕府は、遅まきながら評定所《ひょうじょうしょ》、海防掛《がかり》、大目付《おおめつけ》、目付、遠国奉行《おんごくぶぎょう》らを一同に集め、通商条約の検討を始めた。

そんな中、三年前に宇和島《うわじま》藩のお抱《かか》えになっていた三十二歳の村田蔵六《むらたぞうろく》は、参勤交代《さんきんこうたい》で江戸に出府《しゅっぷ》する藩主に同道した途中で「適塾《てきじゅく》」に立ち寄り、洪庵《こうあん》に挨拶《あいさつ》をした。蔵六は前年、軍艦建造の研究のため赴《おもむ》いた長崎の話をして、大いに盛り上がった。

長崎ではシーボルトの息女のイネに、蘭学を教えていたのだという。

「二宮《にのみや》殿に命じられ、イネ殿と師弟の縁を結んだのであります」と師・洪庵に報告した蔵六は、なぜか頰《ほお》を赤らめた。

江戸に到着した蔵六は、半蔵門《はんぞうもん》に蘭学塾「鳩居堂《きゅうきょどう》」を立ち上げた。蘭学の権威・大槻俊斎《おおつきしゅんさい》から蘭書解禁のきっかけになった『銃創瑣言《じゅうそうさげん》』の校閲《こうえつ》を求められたのが機縁となり、蔵六は宇和島藩お抱えのまま幕府の「蕃書調所《ばんしょしらべしょ》」の教授方手伝を兼任した。そして、外交文書の翻訳や兵学、オランダ語の講義をするようになった。そうしたこともあって、鳩居堂の評判は日に日に高まり、適塾の元塾頭《じゅくとう》は砲術など兵学方面で、いよいよその名を上げていく。

適塾で修学した二宮逸二《いつじ》も馳《は》せ参じ、以後、短い人生の最後まで蔵六の傍《かたわ》らで過ごした。

九月、幕府が発注した軍艦・ヤーパン丸（後の咸臨丸《かんりんまる》）を回航《かいこう》して、長崎に到着した責任者を務めたカッテンディーケ艦長は、幕府から第二次海軍伝習所の教官を委任《いにん》されていた。

一行にはユトレヒト陸軍軍医学校を卒業したばかりの青年医師が、軍医として同行していた。

その青年軍医、ポンペ・ファン・メールデルフォルトの下《もと》で、日本の近代医学が本格的に始動する。

その頃、江戸の泰然《たいぜん》は渋《しぶ》い顔をして、延々と泣き言を言う次男を眺めていた。

「長崎に設立された第二次海軍伝習所に、学識豊かなオランダ人医師が同行していると聞き、留学を願い出たところ、奥医師の親玉《おやだま》の多紀楽真院《たきらくしんいん》殿に睨《にら》まれ、『御典医《ごてんい》の身で異人に学ぶなど、もっての外である』と詰《なじ》られてしまいました。このままでは松本《まつもと》家がお取り潰《つぶ》しになりかねません。某《それがし》はどうすればよいのでしょう」

良順《りょうじゅん》の愚痴《ぐち》を聞かされた泰然は、ちっ、と舌打ちをする。

「二十五にもなって、そんなちっちゃなことで、いちいちおたつくんじゃねえよ。細けえことはちゃっちゃっと片付けちまえばいいんだ。どうせ奥医師なんて、底意地が悪いだけで尻《しり》が重い連中だから、お前がとっとと長崎に行っちまえば、何もできやしねえよ。長崎はいいぞお。行けば、江戸がせせこましく見えてくるぞ。まして優秀なオランダ人の医者が来てるっていうんなら、悩むことなんてないだろうが」

良順の表情が、ぱあっと明るくなる。

「さすが父上。大変参考になりました。ではもうひとつご教導ください。実は某は長崎留学の内《ない》諾《だく》は得たものの、あくまでも海軍伝習の添え物で単独の医学伝習は認めない、修学できるのは某ひとりだけ、と釘《くぎ》を刺されてしまいました。しかしながら某の許《もと》には、一緒に修学したいと訴える者が引きも切らずに訪ねてきます。こちらはいかがすればよろしいでしょうか」

「お前ってヤツは、どうしていちいち物事を小難しく考えるんだよ。オランダ人医師から学べるのがお前だけという縛《しば》りがあるなら、他の野郎どもを全部、お前の舎弟《しやてい》にしちまえば済む話だろ。オランダ人の講義をお前が聞いている隣で、子分が盗み聞きするならお咎《とが》めなし、お前は子分を増やせて万々歳《ばんばんざい》。こんな好機におたおたするなんて、居眠りこいてんじゃねえぞ」

「ありがとうございます。目から鱗《うろこ》が落ちました」と言う良順を見て、泰然はうんざりする。

それにしても、順の字と話していると、いらいらしちまうのはなぜだろう。

——そうか、コイツは章《あきら》と似たところがあるんだ……。

はたと膝《ひざ》を打った泰然は、悪だくみを思いつき、にっと笑った。


一ヵ月後。

御典医・松本良順の姿は大坂の過書町《かしよまち》にあった。長崎に下る途中で適塾に立ち寄って西の雄、緒《お》方《がた》洪庵の顔を拝《おが》んで行け、という父・泰然の言いつけに、素直に従ったのだ。

昼八つ時（午後二時頃）、禿頭《とくとう》の良順は適塾の戸を叩いた。

小袖《こそで》の上に黒地無紋《むもん》の十徳《じつとく》を羽織《はお》り、腰に大小を差した、立派な若武者《わかむしや》ぶりである。

父からです、と言って良順が差し出した書状を一瞥《いちべつ》して、洪庵は戸惑《とまど》う。

そこには「長崎修学に赴く愚息《ぐそく》に、忠言を賜《たまわ》りますよう」とあった。

——はて、あのお方はわたしを、融通《ゆうずう》の利《き》かない石頭、と評していたはず。そんなわたしに一体、どんな話をしろというのだろう。

そう思いつつ、洪庵は言う。

「わたしは長崎では、お父上に大変お世話になりました。なので聞きたいことがありましたら、何でも答えて進ぜます。ただし、わたしの長崎の知識は、もう二十年も前のものですが」

そう言いながら、もうそんなに経《た》ってしまったのか、と愕然《がくぜん》とする。まさに光陰矢《こういんや》の如《ごと》し、と思う洪庵を現世に呼び戻すかのように、若武者の質問の矢が飛んでくる。

「ではお言葉に甘えて、ひとつ伺《うかが》います。洪庵先生はオランダ語の聞き取りと喋《しゃべ》りに関しては、どうお考えですか。某は、直接オランダ人医師から学ぶことになるやもしれませんので」

——イヤなことを聞くものだ……。

洪庵は顔をしかめた。それは洪庵の弱点に踏み込んでくるような質問だったからだ。

さすがあの泰然の息子だけのことはある。けれども泰然のような毒気や外連味《けれんみ》は感じない。

それは良順の容貌《ようぼう》のせいかもしれない。

——鶴《つるの》子《こ》餅《もち》のような……。

そんな失礼なことを考えた洪庵は、その考えを吹き消し「茫洋《ぼうよう》たる大人」という、当たり障《さわ》りのない形容に置き換える。

いずれにしても、目から鼻へ抜けるような才子《さいし》の泰然とは真逆の印象だ。

底抜けに正直で親切な洪庵は、良順の質問にまともに答えた。

「わたしは読み解きは得意なのですが、会話が苦手なので、その問いにはお答えしかねます。ただし愚見《ぐけん》ですが、直接オランダ人と会話をするのが一番よろしいのではないかと思います。それが可能なのが長崎です。あなたのお父上も、そのように修学されていたはずです。それよりも語学の修得のため、良順殿はどのようなことが重要だとお考えか、教えてください」

良順はまじまじと洪庵を見た。この時、父・泰然が、長崎に行く前に顔を拝んでおけ、とわざわざ申し渡した理由がわかった気がした。

緒方洪庵は天下に比類《ひるい》無き蘭学の大家《たいか》で、比べれば自分など、吹けば飛ぶような存在だ。そんな若造と胸襟《きょうきん》を開いて対等に話そうとする人物など、自分の周りにはいない。

――なんとあけすけな、そしてなんと貪欲《どんよく》なお方なのだろう……。

良順はそこに、洪庵という人の本質を見た気がした。

そしてその言葉をもっと聞きたいと思い、臆《おく》さずに自分の意見を開陳《かいちん》した。

「正直申しますと某は、自《みずか》らオランダ語を修得しようなどという気は、さらさらございません。某には切り札がおります。彼《か》の者は、いかなる言葉でも、目で見て耳から聞くと、たちまち自分の中に取り込んでしまいます。島倉伊之助《しまくらいのすけ》と言いまして、某の薬箱持ちをしておりました」

「なるほど、そのような方がおられるとは心強いですね。できればわたしもそのお方に、お目に掛かってみたいものです。ご紹介いただけますか」

洪庵が青年のように目を輝かせて言うと、良順は首を横に振る。

「生憎《あいにく》、故《ゆえ》あって彼奴《きやつ》は故郷の佐渡《さど》におりますが、早いうちに長崎に呼び寄せるつもりです。とにかく不可思議な才で、中身を理解しているように思えないのに、外国語は一を聞けば十を知るようなヤツです。蘭書を書写する速さは某の十倍以上で、ひと目見た頁《ページ》を丸暗記して書き下ろしているような感じです。更《さら》に驚くことは、一度目にした文章をすべて覚えており、いつでもすぐ思い出せるという異能《いのう》の持ち主でして。眇《すがめ》でどこを見ているのかわからない様子なので、伊之助は三つの目を持ち、天意を見抜いているなどと申す者もいる始末です」

良順の用人《ようにん》だった島倉伊之助は一時、佐倉順天堂《さくらじゅんてんどう》に在籍していたが、門人につまはじきにされ、この時は故郷の佐渡に帰っていた。彼はこの後、長崎に赴き、良順の助手を務めながら蘭語の他にも中国語、英語やドイツ語を修得する。後に司馬凌海《しばりょうかい》と改名し、現在の東京大学医学部がドイツ人教師を招聘《しょうへい》した際に、ただ一人通訳として対応できたという語学の天才である。

「なるほど、適塾でいうと、村田蔵六がそれに近い才を持っていますね」

「村田先生の鳩居堂は、今や押しも押されもせぬ第一の蘭学塾です。村田先生のご活躍もあり、最近は江戸でも蘭学に対し締め付けが緩《ゆる》くなったと、父も喜んでおりました」

二年前、幕府が長崎に海軍伝習所を開設したのを機に、蘭学への傾倒《けいとう》が深まったが、世はたちまち蘭学をも飛び越え、英学に移行しつつある。来《こ》し方に思いを馳せ、自分がやってきたことは何だったのだろうとぼんやりしてしまった洪庵を、良順の声が現実に引き戻す。

「大変参考になりました。父が洪庵先生を高く評価している理由がよくわかりました」

――ほほう、この若武者は、心にもない世辞《せじ》も言えるのか。

いや待て待て、父親と同じで、一流の嫌味かもしれないぞ、とつい勘《かん》ぐってしまうのは、あの泰然の息子だというせいだ。賞賛《しょうさん》の言葉を素直に受け取れ、という方が無理がある。

だが良順のその言葉は、決してお世辞ではなかった。

その時の良順の脳裏《のうり》には、俗物と見切っていた法眼《ほうげん》・伊東玄朴《いとうげんぼく》の顔が浮かんでいた。

――あの生臭坊主《なまぐさぼうず》と比べたら、まるで桃源郷《とうげんきょう》に遊ぶ仙人《せんにん》のような……。

良順が感じ入ったのは、語学習得に関する助言ではなく、自分より格下の者にも対等かつ誠実に対応する態度が一番大切だ、というその姿勢だった。

虚心坦懐《きょしんたんかい》、自由平等。

それは洪庵の師、中天游《なかてんゆう》譲《ゆず》りの「フレイヘイド」の精神だった。

「ところで、御典医のお仕事はいかがですかな」

洪庵が話の接《つ》ぎ穂《ほ》に水を向けると、良順は深々と吐息《といき》をついた。

「いやはや、想像はしていましたが、ひどいものです。このご時世で多紀楽真院殿が思いつかれたのが古典の完全復刻で、『医心方《いしんぼう》』の原本を召し上げて、御典医総出で漢方の良方を再発見しようとして、今やらされているのは黴《かび》の生えた経典《きょうてん》の虫干しだというのですから、うんざりしてしまいます。某は佐倉順天堂で蘭方の手ほどきを受けた生粋《きっすい》の蘭方医《らんぽうい》です。それが何の因果《いんが》か漢方の総本山にぶち込まれてしまい、鬱屈《うっくつ》は甚《はなは》だしい限りです」

良順は、将軍の脈を取りご機嫌を伺うことは医師の仕事ではない、と嘆《なげ》くことしきりだ。

四十代も半ばを過ぎた洪庵は、くすくす笑う。

――血は争えないものだな。あけすけなもの言いは、お父上にそっくりだ。

だが父親よりも上品で、他人を見下すような感じはない。

「奥医師とは、なかなか窮屈《きゅうくつ》そうですね。わたしにはとても務まりそうにありません」

「洪庵先生は奥医師になぞ、絶対にならない方がよろしいかと存じます。時間と才の無駄遣《むだづか》いですから」

そう言って夕焼けに染まった窓辺を見遣《みや》った良順は、威儀《いぎ》を正した。

「思わず長居《ながい》をしてしまいました。そろそろお暇《いとま》しないと」

「あなたがなさろうとしていることは、これからの日本の医の土台となることです。お役に立てることがあれば、老骨に鞭《む》打《ち》ち協力させていただきます」

「ありがとうございます。そのお言葉を頼りに、頑張ってみる所存です」

良順は頭を深々と下げた。

それからふと思い出した、というように、懐《ふところ》から書状を取り出した。

「うっかり忘れるところでした。父からの書状をもう一通預かっております。洪庵先生との面談を終えて、辞去する際にお渡しするように、とのことでした。では御免《ごめん》」

そう言って良順が立ち去った後、洪庵はしみじみと感じ入った。

——なんと見事な立ち居振る舞い。これは泰然殿の薫陶《くんとう》の賜物《たまもの》であろう。


十一月、長崎に到着した松本良順は、医学伝習の仕組みを作るために奔走《ほんそう》し始めた。

軍医ポンペは日本の医学教育の無秩序さに呆《あき》れたが、良順の医学の理解の深さには感心した。

——マツモトを中心にすれば、素晴らしい医学校を作れるかもしれない。

軍医学校の出身で、速成で海軍軍医になったポンペは、医師としては無名で、シーボルトよりもはるかに格下だった。だがポンペには、強力な武器があった。

学生時代に几帳面《きちょうめん》に取った授業ノートを持参していたのだ。そのノートの存在と松本良順の熱意が、ポンペに壮大な構想を思いつかせた。ひとりですべての学科の教授となり教えるという、他に類《るい》を見ない仕組みの医学校を、長崎に作り上げようと考えたのだ。

こうして阿吽《あうん》の呼吸で、師・ポンペと弟子・良順の思惑《おもわく》は合致した。

良順は各藩選《え》りすぐりの精鋭を集め、十把一絡《じっぱひとから》げで部下にした。

当初、良順は、現在の蘭学教育の仕組みを踏襲《とうしゅう》すれば済むだろうと、高をくくっていた。当時の教科書は解剖《かいぼう》学の古典『解体新書《かいたいしんしょ》』、病理学の『病学通論《びょうがくつうろん》』、洪庵の訳本である内科学の『扶氏経験遺訓《ふしけいけんいくん》』の三本立てだ。

だがそれは氷山の頭の部分にすぎない。水面下の部分がなければ氷山は海面に頭を出せず、加えて実技と連動させなければ意味がないとポンペに諭《さと》され、良順は考えを改めた。

そう考えると、佐倉順天堂では外科書を会読《かいどく》しつつ、実際の外科術を行なうという仕組みは、理に適《かな》ったものだったわけだ。だがそれでも、系統立てて教えていたわけではない。

ポンペは、自分の軍医学校時代のノートを教科書にして、窮理《きゅうり》(物理)、舎密《せいみ》(化学)などの基礎科学から授業を始めた。ポンペの口述をメモして日本語に翻訳する役割は、良順が佐渡から呼び寄せた、十八歳の若輩《じゃくはい》である島倉伊之助が果たした。

こうして日本初の近代医学の教育機関である「医学伝習所」が産声《うぶごえ》を上げた。

ただしそれは非公式なもので、幕府の正式な組織ではなかった。

ところでこの時、良順が洪庵に渡した、もう一通の泰然の書状とは何だったのか。

泰然は堀田正篤《ほったまさひろ》が老中《ろうじゅう》首座になったことを、洪庵に書状で知らせてきたのだ。

——このたび堀田侯が老中首座を拝命なさることになったが、貴公のフーフェランドの訳書を出版する好機到来《こうきとうらい》と思われる。されど政情不安定な折、堀田侯がいつまで老中首座に留《とど》まるか不透明ゆえ、この機を逃《のが》さず直《ただ》ちに出版すべし。万障《ばんしょう》繰り合わせ、急ぐが吉なり。

手紙を読んだ洪庵は直ちに『扶氏経験遺訓』の出版に向けて動き出し、最後に残していた、医の心を説く黄金律《おうごんりつ》の序言「扶氏医戒之略《いかいのりゃく》」を急ぎ訳了した。江戸で蕃書調所に勤務し、洋書、翻訳書に関連した部署にいた適塾の元門人の箕作秋坪《みつくりしゅうへい》が、全面的に尽力してくれた。かくして、積年の念願だった『扶氏経験遺訓』の出版が、ついに決まったのである。

実際、筆頭老中ながら、阿部正弘《あべまさひろ》の傀儡《かいらい》とされた堀田正篤の立場は弱かった。

安政三年の十一月、薩摩《さつま》の島津斉彬《しまづなりあきら》は将軍家定《いえさだ》の正室に養女の篤姫《あつひめ》を嫁《とつ》がせて大奥に足掛かりを築き、一橋慶喜《ひとつばしよしのぶ》を将軍継嗣《けいし》にしようとした。だが徳川斉昭《とくがわなりあき》が大奥の存在に批判的だったことも相俟《あいま》って、斉彬の強引な手法は却《かえ》って大奥の反発を買い、成果を出せずに終わっていた。

その篤姫の名を憚《はばか》りこの時、堀田正篤は堀田正睦《まさよし》と改名した。そんな気遣いをしなければならないくらい、正睦が不安定で弱い立場だったことを考え合わせると、洪庵の悲願の書が無事刊行された殊勲《しゅくん》の第一はやはり、時宜《じぎ》を得た泰然の書状だったと言えるのかもしれない。

22章　ひな鳥の時代

安政四年（一八五七）

安政三年（一八五六）、木枯らしが吹き始めた十月、大坂除痘館《じょとうかん》の創設当時からの盟友である日野葛民《ひのかつみん》が、病《やまい》に伏したと思ったら、あっという間に身罷《みまか》ってしまった。

同じ頃、洪庵の義弟の郁蔵《いくぞう》も体調を崩し、社中《しゃちゅう》から身を引いた。未《いま》だに官許《かんきょ》を得られない除痘館の未来を思うと、洪庵は暗澹《あんたん》たる気持ちになる。

そんな風に沈んでしまった洪庵の気持ちを明るくしてくれたのは十一月、帰郷していた福沢諭吉《ふくざわゆきち》が再び修学を願い出てきたことだ。

前年の安政二年三月に適塾に入塾した諭吉は豊前中津《ぶぜんなかつ》藩の郷士で、長崎で砲術を学んだ兵法組だ。中津藩主の奥平昌高《おくだいらまさたか》は八代薩摩藩主・島津重豪《しげひで》の次男で、江戸鉄砲洲《てっぽうず》の中津藩中屋敷に和蘭室を設《もう》け、ヅーフやシーボルトの江戸参府《さんぷ》の際に面談した、筋金入《すじがねい》りの蘭癖《らんぺき》大名である。

下級士族の次男坊の諭吉は家老の子息の奥平壱岐《いき》に随行して長崎に留学したが、優秀すぎたために煙《けむ》たがられ、帰郷するよう仕向けられる。そこで江戸に向かおうとして途中で寄った大坂で適塾を知り、即座に入門したのである。この時、諭吉は二十二歳。

諭吉は通いの塾生になったが、今年の三月に腸《ちょう》チフスに罹《かか》り、死線を彷徨《さまよ》った。洪庵と八重《やえ》は中津藩蔵屋敷まで出向いて、臥《ふ》せっていた諭吉を毎日診察し、わが子のように看病した。

それ以後、諭吉は八重のことをおっ母《か》さんと呼び、一層慕《した》うようになった。

その後、兄が没して家督《かとく》を継いだ諭吉は、家財を処分して借財を返済し、文無《もんな》しになった。

そこで再び大坂に出る決意をする。抜け目のない諭吉は、家老が二十三両もの大枚《たいまい》を投じて購入したペルの『築城書《ちくじょうしょ》』を筆写して持参した。

洪庵はその翻訳に労賃《ろうちん》を払い、諭吉を塾に置くことにした。

諭吉が復帰すると、適塾に活気が蘇《よみがえ》った。料理屋から小皿を失敬《しっけい》して土佐堀川《とさぼりがわ》の屋形船《やかたぶね》に向けて投げつけるなど、とんでもない悪さもするが、その一方で死に物狂いで学問に励《はげ》んだ。

諭吉は血を見るのが苦手で、医師には向いていなかった。だが砲術や舎密、窮理に通じた才気迸《ほとばし》る悍馬《かんば》で、うっかり手綱《たづな》を緩めたら、どこへすっ飛んで行くのか、皆目《かいもく》見当もつかない。

豚《ぶた》の頭を買ってきて、解剖した後に宴会をする。蘭書に書かれてあったアンモニアの生成実験を井戸端《いどばた》でやったところ、ものすごい臭《にお》いを発生させて八重に大目玉を食《く》らったため、以後は川原でやるようになった。

この頃、洪庵は四十七万石《ごく》の雄藩《ゆうはん》・筑前《ちくぜん》福岡藩の御典医に登用されたが、蘭癖藩主・黒田長溥《くろだながひろ》に大坂蔵屋敷に招かれ、最新の蘭書『ワンダーベルツ』を拝見する機会を得た。

無理を承知でお願いすると、黒田侯が大坂に滞在する三日間、貴重な書籍を貸してくれた。

洪庵が持ち帰った本を見た諭吉は、「喉《のど》から手が出るほど欲しいが、八十両なんて大枚は出せない。せめて電気について最新の知見が書かれた章だけでも筆写してしまおう」と大号令を発し、塾生を総動員して、宣言通り三日三晩で電気の項を写し取ってしまった。

諭吉にはそんな風に、人々を巻き込んでいく、不思議な力があった。

「ひな鳥が雨露《あめつゆ》を凌《しの》げる広い庵《いおり》を作りたい」というのが洪庵の発心《ほっしん》だった。

諭吉はまさしくその庵に棲《す》まう主《ぬし》のような存在だった。

こうして適塾は、青雲《せいうん》の志《こころざし》を抱《いだ》く若駒《わかこま》の登龍門《とうりゅうもん》となった。だがそれは攘夷《じょうい》の嵐が吹き荒れる時代においては、地獄門になりかねない危険な要素を孕《はら》んでもいた。


諭吉が復学した十一月、洪庵は、執筆中の『颶風新話《ぐふうしんわ》』の翻訳について相談するため大野藩から出張して、久しぶりに適塾を訪問した伊藤慎蔵《いとうしんぞう》から、とんでもない話を聞かされた。

それを聞いた洪庵は怒りで震《ふる》え拳を握りしめた。

二年前、加賀《かが》の大聖寺《だいしょうじ》の渡辺卯三郎《わたなべうさぶろう》に預けた平三《へいぞう》と四郎《しろう》が脱走して、越前大野《えちぜんおおの》藩の藩校である「明倫館《めいりんかん》」の頭取《とうどり》に就任した伊藤慎蔵の元へ向かったのだという。

師に対する非礼に激怒した洪庵は、即座にふたりを勘当《かんどう》した。

久々に師・洪庵の激高ぶりを目《ま》の当たりにした慎蔵は、必死になってふたりを擁護《ようご》した。

「俺《おれ》には、坊ちゃんたちの気持ちが痛いほどわかるんです。先生は、坊ちゃんたちに酷《こく》なことをなさっています。塾生には最先端の蘭学に励めと言っておきながら、ご子息には干からびた餅《もち》のような古い学問を食させようとしているのですから」

弟子の真っ向からの忠言に、洪庵は珍しく色を作《な》して、言い返す。

「それは考え違いだよ、慎蔵。物事を学ぶには何よりも土台が大切なのだ。わたしは幼い頃、病弱で藩校を休みがちだったために、漢文の素養《そよう》に欠け、後に苦労した。わたしは子どもたちに、同じ轍《てつ》を踏ませたくないのだ」

「でも先生は適塾では、他の塾と違い、漢方の古典をすっ飛ばして、最初からオランダ語の本を学ばせていますよね。どうして坊ちゃんたちには、そうなさらないのですか?」

「他の塾生は、適塾に来る前に、きちんと漢籍を学んでいる。わたしの不徳《ふとく》で、子どもたちは漢学の素養が欠けている。そこでいきなり蘭学を学んだのでは、できの悪い二代目になるだけだ。玄朴殿や信道《しんどう》先生のご子息のようになってほしくないのだ」

「あの連中は学が先んじていることを鼻に掛け、精進《しょうじん》しようという気持ちに欠けていました。でも坊ちゃんたちは違います。真摯《しんし》に蘭学を学び、一刻も早く世に出て人さまのお役に立ちたいという気持ちでいっぱいなんです」

慎蔵の言葉に、洪庵の気持ちは揺らいだ。だが、勘当は翻意しなかった。

「仕送りは止めるが、これを機に、ふたりには人一倍精進させてほしい」

そして慎蔵に、くれぐれもふたりの教導を頼む、と頭を下げた。

八重は勘当を知り、泣いて撤回を願った。

だが洪庵は頑《がん》として聞こうとしなかった。

息子たちが大それたことをしでかしたのは、里心《さとごころ》の表れではないかと八重は直感した。

やはり親元から離すのが早すぎたのだと思うと、八重はふたりが不憫《ふびん》でならなかった。

だがそんな八重の気持ちは、頑《かたく》なになってしまった夫には伝わらなかった。

そんな八方塞《はっぽうふさ》がりの状況を打開するために動いてくれたのは、父の億川百記《おくがわひゃっき》だった。

齢《よわい》七十の百記は心配のあまり、雪深い山々を越えてまだ若い孫たちに会いに行った。

冬の険路《けんろ》を往復して戻ってきた百記は、平三の謝罪文を携《たずさ》えていた。

――父上は漢学から始めた方が益《えき》するところ大とおっしゃいますが、平三にはそうは思えません。適塾の先輩が日々、蘭語の勉学に励んでいると思うといたたまれません。慎蔵先生が大野藩に出仕《しゅつし》され、蘭学塾を開いたと聞き、矢も楯《たて》もたまらなくなり押しかけてしまいました。卯三郎先生に礼を失したことは申し開きができませんが、平三は今回のことを悔《く》いておりません。

縷々綴《るるつづ》られた息子の真情に、洪庵は胸を打たれた。

頑固な婿《むこ》の表情の変化を見た百記は、誰に言うともなく、呟《つぶや》いた。

「幼いと思うても、子というもんはいつの間にか大きゅうなって、飛び立っていくもんや」

舅《しゅうと》の呟きを聞き、平三の手紙を読んだ洪庵は、自問を繰り返した。

――わたしは間違えていたのだろうか？

その時、かつて自分を訪ねてきた松本良順の姿を思い浮かべた洪庵は、豁然《かつぜん》と悟った。

――そうだ、わたしは間違えていたのだ。

わが子は自ら、時代の渦中《かちゅう》に身を投じようとしている。

自らの翼で飛び立とうとするひな鳥に、巣立ちの時が来たのだ。

洪庵は渡辺卯三郎に、息子たちの非礼を詫《わ》びる手紙を認《したた》めた後に、平三と四郎の勘当を解いたのだった。

＊

慎蔵が大野藩藩校・明倫館の頭取に就任して、一年が経った。

安政三年、明倫館は「洋学館《ようがくかん》」と改称し、慎蔵は禄高《ろくだか》百石の藩士に取り立てられた。彼は適塾で修学していた二人の藩士を急ぎ帰藩させて講師に任じ、教育体制を整えた。すると周囲の藩からも修学希望の門人が陸続《りくぞく》と集まってきた。

英明な藩主に厚遇《こうぐう》され、慎蔵は職務に邁進《まいしん》した。主要な仕事は蘭学の教授、翻訳と、お世継《よつ》ぎへの蘭学指南だ。慎蔵は医学も教えたが、むしろ理学や数学で才能を開花させた。

安政四年（一八五七）一月、慎蔵のよき理解者の重役、内山良休《うちやまりようきゆう》が洋式船建造の調査のため江戸へ向かう。

そして十一月、西洋式大型船「大野丸《おおのまる》」の建造が決まり、慎蔵は大野丸運航のために気象学と航海術の専門書『颶風新話』を訳し終えて、師・洪庵の序を頂戴《ちようだい》した。

この本は四人の船頭《せんどう》の対話形式を取った、先駆《せんく》的な実用書だった。

またオランダ陸軍の『築城全書』全二十五巻も訳出した。それは大野藩の大目的である、国防に資《し》する著作だった。ところが藩内では旧弊《きゆうへい》の者が中枢を握り、蝦夷地《えぞち》開発や蘭学修学などは無駄飯食いだと風当たりが強まった。

鬱屈が溜《た》まった慎蔵は禁酒の誓いを破り、日に日に酒量が増えていった。

その頃、適塾出身の武田斐三郎《たけだあやさぶろう》は、箱館《はこだて》奉行所に勤務していた。彼は佐野栄寿《さのえいじゆ》に続いて、兵学の蘭書を求めて「象先堂《しようせんどう》」に移籍したが、その縁で幕府の直参《じきさん》に取り立てられていた。

安政二年、「通商は拒否するが開港する」とした日米和親条約に基づき下田と箱館を開港したが、箱館は無防備だったので、旗本格《はたもと》で箱館詰の斐三郎が防衛施設の設計を任された。

箱館湾口の弁天岬《べんてんみさき》砲台と内陸の仏式城砦《じょうさい》・五稜郭《ごりょうかく》は箱館入港中の仏軍艦「コンスタンティヌ号」の副艦長から指導を受けながら、斐三郎が設計したものだ。安政四年に着工し、弁天岬砲台は六年、五稜郭は七年で完成させている。

斐三郎は、大砲を作るための高炉《こうろ》や煉瓦《れんが》焼場の建設、洋式ストーブの製造など多方面の技術開発にも着手した。来航した西洋人から測量、捕鯨《ほげい》、採鉱《さいこう》、冶金術《やきんじゅつ》などの知見を貪欲に吸収した。大砲を作るには銑鉄《せんてつ》が必要で、良質の銑鉄を得るには反射炉《はんしゃろ》が必要だと理解した斐三郎は、反射炉を作るための勉強も始めた。

反射炉第一号は嘉永《かえい》五年（一八五二）、佐賀《さが》藩の鍋島閑叟《なべしまかんそう》が本格稼働させたもので、二号機は伊豆韮山代官《いずにらやまだいかん》の江川英龍《えがわひでたつ》が着手し、彼が死去した二年後の安政四年に息子の江川英敏《ひでとし》が完成させた韮山《にらやま》反射炉である。斐三郎は安政三年には、箱館で試験的に反射炉を作製している。

やがて箱館に幕府公認の洋学教育機関「諸術調所《しょじゅつしらべしょ》」が開所すると、斐三郎は教授になり適塾式教育を採用した。箱館で建造した西洋型帆船《はんせん》で日本一周をしたり、ロシアのニコライエフスクへの出張貿易や航海実習も行なった。

日本一周の航海の時は、佐渡沖で嵐に遭遇《そうぐう》して沈没しかけ、「酒を止《や》めるから助けてくれ」と海神《うみがみ》に祈ったところ、嵐は収まり難を逃れた。ところが上陸するとすぐさま祝杯を上げたので、船頭に「誓いを破っていいのか」と詰られると「俺は海の神さまと海の上で約束したのであって、陸の神さまは与《あずか》り知らぬ」と言ってのけたという、根っからの悪童《あくどう》だ。

「調所の連中は悪徒連《あくとれん》、武田は悪徒連の隊長」との悪評も厭《いと》わぬ斐三郎の諸術調所からは、後に幕府軍を率いて北海道に独立国を築こうとした榎本武揚《えのもとたけあき》をはじめ、郵便制度を創設した前島《まえじま》密《ひそか》、日本の鉄道の父・井上勝《いのうえまさる》などの人材が輩出《はいしゆつ》した。まさに箱館の適塾である。

大野藩に出仕した伊藤慎蔵と、幕府に召し抱えられた武田斐三郎という俊英《しゆんえい》二人に、蝦夷地開発という共通点があったのは、ある意味で必然だった。

だが残念ながら、適塾で意気投合した飲み友だちの二人が、蝦夷地経営で協力するという、夢のような場面は実現しなかった。それでも後に緒方四郎がペテルブルクに留学して、函館学校のロシア語教師になったのは、二人が導いた縁だったのかもしれない。


安政四年四月、築地《つきじ》の講武所《こうぶしよ》内に「軍艦教授所」が設置された。

六月、米国と幕府は、日米和親条約を補完する下田協約を締結《ていけつ》した。遣《や》り手の商人でもある初代米国総領事タウンゼント・ハリスは、新たに長崎を開港すること、下田と箱館に居留《きよりゆう》を許可すること、米国に有利な為替率《かわせ》、領事裁判権を認めることなどの要求を強硬《きようこう》に突きつけ、交渉に当たった下田奉行を難渋《なんじゆう》させた。更にハリスは江戸参府し、将軍にお目通りしたいという、無茶《むちや》な要求もしてきた。

そんな最中《さなか》の六月十七日、老中・阿部正弘が病没した。老中に就任して十四年、三十九歳の若さだった。多事多難の日本は、貴重な舵取《かじと》り役を失った。

彼の死は一橋派にとって痛恨事《つうこんじ》だった。

これで南紀《なんき》派は一気に優勢になり、これまで老中首座に祭り上げられながら、実権を握れなかった堀田正睦は、一気に主導権を握ることとなった。

「早見えの泰然」が見通していた時代が、ついにやってきたのである。

こうして堀田正睦は南紀派の首魁《しゅかい》、井伊直弼《いいなおすけ》と協調して、開国政策を主導していく。だが阿部正弘が登用した人材が要所に残っており、開国を方針とする堀田正睦に、いちいち逆《さか》らった。ともすれば大役を投げ出しそうになる堀田正睦をなだめすかし、開国方向へと陰で強力に導いたのが、佐藤泰然だった。

こうして蘭学者が重用される世が徐々に実現していく。それは国学を是《ぜ》とする井伊直弼には不満だったが、将軍継嗣問題で老中首座・堀田正睦を味方につけておきたいがために、反発心を隠した。井伊直弼は、亡き阿部正弘と同様、人がよく口下手《くちべた》な堀田正睦を自分の駒《こま》として使い倒そうと考えていた。堀田正睦も、裏で指導する泰然の意志を第一と考え、開国以外のことは大雑把《おおざっぱ》に受容したので、井伊直弼と堀田正睦の関係は良好だった。

十一月にはなんと村田蔵六が、講武所の教授に任命された。彼の兵書の翻訳と講義は的確かつ精緻《せいち》で、当時の最高水準の講義だと評され、このため講武所の面目《めんぼく》を一新したと言われた。

この時代、こうして日本のあちこちで、洪庵が蒔《ま》いた種が芽吹き始めていた。

江戸の村田蔵六、箱館の武田斐三郎、大野の伊藤慎蔵、佐賀の佐野栄寿、福井の橋本左内《はしもとさない》。

適塾の門下生たちは、今や日本の土台を支える人材となっていた。そして、優秀な人材を輩出する蘭学塾として、適塾の声価は日に日に高まっていった。

そんな安政四年の師走のある日、洪庵は、数名の弟子を伴い港に足を運んだ。

江戸で完成した『扶氏経験遺訓』の版木《はんぎ》が、海路で到着するとの報せを受けたためだ。

洪庵の足取りは青年のように軽《かろ》やかで、とても五十路《いそじ》を目前にした者とは思えなかった。

港に着くと、碇泊している大型船が目に飛び込んできた。

――あれが慎蔵ご自慢の大野丸か。

版木を運んできたのは、慎蔵が建造に関《かか》わった大野藩の大型スクーネル船・大野丸だった。

進水間もない新造船の、三本のマストに張られた帆《ほ》の白さが眩《まぶ》しい。

ここまでくるのに、どれほど多くの人たちの手で支えられてきたことだろう。

洪庵の脳裏に、これまで関わりを持った人の面影《おもかげ》が、浮かんでは消えていく。

漢方医の防潮堤《ぼうちようてい》は強固だったが安政三年二月、幕府は蕃書調所を設置し、洋書や翻訳書の出版はそこですべて検閲《けんえつ》するようになった。

かくして漢方医の抑圧の軛《くびき》は、あっけなく瓦解《がかい》した。

長年の確執《かくしつ》を経て、ついに西洋医学は完全に独り立ちを果たしたのである。

こうして洪庵の『扶氏経験遺訓』は、ようやく日の目を見た。

洪庵は、木枯《こが》らしが吹きすさぶ中、青空を見上げた。

高い空を流れる浮き雲が、涙でにじむ。

万感《ばんかん》が胸に押し寄せ、知らず識《し》らずのうちに、洪庵は嗚咽《おえつ》を漏《も》らしていた。

23章　戊午の栄光

安政五年（一八五八）

安政五年（一八五八）、干支《えと》で戊午《ぼご》に当たるこの年の前半、洪庵は三つの大願《たいがん》を成就《じょうじゅ》させた。

ひとつ目は、『扶氏経験遺訓』を刊行したことである。

翻訳自体は天保《てんぽう》十三年（一八四二）に終えていたが、その頃、蘭書刊行に制約が掛かり出版できなかった。だが安政二年（一八五五）に堀田正篤が老中首座になると、蘭学への抑圧が緩和され、その機を捉《とら》えて刊行に動いた。安政四年（一八五七）二月に初篇《しょへん》の許可が下り、五月には版木を作り終えた。

だがそこからがまた難航《なんこう》した。江戸時代には、読物本は原稿を買い取った版元が製作したが、医学書のような専門書は、出版許可を得るための伺い本の作成、木版の彫師《ほりし》に摺師《すりし》、製本まですべて著者が手配するため膨大《ぼうだい》な手間《てま》になる。幸い、そうした雑事は江戸にいる門人の箕作秋坪が対応してくれた。序文は彼の養父の箕作阮甫《げんぽ》に依頼したが、米国総領事ハリスの外交文書の翻訳、彼の江戸での宿舎にする蕃書調所の引っ越しなどが重なった上、江戸の種痘所《しゅとうじょ》設立のため玄朴と会合を重ねるなど超多忙で、原稿が遅れに遅れた。

しかし稀代《きだい》の名文家だけあって、届いた序文は素晴らしい出来映《できば》えだった。逆三角形の顔立ちの箕作阮甫が多忙な業務をこなしつつ、さらさらと書き上げる様子が浮かんだ。

巻末には、洪庵が出版に合わせて大急ぎで仕上げた、「扶氏医戒之略」を置いた。

そして安政四年の師走、江戸で完成した版木が大坂に届けられ、翌安政五年一月に発刊の運びとなったのである。


安政五年前半の慶事《けいじ》のふたつ目は、設立九年目で大坂除痘館に官許が下りたことである。

四月二十四日、大坂町奉行は長文のお触れと口達《こうたつ》を下した。そこには「古手町《ふるてまち》の緒方洪庵らが行なう『うゑほうそう』は怪しいものではないので、安心して受けるように」とあった。

洪庵は翌月の五月、除痘館の運営を支えてくれた社中の者を集め、報告会を開いた。

「ついに積年の願いが叶《かな》った。毎年『奉《たてまつ》り口上書《こうじょうがき》』を出しては拒否され続けたが、昨年、大坂東町奉行の戸田氏栄《とだうじよし》殿から、改めて願書を出すようにと指示され、潮目《しおめ》が変わった。戸田殿の前職は浦賀《うらが》奉行で、日米和親条約の締結に関わったお方だから理解があったのだろう」

立ち上げ当時からの社中の一人、中耕介《こうすけ》が感慨深《かんがいぶか》げに言う。

「ほんに大変でしたが、これも兄者《あにじゃ》が諦《あきら》めずに、続けてこられたからです。適塾での教育や医院の診療がどんなに忙しくても、七日目ごとの継痘日《けいとうび》には必ず顔出しされましたからね」

「いや、これはわたしひとりの功ではなく、みなの協力のおかげだ。これからは費用の心配から解放されるので、これまで積み立ててきた除痘館の利益金を、みなで分配しようと思う。長年、苦労を掛けた分には及ばないが、ささやかな祝い金と思って受け取ってほしい」

社中の面々に華《はな》やいだ声が上がる。口には出さないが、運営の苦しさは身に染みていた。

この時、洪庵は他の同僚と同じように、八重にも金子《きんす》を分配した。

八重は、最初は辞退したものの、社中の者に説得され、受け取ることにした。けれども八重には金子よりも、洪庵に認められたことの方が嬉《うれ》しかった。

「福井の笠原良策《かさはらりようさく》殿にもお礼の手紙と祝い金を送ったが、除痘館を一緒に立ち上げた日野葛民殿が二年前に亡くなり、この喜びを分かち合えなかったことが心残りだ」

洪庵は目を閉じてそう言い、ここまでの道のりを思う。それは決して平坦《へいたん》ではなかった。立ち上げ当初からの仲間は、大和屋《やまとや》を含めてわずか四名しか残っていない。

そのことに思いを馳せた洪庵は、続けて言う。

「江戸で種痘が容認されたのも大きかったのだろうな。今年一月に、伊東玄朴殿、戸塚静海《とつかせいかい》殿、大槻俊斎殿など名だたる蘭医が種痘所の開設を願い出て、八十余名の蘭方医が六百両近い金を拠《きよ》出《しゆつ》し、来月には神田《かんだ》お玉ヶ池《たまがいけ》の川路聖謨《かわじとしあきら》さまの拝領《はいりよう》地内に種痘所が設置されるとのことだ」

「それってウチの真似《まね》ごとなのに、音頭《おんど》を取った玄朴殿が、先例となるわが大坂除痘館のことにひと言も触れていないのはおかしくないですか、兄者?」と耕介が言う。

「いや、天領《てんりよう》とはいえ、所詮《しよせん》は地方都市である大坂の私的な試《こころ》みと、日本の行政を司《つかさど》る江戸での創設では次元が違う、というのが玄朴殿のお気持ちだろう。実際、その通りだからね」

真冬でも大汗をかく、脂《あぶら》ぎった玄朴の得意げな表情を思い浮かべながら、洪庵は言った。

玄朴は、自分こそが日本の蘭学界の最高峰だ、と天下に誇示《こじ》したかったのだろう。

事実、蘭学の興隆《こうりゆう》において玄朴が果たした役割は大きかった。種痘実施のための桑田立斎の蝦夷地派遣も、玄朴が仕切ったことは間違いない。西では種痘の伝道《でんどう》は、長崎の蘭医と福井の笠原良策、そして大坂の洪庵が達成した。ならば東は自分がやる、という心意気なのだろう。

「除痘館の官許に関しては、わたしの力など微々《びび》たるものだ。堀田正睦さまが老中首座になったことも追い風になったようだしね」

洪庵は、浪速《なにわ》を訪れてきた「早見えの泰然」の言葉を思い出す。

――堀田さまは章と同い年だから、あれこれ教えてやっているんだぜ。

そんな風にあちこちに気遣いをした洪庵だったが、その日の日記には誇らしげにこう綴った。

――遂《つい》に公認たる天下の種痘所と相成《あいなり》候《そうろう》儀《ぎ》、愉快至極《ゆかいしごく》なり。


三つ目の慶事は、洪庵が心血《しんけつ》を注《そそ》いだ適塾が、素晴らしい学塾になったと実感できたことだ。

四月、洪庵は久々に愛弟子《まなでし》の訪問を受けた。福井藩主・松平春嶽《まつだいらしゅんがく》に仕える橋本左内である。

洪庵は、頬をほころばせ、「元気か?」と訊《たず》ねる。

「おかげさまで息災《そくさい》でございます。ただ時折、熱は出ますが」

「それはわたしも同じだよ。お互い、病弱の身は辛《つら》いな」

前年の秋、発熱して全身がむくみ、生死の境を彷徨った洪庵の言葉には実感が籠《こ》もっていた。

左内の立ち居振る舞いは堂々たるもので、今や大藩の家老のような風格すら漂《ただよ》わせている。

適塾を退塾後、福井藩に戻った左内が、江戸で蘭学修学に励んでいたことは聞いていた。

「小生《しょうせい》は最初、福井藩の藩医に取り立てられた坪井信良《つぼいしんりょう》先生に師事《しじ》しましたが、軍事や産業も学びたくて、杉田玄白《すぎたげんぱく》先生の孫で蕃書調所教授を務めておられる杉田成卿《せいけい》先生の門も叩きました。成卿先生は酒豪《しゅごう》で、最初のうちは不調法《ぶちょうほう》な小生を、小生意気だとお考えになったようで、あまりお気に召さなかったご様子でした」

「おお、その話は人伝《ひとづて》に聞いたぞ。成卿先生は左内の鼻《はな》っ柱《ぱしら》を折ろうとして、自分でも読み解くのが難しい蘭書をあてがったが、左内がわずか三日でその難書を読み解いたので、その才能にすっかり参《まい》ってしまい、自分の右腕になれとしつこく誘ったそうじゃないか」

すると左内は照れたように微笑して、うなずく。

「確かに門下へのお誘いは受けましたが、小生は、広く社会に用いる実学を目指し、観念的な議論は避け、具体的な経世済民《けいせいさいみん》の道を目指していました。ですので、成卿先生の、学問を究《きわ》めるという姿勢とは合わず、お断りしました」

「成卿先生は残念がっただろう。それなら『今代《こんだい》の三傑《さんけつ》』にはお目に掛かったのか」

「今代の三傑」とは開明的で先進的な思想を持ち、実学を経綸《けいりん》に落とし込み、社会機構改革を目指している越前の横井小楠《よこいしょうなん》、江戸の佐久間象山《さくましょうざん》、水戸《みと》の藤田東湖《ふじたとうこ》を指す。

「もちろんです。ですが横井小楠先生とは適塾時代にお会いし、その学識に感心したものの、敵《かな》わないとは思いませんでした。佐久間象山先生は西洋事情に明るく、兵器や兵法に通じ、その海防策は一聴《いっちょう》に値するものがありましたが、意外に身分や服装にこだわり、自説を枉《ま》げない傲岸《ごうがん》不遜《ふそん》な性格で、小生とは肌が合いませんでした。最も感心したのは激烈な詩人としても有名な、水戸藩の藤田東湖先生でした。お目に掛かると小生は開口一番《かいこういちばん》、このように問いかけたのです。

『列強と比して軍備、国力は雲泥《うんでい》の差。かような状況で外夷《がいい》を討《う》てましょうか』と」

「攘夷の総本山、水戸の統領《とうりょう》に開国を説くなど、熊《くま》の檻《おり》に手を突っ込むようなものではないか」

「ええ。でも東湖先生は外見は熊の如く剛直《ごうちょく》ながら思考は柔軟で、小生が西洋列強の現状を諄々《じゅんじゅん》と説くと攘夷論をあっさり捨て、たちまち開国論に転じたのです。東湖先生こそ乱世の日本を教導できるお方でした。先の安政の大地震で亡くなられたのは、返す返すも惜しまれます」

洪庵は目を閉じて、ただ一度きりとなった、藤田東湖と左内の面談の様子を想像する。

大きな眼を炯々《けいけい》と光らせ、朱鞘綿糸《しゅざやめんし》巻《ま》きの長剣を手元に置いた東湖は、山賊《さんぞく》の大親分のよう。

一方の左内は身の丈《たけ》五尺《しゃく》、眉目秀麗《びもくしゅうれい》で撫《な》で肩の優男《やさおとこ》で、美女と見紛《みまご》う端整《たんせい》な顔立ち。

二人が対峙《たいじ》した場面は、歌舞伎《かぶき》の九郎判官義経《くろうほうがんよしつね》と武蔵坊弁慶《むさしぼうべんけい》の対面の名場面のようだ。

「そういえば左内は、念願の武家になったそうだな。どうしてそんなことができたのだ？」

「それも東湖先生のおかげです。『越前に人なし』と嘆いた鈴木主税《すずきちから》殿に小生を紹介してくださり、主税殿の推輓《すいひ》で安政二年十月、藩主を守護《しゅご》する御書院番《ごしょいんばん》に任じられ、念願の士分になれたのです。以後、小生は春嶽さまの小姓《こしょう》を務め、江戸で春嶽さまが薩摩藩主・島津斉彬さまと会談された際には、斉彬さまの腹心《ふくしん》の西郷隆盛《さいごうたかもり》殿にも引き会わせていただきました」

「初心を貫《つらぬ》いたわけか。藩校の『明道館《めいどうかん》』の立て直しの方は、どうだった？」

「当初は若気《わかげ》の至《いた》りで、福井のような狭い地に戻る意味がない、などと不遜なことも言いましたが、藩校を主幹《しゅかん》した鈴木主税殿に臨終《りんじゅう》の席で後事《こうじ》を託《たく》された時、洪庵先生の『適塾の精神』を思い出し、福井にその精神を打ち立てようと思ったのです」

洪庵は驚いて訊ねる。

「それは光栄な話だが、左内が受け取った適塾の精神とは、いかなるものだったのかな」

「『教育こそ国家の土台である』という先生のお言葉に象徴されることで、西洋の学問の真髄《しんずい》に敬意を払いつつ、古来の儒学精神も念頭に置き、西洋の技術の利を取り入れ、実を挙げるという現実主義です。小生はそれを実現することで、日本の近代化を目指したいのです」

洪庵は左内の要約に感心した。こうした融通無碍《ゆうずうむげ》の談論が左内の真骨頂《しんこつちょう》なのだろう。

「旧弊《いちじる》しい福井藩で古参《こさん》の反対派を『鸚鵡芸《おうむげい》』と罵《ののし》りつつも明道館を開館し、安政四年四月には『洋書習学所』の開設にこぎつけました。ところが小生が断行した福井の教育改革は、小生が離福《りふく》した翌日から巻き返しに遭《あ》い、明道館も『洋学習学所』も不振となり、頓挫《とんざ》してしまいました。江戸では老中首座・阿部正弘さまが亡くなり一橋派は船頭を失ったため、わが主君は小生に京都入説をお命じになり、交渉の全権を一任されたのです」

「そんな幕府も関わるような重大事を、左内のような若輩がなんとかできるのか？」

「おっしゃる通り、小生の如き若輩者が奔走せざるを得ないが故《ゆえ》に『越前に人なし』なのです。ただ慶喜さまは博学《はくがく》ながら衒学《げんがく》の徒《と》で、ためにする議論を好み、人を人とも思わぬ傲岸不遜なところもあり、小生はあまり評価しておりません。小生の主な関心は条約締結の方ですので、わが君の『朝幕の間隙《かんげき》を弥縫《びほう》し、継嗣の持論を遂げよ』との命の『継嗣の持論』に、『条約締結の持論』も重ね読みすることで、両方を小生の思うままにしようと考えたのです」

「それでは本末転倒《ほんまつてんとう》だな」と洪庵が微笑すると、左内もつられて笑顔になる。

「主客転倒《しゆかくてんとう》、とも申します。ただその時に改めて気がついたのですが、英明なはずの春嶽さまは、実は攘夷のお考えに凝《こ》り固まっておられたのです。これには大層驚かされました」

「春嶽侯は水戸の徳川斉昭さまに心酔《しんすい》され、国学の権威で和歌も嗜《たしな》む橘 曙覧《たちばなあけみ》殿を重用《ちようよう》されていると聞く。ならばさほど不思議でもないのではないか」

「それはそうなのですが、春嶽さまに攘夷を信奉《しんぽう》されては小生の目論見《もくろみ》は破綻《はたん》してしまいます。そこで小生はわが君を折伏《しやくぶく》し、以後、春嶽さまには無事、開国論者に転向していただきました」

こともなげにそう言った左内は、いたずらっ子のような表情で笑う。それは武士としてとんでもない不遜な話だが、純粋に理の世界に生きる左内は、まったくそうは思っていないようだ。

こうして後顧《こうこ》の憂《うれ》いをなくした左内はまず、幕府の公論をひっくり返すべく、上洛《じょうらく》前に川路聖謨に会い、条約締結を通すためには一橋慶喜推戴《すいたい》を朝廷に申し出るのが早道だと説いた。父の水戸の烈公《れっこう》は攘夷派の首魁だが、一橋慶喜は利に聡《さと》いので就任後に意見を変えてもらえばよい。水戸の烈公にはわが子のため、開国の方針を呑《の》んでもらう、という発想だ。

それでは朝廷が望む、攘夷ができなくなるが、そこは朝廷の意向は無視してよいのだという。江戸開闢《かいびゃく》以来、幕府が政策に関して朝廷の承認を得ようとしたことは一度もなかったからだ。

続いて左内は朝廷工作として、取り巻きの攘夷論者、王室書生の面々を論破《ろんぱ》した。

そしてわずか二ヵ月で摂政《せっしょう》、関白《かんぱく》を輩出する五摂家《ごせっけ》を折伏し、公論をまとめたという。

ところがそこで幕府は下手《へた》を打った。老中首座の堀田正睦が上洛して直接、朝廷の勅許《ちょっきょ》を得るという奇手に出たのだ。本来であれば政事は幕府の所管なので強行すればよいだけのこと。だが海防掛の主要な役人は、阿部正弘が任命した現状維持の開国消極派で、思うように同意が得られず、堀田正睦は朝廷の勅許を得ようと一気に勝負に出たのだ。しかし正睦は訥弁《とつべん》で、公家《くげ》から拙人と舐《な》められて、奇策《きさく》のつもりが、策士策に溺《おぼ》れるとなってしまったのだという。

洪庵の脳裏には、頭を掻《か》きながら「やっちまったよ」と苦笑する泰然の姿が浮かんだ。

ここで暗躍《あんやく》した南紀派の切り札が、井伊直弼の腹心・長野主膳《ながののしゅぜん》だった。

この時、将軍継嗣問題と条約締結という二つの問題で、主膳と左内は、前者では反目《はんもく》し、後者では協調していた。

長野主膳は巨額の賄賂《わいろ》を投じ「条約の件は幕府に任せる」という案文を朝議で可決させた。

ところが長州《ちようしゆう》と結託《けつたく》して倒幕を目論《もくろ》む下級公卿・岩倉具視《いわくらともみ》が暗躍し、八十八名の下級公家が連署した「廷臣八十八卿の列参」にて、「勅許を改作せよ」との意見書を出したため、関白は腰《こし》砕《くだ》けになり「条約締結に関しては再検討を要す」という、どっちつかずの勅答に改変されてしまった。それは幕府にとって、拒否されたのも同然だった。

そして結局、三月二十六日に「条約勅許は認めず」と決定されてしまった。

だが左内はめげずに、岩瀬忠震《いわせただなり》と諸事を語り合い、善後策を講じたのだという。

長野主膳が暗躍しているとなると継嗣問題の方も危《あや》ういのではないか、と洪庵は案じた。しかし左内は、むしろ継嗣問題の方は問題がない、と楽観視していた。

「最後の詰めで、鷹司《たかつかさ》家の侍講《じこう》の三国大学《みくにだいがく》殿に太閤《たいこう》・政通《まさみち》殿の懐柔《かいじゆう》を依頼しておきました。ここまで備えておけば、まず大丈夫だと思います」

洪庵の胸中に、かつて感じた危うさが蘇る。

おそらく今の論客で左内に匹敵《ひつてき》する者はいないだろう。

しかしながら、その論が正しく一分の隙《すき》もないが故に、凡人《ぼんじん》の反感を掻き立ててしまう。

左内がことを成そうとした時、凡百《ぼんぴやく》の有象無象《うぞうむぞう》の抵抗が最大の敵になるのではないか。

だが天馬《てんま》はすでに、蒼穹《そうきゆう》に舞い上った。あとは天翔《あまかけ》る彼を見守るしかない。

「大変だったね。だがそんな大事の最中、なぜわざわざ適塾を訪ねて来たのかな」

「今回伺ったのは『航海術原書取調のため大坂行き仰《おお》せ付け』という藩命を果たすためです」

「お前も知っての通り、適塾には航海術の原書はない。それなら大野藩に登用された伊藤慎蔵に相談した方がいいと思うが」

「むろん、存じております。慎蔵さんの活躍には刺激を受けております。実は浪速行きは、この藩命を果たすための隠《かく》れ蓑《みの》でした。でも白状しますと小生にとって、隠れ蓑とした浪速行きこそが真の目的で、これもまた主客転倒の韜晦《とうかい》なのです。小生は洪庵先生にお礼を申し上げたかったのです。かつての小生は思い上がりも甚だしく、医の心を軽んじておりました。それを洪庵先生が糺《ただ》してくださったおかげで、今日の小生があるのです。先日、『扶氏経験遺訓』を拝読して、改めて先生の慧眼《けいがん》に感服《かんぷく》いたしました。その一言一句《いちごんいっく》に触れ、適塾に在籍した当時を思い出したのです」

「あれは左内の助力のおかげで、正しく翻訳できたのだ」

「とんでもない。小生の貢献など微々たるもの。今や、適塾の評判は天下に轟《とどろ》き、日《ひ》の本《もと》一の蘭学塾となったのは、洪庵先生のお力です。先生は日本一の蘭学者でありながら、研鑽《けんさん》を怠《おこた》っておりません。小生はそんな想いを先生にお伝えしたかったのです」

洪庵は首を横に振った。

「わたしが日本一の蘭学者とはおこがましい。東には象先堂の伊東玄朴先生や順天堂の佐藤《さとう》泰然先生がおられ、鳩居堂の村田蔵六もいる。わたしの才なぞ、その方たちと比べれば、浜の真砂《まさご》のようなものだ。だがわが適塾が日本一の蘭学塾だというのは正しい。左内を筆頭に長州の村田蔵六、大野の伊藤慎蔵、箱館の武田斐三郎、医の世界の長与専斎《ながよせんさい》や高松凌雲《たかまつりょううん》など、盛名《せいめい》を上げた者は綺羅星《きらほし》の如くだ。今も塾頭の福沢諭吉の下、多くの俊英が研鑽に励んでいる。そんな塾生が世の中のため人のため、たゆまず尽力《じんりょく》してくれているからね」

すると左内は首を強く横に振った。

「おっしゃる通りです。けれども雨露を凌《しの》げ、空腹にならずに勉学に励める、塾生にとっての桃源郷である学堂《がくどう》を作ってくださったのは、洪庵先生です。そんな先生はやはり、われわれにとって日の本一の師なのです」

その言葉を聞いて、洪庵の全身に喜びが電流のように走る。

自分がやってきたことは間違いではなかったのだ。

「それは、そうかもしれないね」と洪庵は呟くように言う。

洪庵をまっすぐに見つめた左内は一転して、か細い声で訊ねた。

「洪庵先生に、お伺いしたいことがあります。先生の目には今の小生は、いかように映っておりますでしょうか」

洪庵は息を呑む。その問いは、天翔る若き英傑《えいけつ》らしからぬものだった。

これまでどれほど忠告しても、左内は、自分が思い定めた道を突き進んで来たはずなのに、と洪庵は怪訝《けげん》に思う。だが次の瞬間、自然に言葉が、洪庵の口をついて出た。

「私心なく天下のため身を捧《ささ》げ粉骨砕身《ふんこつさいしん》している左内は、適塾の誇りだ。一時でも左内を教えることができたことを、わたしは嬉しく思う。わたしは『大医《たいい》』というものがわからなかった。だが今の左内を見ているとよくわかる。左内はわたしの弟子であり、師でもある」

洪庵はそう言うと、じっと愛弟子を見つめて、続けた。

「左内、お前は迷うことなく、そのままお前の道を行けばいい」

しばらくの間、左内は身じろぎしなかった。

ふと見ると彼の頬を、滂沱《ぼうだ》の如く、涙が流れ落ちている。

「ありがとうございます。洪庵先生にそう言っていただいて、安堵《あんど》いたしました。正直申しまして、小生がやっていることは、賽《さい》の河原《かわら》の石を積み上げるようなもので、所詮は徒花《あだばな》なのではないか、と空《むな》しく思うこともございました。でも先生のお言葉で、胸のつかえが下りました。明日からまた一意専心《いちいせんしん》、邁進して参ろうと思います」

そう言いながら左内は、次第に前のめりになり、ついに畳《たたみ》に突っ伏してしまった。

「無様《ぶざま》な姿をお見せして、申し訳なく……ただ小生もさすがに少々、くたびれてしまいまして……許されるなら、しばらく、休ませていただきたく……」

蠟燭《ろうそく》が燃え尽きたかのように眠り込んだ愛弟子を見つめていた洪庵は、立ち上がる。着ていた羽織を脱ぎ左内の身体《からだ》に掛けると、行灯《あんどん》の灯《ひ》を吹き消し、部屋を出て行った。

翌朝。

洪庵が書斎《しょさい》に行くと、左内の姿はなく、丁寧《ていねい》に畳《たた》まれた羽織の上に一文が添えられていた。

生キテハ名臣《めいしん》トナリ　死シテハ列星《れっせい》ト為《な》ラン

黒々とした雄渾《ゆうこん》な筆に視線を注いだ洪庵は、身じろぎもできなかった。

左内の墨痕《ぼっこん》は洪庵の胸に、一抹《いちまつ》の黒雲を残した。

それはこれから先の、左内の運命を暗示しているかのようだった。

24章　虎狼痢・猖獗

安政五年（一八五八）

しばらくして洪庵は、とんでもない噂《うわさ》を耳にした。盤石《ばんじゃく》だと思われていた一橋慶喜の擁立が、梟雄《きょうゆう》・長野主膳の策謀《さくぼう》でひっくり返されてしまったのだという。

井伊直弼の懐刀《ふところがたな》と松平春嶽の智恵袋の争いは、熾烈《しれつ》を極めた。

最初は朝廷に働きかけ、「嗣子《しし》は『年長、英明、人望』の三条件を満たす人物たるべし」との文言《もんごん》を勅諚《ちょくじょう》に入れさせることに成功した左内に、軍配《ぐんばい》が上がった。

それは一橋家継嗣の聖断《せいだん》に等しく、左内は成功を確信して洪庵の元を訪れたのだ。

ところが長野主膳は賄賂と脅迫《きょうはく》という飴《あめ》と鞭を使いこなして関白・九条尚忠《くじょうひさただ》に文言を変更させ、肝心《かんじん》の三要件を勅諚から省《はぶ》き、骨抜きにしてしまった。

その結果、二日後の勅諚は一転、一橋派、南紀派のどちらとも取れる文言になってしまった。

更にとんでもない事態が続く。

四月二十日、老中首座・堀田正睦が江戸に帰着し、その三日後、彦根《ひこね》藩主・井伊直弼が大老に就任したのだ。それは暗愚《あんぐ》と言われた将軍家定が抜いた伝家《でんか》の宝刀《ほうとう》だった。

政策について朝廷にお伺いを立て、徳川家の大政の根拠を揺るがしたのは、徳川宗家《そうけ》としてとうてい容認できないことだった。だがそれ以上に、将軍継嗣で徳川慶福《よしとみ》から一橋慶喜の推戴に変更したことが、家定の逆鱗《げきりん》に触れたのだ。

家定の処断は、果断かつ峻厳《しゅんげん》だった。

これで一橋派は一気に劣勢になり、松平春嶽は窮地《きゅうち》に陥《おちい》り、左内の運命も暗転する。

思えば四月、左内が適塾に洪庵を訪ねた時が、彼が最も光り輝いていた瞬間だった。

徳川譜代《ふだい》筆頭で、代々大老を輩出した名家・井伊家の御曹司《おんぞうし》でありながら、十四男で養子縁組もできず、捨て扶持《ぶち》の三百俵《ぴょう》を与えられ、「埋木舎《うもれぎのや》」と自嘲《じちょう》した部屋住みで終わる運命だった不遇《ふぐう》の男。ところが父と兄が次々に亡くなり、直弼は彦根藩三十五万石の太守《たいしゅ》となった。

それから八年。ついに幕閣の最高位に昇り詰めた井伊直弼は、就任直後から強権を発動して、苛烈《かれつ》な恐怖政治を断行する。その手始めが、将軍継嗣問題に決着をつけることだった。

五月一日、井伊直弼は徳川慶福の将軍就位を内奏《ないそう》した。

これは違勅《いちょく》だったが、朝廷は、徳川家の内情に関しては大目にみるという立場で応対した。

そんな中、幾度もの調印延期に業《ごう》を煮やした米国総領事ハリスが、江戸沖に軍艦を乗り入れてきた。このため六月十八日、大老、老中、若年寄《わかどしより》、三奉行、海防掛が急遽《きゅうきょ》合議を開いた。

井伊大老は翌六月十九日、勅許を得ないまま日米修好《しゅうこう》通商条約の締結を強行する。

条約締結の中心人物だった岩瀬忠震は「勅許を得ずに条約を締結したのはやむをえないが、大老か老中かが朝廷に事情を申し上げ、ご諒恕《りょうじょ》を請《こ》い奉るべきである」と主張した。

井伊大老はこの諫言《かんげん》を無視し、調印翌日の二十日に、五老中連名の紙片《しへん》のみで朝廷への報告を済ませてしまい、孝明《こうめい》天皇を激怒させる。

だがそれは、徳川家の権威を重んじる井伊直弼にすれば、先例に則《のっと》った当然の対応だった。

井伊大老は返す刀で、条約締結に心血を注いできた、老中の堀田正睦を罷免《ひめん》した。

それは南紀派を裏切り、一橋派に寝返った正睦に対する処断だった。

この一気呵成《いっきかせい》の流れに慌てふためいた一橋派の対応は、あまりにもお粗末だった。

六月二十三日、幕府が提示した条約の内容に激怒した慶喜は、直談判《じかだんぱん》のため江戸城に乗り込んだ。ところが腰砕けになり条約締結を寛恕《かんじょ》した上、慶福の将軍就任までも容認してしまう。

翌二十四日には松平春嶽、島津斉彬、徳川斉昭らが登城し、井伊大老の独断専行《どくだんせんこう》を責めた。

いわゆる「不時登城《ふじとじょう》」である。

翌二十五日、井伊直弼は慶福の将軍就任を発表し、朝廷に奏聞《そうもん》した。こうして将軍継嗣問題をあっさり片付けた直弼は、直ちに一橋派の粛清《しゆくせい》に取り掛かる。

七月五日、「不時登城」の斉昭《よしあつ》を「隠居慎み《いんきよつつし》」に、松平春嶽を隠居・謹慎に処した。

翌六日には水戸藩主・慶篤を登城差し止めに処し、一橋慶喜を登城禁止とする。

これらは将軍家定の名で下された処分だったが、実は家定は七月四日に没していた。

井伊直弼が三侯の処分を急いだのは七月四日に「三家か大老のうち一人を上京させ説明せよ」という勅命が下ったためだ。ここで朝廷の横車が通ったら、すべては灰燼《かいじん》に帰《き》してしまう。

それは井伊直弼一世一代の大博打《おおばくち》であり、間一髪《かんいっぱつ》の綱渡り《つなわた》だった。

そうした処分を確定した八月八日、ようやく十三代将軍家定の喪《も》を発したのである。

そんな中、機を見るに敏《びん》な蘭医の首魁、伊東玄朴の動きは、沈滞《ちんたい》した医療の世界を切り裂き、蘭学の興隆のため、いよいよその本領を発揮する。

七月、脚気《かっけ》で死去した将軍家定への診療対応で、高く評価された玄朴は、「漢医洋方を用いるの禁（蘭方の禁）」が解かれると同時に、蘭医で初の奥医師に任じられた。

その機を捉えて玄朴は、蘭学仲間の戸塚静海、竹内玄同《たけのうちげんどう》も法眼《ほうげん》に任じさせた。詳《つまび》らかに内情を知る将軍侍医《じい》の伊東玄朴は、一気に蘭医の勢力伸張を達成したのである。

奥医師職を独占していた漢方医は、政医・玄朴の剛腕に、なす術《すべ》がなかった。

思えば五月のお玉ヶ池の種痘所開設もギリギリのタイミングだった。

後ろ盾《だて》の川路聖謨は勅許獲得に失敗したため、堀田正睦と時期を同じくして失脚《しっきゃく》した。

もしも玄朴の働きかけがほんの少し遅れていたら、種痘所が設立できたかどうかは疑わしい。

徳川家至上主義の井伊直弼は、阿部正弘が諸侯に意見を聞いたり、堀田正睦が朝廷に奏聞したことが気に入らなかった。朝廷は東照公《とうしょうこう》以来、幕府に政務を一任してきた。これを幕府の要職者が自ら破ったため、水戸や越前がよけいなことを言い出し、ついには外様《とざま》まで横議《おうぎ》するに至ったのだと考えた。すべては阿部正弘や堀田正睦が弱腰《よわごし》だったせいだ、と考えた直弼は、合議による妥協政治を廃し、独裁的な高圧政治へ転換した。そして日米和親条約の締結を強行し、後継将軍を決定して目障《めざわ》りな三侯を蹴散《けち》らしたわけだ。

だが、朝廷を軽視したツケは、あまりにも大きかった。

それが八月の「水戸勅諚事件」となるのである。朝廷は井伊大老の不敬《ふけい》を名指しで非難し、「君側《くんそく》の奸《かん》、井伊を排除し三卿《さんきょう》に政《まつりごと》を司るように」という勅諚を水戸藩に下したのだ。

三卿とは田安《たやす》家、一橋家、清水《しみず》家を総称した呼び名で、この場合は一橋の慶喜を指す。

これは開祖二百五十五年、朝廷から統治権を委譲《いじょう》された徳川幕府の、政権の根拠を揺るがしかねない、看過《かんか》できない大事件だった。

城内は老中首座の交替で不穏《ふおん》な空気に包まれたが、一度できた蘭学傾倒の流れは、そう簡単には変わらない。「西洋堀田」の方針は継続し七月、幕府は奥医師に蘭医学の兼修《けんしゅう》を許した。

こうなれば、洪庵の『扶氏経験遺訓』の刊行が中止になる心配はなくなった。

世情が激変する中、大野藩に仕官した伊藤慎蔵は着々と成果を上げていた。重臣の内山良休が主導する藩政改革で莫大《ばくだい》な借金を解消し、新造の大野丸も就航した。当時、樺太《からふと》は日露和親条約による国境が未画定で、幕府は樺太を含めた蝦夷地の開拓事業を奨励していた。

大野藩主の土井利忠《どいとしただ》は蝦夷経営を目指し、北樺太に総督《そうとく》以下を設け、藩士を派遣した。

この案件にも慎蔵が関わっていた。大きな視座から見ればこれも適塾の成果と言えるだろう。

安政五年の後半、このように不穏な空気が漂う中、日本はふたつの災厄《さいやく》に襲《おそ》われる。

疫病《えきびょう》の天災「コレラの流行」と、悪意の人災「安政の大獄《たいごく》」である。

＊

安政五年（一八五八）七月。

長崎でポンペを教官とした医学伝習所が稼働して、半年が経った。

ポンペは系統立てた講義をしたが、オランダ語の講義についていける者がいない。

ひとり松本良順の付き人として参加した島倉伊之助だけが講義を漢文に訳し書き取っていた。

このためポンペの講義を伊之助が筆写し、改めて良順が教授する形に落ち着いた。

父・泰然と違い、良順は律儀《りちぎ》で几帳面だった。規則に従順だったのは、奥医師だったせいかもしれない。それが泰然をして、佐藤家は代々小粒になっていくと嘆かせる一因でもあるが、新しい制度を作る際には有利に働いた。非公式な組織である長崎医学伝習所がその形を整えることができたのは、良順の力に拠《よ》るところが大きい。

一方で色里《いろざと》に足繁《あししげ》く出入りしつつも女色《じょしょく》に溺れない、という点は父・泰然にそっくりだ。

良順は丸山《まるやま》の「引田屋《ひけたや》」を贔屓《ひいき》にした。そこは父・泰然も根城《ねじろ》にした茶屋《ちゃや》だったが、そんなことを、良順は知る由《よし》もない。

そんな良順が体調不良を感じたのは、六月中旬の昼下がりのことだ。

前の晩から吐《は》き気がして、腹が緩くなり激しい下痢《げり》になった。

前日、市内に下痢・嘔吐《おうと》の患者が続出し三十名が発症したという届け出があった。更に停泊中の米国軍艦ミシシッピー号の乗組員が多数、同様の胃腸病に罹患《りかん》しているという話もある。

――コレラかもしれない。

そう思った瞬間、寒気《さむけ》で全身が震え出した。まさにご明察《めいさつ》だった。

だが良順は強運だった。彼を診《み》たのは日本で一番の医学知識を持つポンペだったからだ。

ポンペは、バタビアや清《しん》国でコレラが流行しているという情報をいち早く摑《つか》んでいた。なので医学書を事前に調べていたため、迅速に対応できたのである。

ポンペの治療で一命をとりとめた良順は、ポンペの「治療メモ」を訳した。

湯で全身浴をさせ、解熱作用のあるキニーネに加え、腸の蠕動《ぜんどう》を抑えるアヘンを服用させる。所謂《いわゆる》「ポンペ口授《こうじゅ》」だ。だが後年、この処方は実効性がないことが判明する。

ポンペは感染者を直接診療したい、と奉行所に申し出た。

シーボルト事件以後、オランダ人医師による直接の医療行為は行なわれておらず、奉行所は難色を示した。だが良順が粘り強く交渉し、良順や目付《めつけ》が同席するという条件で了解させた。

この時、人口六万人の長崎でポンペの治療を受けたコレラ患者は千五百人余に達し、その半数が救命されたという。


同じ七月、足守藩主《あしもり》のお世継ぎが大病を患《わずら》い、藩医の洪庵は足守に召された。

その訪問は故郷に錦《にしき》を飾る凱旋《がいせん》となった。塾生二人を筆頭にした、総勢十九名の行列は浪速の適塾の威光《いこう》を示し、故郷の母・きょうを喜ばせた。

八月四日、足守から戻った洪庵は高熱を発して寝込み、人事不省《じんじふせい》になった。

夜、意識が回復すると自ら「劇症間歇熱《かんけつねつ》」と診断し、キニーネを服用した。マラリアと診立《みた》てたわけだが、一足早くコレラに罹患していた可能性もある。

八月中旬、大坂でコレラが流行し始めた。漢方医は暑気《しょき》あたりの「霍乱《かくらん》」と診断した。

これを洪庵はコレラと診断し、「虎狼痢」の字を当てた。大坂の病死者は八月中旬から九月中旬までの一ヵ月で一万人を超えた。洪庵は病み上《や》がりの身を押して獅子奮迅《ししふんじん》で対応した。

コレラ患者を往診するため、洪庵の駕籠《かご》が浪速の街を走り回る。「最早《もはや》六十日来実に昼夜寸暇《すんか》なくただ病用のみに奔走、殆《ほとん》ど弱り入り申し候」と手紙にも書いている。

だが当然、限界はある。なにしろ診断法も治療法も、確立されていないのだ。

「身体を温め粥《かゆ》を飲ませ、下痢をした者は隔離《かくり》する」という対応は、経験則に基づいていた。

洪庵が適塾生に対応させなかったのは、万が一、適塾でコレラが発生したら、密集空間なので収拾がつかなくなってしまうだろうと恐れたからだ。

民草《たみくさ》は神仏《しんぶつ》頼みとなり、京では祇園《ぎおん》で千度詣《せんどもうで》が流行《はや》り、秘仏以外はすべて御開帳《ごかいちょう》された。大坂では一日二百人を超える死者で荼毘所《だびしょ》は一杯になり、棺《ひつぎ》の中で死者が蘇生《そせい》するという騒動も起きた。そんな惨状《さんじょう》の中、医師は確かな指針を渇望《かつぼう》していた。

そこに流布《るふ》したのが、長崎奉行が配布した、コレラ治療法の「ポンペ口授」である。

だが一読して洪庵は違和感を抱いた。「ポンペ口授」では病期を考えずにキニーネやアヘンの使用を推奨《すいしょう》していたが、それは洪庵の臨床経験とは乖離《かいり》していたからだ。

洪庵は、日中は往診して治療に当たり、夜は手元にある複数の蘭医書を研究した。

そして八月十七日から五日間、カンスタットの『治療書』、コンラジの『病理各論』、モストの『医家韻府《いかいんぷ》』という三冊の内科書からコレラ治療法の部分を抜粋《ばっすい》して翻訳し、九月六日に完成させた。これが洪庵の代表作のひとつとなる『虎狼痢治準《コロリちじゅん》』である。

洪庵はその冊子を「百部絶板、不許売買《ふきょばいばい》」で、各地の医師に配布した。

そこで「虎狼痢」を「印度霍乱《インドかくらん》」と定義したのは、漢方医との融和《ゆうわ》を図ろうとした、苦肉の妥協案だった。その冒頭の題言《だいげん》の長嘆息《ちょうたんそく》が、当時の洪庵の心情を余さずに伝えている。

「文政五年のコレラ流行時に、適切な方法を立て、治療した者があったという事案は耳にしない。三十六年経った今も状況は変わらず、方針も計画もなく、ただ焦るばかりである」

洪庵は、桂枝《けいし》（シナモン）の粉末が主成分の「芳香散《ほうこうさん》」と、腹部を温める「芥子泥《からしでい》」の湿布《しっぷ》を推奨した。

初期の患者には麦や米の煮汁、粥汁を与えたが、後年、急性期コレラの主な死因が脱水症状と判明し、基本治療は経口輸液《けいこうゆえき》としたのと整合する。

一方、「ポンペ口授」で下痢止めとして推薦されたキニーネの価格が高騰《こうとう》し、大坂では薬問屋から払底《ふってい》した。治療法に疑念を持った洪庵は『虎狼痢治準』で「ポンペ口授」を糾弾《きゅうだん》する。

「ポンペが示したのはキニーネとアヘンの混合薬で、古くからある治療法である。だが病の三期の『初期、歇冷期《けつれいき》、抗抵期』に応じた処置を論じておらず、お粗末である」という批判は手厳しく、人格者で温厚な洪庵にしては珍しく、感情的な他者攻撃となった。

すると十一月、長崎の松本良順から洪庵に、激烈な抗議文が届いた。

「洪庵先生のポンペ誹謗は酷すぎる。キニーネの使用は成書を参考にしたもので、問題があるとすれば自分の翻訳のせいだ」と書かれた手紙には、ウンデルリッヒの書物の原文が添えられていた。仔細《しさい》に検討してみると、確かに良順の訳は間違いとは言えないまでも不正確であり、そのために生じた誤解だと判明した。

自分の誤りを知った洪庵は即座に『虎狼痢治準』を追加印刷し、巻末にウンデルリッヒの書の抄訳《しょうやく》と「ポンペ口授」に良順の手紙を添えて経緯《けいい》を説明し、「当時は急いでいたため不要に他人を貶《おとし》めてしまった」と謝罪した。良順の書状を届けた石井謙道《いしいけんどう》は、そんな洪庵の誠実さに感銘《かんめい》を受け、適塾で修学したい、と申し出た。

「私は長崎で修学していますが、冷遇《れいぐう》されています。ポンペ先生の授業を聞くこともできず、長崎にいても蘭医学を会得《えとく》できそうにありません。どうか適塾に入塾させてください」

石井謙道の訴えを聞いた洪庵は、考え込んだ。

彼の父は鳴滝塾《なるたきじゅく》出身の岡山の蘭医で、嘉永五年（一八五二）に勝山《かつやま》藩の藩医に登用された石井宗謙《そうけん》だった。謙道は十三歳でその父につき従い江戸に上り、箕作阮甫の門下生となり、桂川甫周《ほしゅう》のオランダ語辞典の編纂《へんさん》にも関わっている。なので長崎での冷遇ぶりは奇妙に見えた。

だがそれには相応の理由もあるようにも思われた。彼の父・宗謙がシーボルトの娘のイネに対して行なった狼藉《ろうぜき》が尾を引いているのではないか、ということだ。

二宮敬作から紹介され、イネに産科の手ほどきをした宗謙は、イネを手籠《てご》めにして孕ませてしまった。門下生として許されない所業《しょぎょう》である。洪庵は、村田蔵六からその話を聞いていた。

蔵六が宇和島藩に出仕した頃、二宮敬作がイネを宇和島に呼び、二人は師弟関係にあった。にわかに信じ難《がた》いが、美貌《びぼう》のイネがさいづち頭の蔵六を慕っているという噂もあった。思えば、その話をした時の蔵六の様子は普段と違い、冷静さを欠いていたようにも見えた。蔵六もまた、イネを憎からず思っていたのかもしれない。

そのイネは今、ポンペの元で修学し、女人《にょにん》ながら人体解剖の助手も務めているという。シーボルトはポンペにとっても尊敬すべき先達《せんだつ》なので、その愛嬢《あいじょう》のイネを丁重《ていちょう》に扱っていることは間違いない。ならば石井謙道が、長崎の医学伝習所で冷遇されるのは、やむを得ない。

哀《あわ》れに思った洪庵は、謙道の入塾を受け入れた。もともと江戸で英才教育を受けていた謙道は、めきめきと力を伸ばし、塾頭の福沢諭吉が賛嘆《さんたん》するほどの実力を発揮する。

その頃、福沢諭吉が適塾を去ることになった。中津藩から江戸出府《しゅっぷ》を命じられ、築地鉄砲洲の中津藩中屋敷で開かれていた蘭学塾の講師に就任することになったのだ。

「江戸で適塾の心意気を、がつんと一発、かましてきますよ」などと、諭吉は威勢がいい。

「今の江戸には蔵六もいるし、中津藩中屋敷の近くにはわたしの兄弟子の桂川甫周先生のお宅もあるはずだから、訪ねてみるといい。お目に掛かったらよろしくお伝えしてくれ」

「かしこまりました。でも俺は、蔵六先輩とは合口《あいくち》が悪いんですよね」

そう言って諭吉は適塾を去った。洪庵は片腕をもがれたような淋《さび》しさを感じた。

だが、こうして洪庵が培った適塾の精神は、全国津々浦々《つつうらうら》に広がっていったのである。

＊

安政五年の当時、感染症の概念は、まだ存在していなかった。

コレラの病原菌が同定《どうてい》されるのは、それから四半世紀後の明治十六年（一八八三）、細菌学の父と呼ばれたドイツのロベルト・コッホが、インドのカルカッタで「コンマ菌」を分離・培養《ばいよう》するまで待たねばならない。

なので当時のコレラに対する対応が混乱を極めたとしても、仕方がないことだった。

その渦中《かちゅう》で洪庵が、自らの声望《せいぼう》を失う怖《おそ》れも顧《かえり》みず、拙速にも思われるコレラの治療書を出版し、権威となっていたポンペの処方を正面切って批判したのは、洪庵らしからぬ行動だった。

洪庵の『虎狼痢治準』の医学的な評価は低い。弟子の箕作秋坪も「三つの療法を羅列《られつ》しているだけで、急ごしらえで疎漏《そろう》すぎ、名を汚《けが》しかねない」と批判している。

だが、そうしたことは洪庵の勇気と良心を示しているとも言えた。

蘭学の第一人者の洪庵が、自分の立場を顧みず、まっしぐらに蛮勇《ばんゆう》を振るったところに、物静かな彼の、強靱《きょうじん》な意志が見て取れる。

洪庵はキニーネよりアヘンの処方を好んだ。アヘンには鎮痛、鎮静、痙攣《けいれん》止め、嘔吐・下痢の緩和などの作用があり、コレラの主症状に有効だった。

現在では、キニーネはコレラ治療には無効だと判明している。

「ポンペ口授」に対する批判は、実は医学的には正しかったのである。

このコレラ流行をきっかけにして、ポンペは「養生所」を設立し、「医学所」を併設した。

長崎奉行の全面的な支援を受け、高島秋帆の屋敷の跡地《あとち》で、長崎の街を見下ろす小島《こしま》地区の高台に設置された。長崎の人々は無料で診察してもらえる「医学所」に足繁く通った。

その高台では、薄物《うすもの》の十徳を着た禿頭の青年が、ぼんやりと海の向こうを眺めている姿が時折認められたという。


「長崎医学所」の頭取は初代ポンペ、二代目ボードウィン、三代目マンスフェルトと、三代にわたりユトレヒト陸軍軍医学校の出身者が続き、日本の西洋医学の黎明期《れいめいき》を飾った。

文久《ぶんきゅう》二年（一八六二）に初代世話役を務めた松本良順が江戸に呼び戻されると、世話役は交替し、慶応《けいおう》元年（一八六五）に「長崎精得館《せいとくかん》」と改称された。

後に幕府が倒れて幕臣が退去すると、「長崎府医学校」となる。そして適塾の塾頭だった長与専斎が学生に選ばれて頭取となると、教頭のマンスフェルトと協力して運営を担《にな》うのである。

25章　大獄の顚末

安政六年（一八五九）

秋風が吹く中、コレラの流行も収まり、落ち着きを取り戻した江戸に衝撃が走った。

安政五年（一八五八）九月、京での梅田雲浜《うめだうんぴん》の逮捕を皮切りにして、安政六年（一八五九）初めまでに反幕運動の家士《かし》、丈夫《じようふ》七十名弱が逮捕された。「安政の大獄」の勃発《ぼつぱつ》である。

そして十月二十三日、橋本左内は江戸町奉行に召喚《しようかん》され、藩邸内《はんていない》の曹舎《そうしや》で謹慎《きんしん》を命じられたという。洪庵への第一報は、懇意《こんい》にしていた大坂町奉行所の与力《よりき》から届けられた。

「井伊さまは水戸に勅諚が下されたのを根に持ち、大粛清《だいしゆくせい》に走っているとの噂です」

事実、この年の八月八日に発せられた「戊午の勅諚」は、幕府を揺るがす大事件だった。

幕府は朝廷のお許しを得て日本を統治しており、鎌倉幕府、室町幕府も、同じ形式に則っている。幕府は徳川家に取って代わる大名の出現を抑えるため、大名と朝廷の直接交渉を禁じていた。左内の京都入説は禁令に抵触《ていしよく》していたのである。

実は夏頃から、左内の衰運《すいうん》は見えていた。

六月、日米修好通商条約を締結した井伊大老は、望み通りに慶福を継嗣に立てた。目障りな斉昭は不時登城を口実に「隠居慎み」に処し、一橋慶喜の登城も禁じた。

そして七月、将軍家定が脚気で亡くなると、慶福の将軍就位を断行してしまう。

左内の画策《かくさく》は、完全に瓦解した。更に左内への逆風は続く。

七月、一橋派の巨魁、薩摩の島津斉彬が、軍事演習の最中に急死してしまったのだ。

後継者は、斉彬と確執があった腹違いの弟、島津久光《ひさみつ》になった。この時、左内と肝胆相照《かんたんあいて》らす仲の西郷隆盛が失脚し、左内の絶望は増した。

——左内の一途《いちず》な真摯さは眩しすぎて、俗物には毒になるのだ。

洪庵の胸には不安が渦巻《うずま》くが、そんな懸念《けねん》を胸に隠して、与力に言う。

「そもそも井伊さまが米国との条約締結の際、朝廷を蔑《ないがし》ろにしたため帝《みかど》がお怒りになられ、水戸に勅諚を下したと聞く。それを逆恨《さかうら》みしての仕打ちとは、あまりにもひどいではないか」

与力は左右を見回すと、人差し指を唇《くちびる》に当て声を潜《ひそ》める。

「洪庵先生、大坂は天領、幕府の直轄地《ちょっかつち》です。どうか、批判はお控えくだされ」

「すまぬ。左内が囚《とら》われたと聞いて、つい取り乱してしまった」

「お気持ちはわかりますが、左内殿は若輩者、さほど重罪にならぬでしょう」

取り調べで左内は、一橋侯推挙《すいきょ》のため公家を説得したのは、主命《しゅめい》に従っただけであり、自分は公明正大《こうめいせいだい》、天地神明《てんちしんめい》に誓って恥じることはないと断言した。

取り調べた幕吏《ばくり》すら、左内の罪は軽微だという結論を出さざるを得なかったという。

だから与力も「せいぜい遠島《えんとう》でしょう」と告げた。けれども青雲の志を抱いた青年が、離島で朽ち果てるのかと思うと、なんともやるせない。その時には、読み切れないほどの蘭書を贈ってやろうとも考えたが、捕縛《ほばく》された弟子にそれくらいしかできない我が身が情けない。

救いは、評定に当たる五手掛《ごてがかり》に、旧知の久貝因幡守正典《くがいいなばのかみまさのり》がいることだ。

久貝殿ならば、おかしなお裁きはなさらないだろう、と洪庵は考え、安心していた。

ところが、次第に雲行きが怪しくなってきた。

その年は秋になっても異様な暑さが続いた。流れ落ちる汗をぬぐいつつ与力は言う。

「井伊さまは相当お怒りで、三条《さんじょう》さま、近衛《このえ》さまら四人にも落飾《らくしょく》をお命じになられました」

「なんと……。事実上の永久追放とは、辞官よりはるかに重い処罰ではないか」

井伊大老はこの時、徹底的な処罰を心に決めていた。

徳川幕府の安泰《あんたい》を第一に考える自分に反対する者は不忠義者だ、という論法である。そんな井伊大老の目には、堂々と正論を主張して憚らない左内は、度し難い無法者に映った。

ある日、左内が「適塾の天馬」と呼ばれていたと聞いた直弼は、はたと膝を打った。初めて藩主として来坂した際、大坂蔵屋敷の裏で口論になった小生意気な書生《しょせい》の顔が浮かぶ。

――そうか、あやつだったか。

この時、左内の命運は風前《ふうぜん》の灯火《ともしび》となった。

＊

翌安政六年、コレラが再び日本を襲った。

前年よりひどい流行だったが、前年の経験を活《い》かして対応したため、死者は少なくて済んだ。

感染初期に催吐《さいと》剤、鎮静剤、発汗剤の順で投与《とうよ》すれば症状を食い止められるとわかり、半数以上は救命できるようになった。

だが適塾でも七月、塾生がコレラで死に、洪庵は遺族に悔いに満ちた手紙を書き送っている。

「コレラ酒、鎮靖散《ちんせいさん》を用いるも嘔吐し痙攣、呼吸逼迫《ひっぱく》にて昏倒《こんとう》され、痙攣は収まるも厥冷《けつれい》、硬直が頻発《ひんぱつ》し、キナ塩（キニーネ）、阿芙蓉《アヘン》、ホフマム液を服用、芥子泥、芫青硬膏《げんせいこうこう》（ツチハンミョウの薬用成分の湿布）、浣腸《かんちょう》、アンモニア水に阿芙蓉を加え腹部に湿布し、海塩《うみしお》を袋に入れ腹背《ふくはい》交互に身体を温めるも効なく悪化し、日暮れに危篤《きとく》となりました。麝香《じゃこう》、ホフマムを用いるも戌《いぬ》の下刻《げこく》、他界されました。ご子息を救うことができず、誠に残念です」

洪庵の無念さがひしひしと伝わる手紙だが、注目すべきは多様な治療法が駆使《くし》されている点である。それは慢心《まんしん》せず、治療を模索し続けた洪庵の精進の賜物だった。

その頃、除痘館の心強い同志だった、大和屋喜兵衛《きへえ》も他界した。

――洪庵先生の面倒を見るのは、浪速の商人の心意気でんがな。

汗を拭《ふ》きながら、派手な柄の扇子《せんす》をぱたぱたと扇《あお》ぐ、人のいい笑顔が瞼《まぶた》に浮かぶ。

除痘館が官許になったことを共に喜べたことが、せめてもの慰《なぐさ》めだった。


安政六年九月、洪庵は伊藤慎蔵に預けていた、嫡男《ちゃくなん》の平三を呼び戻した。大野で元服《げんぷく》を済ませた十七歳の若武者姿に目を細めた洪庵は、静かに問いかける。

「平三、蘭学を学びたいという気持ちは、今も変わりはないか」

「もちろんです、父上。平三は将来、父上のような立派な蘭医になりたいのです」

「そうか。だが父如きは悠々《ゆうゆう》と超えてやる、くらいの気概《きがい》がなければ、乱世は渡ってゆけぬぞ」

またお説教か、と思ったのか、平三は生返事をした。すると洪庵は意外な言葉を口にした。

「長崎医学所で、西洋医学を学ぶ者を新たに募集している。塾頭の長与専斎に長崎に行くよう指示したが、その時に思ったのだ。塾生をわが子のように思いながら、実の子に古臭い学問を続けさせるのは欺瞞《ぎまん》ではないか、とな」

そう言うと、洪庵は平三に深々と頭を下げた。

「平三には、申し訳ないことをした。今こそ、蘭医のポンペ殿に学んでくるがいい」

「父上、ありがとうございます。平三は精一杯、修学して参ります」

両手をついて平伏《へいふく》し、涙声になった平三の脳裏に、辛かった日々が蘇る。

尊敬する父に勘当され、死にたいと思ったこともある。

だが雪の険路を越えてはるばる訪ねてくれた祖父の億川百記や、事情を理解してくれた大野藩の伊藤慎蔵、彼に嫁いだお鹿《しか》の思いやりに救われた。

それはすべてこの日のためだったのだ、と平三は思う。

秋の初め、緒方平三は長与専斎と連れ立って、長崎へ西下《さいか》した。

洪庵にそんな決断をさせたのは、またしても泰然からの手紙だった。

――拙者が麒麟児《きりんじ》と自慢した舜海《しゅんかい》は、長崎熱にかぶれて駄馬《だば》になり申し候《そうろう》。豚児《とんじ》良順がそのかし候ゆえ、親として痛し痒《かゆ》しなり。されどひな鳥たちの行く末は自身で決めるべき、老兵は消ゆるべき頃合いなり。拙者は家督を舜海に譲り、隠居《いんきょ》を致す所存なり。

泰然は、舜海がいなくなると、自分が順天堂で治療や教育をしなくてはならないのが煩《わずら》わしくて、長崎行きに反対した節がある。しかし拒否されると一転、隠居してしまうとは、いかにもあのお方らしい、と洪庵はくすくす笑う。だがわが身を振り返ると笑ってもいられない。

自分が先頭に立ち続けていることで、後に続く者の邪魔になっていないだろうか。

そう思った洪庵は、平三を長与専斎に同行させ、長崎に留学させる決心をしたのである。

この時も洪庵と泰然の節目《ふしめ》は同期していたのだ。

＊

安政六年十月、凶報《きょうほう》を受け取った洪庵は、手の震えが収まらなかった。

書状は「左内、斬首《ざんしゅ》」と告げていた。

手紙によれば、町奉行の取り調べの後、藩邸内で謹慎していた左内は、一年後の安政六年十月二日、再度の糾問《きゅうもん》の後、小伝馬町《こでんまちょう》獄舎の揚屋《あがりや》に入獄《にゅうごく》を命じられた。

そして十月七日、二十六歳の若さで刑場《けいじょう》の露《つゆ》と消えた。

五手掛の評定は遠島が妥当とし、他の老中も同意したが、井伊大老が付け札をして罪一等を加え、死罪となったのだという。激しい怒りを感じつつも、洪庵は違和感を覚えた。

かりそめにも幕閣の最高位にある者が、かくも感情的に拳《こぶし》を振り下ろすものだろうか。

その疑念を解き明かしてくれたのは、長州への西下の途中で適塾に立ち寄った村田蔵六だ。

旅装を解いた元塾頭をもてなそうと、八重は蔵六の好物の湯豆腐《ゆどうふ》を出した。

蔵六は、適塾の塾頭だった頃と少しも変わらぬ様子で、洪庵の前に端座《たんざ》した。

「教えてくれ、蔵六。左内が死罪に処された理由が理解できないのだ。一橋派の急先鋒《きゅうせんぽう》だった左内が目障りだったのはわかる。だが失敗したのだから、普通に考えれば遠流《おんる》で十分だろう」

怒気を含んだ声で洪庵がそう言うと、蔵六は師の感情の動きにまったく意を払わず応じる。

「おっしゃる通りです。実は洪庵先生が、こたびの悲報をお嘆きだろうと思い、吾輩《わがはい》が知り得たことをお伝えするため、参上《さんじょう》した次第なのであります」

そう言うと、蔵六はちらりと湯豆腐を見た。だが箸《はし》をつけずに続けた。

「そもそも今回の大獄は、戊午の勅諚を得た水戸一派への厳罰が主で、他はついでだったのであります。一橋派は勅諚を薩摩の島津斉彬侯に下し、南紀派の井伊政権を倒すという一手を画策したのですが、その案を練ったのは左内だったのであります。ところが肝心要《かなめ》の島津侯が急死され、西郷隆盛一派が粛清されてしまい、それが瓦解したため左内は弥縫策として、盟主を謹慎中の春嶽侯に代え、越前で挙兵し、上洛途上で井伊大老の彦根城を屠《ほふ》り、入京して天皇に遷座《せんざ》を乞《こ》い、薩摩、土佐《とさ》、長州の連合を従えて江戸に上るという計画に変更したのです」

「それでは謀反《むほん》ではないか。現実的な左内がそんな計画を立てるとは思えないのだが」

「もともと左内は、自分が立案した謀反計画の完遂《かんすい》には、朝廷の勅諚が必須《ひっす》で、斉彬侯が亡くなる前から難しいと踏んでいたのであります。そもそもそんな計画を作り上げたのは、将軍継嗣問題で敗北し、自暴自棄《じぼうじき》になった一橋派を再びまとめ上げ、現実的に新たな政体を実現するための方策だったのであります。ところが斉彬侯の逝去《せいきょ》後に勅諚が水戸に下されるという最悪の流れになり、一部の過激分子が暴走を始めたのであります。そこで薩摩の同志が自棄《やけ》になり計画を遂行しようとしたため、実現不可能な画餅《がべい》だと知りつつ、教え諭して衆生《しゅじょう》を導こうとして、左内はかりそめの計画を立てたのであります。つまり左内にはこの計画を実行する意志は、初めからまったくなかったのであります」

そんなうたかたの計画を立てざると得なかった左内を、洪庵は哀れに思う。

だがすぐに思い直した。うたかたの計画であるが故に、左内は精緻に計画を作り上げたに違いない。詳細な絵図を示し、弁舌爽《べんぜつさわ》やかに計画を説明する左内を、同志たちが食い入るように見ている図が目に浮かぶ。

一口、茶をすすり、蔵六は続ける。

「ところがこの虚構の計画が福井藩の上層部に漏れ、密告《みっこく》されてしまったのです。彼らにすれば、主君を守るという大義名分で目障りな左内も排除でき、一石二鳥《いっせきにちょう》だったのであります」

それならば井伊大老が左内を厳罰に処した理由はわかる。幕府転覆《てんぷく》計画の立案者であるなら、死罪は当然だ。だが井伊大老はその事実を公言できない。それが広く知られたら追随《ついずい》する者が現れかねないからだ。ならばその計画を立てた人物の口を封じるより他はない。

左内を哀れに思った洪庵は、呟くように言う。

「左内のため、わたしに何かできることはないだろうか」

「残念ながら何もありませんな。死んでしまった者は、何をしても生き返らないのであります」

そんなことは言われなくてもわかっておる、と洪庵は声を荒らげそうになる。

窮理（物理学）の事象を語るように淡々と話す蔵六に、苛立《いらだ》ちを覚えた洪庵だったが、蔵六は思いがけない言葉を口にした。

「十月二日、小伝馬町の牢屋敷に入獄した左内は、『獄制論《ごくせいろん》』なる一文を獄中で認《したた》めたのであります。偶然、それを入手した吾輩は一読し、洪庵先生にもご高覧《こうらん》いただきたいと思い、急ぎ参上した次第なのであります」

懐《なつ》かしい左内の手跡《て》を見て、洪庵は、溢《あふ》れる涙でにじむ文字を追う。

――獄は最上悪を加える場所となり候。入獄で接するのは悪党ばかりで、悪さの方法を語り合う。出獄《しゆつごく》しても金がなく悪さを繰り返す。そうならないためには、囚人《しゆうじん》に応分の仕事を与え、勤勉な者は広い室に、怠惰《たいだ》な者は狭い室に入れ、教師を選び人倫《じんりん》を諭し、出獄時には作業代を与えたら、悪を懲《こ》らしめられることになり候。

「なんと斬新《ざんしん》な意見書であることか。左内の創意工夫は、時と場所を選ばなかったのだな」

江戸時代の町奉行は警察官、検察官を兼ねた裁判官であり、弁護人制度すらない中では、お上《かみ》が怪《け》しからんと思えば、極刑でも意のままにできた。

そこに一矢報《いっしむく》いようとした左内の思いが、ひしひしと伝わってくる。

その紙片の裏には、七言絶句《しちごんぜつく》が綴られていた。

二十六年夢ノ如ク過グ　顧《かえり》ミテ平昔《へいせき》ヲ思ヘバ感滋《かんますます》多シ
天祥《てんしょう》ノ大節《たいせつかつ》嘗テ心折《しんせつ》ス　土室猶吟《どしつなおぎん》ズ正気《せいき》ノ歌

「左内は日本のため、立派に務めを果たしたのであります。日米修好通商条約の締結という難事に対し、全権委員として孤軍奮闘《こぐんふんとう》していた岩瀬忠震殿に、左内は手紙で的確な助言を与えたのであります。現在進められている岩瀬殿の外交の発想は、かつて聞いた左内の構想とよく似ているのであります」と、蔵六が静かに言うと、ほっとして洪庵は呟いた。

「左内は、自分の経綸を実現したのだな」

「井伊大老は事前に、事件を裁《さば》く五手掛を自分の意のままになる者に入れ替え、万全で臨《のぞ》んだにもかかわらず、左内に対する申渡は遠島でありました。ところが井伊大老が付け札をして、罪を一等重くするという異例の対応で死罪を申し渡したのであります。大獄では水戸斉昭侯や一橋慶喜侯は重ねて処分されましたが、春嶽侯は譴責《けんせき》なく、越前福井藩では左内のみが処分されました。その事実こそが藩内の反左内派の裏切りがあった証拠なのであります。左内にとっての救いは、主君の春嶽侯が、処罰後も左内に対して揺るぎない信頼を持ち続けたことでありましょう。お二人の間には単なる主従を超えた深い交情《こうじょう》があったようであります。獄中の左内と春嶽侯は六言詩《ろくごん》とも言うべき、奇妙な形式の短い私信のやりとりをしていたとか。古来の漢詩にない形式という、破格のやりとりはお二人の心情を表しているかと思われるのであります」

「春嶽侯に一身を捧げて、左内は満足していたのかもしれないのだな」

「それと洪庵先生が左内を信じて疑わなかったことも、左内の支えになったでしょうな」

洪庵の脳裏に、最後に会った時、別れも告げず立ち去った左内が残した詩の一節が蘇る。

生キテハ名臣トナリ　死シテハ列星ト為ラン

「斬首される前、左内が大泣きしたという話が聞こえており、それを見苦しいと痛罵《つうば》する連中もおります。されどそれは居合わせた役人からの伝聞であり、本当のところはどうだったのかは、誰にもわからないのであります」

そこで蔵六はひと息つくと、およそ無骨な彼らしからぬ、詩文の一節のような言葉を発した。

「いずれにしても、左内が涙を流したかどうかは、闇夜《やみよ》に漂う蜻蛉《かげろう》のようなものであり、後の世の人々の意によって、いかようにも変えられてしまうものなのであります。ですので吾輩には、そのことはさして重要だとは思われないのであります」

洪庵は「泣き虫左内」と呼ばれた、若き日の左内の姿を思い浮かべる。

適塾での修学中、確かに左内はよく泣いた。

だが振り返ればそれは、どうにもならない現状に対して、痛憤《つうふん》した涙だった。

そんな左内が、自分が死に処せられることを悲しんで泣いたとは思えない。

むしろ藩内で連座《れんざ》も出さず、主君・春嶽侯を守り切るという本懐《ほんかい》を遂げ、従容《しょうよう》として笑顔で死に赴く方が左内らしい、と思われた。

あるいは死の間際《まぎわ》、重荷から解放され、幼き日の「泣き虫左内」に戻れたのかもしれない。

どちらにしても、そう思えば少し救われる気持ちになる。

「そもそも左内の経綸は、一橋派の思惑を超えておりました。井伊大老率いる南紀派は、徳川家を最上位に据《す》えて、その下に幕閣、諸侯を置くという、旧来の序列に固執《こしつ》し続けました。一方で、一橋派が頑なに攘夷に固執したことは問題でしたが、その政治手法は、有力な諸侯連合による合従《がっしょう》連衡《れんこう》を目指したもので、徳川家を有力諸侯のひとつに落とすものでありました。そうしないと諸外国が一斉《いっせい》に襲ってくる国難に耐えきれず、日本は阿片《アヘン》戦争後の清国のようになってしまう。左内はそれを恐れたが故に、諸侯連合の政府を構築しようとしたのでしょう。左内の壮大な経綸は、いつしか一橋派の中核に染みこみ、新しい時代を作る設計図になっていたのであります。吾輩が仕える長州は左内の構想外でしたが、今、吾輩が左内の心意気を長州に植え付ければ、いずれは大同連合も可能になるだろうと思うのであります」

蔵六はそこで言葉を切ると、遠い目をして続けた。

「それにしても、左内ほどの大志を抱いた者が、弱小の福井藩の内情を把握しきれず、有象無象のような輩《やから》の策謀に嵌《は》まり、処刑されてしまったのは、いかにも迂闊《うかつ》なことでありました。才子というものは、なぜか小石に蹴つまずくものなのであります」

蔵六の言葉は、あくまで論理的で冷静だった。

まるで、百年前の歴史を語っているかのように、冷静に状況を分析し続ける蔵六の心情は、洪庵にはとうてい理解できない。

——この男には、人情の機微《きび》というものがわからないのだろうか。

そう思って苛立った洪庵だが、それは、洪庵の思い込みだったのかもしれない。

その時の蔵六は珍しく、好物の湯豆腐に箸を付けようとしなかったのだから。

二人の師弟は黙然《もくねん》と座り続けた。

夕陽《ゆうひ》が、書斎の障子《しょうじ》をほの赤く染めている。

＊

「安政の大獄」を完遂した井伊大老は、比類なき権勢を手にした。だが禍福《かふく》はあざなえる縄《なわ》の如しで、諸方面から恨《うら》みを買った。

特に水戸藩の怨嗟《えんさ》は深かった。

安政七年（一八六〇）三月三日、晴れがましくも神聖な総登城日で、大名らが江戸城に登るその日、駕籠で登城した大老・井伊直弼は、桜田門外《さくらだもんがい》で水戸藩浪士らの刃《やいば》にかかり絶命した。「桜田門外の変」である。

強権政治を断行した大老・井伊直弼の、後世の評判はきわめて悪い。

だがそこには師・吉田《よしだ》松陰《しょういん》を死罪に処したことに対する、明治新政府の中心となった元勲《げんくん》らの感情が加味され、過剰《かじょう》に悪く評価されていることは否定できない。

そんな井伊直弼だが、その判断がすべて誤りだったわけではない。

たとえば徳川慶福を継嗣に選んだことは、一橋慶喜の人となりを思えば正しかった。

後に十五代将軍に就位した慶喜は、徳川幕府の命脈《めいみやく》を断ったのだから。

また、大老を高く評価する者もいる。

長崎伝習所を主管《しゆかん》した松本良順もそのひとりである。

安政六年二月、海軍伝習所の閉鎖《へいさ》が突如《とつじょ》決まり、伝習生は江戸に戻されることになった。

この時ポンペは長崎に残り、無報酬《むほうしゆう》で構わないので医学所と養成所を続けたいと申し出た。

それを取り次いだ良順に対し、井伊大老は黙許《もつきよ》を与えたのである。

長崎医学所は幕府の正式な組織ではないので、何をしても幕命に逆らうことにはならない、というのがその理由で、それは桜田門外の変の数日前のことだった。

この一事を以《もっ》て良順は終生、井伊大老を讃《たた》え続けた。

その機を捉えて良順は、各藩に通達を出し、旗本に限られた修学条件を撤廃《てっぱい》し、新たに生徒を募集した。最初に応じたのは福井藩で、半井《なからい》仲庵《ちゆうあん》の推輓で岩佐《いわさ》純《じゆん》、橋本左内の弟・綱常《つなつね》など七名が名乗りを上げた。次いで佐賀藩から相良知安《さがらともやす》が派遣された。

順天堂からは佐藤尚中が率いる佐々木東洋《ささきとうよう》、関寛斎《せきかんさい》などの面々が参集し、適塾からは、塾頭の長与専斎と洪庵の嫡男の平三が馳せ参じた。

こうして良順の呼びかけに応じて陸続と長崎に集まった人材が、やがて明治の医学の土台を築き上げていくことになる。

悪名高い井伊大老だが、実は柔軟な考えを持つ人物で、ねじれた運命に翻弄《ほんろう》された悲運の士だったとも考えられる。振り返ると将軍家定が危篤になった際、蘭方医である玄朴の診療を許したのも、安政六年（一八五九）七月、日本の開国に伴い、六十三歳のシーボルトの国外追放処分を解き、三十年ぶりの再来日を許したのも、井伊大老だった。

それは自分の意に固執する固陋《ころう》な人物には、とうてい容認できないことのはずなのである。

26章　諭吉無双

文久元年（一八六一）

井伊大老が暗殺された半月後の三月十八日、どうにも験《げん》が悪かった安政は改元され、万延《まんえん》元年（一八六〇）となった。

改元前の安政七年二月に中耕介が亡くなり、その三ヵ月後の万延元年五月には、耕介の岳父《がくふ》の伊三郎《いさぶろう》が後を追った。十六歳の時に、洪庵が中天游に弟子入りして以来三十六年、親兄弟の如く付き合ってきた二人を相次いで失った洪庵の心痛《しんつう》は大きかった。

だが代替わりするように、生きのいい若駒が頭角《とうかく》を現してくる。

三年前、洪庵が四十八の時に入塾した吉雄卓爾《よしおたくじ》は、堺《さかい》の吉雄竜沢の養子となった俊英だ。医術も堺《さかい》の叔父の元で鍛《きた》えられた即戦力で、洪庵の代診《だいしん》も務めた。

万延元年の秋、除痘館は適塾の南の尼崎《あまがさき》一丁目へ移転した。官許となった大坂除痘館の経営が安定して事業が拡大し、これまでの建屋《たてや》が手狭《てぜま》になったためだ。

翌万延二年二月には再び改元し文久元年（一八六一）となり、万延は一年足らずで終わった。

その頃、四郎が大坂に戻ってきた。ポンペの日本滞在は残り一年なので、長崎で学んだ方がいい、と兄の平三に勧められたのだ。大野で元服を済ませた四郎は、滔々《とうとう》と喋る。

「大野藩では慎蔵先生が肩身の狭い思いをされてるんだ。藩主の土井利忠さまは、蝦夷地開発は重要だとおっしゃるけど、藩の偉い人たちは、金食い虫で利が出ない、と非難してる。でもお殿さまには直接文句を言えないから、慎蔵先生を槍玉《やりだま》に上げてるんだ。慎蔵先生の洋学館には周囲の藩からも修学希望者が殺到《さっとう》していて、それが古株《ふるかぶ》の上役には余計に目障りみたい。でも蝦夷地を守ることは、米国と開国交渉をするのと同じくらい大切なことなんだって」

慎蔵の薫陶を受けた四郎は、蘭学よりもロシアに興味を持ったようだ。

大坂に一ヵ月滞在した後、四郎は長崎へ旅立って行った。

四郎が報告した通り、慎蔵は大野藩の古株の藩士に白眼視《はくがんし》されていた。重臣の内山良休が主導した藩政改革は成果を上げたが、蝦夷地開発に伴う出資《しゅっし》で、新たな赤字も生まれていた。竣工《しゅんこう》した大野丸も、海がない大野藩では、図体《ずうたい》ばかりがでかい無駄飯食いにしか見えない。隙あらば慎蔵を斬《き》る、と息巻く攘夷派の刺客《しかく》もいて、慎蔵は身の危険を覚えた。

そこに故郷の父が亡くなり、ひとりになった義母の面倒をみなければならなくなったため、慎蔵は大野藩を辞去する決断をした。そんな慎蔵に大野藩は捨て扶持を出してくれるという。温情ある話だったが、三十路《みそじ》も半ばを越えた慎蔵には忸怩《じくじ》たる思いがあった。

大坂に戻った慎蔵は北浜町《きたはま》に家を借りたが、金木犀《きんもくせい》の花が香る頃、立て続けに不幸に襲われた。長女の小ふじが亡くなったのに続き、愛妻のお鹿《しか》も急な病で身罷ってしまったのだ。

幼子の長男を抱えた慎蔵がようやく落ち着いたと思った矢先の翌年正月、今度は長男を肺炎で亡くしてしまう。泣き暮れた慎蔵は、酒に溺れた。

周囲の者はそんな慎蔵を心配したが、どうにもならなかった。

慎蔵が大坂に戻って来た文久元年、適塾は衰退《すいたい》していた。

福沢諭吉と長与専斎という二枚看板は、相次いで適塾を去っていた。

三年前の安政五年（一八五八）、適塾を退塾した福沢諭吉は、中津藩の蘭学塾の講師に就任し、築地鉄砲洲の中屋敷に長屋を一軒与えられ「一小家塾」を開いた。今日《こんにち》の慶應義塾《けいおうぎじゅく》大学の前身である。翌安政六年（一八五九）、諭吉は、日米修好通商条約で新たな外人居留地《きよりゅうち》となった横浜へ見学に行った。するとそこには英語の看板しかなく、オランダ語がまったく使われていないという現状に驚いた諭吉は、英学への転身を決断する。その頃、先輩の村田蔵六は、幕府に委《い》託《たく》されて幕臣らに英語や医学を教えていたヘボンに学んでいた。それを嗅《か》ぎつけた諭吉は一緒に学ぼうとしたが、諭吉のぞんざいな口の利き方に臍《へそ》を曲げた蔵六に断られてしまった。

そこで諭吉はやむなく、独学で英語を学ぶ算段《さんだん》をつけた。

その年の冬、幕府は日米修好通商条約の批准書《ひじゅんしょ》交換のため、米国への使節団派遣を決定した。翌年、二十六歳になった諭吉は咸臨丸に潜《もぐ》り込むことに成功し以後、大いに開運する。

もうひとりの俊才《しゅんさい》・長与専斎は、諭吉を追って江戸に行こうとしたのを、洪庵が止めた。

「専斎は医学が本道だから、江戸で日本流の『蘭方治療』を習っても得るところは少ない。それより『蘭学一変の時節到来』だから、長崎でポンペ殿に師事した方がよい」

専斎に同行させた嫡男《ちゃくなん》の平三からは、興奮を隠しきれない手紙が頻繁《ひんぱん》に届く。

――ポンペ先生は平易《へいい》なオランダ語で、薬物や器具など実物を見せ説明してくれるので、適塾のように、難解な文章を解読する努力は必要ありません。ここでは辞書は机上の飾り物と化し、日々の講義を理解し記憶すれば、新しい知識が身につくのです。

洪庵は、平三が安易に流れるのを心配した。実際、専斎からは異なる私信が届いた。

――学問の平易なるにつけ、刻苦錬磨《こつくれんま》の必要少なく、怠慢放逸《たいまんほういつ》の弊《へい》を生じ、学生の中には往々その業を遂げざるもの出で来たりぬ。深く危惧《きぐ》するものなり。

そのため二十四歳の専斎は私塾を開き「適塾式の論講」を復活させたという。ただし専斎の手紙には洪庵を気遣《きづか》う風もあったので、平三の文の方が実情に近かったのかもしれない。

平三に関しては別の心配事もあった。丸山の花街《はなまち》に入り浸《びた》っているというのだ。

そのことを知った八重はおかんむりになった。だが洪庵は苦笑するしかない。

――長崎医学所の頭取は、泰然殿のご子息の良順殿。さもありなん、だな。

自分が頑なに丸山を避けたのは、心の中に花香《はなか》がいたからだ。

十八歳の平三には、そんな女性はいないのだろう。ならば、仕方がないではないか。

しかし、そんな考えは、八重には通用しない。

かくの如く、適塾の双璧《そうへき》は東西で活躍していたが、本家の活力は落ちていた。

適塾の繁栄は、福沢・長与の双璧の退塾で終わりを告げたといえる。

それは、世が蘭学から英学へ移行しつつあることの表れでもあった。

時代の最先端を突っ走っていた蘭学は、気がつくと時代遅れになっていたのだ。


そんな沈滞していた適塾が、活気づくような出来事があった。

クマゼミの鳴き声が喧《やかま》しい七月のある日、真っ黒に日焼けした旅姿の男が適塾を訪れた。

「たのもう」と呼ばわる聞き慣れた声に、適塾生たちは一斉に玄関に向かう。

「諭吉先生、いつお戻りになったのですか」「米国はどんな国でしたか」「咸臨丸の乗り心地はいかがでしたか」などと、興奮した塾生たちの質問攻めに遭う。

一年前、幕府の遣米使節団の一員として咸臨丸で渡米し、一躍時の人となった福沢諭吉だ。

「待て待て、みなの衆、そう急くな。まずは洪庵先生へのご挨拶が先だ」と笑顔で制した諭吉は、洪庵の書斎に入った。書見をしていた洪庵は顔を上げ、相好《そうごう》を崩した。

「久しぶりだな、諭吉。相変わらず元気そうではないか」

諭吉は、どかりと腰を下ろすと、お茶を運んできた八重に、小さな包みを差し出した。

「これはおっ母さんへの土産《みやげ》です。メリケンの髪飾りですわ」

「まあ、嬉しいこと」と八重は、娘のように若やいだ声を出す。

「わたしには土産はないのかな」と洪庵が言う。

「もちろん、ございますとも。米国で見聞きした実情を、先生に詳細にお伝えしようと思い、遅まきながら、こうして馳せ参じた次第です」

「そういえば先日、幕府の外国方に任命されたと聞いたぞ。福沢塾の運営と幕府の公務との二足の草鞋《わらじ》を履《は》く多忙な諭吉の気遣いは嬉しいよ。せっかくだから塾生にも聞かせてやれ」

「かしこまりました。それでは二階の大部屋までご足労《そくろう》ください」

書斎の外で様子を窺《うかが》っていた塾生が、わっと歓声を上げた。

どたどたと急な階段を駆け上る音、座布団《ざぶとん》を用意せい、お茶だ、菓子だ、と騒がしい。

「どれ、元塾頭・福沢諭吉殿の凱旋帰朝報告を伺うか」と言って、洪庵は二階へ向かう。

二十七歳の若駒・諭吉の話は、想像していた以上に衝撃だった。

「米国の話をする前に、俺がなぜ英学に鞍替《くらが》えしたかを話そう。俺は開港直後の横浜に行って、衝撃を受けたんだ。オランダ語は自信があったが、看板の文字がひとかけらもわからん。聞けば全部、英語だというじゃねえか。こいつはまずい、と思ったね。ポルトガルを駆逐《くちく》し『東インド』を侵略し、香料貿易を独占して海上帝国を築いたオランダは、日本貿易の独占を果たした。だが十九世紀初めのナポレオン戦争の後、英国に覇権を奪われ、一八四〇年の阿片戦争以降は、英国が香港《ホンコン》を拠点に勢力を拡大したため、国際語はオランダ語から英語に代わったのよ」

「じゃあ今、俺たちが学んでいる蘭語は、時代遅れなんですか？」

若い適塾生が不安げに訊ねると、諭吉は声を張り上げる。

「そんなこたあない。英語はオランダ語と似ているが、英語の方が構造が単純だから、オランダ語の基礎があれば、英語の修得は早い。ただし十年後は蘭学は時代遅れになるかもしれんが」

場が、一瞬、しん、と静まり返る。洪庵が咳払《せきばら》いをして言う。

「なあに、怖るるに足らず、新しい学問が必要になったら、それを学べばよいのだよ」

「適塾でも英語が学べるようになるのですか」と塾生が訊ねると、洪庵は首を縦に振る。

「もちろんだ。だがそのためには、まず辞書を手に入れなければならん」

「俺は米国で『ウエブスター辞書』と『華英通語』を、官費で買ってきました。日本で一番乗りです。『ヅーフ・ハルマ』みたいに書写すればいいんですよ。福沢塾は歓迎しますぜ」

「ありがとう。だが箕作秋坪に『ボムホフ英蘭対訳辞書』とピカードの『ポケット英蘭辞書』を頼んである。代金の金十四両を支払い済みだから、間もなく届くだろう」

「さすが洪庵先生、慧眼です」

「わたしが慧眼ならば、諭吉はその上を行くわけだな」

「そりゃあそうですよ。今や俺は、洪庵先生より一段格上の『英学の達人』ですからね」

座がどっと湧《わ》くと、塾生が諭吉にせがむ。

「鉄砲洲の福沢塾のことを教えてくださいよ」と塾生が諭吉にせがむ。

「いいともさ。三年前、開塾にあたり中津藩中屋敷の長屋を一棟借り受けたが、驚くなかれ、なんとこれが、九十年前に杉田玄白先生や前野良沢《まえのりようたく》先生が『ターヘル・アナトミア』の翻訳を始めた、蘭医学の濫觴《らんしよう》の地だったのよ。これも洪庵先生のお導きだと思ったぜ」

「ほう、前野良沢先生の居宅《きよたく》があった所とは、奇縁《きえん》だな」と洪庵は驚いた。

「ところがご縁はそれだけじゃなく、古本屋を物色《ぶつしよく》していたら杉田玄白先生の『蘭学事始《らんがくことはじめ》』を、偶然見つけましてね。俺は『蘭化』と名乗られた前野先生は知らなかったんですが、その本で同じ中津藩の先輩の偉業《いぎよう》を知りまして、こりゃあ世に広めねばならねえぞ、と思った次第です」

「温故知新《おんこちしん》、先達のご苦労を広める諭吉の舌先三寸《したさきさんずん》に期待してるよ」

「やだなあ、俺が口舌《こうぜつ》の輩みたいな言い方をして。ま、洪庵先生に言われたら仕方ねえか」

それからぐるりと塾生を見回した諭吉は、意気軒昂《いきけんこう》だ。

「福沢塾は手狭で、下の六畳《じよう》は畳が三枚しかなく、二枚を俺が使い一枚を塾頭に使わせてる。人数は少ないが、いずれは『西の緒方塾、東の福沢塾』と呼ばせてみせるぜ」

それなら俺も行ってみようかな、という声に混じり、議事進行係の塾生が言う。

「諭吉先生、そろそろ本編の『福沢先生は如何《いか》にして渡米を果たすや』をお話しください」

「合点承知《がつてんしようち》。安政六年の暮れ、遣米使節団が咸臨丸で渡米するという噂が流れ、俺は八方《はつぽう》手を尽くし、軍艦奉行の木村摂津守《きむらせっつのかみ》に頼み込んだ。木村殿の姉婿《あねむこ》は蘭医で、洪庵先生の兄弟子にあたる桂川甫周先生だった。実は甫周先生は家が近所で、俺は常々親しくさせてもらっていたんだ。そこで無理を承知で頼んでみたところ、快く斡旋《あっせん》してくれたのよ」

「諭吉はいつも、無理を承知でものごとをやるからなあ」と洪庵がぼそりと言う。

諭吉は頭を掻きながら、話を続ける。

「二十二日間の航海は大荒れで、みんな船底《ふなぞこ》で吐いてたよ。中でも口だけは勇ましい自称艦長の、勝麟太郎《かつりんたろう》って旗本が一番酷く船酔いをしていたのは笑ったな。米国で俺は、写真館の娘と一緒に写真を撮って羨《うらや》ましがられた。アイスクリームなんていう氷菓子も美味《うま》かったぜ」

塾生たちは、まだ見ぬ西洋の甘味を想像して、ごくりと唾《つば》を飲む。諭吉は続けた。

「サンフランシスコには五十日間滞在したが、毎日が驚きの連続だった。日本では将軍職は代々徳川家が世襲《せしゅう》しているが、メリケンを建国したワシントンの子孫は今の政権とはまったく関係がない。幕閣の老中にあたる者は市民の入れ札で選ばれる。度肝《どぎも》を抜かれて帰国したら、安政七年に船出したのに井伊大老が水戸浪士《ろうし》に斬り殺され、万延元年になっていた。だが洋行したら思いも寄らぬ道が拓《ひら》けた。なんとこんな俺が、木村さまの斡旋で帰国後、幕府外国方に兼任で雇われ、翻訳の仕事をしているっていうんだから驚きだろ？」

塾生は目を輝かせ、諭吉の話に聞き入る。

こうした熱気は、最近の適塾ではとみに失われていた。

底抜けの行動力と、それに裏付けされた起爆剤のような言葉。

それこそが諭吉の真骨頂であり、全盛期の適塾を体現していたといえる。

だが諭吉なき後の適塾には、諭吉に成り代わろう、などという気概ある塾生はいなかった。

そのことを洪庵は淋しく思った。


講話の後、書斎で諭吉と夕食を共にしながら、洪庵が言う。

「まさか諭吉が渡米するとは、夢にも思わなかった。時流も変わったものだな」

「確かにおっしゃる通りです。でも時流には、変わった部分と変わらない部分があります。先生は、シーボルト先生が二年前に再来日されたことはご存じですよね」

「もちろんだ。わたしが蘭学を志した三十五年前、医の心構えについて教えを受けた。できればもう一度お目に掛かり、教えを乞いたいと思っている」

シーボルトの再来日時、長崎の銅座町《どうざまち》で開業していた二宮敬作が、其扇《そのぎ》とイネ、イネの娘のタカと共に師を迎えた。

父と再会したイネは三十三歳で、一人前の産婦人科医になっていた。

一家は万延元年夏までは、長崎の本蓮寺《ほんれんじ》の一乗院《いちじょういん》に滞在し、その後は鳴滝の屋敷を買い戻して、そこに移り住んだのだという。

「シーボルト先生から最先端の医療について聞くことは難しそうです。シーボルト先生は今は貿易会社の顧問で、長らく医業から離れ、奥医師の伊東玄朴殿、戸塚静海殿、竹内玄同殿らが江戸にお招きしても医学伝授はしてもらえなかったとのことです。シーボルト先生は日本のために働きたいと希望され、幕府の外交顧問を務めて、遣欧《けんおう》使節を派遣すべしなどという貴重な助言をくださいました。ところが幕府と先生のつなぎ役がいない上に、先生の厚遇に嫉妬《しっと》したオランダ領事が讒訴《ざんそ》したせいで、幕府顧問の職を解任されてしまったそうです」

「なんと幕吏の器《うつわ》の小さいことよ。しかし諭吉も立派になったものだ。わたしも鼻が高いよ」

「とんでもない。先ほどは後輩の前で散々ふかしましたが、俺なんてまだまだです。それよりも洪庵先生にお願いがあります。現在、江戸の種痘所を官立にして『西洋医学所』に改組しようという動きがあります。もしそのような組織ができた暁《あかつき》には、是非《ぜひ》とも先生に頭取になっていただきたいのです」

「冗談を言わないでくれ。そんな大それた役は、わたしには荷が重すぎる。そのような組織の初代頭取には、伊東玄朴殿がふさわしいだろう」

洪庵はあわてて言う。

お城勤めなど真《ま》っ平御免《ぴらごめん》だというのは、掛け値なしの本音だった。

「だからこそ、心配なのです。玄朴殿は蘭医学の興隆の流れを作った方ですし、種痘館の立ち上げでも功績大ですが、いささか私利私欲に走るきらいがあります。たとえば玄朴殿が法印《ほういん》になられた経緯はお聞きになりましたか？」

「いや、詳しくは知らないな」

諭吉は咳払いをして居住まいを正すと、扇子を手に講談調《こうだんちょう》で声を張り上げる。

「時は安政五年は文《ふみ》の月、江戸の街角を往診の駕籠で駆け巡る玄朴殿を捕縛したるは、若年寄・遠藤但馬守《えんどうたじまのかみ》の用人で、城内に連れ込まれ、将軍家定公ご病気にてお脈拝見と相なったり。将軍の病気を診る者は幕臣なりと大老が即決し、玄朴殿は奥医師に任じられたのであーる」

浪曲風に呻った諭吉は、そこで言葉を切った。

「これは玄朴殿の下僕《げぼく》があちこちでいい触らしている口上でして。今や玄朴殿は幕府の医師の最高位の法印となり、蘭医の奥医師の総取締役として束《たば》ね、飛ぶ鳥を落とす勢いです」

洪庵は苦笑して言う。

「その口上《こうじょう》には、いささか誇張がありそうだね。遠藤但馬守と玄朴殿は旧知の間柄で、そもそも『蘭医書の禁』を反古《ほご》にしたのだって二人の企《くわだ》てだから、おそらく漢方の御匙《おさじ》が打つ手をなくしていたのを見かねた遠藤但馬守が、玄朴殿を招聘したのだ。玄朴殿を奥医師に任じるなど、前もって手筈《てはず》を整えておかなければ不可能だ。蘭学嫌いの井伊大老が受け入れたくらいだから、家定さまのお加減《かげん》は相当悪かったのだろう。それに玄朴殿は我が師・坪井信道《しんどう》先生が生涯信頼されて、最後の脈も取ったお方だから、ご立派な医者であることは間違いない」

「ですが今や玄朴殿は奥医師の任命権を握り、かつての多紀家の一族のように、やりたい放題です。願わくば洪庵先生のような無私な方に、蘭方医を束ねていただきたいのです」

「お褒《ほ》めの言葉はありがたいが、お城勤めの大変さは、松本良順殿からたっぷり聞かされている。わたしは宮仕《みやづか》えには向いていない性質《たち》だ。江戸に行くつもりはないよ」

強い口調でそう断じた洪庵をじっと見つめて、諭吉は首を横に振る。

「俺は諦めませんよ。今の適塾生は洪庵先生に頼るばかりで、自分の足で立とうという気概がない者が多すぎます。江戸には先生が教導するに値する、やる気のある者たちが大勢います」

諭吉の言葉はまさに洪庵自身が今、危惧していた問題点を、ずばり指摘していた。

その晩、諭吉は大部屋に泊まり、塾生たちと夜を徹して語り合った。

諭吉の話を聞いた塾生たちは一斉に勉強を始め、久々に適塾に万燈《まんとう》の蠟燭が点《とも》った。

諭吉の言葉は塾生たちの心に火を点け、適塾に昔の熱気が一瞬、蘇った。

福沢諭吉はそんな、火薬庫の導火線のような男だった。


文久元年十月、「幕府種痘所」は「西洋医学所」と改称し、伊東玄朴が取締役に就《つ》いた。

だが幸い、諭吉の予想は外《はず》れ、玄朴は初代頭取にはならず、代わりに大槻俊斎を推《お》した。

大槻俊斎は、お玉ヶ池種痘所の設立に尽力した第一の功労者で、人徳もあり庶民の医療に尽くすなど、「東の洪庵」と呼ばれるような、無私な人物だった。

あまりにも適切な人選だったので、諭吉も文句のつけようがなかった。

洪庵は諭吉の訪問直後の七月末から体調を崩し、激しい咳《せき》と胸痛《きょうつう》に悩まされ、自ら労咳《ろうがい》と診断していた。当時の労咳は、安静にして栄養を取るくらいしか対処法がなかった。

九月中旬には全身浮腫《ふしゅ》となり、生死の境を彷徨った。大坂の桜宮《さくらのみや》にある貸家で二ヵ月ほど、養生《ようじょう》をして、ようやく持ち直した。もともと虚弱《きょじゃく》であった上に、長年の適塾での教育と蘭書の翻訳、種痘事業の継続に心血を注いだため、相当に疲労が蓄積していたのだろう。

だから諭吉が提案した、江戸の蘭学所の頭取就任は土台、無理な話だったのである。

27章　あしのかりね

文久二年（一八六二）

文久二年（一八六二）春、攘夷で世は騒然とし、暗い話が際立つ中、明るい話題もあった。妻子を亡くした伊藤慎蔵の後添《のちぞ》えに、百記が八重の姪《めい》の時子《ときこ》を紹介したのだ。ひと回り若い時子との結婚を決意した慎蔵は、五月に祝言《しゅうげん》を挙げることになった。だが時子は浪速の空気が合わず体調を崩し、名塩《なじお》に帰ることになり、慎蔵も同行する。その頃、名塩には適塾での修学を終えた弓場《ゆば》為政《ためまさ》がいた。そこに慎蔵がやってきたので、弓場為政は、慎蔵を頭取にして名塩に蘭学塾を設立するために奔走する。

弓場為政の熱意にほだされ、慎蔵は依頼を受けた。洪庵と八重は慎蔵の決断を喜んだ。不運に燻《くすぶ》っていた慎蔵に、柔らかい春の陽射《ひざ》しが差し掛けてきたのだった。

前年の秋以降、洪庵は大病で死にかけて、人生の無常を感じていた。慎蔵の再起の目処《めど》も立ったので二ヵ月間、中国・四国地方を旅する計画を立てた。その長年の夢を叶えるのは、母・きょうの米寿《べいじゅ》祝いで西下する今しかない、と思い切ったのである。

四月十一日に門人二人を供に連れて、洪庵は船で大坂を発《た》った。だが尊皇《そんのう》攘夷と倒幕と佐幕《さばく》の三派が入り乱れ混沌《こんとん》とした世情は、洪庵に心穏《おだ》やかな日々を与えてくれなかった。

五十路半ばの洪庵が大坂を出立《しゅったつ》した頃、関西は大騒ぎになっていた。薩摩藩主・島津久光が、公武周旋《こうぶしゅうせん》のため入京すべく、藩兵千人余の大軍を率いて東進していたのである。

久光は、前藩主・島津斉彬の遺志を継ぎ倒幕を目指すかと思われていたが、橋本左内から薩摩藩の内情を聞いていた洪庵には、彼の韜晦が手に取るようにわかった。

左内は、斉彬の急死は久光の策謀だとすら見做《みな》していた。

久光の入京に同行する福岡藩主の黒田長溥《くろだながひろ》と明石《あかし》の手前の小村で面談したのは、洪庵が藩医を務めていたからだ。洪庵は人払いをすると、勇《ゆう》を鼓《こ》して黒田侯に申し上げた。

「久光侯は実のないお方。自らの存在を顕示《けんじ》することが目的でしょうから、そんなお方の一味と思われるのは、黒田さまにとって不名誉なことになりかねません」

「それなら久光侯が、藩兵を大挙して、倒幕と見紛うような入京をするのはなぜだ」

「朝廷の勅使《ちょくし》を名乗るおつもりでしょう。諸侯が付き従えばそのまま倒幕するもよし、それが無理でも、朝廷の威光を笠《かさ》に着て将軍に圧力を掛け、幕府内でのご自分の地位を高めることができれば御の字。おそらくそのような両天秤《りょうてんびん》を狙《ねら》っておられるのかと」

「洪庵先生が、蘭学と医術に優れていることは、天下に知れ渡っている。しかし失礼ながら、政に関する実績は聞いたことがない。今、申された話はどなたの見解なのかな」

「適塾からは天下を憂う者が輩出しております。たとえば長州の村田蔵六、たとえば越前福井の、今は亡き橋本左内。わたしの甥《おい》の藤井高雅《ふじいたかつね》も奔走家として情報を集めて、報告に参ります。彼らの話を聞けば大凡《おおよそ》の絵図が、自ずと浮かび上がってくるのです」

我ながら、泰然殿のようなもの言いをしてるな、と洪庵は渋い顔になる。

おお、あの左内殿か、と嘆息した黒田侯は、しばし黙考する。洪庵は続ける。

「幕府も朝廷も、対外的な方針が一貫しておりません。一月には坂下門外《さかしたもんがい》で開国推進派の老中の安藤信正《あんどうのぶまさ》さまが水戸浪士に襲撃され、すわ桜田門外の再現か、と大騒ぎになりました。あれで安藤さまが推し進めていた蝦夷地開発は棚上げになり、越前大野藩は梯子《はしご》を外されてしまいました。翌月には和宮《かずのみや》さまが降嫁《こうか》なされ、公武合体《がったい》が実現しましたが、将軍に姫御子《ひめみこ》を降嫁したところで、問題の根本的な解決にはなりません。そんな中で、朝廷の意向を背負って島津久光侯が参府する真意がどこにあるのかと考えてみれば、答えは自ずと明らかになるでしょう」

「ふむ。実はそれは余《よ》も危惧しておった。しかしここまで来ては、今さら引き返せぬ」

「こんな時こそ、わたしのような者がお役に立つのです。黒田さまは、大変な病を患っておられます。今すぐ、国許《くにもと》に戻り、静養なさった方がよろしいでしょう」

黒田侯は息を呑んだ。やがて声音《こわね》を変えて、訊ねる。

「筋道《すじみち》はわかった。洪庵先生のご配慮に感謝する。だがことは藩主として、大きな決断となる。しばしの猶予《ゆうよ》がほしい」

「もちろんです。わたしの立場から見える景色《けしき》は、黒田さまがご覧になっている様子とは違います。わたしはただ、黒田さまのような立派なお方が、本意でない状態に置かれることを恐れるのみ。島津久光侯は斉彬侯と違い、情がわからぬ唯我独尊《ゆいがどくそん》のお方との噂。今、薩摩藩内でも開国派と尊攘派が入り乱れ、久光侯が驚くような処断を下す可能性もあるとのこと。わたしは母の米寿の祝いに、二十一日に足守に参ればいいので、三日ほど姫路《ひめじ》あたりに滞在しております。よろしければそれまでに、どなたも納得できるような処方をお出しします」

「あいわかった。即断できぬ情けない藩主ではあるが、しばし時間をいただきたい」

「とんでもない。黒田さまのご心労は、いかばかりかと」

そう言って、洪庵は平伏した。

三日後、姫路に戻った黒田侯は洪庵の診察を受け、勧めに従い国許に引き返した。

十日後、入京した島津久光侯は部下に命じ、寺田屋《てらだや》に滞在していた尊攘派の藩士を惨殺《ざんさつ》した。

そうしてから久光侯は、朝廷の要請《ようせい》に応じた形を取って、千名を超える藩兵を率いて上洛した。その後、勅使と共に江戸に赴《おもむ》き、幕府に要求を押しつけて矛《ほこ》を収めた。

彼に付き従った諸侯は、久光侯の出しにされたようなものだった。

これを受けて幕府は、一橋慶喜侯を将軍後見職に、松平春嶽侯を政事総裁職に任じた。左内の構想が成就《じょうじゅ》したかのような人事だが、智恵袋の左内を失った春嶽侯は、生彩《せいさい》を欠いていた。

京には倒幕攘夷を目指す志士が蝟集《いしゅう》し、七月、天誅《てんちゅう》と称する暗殺事件が始まった。

地獄の業火《ごうか》のような、殺戮《さつりく》時代の幕開けである。

そんな中、母の米寿祝いを執《と》り行なった洪庵は、その気持ちを賀《が》の歌に込めた。

あふぎつつ　いや高山の　山まつの　千とせのかげに　たつぞうれしき　章

四月二十一日、心づくしの宴の後、自分が作った歌を焼き付けた杯《さかずき》を来賓《らいひん》に手渡した。

母に孝養《こうよう》を尽くした洪庵の喜びは、ひとしおだった。

米寿の祝いの前日と翌日は、足守の病人の診察に明け暮れた。

その後の一ヵ月間、洪庵は宮島《みやじま》や岩国《いわくに》など、西国の名勝《めいしょう》を逍遥《しょうよう》した。

行く先々で適塾の卒業生が歓待してくれた。各地で弟子たちの活躍ぶりを目のあたりにして、洪庵は生き返る心地がした。

六月二日の夕刻、天保山《てんぽうざん》に帰着した洪庵は、久々に自宅に戻った。ところが帰坂してみると浪速では、麻疹《はしか》が大流行しており、洪庵は朝から晩まで患者の診察に奔走した。

そんな中、江戸から書状が届いた。四月九日、大槻俊斎が西洋医学所の頭取に着任してわずか半年で病死したが、彼の後任として正式に洪庵に頭取就任要請が届けられたのだ。

実はそうした打診《だしん》は、年明けにも一度されていた。

洪庵を推挙したのは伊東玄朴と林洞海《はやしどうかい》、そして大槻俊斎自身だった。俊斎は「蛮社《ばんしゃ》の獄《ごく》」に連座したため終生、身体に不具合《ふぐあい》を抱えており、常に代役を探していたのである。

だが、このときは洪庵は病で大坂を離れられないと縷々《るる》綴って固辞《こじ》し、それが認められた。

ところが大槻俊斎が急死したため状況は一変し、今度は切羽詰まった要請になった。

それにしても生臭《なまぐさ》い政医の玄朴が選んだのが、彼とは真逆の、清廉《せいれん》で高潔な大槻俊斎や洪庵だったことは興味深い。もっともそれは洪庵にとって、ありがた迷惑な話だったのだが……。

＊

洪庵は趣味が広かったが、一番愛したのは和歌だった。師匠は岡山出身の国学者で、五歳下の萩原広道《はぎわらひろみち》である。広道は本居宣長《もとおりのりなが》に傾倒し、『源氏物語評釈』を執筆した才人だ。洪庵は適塾で、嘉永四年（一八五一）の正月から、彼に『源氏物語』の講義を受けている。

洪庵は儒者との交流も深く、記憶力抜群の儒学者・広瀬旭荘《ひろせきょくそう》と親しく、篠崎小竹《しのざきしょうちく》、内藤数馬《ないとうかずま》など歌仲間も多い。コレラ騒動で多忙を極めていた嘉永六年（一八五三）には、忙中にもかかわらず、十七回も歌会を催している。

いかにも洪庵らしい、素直な心情を伸びやかに歌った一首が残っている。

わがうゑし　若木の梅は　咲きにけり　さかり見るべき　春やいく春

「わたしの歌は風流を気取っているだけだ。和歌の腕なら、花香の方が上だよ」と洪庵は言い、花香の陰で歌う、という気持ちから「華陰《かいん》」と号することもあった。

八重は嫁いできてから、和歌を詠《よ》まなくなった。

手紙を書くのは好きで、親類や知人に宛てた手紙が多数残っている。手紙には世相の把握と的確な批判もあり、洪庵のよき相談役だったことを窺わせる。

和歌はあまり達者でなかった洪庵だが、文章はわかりやすく、名文家だった。

洪庵の翻訳の仕方は独特で、師の坪井信道は「洪庵の訳は緻密にして放胆《ほうたん》なり」と評した。「緻密」とは原書の内容と、論理的に細部まで整合性があること、「放胆」とは逐語訳《ちくごやく》にこだわらず、大胆な変更も厭わないことだ。

比較すると、杉田成卿などは文語体で格調高く、逐語訳に近く正確さを目指したが、洪庵の訳は語りかけるような口語で、意訳に近い。

とはいえ洪庵自身は、自分には文才がないと考えていた。

特に当時の嗜みとされた美文調の擬古文《ぎこぶん》は苦手で、代表作の『病学通論』は師・坪井信道と江戸と大坂の往復書簡を重ね、七、八回も推敲《すいこう》している。

洪庵は原書を熟読し、内容を完全に消化した上で、改めて日本語の文章に組み立て、一読してわかるように、俗文《ぞくぶん》でわかりやすく、すらすらと読めるよう意を砕いた。

適塾の塾頭を務めた福沢諭吉は、蘭語には相当自信を持っていたが、洪庵の素素読《そどく》を聞き、とても敵わないと、早々に白旗《しらはた》を上げている。後に諭吉が、万民《ばんみん》にもわかりやすい平易な文章で、『学問のすゝめ』などのベストセラーを連発できたのも、洪庵の薫陶のおかげだろう。

親交が深かった大坂の漢学者・篠崎小竹は後に、次のような賛《さん》を洪庵に献じている。

――武家に生長《せいちょう》し、武を辞《じ》して文に入る。はじめ漢学に従い、漢を辞して蘭に入る。蘭書読み難く、勤苦《きんく》食を忘れ、東西に師を追う。奥秘《おうひ》独《ひと》り得たり。

医家・洪庵は蘭方医と見做されていたが、実際は漢蘭折衷《せっちゅう》に近かった。後の治療は、悪血《おけつ》を抜くや水蛭吸血法《すいてつきゅうけつほう》で、胃の内容物を吐かせる「吐剤《とざい》」や「亜芙蓉」を好み、西洋の虫くだし薬「セメンシナ」や、大黄《だいおう》が主成分の便秘薬「ウルユス」を頻用《ひんよう》した。

天游の妻・さだ直伝《じきでん》の、漢方に西洋薬を併用するのが洪庵の医術の基本だった。

そんな洪庵は時代の趨勢《すうせい》の中で、望まぬ方向へと押し流されていった。

＊

西国の長旅から戻ったある晩、洪庵は八重を散歩に誘った。

大きな満月の白々《しらじら》とした光が川面《かわも》で砕けて、ちらちらと揺れている。

久しぶりにふたりきりで過ごす時間に、八重の胸はときめいた。

洪庵は懐手《ふところで》で背を丸め、そろそろと歩く。

そんな洪庵に、八重が心配そうに寄り添う。

昨年の九月半ばには、洪庵は持病のリウマチのせいで胸痛がひどく、全身がむくんで、一時は危篤になった。

二ヵ月の桜宮にある貸家での養生でなんとか回復したが、体調はまだ万全とは言えない。

やなぎの木の下で立ち止まると、洪庵は八重を見た。

「八重には苦労を掛け通しだった。さぞ言いたいこともたくさんあるだろう。今宵《こよい》は思う存分、心の内を聞かせてくれ」

うつむいて水面《みなも》に映る満月を見遣った八重は、首を横に振る。

「苦労なんてあらしまへんでした。章さんと一緒に過ごすことができて、あては幸せでした」

「そうかもしれないが、不満のひとつくらいはあるだろう」

八重は考える。夫が散歩に誘うことも珍しければ、こんなことをしんみり言うなんて初めてのことだ。一体どうしたのだろう、と思いつつ答える。

「そうですねえ。あるとしたら、幼かった平三と四郎を、親元から手離したことくらいです。あれは女親としては辛いものでした。あとは子どもの名前の付け方かしら。生まれた順に数を名前につけるなんて変、とずっと思うてました。そのせいで三男なのに四郎になってまうし」

「そうかもしれんが、幼い頃は番号を振るのが一等わかりやすいからな」

「けど男の子と女の子を同じに並べて番号をつけるなんて、おかしくありまへんか」

「今思えば、おかしかったかもしれんが、当時はおなごも男子と同じように、世に出るべきだと思ったのだ。第三子の平三に、次男なのに三の文字をつけたのは、三平と名乗った病弱なわたしがこの年まで生き長らえたから、三の文字は縁起《えんぎ》がよいと思ったのだ。しかし翌年に生まれた三男を第四子で四郎としたら、よそに男の子がいるんですかなどと怪訝に思われたよ」

八重はふふ、と微笑する。それから真顔で言った。

「十になった長女の多賀《たが》と、ふたつになった六番目の次女の小睦《こむつ》を同じ年に亡くした、あの頃が一番しんどかったです。その前に五番目の子を、名もつけずに葬ったのは今も心残りです」

「あれは適塾が大所帯になり過書町に引っ越した頃だったかな。わたしは長女の多賀を亡くしたときが、一番キツかったな」

「女親は小さくても大きゅうなっても、子に死なれるのは身を切るように辛いもんや。でもその後は幸い、七番目で三女の七重《ななえ》、八番目で四女の八千代《やちよ》、九番目で五女の九重《ここのえ》と、三人の娘はみな元気に育ちました。七重が病弱でおとなしいのが、少し気になりますけど」

「七重は物語を読むのが好きなようだ。いろいろ手広く読んでいるようだね」

「そうでっか。七重はあてにはそんなこと、ひとかけらも言わしまへんけどなあ」

「わたしには時々、『源氏物語』の語の解釈を聞いてくる。わたしが萩原広道先生の講釈を聞いているからだろう。広道先生の講釈を、障子の陰からこっそり聞いていたこともあったな。この間は、『若紫《わかむらさき》』のくだりについて話をしたよ」

「それはよかったです」と八重はほっとした表情になる。

「その後は十番目で五男の十郎《じゅうろう》、十一番目で六女の十重《とえ》と、名付けるのは簡単だったが、六男で十二番目の収二郎《しゅうじろう》の時にはかなり苦労したよ」

「十二郎で収二郎だなんて、こじつけがすぎますものね。十三番目の七男、重三郎《じゅうざぶろう》は安政五年生まれで、今年でもう五つになります」

「苦労を掛けたが、塾生にも我が子のように接してくれた八重に救われた者も多い」

「塾生さんはみんな素直でいい子でした。それと父さまがよう面倒を見てくれはりましたし」

「そうだな。長崎留学の費用の工面《くめん》から始まり、適塾や除痘館の立ち上げなど、舅殿には世話になりっぱなしだ。わたしの短慮《たんりょ》で平三と四郎を勘当した時には、七十の身で雪の深山《みやま》を越えて、ふたりを訪ねてくれた。あれには感謝しかない。こうなったら百まで生きてもらわんとな」

そしてぽつんと呟くように言う。

「天游先生は五十三、信道先生は五十四で亡くなられた。わたしも同じ年頃になる。そろそろ頃合いかな」

「縁起でもないこと、言わんといてください。夜の散歩にお誘いになったり、こんな風に昔のことをお話しになるなんて、いつもの章さんと違います。なにか悩んではるのですか」

八重は洪庵を見つめた。洪庵は腕組みをして、目を瞑《つむ》る。

「実は先日、江戸の西洋医学所の頭取職に就くように、という要請があった。以前断ったのだが、頭取の大槻俊斎殿が突然亡くなり事情が変わり、今回は何としても、と頼まれている」

「それで、江戸に行かはるおつもりですか」

洪庵は瞑目《めいもく》したまま、呟くように言う。

「実は迷っている。知っての通り、わたしの身体は相当ガタが来ている。江戸に行ったら生きて戻れぬやもしれぬ。それに町医者として気ままに診療してきたわたしに、厳格なお城勤めが務まるとも思えぬ。江戸に行った方がよいか、大坂に残った方がよいのか……」

そして洪庵は目を開くと、八重を見た。

「どう思う？」

八重は一瞬うつむいた。だがすぐに、顔を上げた。

「そんなことをあてに聞きはるなんて、章さんらしくありまへん。江戸に行こうと大坂に残ろうと、あては章さんについていくだけや」

洪庵を見つめる八重の大きな瞳が、月の光に濡《ぬ》れている。

初めて言葉を交わした夜と、少しも変わらぬ瞳の色だ、と洪庵は思う。

そういえば、章と呼ばれたのも久しぶりのような気がした。それ以上に、自分が八重のことを花香と呼ぶことは、ほとんどなかったことを思い出す。

洪庵は、恐る恐る、その名を口にしてみる。

「自分で決めろ、ということか、花香」

「へえ。けど章さんは、とうに決めておられるのでしょう？」

「その通りだ。わたしは行くしかない。だが怖いのだ。これまで積み上げてきたものが崩れ落ち、すべてを失ってしまいそうで……」

その言葉を受け止めた八重は、胸に手を当てて、深く息を吸う。

そして凜《りん》とした声で言い放つ。

「洪庵先生というお人は、これまでも、そしてこれからも、必要とされる病人のところへ迷わず駆《か》けつけるお方や。今、洪庵先生が呼ばれたのは、お江戸がご病気だからでしょう。ならば行かねばならないのではありませんか」

洪庵の目に、光が蘇る。

「花香の言う通りだ。藩が作った借財《しゃくざい》を背負い、愚痴《ぐち》も言わずに身をすり減らして対処し続けた父は、わたしを叱責《しっせき》するだろう。自分を死地に置き、主君のため奔走した左内なら、今のわたしを情けなく思うに違いない」

洪庵は天を仰《あお》いで、大きく息を吐いた。そして静かに微笑んだ。

「よし、医道のため、子孫のため、討ち死に覚悟で江戸に参ろう」

うつむいた八重は、洪庵の袖《そで》をそっと引く。

「ほんとは、あては章さんと、ここで穏やかに暮らしたいんです。けど、けど……」

震える八重の肩を抱いて、洪庵は言う。

「わかっている。もう大丈夫だ。わたしはわがままだから、すぐにお前を江戸に呼び寄せる。その時は来てくれるな?」

八重は何も言わず、洪庵の腕の中で何度もうなずいた。

そんな二人を、満月が静かに照らしていた。

河辺《かわべ》のせせらぎに漂うように、ふたつ、ひとつと、ほたるが舞っている。

その翌日、幕府の要請を正式に受諾《じゅたく》した洪庵は、長崎留学中の平三と四郎を呼び戻した。

そして門下生の吉雄卓爾に四女の八千代を娶《めと》らせ養子として、緒方拙斎《せっさい》と名乗らせ、適塾を任せることにした。

平三と四郎が大坂に到着した翌日、拙斎と八千代は仮祝言《かりしゅうげん》を挙げた。

義理の息子となった拙斎に、洪庵は噛《か》んで含めるように言う。

「適塾と医院は、無理して維持する必要はない。学塾を畳んで医業に専念してもよし、逆でもよい。そうしたことを含めて、すべての判断は拙斎に任せる。思うようにやればよい」

拙斎が深々と頭を下げ、「そんなことにならぬよう、努めます」と言う。

すると洪庵は首を横に振る。

「違うのだ。蘭学は時代遅れになりつつあるから、適塾が凋落《ちょうらく》するのは当然の理なのだよ。決してお前のせいではない。適塾に集まる塾生は、時代の風に吹かれてやってくる。いくらわたしたちが力を尽くしたとて、その流れは変えられぬ。そのことは理解しておいてほしい」

そう言うと、洪庵はにっこり笑う。

「わたしには新たな夢ができた。『西洋医学所』は、官許の種痘所に医院と学塾を併設したものだ。江戸での設立は大坂除痘館に遅れること七年、官許になったのも大坂の二年後だったのに、あっという間に大坂は追い抜かれてしまった。わたしは悔《くや》しくてならない。だから大坂除痘館を、江戸の『西洋医学所』のようにしたい。そのため拙斎に浪速で頑張ってもらい、わたしと力を合わせて東西で適塾を、蘭学を、盛り立てて行こうではないか」

自分の行く末を案じてくれる師の温かい言葉を聞いて、拙斎の肩の荷は軽くなった。

翌日。洪庵は、総髪だった頭を丸めた。奥医師は僧位なので、剃髪《ていはつ》しなくてはならないのだ。

見慣れぬ顔になった洪庵を見て、子どもたちは手を叩いて笑った。

「坊主頭が似合わないことは、わかっていたんだよ。だから江戸に行くのはイヤだったんだ」

洪庵は、淋しくなった頭を撫でて、そうぼやいた。

文久二年八月五日、千々《ちぢ》に乱れる胸中を吐露《とろ》するような一首を残し、洪庵は大坂を発った。

寄る辺《べ》とぞ　思ひしものを　難波潟《なにわがた》　葦《あし》のかりねと　なりにけるかな

骨を埋めるものだとばかり思っていた浪速が、「あしのかりね」となりそうだという歌には、もう二度と浪速に戻れないかもしれないという、切なる想いが込められていた。

長崎から急遽帰郷し、父の出立を見送った平三と四郎はその後、道を分かった。

平三は長崎のポンペの元へ戻り医学の修学を続け、四郎は父と共に江戸に行き、英学を学ぶことになった。

文久二年は、「文久大勢一変《たいせいいいっぺん》」とも呼ばれる年だった。幕府は政治的主導権を完全に喪失《そうしつ》し、京に集まった有象無象の集団の意志が、世情を左右するようになっていた。

そんな、時代の大きなうねりの中で、適塾も緒方家も、共に大きな転機を迎えるのである。

28章　西洋医学所頭取・緒方洪庵

文久二年（一八六二）

文久二年（一八六二）八月十九日、緒方洪庵は、江戸は麻布《あざぶ》・南部坂《なんぶざか》の足守藩邸に到着した。

すると足守藩邸と目と鼻の先にある長州藩の中屋敷から、元適塾生がやってきて、荷ほどきを手伝ってくれた。

長州藩の藩医となった二代目坪井信道と、兵学教授の村田蔵六である。

ふたりは長州藩に取り立てられていた。特に蔵六は万延元年（一八六〇）、幕府の「講武所」教授を辞めて長州藩士になり、麻布の中屋敷で開塾していた。相変わらず何を考えているのかよくわからないヤツだと思いつつも、気に掛けてくれていたのだな、と洪庵はありがたく思った。

二日後の早朝、洪庵は登城し、老中・水野忠精《みずのただきよ》から奥医師を拝命した。

その日、目付役にいきなり次のように言われ、洪庵は驚いて言葉を失う。

「旧来の漢方医の『医学館《いがくかん》』は弊害《へいがい》ばかり多く、世のためになっていない。今回新設したこの『西洋医学所』ではそのような旧弊に陥ることがないよう、お願いしたい。そのために必要なことはなんでも遠慮なく言っていただきたい」

こうもあけすけに悪弊が語られるとは、もはや漢方医の権威は、完全に地に墜《お》ちたようだ。

だが洪庵は用心深く、「わたしは本日着任したばかりの新参者《しんざんもの》ゆえ、まずは先輩である伊東玄朴先生や林洞海先生に内情を伺ってみようと思います」と答えた。

どうやらそれは正着だったようだ。

翌日、洪庵は、江戸に到着してから、初めて顔を合わせた伊東玄朴にこう言われた。

「洪庵殿は拙者《せつしゃ》が見込んだ通り、思慮深い方で安心したよ」

四年前の安政五年（一八五八）、玄朴は、脚気で危篤になった先代将軍家定を診察するため奥医師に任じられ、急遽登城を命じられた。将軍の薨去《こうきょ》後には、政治力を駆使して、機会がある毎に蘭医を増やす算段を続けた。その結果、十九人の奥医師のうち「漢方医」が十二名に対して、「蘭方医」は洪庵も含めて、七名にまで増えていた。

そして絶大な発言力を有する玄朴は、今や奥医師の頂点に君臨《くんりん》している。

こうして洪庵も、四人駕籠でお付きを従え登城するという、殿さまの身分になった。

だが、頭を剃《そ》り、髪がなくなったため、なんとなく心細い。

就任の挨拶回りは、将軍に謁見《えつけん》後、側近、大奥の女中、老中、若年寄まで数日を要した。

挨拶には特別の作法があり、見よう見まねでこなした。城内や大奥のしきたりは、何にも縛られずに学問に励み、合間《あいま》に庶民の診療をしていた洪庵には、煩わしいことばかりだった。

だが仕事は大したことがなく、将軍とその家族の診療に限られていた。

十七歳の将軍家茂《いえもち》は、二月に同い年の和宮内親王《ないしんのう》を正室に迎えたばかりだった。大奥には、家定の死去で落飾した天璋院《てんしょういん》・篤姫や、家定の生母の本寿院《ほんじゅいん》・美津《みつ》の方も住まわっている。

初めて将軍家茂の御脈を取った洪庵は、小柄で華奢《きゃしゃ》で、歯がすべて虫歯という状態に驚きを隠せなかった。この将軍はとても長生きできそうにはない、と洪庵はひそかに危惧した。

もちろん、そんなことは、誰にも言えなかったのではあるが。

それでも故郷の母が、「将軍の御脈を取るとは、畏《おそ》れ多いこと」と喜ぶ笑顔が瞼に浮かび、父上も天上でお喜びだろう、と思うと心が温かくなる。

将軍は朝六時に執務《しつむ》を始めるため、匙医はその前に登城している必要がある。その後は下谷御《したやお》徒町《かちまち》の西洋医学所で勤務したが、南部坂の足守藩邸は、そのどちらからも遠い。

そこで玄朴が気遣《きづか》って、象先堂の一画《いっかく》を住居として貸してくれた。

そこは西洋医学所の隣だったため、生活は楽になった。だがいつまでも甘えているわけにもいかないので、西洋医学所の敷地内に頭取宅を建てることにした。

翌春の完成が見込まれたので、洪庵は八重や子どもたちを江戸に呼び寄せることにした。

文久二年閏《うるう》八月四日、正式に「西洋医学所」頭取に任命された洪庵は、玄朴の館《やかた》から医学所内の仮宅に引っ越した。そして本分である西洋医学所での教育に専心《せんしん》する。

早速、江戸在住の元適塾生で、福井藩医の坪井信良と、箕作阮甫に師事していた石井謙道を任命して、教授陣を固めた。

洪庵は医学にこだわらずに間口《まぐち》を広げ、洋学者全般の育成をしようと考えた。

それはこれからの日本に必要な人材を育てるという、適塾の方針を踏襲したものだ。

その頃、若年寄から通達があった。

「医業については将軍家の『御匙』（奥医師の最高位）にも西洋医術が採用されているので、漢方医も西洋療法を学んで研究し熟達ぶりを表し、大いに役立つよう心得《こころえ》よ」

それは幕府が、ついに蘭医学を医の土台に据えることにしたという宣言でもあった。

奥医師の指導的地位にある伊東玄朴と接する機会が増え、さまざまな「指導」も受けた。

そうしたことは奥医師としての立ち居振る舞いや方向性等、政治的なことが多かった。玄朴は学術方面には口を挟もうとしなかったので、洪庵としては仕事はやりやすかった。

洪庵が頭取に任命されて十日ほど経ったある日、玄朴に食事に招かれた。

駕籠に乗って東奔西走《とうほんせいそう》、常に忙しく立ち働いている感がある玄朴にしては珍しいことだ。

還暦を過ぎた玄朴は、禿頭の汗を手ぬぐいで気忙《きぜわ》しく拭《ふ》きながら、せかせかと言う。

「洪庵殿のご精勤《せいきん》ぶりは、城内でも評判がよく、推挙した拙者も鼻が高いよ」

「すべては玄朴殿のご配慮のおかげです」

そう言って洪庵は頭を下げた。その言葉を聞いて、玄朴は頬を緩めた。

「城内の仕事は不合理で不条理なことばかりだ。拙者が蘭方医として初めて匙医に任命された時の苦労は、今の比ではなかった。洪庵殿に拙者と同じ苦労はしてもらいたくないので、口やかましいことも言うが、ご寛恕いただきたい」

さらりと話す玄朴は、以前会った時よりも、研《と》ぎ澄《す》まされた感じがした。高い役職に就き、将軍の側に仕える日々が、このような鵺《ぬえ》のような人物を作りあげたのだな、と洪庵は思う。

「それにしても、物騒《ぶっそう》な世になった。八月の天誅騒動はご存じかな？」

玄朴が声を潜めて言うと、洪庵は正直に答える。

「噂は聞きましたが、詳細はよく知りません」

「安政の大獄の時の三悪人として捕縛された島田左近《しまださこん》は、幕府に阿《おもね》った証言をして死を逃《のが》れていたが、この八月、妾宅《しょうたく》で斬殺《ざんさつ》され、京の四条河原《しじょうがわら》に斬奸状《ざんかんじょう》と共に首を晒《さら》されたのよ。天網恢々《てんもうかいかい》疎《そ》にして漏らさず、攘夷浪士の探索からは逃れられなかったわけだ」

そこまで言うと、玄朴は再び声を潜めた。

「どうやら下手人《げしゅにん》は、人斬り新兵衛《しんべえ》とかいう薩摩の藩士らしい。拙者が思うに、これは始まりに過ぎぬ。これから朝廷のお膝元の京には、血の雨が降るであろう」

玄朴の物騒な予言はやがて的中する。島田左近の暗殺は、天誅の始まりとなったのである。

「ところで西洋医学所で、なにかお困りのことはないかな？」

「特段ございません。おかげさまで、万事順調です」

そう答えると玄朴は、前屈《まえかが》みになった。

「実はこちらは困っておる。先だって問題児が長崎から呼び戻されたのよ」

「はて、それはどなたのことでしょう」

「松本家の養子のドラ息子よ」

「なんと、良順殿が江戸に戻られたのですか？」

洪庵は興奮を隠しきれない口調《くちょう》になる。

松本良順が率いる長崎医学所は今や蘭医学の中心地で、初代ポンペから二代目ボードウィンに頭取が代替わりしたことを、息子の平三と元塾頭の長与専斎が手紙で報せてきた。

旗本や藩医の子息だけでなく、身分を問わず医学を学びたい者が集《つど》い、日夜西洋医学の研鑽に励んでいるという。それはまさに洪庵が目指した修学の理想郷だった。

「最先端のポンペ医学を学んだ気鋭の良順殿が、江戸に戻られたとはまことに慶事《けいじ》、わたしの如き老骨《ろうこつ》は潔《いさぎよ》く身を退《ひ》き、一刻も早く良順殿に西洋医学所を率いていただきましょう」

洪庵が正直に、喜びを口にすると、玄朴はいきなり、激した口調になる。

「馬鹿なことを言いなさんな。洪庵殿には、彼奴をしっかり抑え込んでいただかないと困るのだ。あの若造は、奥医師の秩序を滅茶苦茶《めちゃくちゃ》にしかねない跳《は》ね返りだからな」

洪庵は、適塾に立ち寄った際の良順の言葉を思い出す。のっぺりした顔立ちで飄々《ひょうひょう》とした若武者は、内にまっすぐな正義感を秘め、政医の玄朴への反感を隠す様子もなかった。

詳細はわからないが、どんなことがあったのかは、概《おおむ》ね見当がつく。

「わかりました。良順殿に、西洋医学所の流儀を理解していただくよう、努めて参ります」

「頼みましたぞ。長崎から江戸に戻ったあの若造を奥医師から外して模様眺めをしておったが、そろそろ、ぶらかしも限界で、やむなく数日前、西洋医学所の副頭取に任命したのだ。だが、洪庵殿が抑え込んでくださるのであれば、ひと安心だ」

そう言うと、玄朴はそそくさと席を立つ。

用件が済めば長居は無用というわけか、と洪庵は苦笑する。

同時に洪庵は、自分が成すべき役目を理解した。

遅かれ早かれ、良順が会得した、ポンペ直伝の医学が西洋医学所の主流になるだろう。ならば自分の役割は玄朴と良順の関係を調整し、軟着陸させることだ。

「いずれにしても一度、肚《はら》を割って話し合ってみなければなるまい」と洪庵は呟いた。

長崎に行く前に一度、適塾で面談している洪庵は、この数年間で、良順がどれほど腕を上げたか、確認するのが楽しみに思えてきた。

だがそんな洪庵の真情を知ってか知らずか、ひと回り逞《たくま》しくなって江戸に戻ってきた若駒は、玄朴が懸念した通り、奔馬《ほんば》の如く西洋医学所を踏み荒らしたのだった。

久しぶりに相見《あいまみ》えた松本良順を見て、洪庵は思う。

――確か三十一歳か。またひとつ、格が上がったような……。

ところがその第一印象の好感を吹き飛ばすように、良順は開口一番、言い放つ。

「某は玄朴殿が嫌いです。ご挨拶に伺った直後、故なく奥医師から番医師《ばんいし》に格下げされてしまいました。しかし閏八月八日に西洋医学所の副頭取に任じられましたので、西洋医学所の拡充に努めることが某の本務だと理解しております」

いきなり本音を吐露した良順は、息つく間もなく続けた。

「実は昨日、先生がご登城されている間に、所内を拝見いたしました。率直に申しまして修学法が古臭《ふるくさ》く、副頭取として、容認するわけには参りません。早急に改善すべきです」

あまりにも容赦《ようしゃ》のない話しぶりに、さすがの洪庵も少しむっとして、訊ねた。

「そんな風に言われるのはいささか心外ですね。わたしの教育のどこが古臭いのでしょうか」

「すべてです。西洋医学所は文字通り、西洋医学を学ぶ医師を育てる学校であって、洋学者を養成する語学校ではありません。早急にポンペ流の医学教育に切り替え、兵書や砲術書の修学を禁じるべきでしょう」

「なるほど。ところでわたしは不勉強でよく存じ上げないので、ポンペ流とはいかなるものか、ご教示いただけますか」

「もちろん喜んで。概略を申し上げますと、医師養成のために窮理（物理）、舎密（化学）、薬剤、解剖、生理、病理、療養、内科、外科の九科目を必修とし、講義と実習を併用します。そして西洋医学所の傍らに医院を置き、患者を診察・治療しつつ、症例に則して原書を学ばせ、知識を教授するのです。某が学んだ順天堂も実技中心でしたが、ポンペ流は更にそれを一段先に進めたものです」

「原書の解読ができなければ、帰郷した後に疑問を解いたりすることができませんが」

「それは心得違いです。本とは、あやふやな記憶を正し、確認するためのものであり、講義の内容を忘れなければ、なくてもよいのです。書物の紙魚《しみ》では、現実には役に立ちません」

あたかも自分が頭取であるかのような良順の口ぶりに、洪庵は目眩《めまい》がした。

これでは、玄朴殿に蛇蝎《だかつ》の如く嫌われて当然だな、と洪庵は苦笑する。こんな調子では、とても二人は相容《あいい》れないだろうとも確信した。

同時に洪庵自身も、良順の言葉には許容し難いものを感じていた。

良順は恵まれた立場の御曹司だから、簡単にこうしたことを口にできるのだ、と思う。

塾生の中には、貧しい境遇から這《は》い上がるために蘭学を志す者も多い。この若武者はそんな弱い立場の者を、容赦《ようしや》なく切り捨てている。

だが確かに、実際の治療と学問の乖離は、洪庵自身も常々感じていた弱点だった。

そこで胸の内で温めていた妥協案を口にした。

「良順殿のご意見はまことにごもっとも、全面的に賛同します。しかしながら世の中とは、理屈通りには動かぬもの。今は少しごゆるりとされた方がよろしいかと。詳細については、おいおい話し合って決めていきましょう」

良順は一瞬、不服そうな色を見せた。なので、洪庵は付け加えた。

「長崎でのご指導ぶりは、適塾の門弟の長与と愚息・平三から聞いております。わたしは良順殿を高く買っております。いずれあなたは、ここの頭取になられるお方だと思っております」

良順は安堵したように、ふう、と吐息をついた。

「長与殿は優秀でした。若すぎて後任に任じられなかったのが残念です。薩摩藩の八木《やぎ》殿を後任に据えましたが、戸塚静海殿のご子息の文海《ぶんかい》殿が役職に色気を出したため、火種《ひだね》を残してしまいました。確かに権限の委譲《いじょう》とは難しいものですね」

「ご理解いただけて何よりです」

洪庵はうなずき、良順の言葉の裏に込められた刃をさらりとかわす。

あっさりいなされた良順は、やや色を作《な》しながらも、努めて穏やかな口調で言う。

「平三君はさすが洪庵先生のご子息だけあり、抜群でした。ボードウィン先生が帰国される際、某の長子の銈太郎《けいたろう》と一緒にオランダに連れて行ってくださるよう、お願いしてあります」

「かたじけないことです」と洪庵は頭を下げた。

こうして二人の腹の探り合いは、一旦落ち着いた。もっとも良順相手では、腹の探り合いという表現は適切ではなく、一方的な袋だたきのようなものだった。

改めて、一刻も早く頭取の座を良順に譲らねば、という意を強くする。

そんな洪庵でさえ、良順の独善的な性急さには辟易《へきえき》とさせられた。

良順は奥医師としては先輩なのだから、長崎のオランダ流と江戸城の奥医師の流儀《りゅうぎ》の違いはわかっているはずだろうに、と恨み言のひとつも言いたくなった。

洪庵は、良順からは旧弊の教育だと糾弾され、かたや玄朴には、良順に対する抑え込みが足りない、とせっつかれる。

そんな風に新旧の大物の板挟《いたばさ》みになってしまったのは、洪庵の自業自得《じごうじとく》だった。

自らふたりの緩衝材《かんしょうざい》たらんという、無謀《むぼう》な企てをやろうとしていたのだから。

「宮仕えとは、げにすまじきもの」と呟いた洪庵は、すべてを放り出してしまいたくなる。


秋口になるとようやく、西洋医学所の新体制が稼働し始めた。

西洋医学所は洪庵が頭取、副頭取に松本良順、教授に坪井信良と石井謙道という、盤石の体制を敷くことができた。学生たちは藩医の子弟や旗本の跡継ぎが多く、おっとりしていた。

だが、そこに大坂適塾から数名の門下生が移ってきて、医学所は一気に活気づいた。

良順は協力的ではなかった。オランダ語の読解に力を入れる洪庵のやり方が、どうにも気に入らない様子だった。

折に触れて病人を連れてきては病状を説明し、治療法を解説するという良順独自のやり方は、それまでの洪庵の教授法からは大きく逸脱《いつだつ》していたので、洪庵は困り果てた。

だが患者を診察し、治療に当たりながら教育するという実地医学のポンペ式教育法は、かつての師・坪井信道のやり方と似ていたので、受け入れる素地《そじ》がないわけでもない。

やがて西洋医学所に診療所を併設したいと、副頭取・松本良順が申し出てきた。

それは合理的だと思われたので、洪庵は前向きに検討すると答えた。

そんな最中の十月、江戸城内で騒動が起こった。少し前から巷《ちまた》に蔓延《まんえん》していた麻疹が城内に侵入し、将軍家茂、御台所《みだいどころ》の和宮が相次いで罹患してしまったのだ。

洪庵をはじめとした奥医師たちが総出《そうで》で治療に当たった。ところが家茂と和宮が快癒《かいゆ》したと思ったら、次に天璋院に伝染《うつ》った。またもや奥医師たちは総出で宿直したが、実際にやっていることといえば、将軍の御脈を代わる代わる取ることくらいだった。

それは、町医者あがりの洪庵には、盛大な空騒《からさわ》ぎにしか思えなかった。

良順も、そんな茶番劇《ちゃばんげき》をあからさまにバカバカしいという目で見ていたが、一応、治療には熱心に当たった。

麻疹騒動が落ち着いた頃、洪庵は、上司の玄朴からお褒めの言葉を頂戴した。

「先月の洪庵殿のご活躍には目を見張りましたぞ。上さまと和宮さまが相次いで麻疹になられ、快癒した直後に天璋院さままで罹られた時は、どうなることかと思うたよ。洞海殿と共に徹夜《てつや》で十日間、つきっきりで看病をなされた洪庵殿は、すっかり上さまの信頼を得たようで、拙者なんぞ今や刺身のつまに成り果てたようだ」

玄朴は上機嫌で言う。けれども褒め言葉の内には、毒針《どくばり》が仕込まれている。

洪庵は、魚の小骨をよけるように注意深く答えた。

「あの時は玄朴殿と多紀院《たきいん》殿、竹内玄同殿のお三方が詰めっ切りで、奥医師十九人のうち半数の方が常駐しておりましたので、わたしの寄与《きよ》など微々たるものです。わたしは田舎者《いなかもの》ゆえ、本復《ほんぷく》祝《いわ》いの『酒湯《ささゆ》』や、『時服《じふく》』の祝儀の拝領の仕方など、玄朴殿のご指導がなければ対応できませんでした。それにわたしは和宮さまには疎《うと》まれているようです。これまで天璋院さまには十回以上お目通りしたのに、宮さまを拝見したのは麻疹の時の一度きりですから」

「それは気に病むことではない。和宮さまは、ほんの八ヵ月前に嫁いでこられたばかり。攘夷に凝り固まっておられる孝明天皇の妹御《いもうとご》で、大の西洋嫌いだからやむを得ない。だが捨てる神あれば拾う神あり、洪庵殿は、蘭癖の島津斉彬さまの養女であられる天璋院さまの、大のお気に入りなのだから」

そう言われた洪庵は、何度目かの診察の際に、天璋院が洪庵に告げた言葉を思い出す。

――そなたが緒方洪庵先生ですか。浪速で適塾を開き、多くの俊英を育てられたそうですね。橋本左内とも一度会ったことがあるが、明敏《めいびん》で天馬のような者でした。

思いもよらず、そんな言葉を掛けられ洪庵は驚いた。だが考えてみれば、天璋院は今は亡き島津斉彬侯が一橋慶喜を推戴するため大奥に送り込んだ切り札だったと聞く。

加えて、篤姫との連絡役を果たした西郷隆盛は、左内とは刎頸《ふんけい》の交わりを誓った友だった。

――左内、お前の遺志は、今も生き続けているぞ。

師として、洪庵は嬉しくなった。そんなことを考えてぼんやりしてしまった洪庵は、玄朴が怪訝そうな表情で自分を見ていることに気づき、あわてて言う。

「申し遅れましたが、長崎留学中の愚息・平三を官費留学生に取りはからっていただき、まことにありがとうございました」

「はて、そんなこともあったかのう」と玄朴はとぼけた。そして声を潜めて言う。

「そんなことより今、洪庵殿を法眼に取り立てようという動きがある。異例の出世なので、一層身を慎《つつし》み、心して励まれるがよい」

「このわたしを法眼に、ですか？」と洪庵は思わず問い返す。

奥医師の最高位である「法印」に次ぐ地位に就くには、まだ経験不足なのは明らかだ。

だがそう言おうとした時には、洪庵の当惑《とうわく》を置き去りにして、玄朴は姿を消していた。

玄朴が告げたことは、ただの噂ではなかった。

洪庵は、師走も押し迫った頃に突然、「法眼」に叙《じょ》せられたのである。

その時、奇妙な噂を聞いた。それは玄朴が不始末をしでかし、洪庵を後任にするための異例の昇進だというのだ。

しばらくの間は何もなく、洪庵はその話を忘れかけていた。

ところが年が明けた一月末、城内に激震が走る。伊東玄朴が奥医師から小普請《こぶしん》に降格されてしまったのだ。

失脚した理由は、万事に周到だった玄朴らしからぬ、迂闊なものだった。

林洞海と竹内玄同が、流行中の麻疹に関する蘭書を急ぎ翻訳した。ところが玄朴はそれを、自分の養子の伊東方成《ほうせい》の訳だと改竄《かいざん》して報告し、それが露見《ろけん》したのだという。

その頃、方成は帰国するポンペに随行《ずいこう》して、林洞海の実子の林研海《けんかい》と共に、幕府最初の海外留学生としてオランダへ向かう洋上にあった。

だからそれは、すぐにバレてしまうような嘘《うそ》だった。

幕府の使節団が『扶氏経験遺訓』を、フーフェランドの母校のライデン大学に謹呈することになったという、光栄な報告を林洞海から聞いて、有頂天になっていた洪庵は、たちまち冷や水を浴びせられたような気分になった。

洪庵には瞬時に、この更迭劇《こうてつげき》の舞台裏が見えた。

良順が西洋医学所の頭取になったら、自分は無用の長物になってしまう、と危惧した玄朴は、良順を冷たくあしらい、あまつさえ放逐《ほうちく》すら目論んでいた。

ところがなかなか思うようにならないどころか、良順の突き上げは日に日に強くなる一方だ。それが玄朴の焦りを呼び、洞海の業績を盗んで自分の立場を強めようとしたのだろう。

その時、業績を奪われた洞海が血気盛んで玄朴に批判的だった義弟の良順に、うっかり愚痴をこぼしてしまい、それを聞いた若武者が、老獪《ろうかい》な鵺を一刀両断《いっとうりょうだん》に斬り捨てたのだ。

つまり実力者の玄朴は、押さえ込もうとした下《した》っ端《ぱ》の奥医師に、強烈なしっぺ返しを食らい、返り討ちにされてしまったのだ。

そう考えれば、すべてのつじつまが合う。

新旧の交代劇は、一瞬でかたがついた。それはあまりにも鮮やかで、背筋が寒くなる。

——良順殿の次なる標的《ひょうてき》は、このわたしだな。

そう悟った洪庵は、ひそかに覚悟を決めた。

ところが奇妙なことに、玄朴の失脚後はなにごとも起こらず、凪《なぎ》のように平穏な日々が続いた。

性急な良順が、直ちに洪庵に辞職を迫ってても不思議はなかったが、彼は妙におとなしかった。

それは洪庵には意外に思われ、いささか拍子《ひょうし》抜《ぬ》けしたのだった。

29章　大鵬昇天

文久三年（一八六三）

明けて文久三年（一八六三）一月二十三日、開国派の論客《ろんかく》だった池内大学《いけうちだいがく》が殺害され、大坂のなにわ橋の橋詰《はしづめ》にその生首が晒された。だが本当の標的は洪庵の義弟の緒方郁蔵だったのではないか、という噂が立った。

その晩、池内大学と郁蔵は土佐藩蔵屋敷の宴席に出ていて、二人の駕籠は途中まで一緒だった。別れた直後に襲われた時、二つの駕籠は提灯《ちょうちん》を取り違えていたという。

土佐藩では土佐勤王《きんのう》党が開国派の重臣・吉田東洋《よしだとうよう》を暗殺して以来、攘夷派と開国派がせめぎ合っていた。将軍継嗣で敗北して隠居した前藩主・山内容堂《やまうちようどう》は、相変わらず隠然《いんぜん》とした力を持ち続け、裏で藩政を牛耳《ぎゅうじ》っていた。

だから開国派の容堂が藩校の相談役に推挙した郁蔵を、攘夷派の不満分子がつけ狙ったとしても、不思議はなかったのである。

二月二十五日、「西洋医学所」から「西洋」の二文字が取れ「医学所」と改称された。

それは西洋医学が、日本の医学の主軸《しゅじく》になったことが確定した瞬間だった。

思えば長い道のりだった、と洪庵はしみじみ思う。

その時の頭取が洪庵であったことは必然だと、周囲からは思われていた。

三月、医学所頭取宅の普請《ふしん》が終わった。小ぶりだが住みやすい屋敷に、洪庵は満足した。

もう間もなく、八重や子どもたちと一緒に住めるのかと思うと、洪庵の胸は躍《おど》った。

洪庵に同道して上京していた四郎は、医学所には顔出しせず、英学稽古生《けいこせい》として洋書調所に通っていた。洪庵は避けられているような心持ちがして、淋しい思いをした。

その月、将軍家茂は朝廷に恭順《きょうじゅん》の意を示し、三代将軍家光《いえみつ》以来二百二十九年ぶりに上洛した。家茂は京都・二条城《にじょうじょう》に入り、孝明天皇の賀茂社御幸《かもしゃみゆき》に随従《ずいじゅう》し、攘夷祈願を行なった。

堀田正睦が開港の勅許を得ようとしたため、朝廷が政権を委任しているなら委任をやめることもできるという考えが拡がっていた。だがこうした動きは幕府の開国政策と矛盾《むじゅん》していたため、家茂は、幕政と朝廷の板挟みになり、窮地に陥った。

四月には京で幕府浪士組《ろうしぐみ》が新選組《しんせんぐみ》を旗揚《はたあ》げし、本格的に反幕の攘夷浪人の殺戮を始めた。京に吹き始めた血腥《ちなまぐさ》い風は、日に日に激しさを増していく。

四月二十日、度重《たびかさ》なる朝廷からの要請に耐えきれなくなり、ついに幕府は五月十日を攘夷決行の期日と定めて上奏《じょうそう》した。

老中・小笠原長行《おがさわらながみち》は攘夷決行前日の五月九日、三港の閉鎖を各国外交官に通告した。だが悲しいかな、どの国からも相手にされなかった。

そんな中、ひとり気を吐いたのは、今や攘夷の総本山を自認《じにん》していた長州だった。

五月十日、関門海峡《かんもんかいきょう》を通過する米国商船を、二十三日には仏軍艦を、二十六日にはオランダ軍艦を、次々に砲撃したのである。

五月三十日には、老中・小笠原長行が海路、大坂に兵を率いて上陸し、淀川沿いに京に接近して朝廷に圧力をかけた。一触即発《いっしょくそくはつ》、武力衝突《しょうとつ》の危機である。

六月四日、将軍の命で進軍は止まった。だがおかげで将軍家茂の東帰が可能になった。

家茂は六月十三日に大坂を出帆《しゅっぱん》し、十六日に江戸に戻った。

六月初旬、長州藩は米仏艦隊から報復攻撃を受けて大損害を蒙《こうむ》った。この非常事態の収拾《しゅうしゅう》に起用された高杉晋作《たかすぎしんさく》は、奇兵隊《きへいたい》を組織して、その軍事顧問に村田蔵六を抜擢《ばってき》する。

一方、薩摩藩では七月、生麦《なまむぎ》事件の犯人を検挙しないことを咎めた英国軍艦が鹿児島《かごしま》湾に侵入し、薩英戦争となった。これで薩摩藩の軍備は張《は》り子《こ》の虎《とら》だと露呈《ろてい》してしまう。

薩摩と長州という攘夷二強は、外国との紛争《ふんそう》を経験し、その実力差を思い知らされた。

そしてまったく同じ時期に攘夷の方針を大転換して、一気に開国倒幕へと舵を切った。

洪庵の人生最後の半年となる文久三年正月から六月にかけては、幕末の趨勢を決定づけた、こうした一大転機と重なっていたのである。

そんなある日、洪庵が帰宅すると満開の桜の下、門前に見慣れぬ駕籠があった。

客人とは珍しいな、と思いつつ家に入った洪庵は、目を見開いた。

「よっ、章、久しぶりだな」

白髭《しろひげ》を長く蓄《たくわ》え、少し痩《や》せたものの、以前と変わらぬ風体《ふうてい》の泰然が、飄然《ひょうぜん》と佇《たたず》んでいた。

「いきなりお見えになるなんて、どうされたのですか」

「玄朴殿をぶっこ抜いて蘭医の頂点に立った章が、どんな顔をしているのか、ちょっくら見たくなったもんでな」と言い、泰然はにっと笑う。

「それだけのことのために、わざわざ佐倉《さくら》からお見えになったのですか」

呆れた顔をして言う洪庵に、泰然は肩をすくめて言う。

「なんだ、子分の順の字から聞いてねえのか？　おいらは横浜に引っ越したんだよ。養子の尚中《たかなか》がポンペの元に三年も留学しやがって、去年やっとこさ戻ってきたと思ったら、たちまち順天堂は大繁盛《だいはんじょう》。これは老体は引っ込めってことだな、と悟ったおいらは、尚中に家督を譲って隠居して、横浜に移り、今はヘボンという名医の医院に入り浸りよ」

「ヘボン殿は蘭流とはまったく違う、英医学の使い手だそうですね」

「おおよ。手術にクロロホルム麻酔《ますい》を使い、骨折に副木《そえぎ》をあてるなど、これまで見たこともない治療ばかりよ。いやはや、英国式医学は凄《すご》いもんだぜ」

「クロロホルム麻酔は一昨年、玄朴殿が右足切断手術で用いたとお聞きしましたが」

「それはその通りだが、玄朴殿は大騒ぎしながら、大勢の手下を使ってやっとこさ実施した。ヘボン殿はひとりでクロロホルムを吸入させて手術しちまうんだから、えらい違いだよ」

「隠居しながら横浜で最先端の英国式医学を学ばれるとは、また先を越されてしまいましたな」

「あたぼうよ。『早見えの泰然さま』が、愚図《ぐず》な章に遅れを取ったりしたら、世も末だろ」

泰然が肩をそびやかして言うと、洪庵は微笑する。

「わたしは昨年、英和辞書を購《あがな》いましたが、とても習得《しゅうとく》できそうにありません。なのでそちらは元塾生の福沢諭吉や箕作秋坪に任せることにしました。昨年、幕府の遣欧使節団に選ばれた彼らから、欧米事情を学んでおります。新たな時代を切り拓くのは青年たちです」

「おいらはもう、還暦のジジイだから、自分で英語を習得しようなんて気はさらさらねえよ。五男の董三郎《とうさぶろう》に、ヘボンの奥方《おくがた》から英語を学ばせてる。そういえばヘボンのところには、章のお気に入りのさいづち頭も出入りしてたぞ。次世代の連中に任せようとは、章もようやくおいらの境地に近づいたようだが、おいらは更にその一歩先を行ってるんだぜ。尚中の次に佐藤進という原石を見つけたので、いずれはドイツに留学させようと思っているんだよ」

「ドイツ留学とはまた、思い切ったことをお考えですね」

「蘭医学はドイツの医学の真似っこだ。それなら本家に学んだ方が手っ取り早い。かの有名な『ターヘル・アナトミア』(『解体新書』の原本)もドイツの底本の蘭訳だし、シーボルト先生もドイツ人だったというじゃねえか。要は日本の蘭流は、ドイツ医学の亜流《ありゅう》だったのさ」

「なるほど」と感心した洪庵は、老いてなお旺盛《おうせい》な泰然の知識欲と行動力に圧倒される。

そんな洪庵をじっと見つめた泰然は、ぷっと吹き出した。

「それにしても、章に坊主頭は似合わねえな」

「見栄《みば》えはともかく、風邪《かぜ》を引きやすくなり、難儀《なんぎ》しております」

そう言って洪庵は、つるりと頭を撫《な》でた。

すると泰然はいきなり、核心に切り込んできた。

「ところで章はなぜ、殿さまなんて呼ばれる、偉そうな地位にふんぞり返っているんだ?」

「別にふんぞり返ってはおりませんが、大槻俊斎殿が亡くなり、穴埋めを命じられましたので」

「そんなことは知ってるよ。章を後釜《あとがま》に推したのは、このおいらだからな」

「ははあ、またしてもわたしは、泰然殿の掌《てのひら》の上で踊らされていたのですね」

すんなりそう答えた洪庵に、意外そうな口ぶりで泰然は訊ねる。

「なんだ、あまり驚かないんだな」

「言われてみれば、すべてが腑《ふ》に落ちますので」

そう言われて、つまらなそうな顔になった泰然は、気を取り直して言う。

「ちょっとだけ言い訳させてもらうと、大槻殿が亡くなった時、玄朴のタコ坊主は養子の方成を後釜に据えようとしたんだ。それを聞いておったまげたおいらは洞海に指図し、章を候補に加えさせたのよ。そうすればあのタコ坊主も恥じ入り、みっともない人事は引っ込めるだろうと踏んだのさ。ところがどうせ章は江戸へ出てくるはずがないだろう、と高をくくっていたのに、のこのこ出張《でば》って来やがった。おかげで、おいらの面目と目論見は丸潰れだよ」

洪庵は唖然《あぜん》とした。自分で招聘を差配《さはい》しておきながら、実現したら面目が丸潰れとは、相変わらずわけがわからない、身勝手なお方だな、とつくづく思う。

「さっき、章の顔を見に来たと言ったら、『たったそれだけのことのために』と言ってたが、その『たったそれだけのこと』ってえのが実は大事なんだよ。それじゃあ改めて聞かせてもらおう。章よ、お前は一体いつまで江戸に居座るつもりなんだ?」

「お上の任命ゆえやむを得ないのですが、近いうちにご子息の良順殿に頭取の座を明け渡すつもりでいます。その委譲を果たすまで、でしょうか」

「それなら、さっさと順の字に押しつけちまえばいいだろ」

「ですが因循姑息《いんじゅんこそく》なお城の御匙に対し、玄朴殿という重石《おもし》がなくなった今、いきなり重荷を背負わせるのはお気の毒なので、今しばらくはわたしが風よけになろうと思いまして……」

「かあ、相変わらず章はお人好《ひとよ》しだねえ。言っておくが、順の字の野郎は相当の食わせ者だぜ。章が思っているほど、お淑《しと》やかなタマじゃねえぞ」

そう言って、はあ、と大きくため息をついた泰然は、驚愕《きようがく》の真実を明かした。

「順の字に、玄朴のタコ坊主をなんとかしたいと泣きつかれたもんだから、洞海の翻訳を養子の手柄にしようとした悪辣《あくらつ》な一件を利用して牽制《けんせい》したらどうだと入れ知恵したのさ。ところがあいつは一気に首まで取っちまった。あれは良さんに奥医師の流儀を仕込まれ、おいらも及びがつかない化け物になっちまった。玄朴殿をやっつけて、返す刀で章も斬って捨てるつもりだな、と察したから、あんまり章をいじめるなよ、と釘を刺しておいたんだよ」

「はあ、左様《さよう》でしたか。それはむしろ、ありがた迷惑でしたね」

「確かに余計なお節介《せつかい》だったらしいや。けど一度くらいはおいらの忠告を聞けよ。章よ、お前は江戸を離れた方がいい。おいらは隠居したら、更に自由になれたぜ。お前もしがらみなんぞ、さっさとうっちゃって、とっとと浪速に帰れ。お前は最近、自分の顔を鏡で見たことがあるか？今の章は岸に打ち上げられた魚みたいに、青白い顔でぱくぱくしていて苦しげだぜ」

洪庵はぎょっとして、思わず自分の頬を撫でる。

しばらく泰然を見つめていた洪庵は、静かに言った。

「どうやら最後まで、わたしは泰然殿とは相容れないようです。わたしは矩《のり》を守り、お上を立てて参りました。父から受け継いだこの生き方をして命を縮めるのなら、それは本望《ほんもう》です」

「まあ、章がおいらの言うことを聞かないことは、わかっちゃいたんだが……」

深々と吐息をついた泰然がそう呟いた時、門のところでがやがやと賑《にぎ》やかな声がした。

扉《とびら》が開くと、そこには幼子が三人、立っていた。十郎と収二郎だ。

「あ、お父ちゃんだ」と言って飛びついてきたのは、五歳になる末っ子の重三郎だ。

「おお、やっと来たか。待ちかねたぞ。重三郎は大きくなったなあ」

続いて三人の娘たちが嬌声《きょうせい》を上げながら部屋に入ってくる。最後に八重が姿を見せた。

半年ぶりに愛妻の笑顔を見た洪庵の目には、そこだけ光が当たったように輝いて見えた。

鈴《すず》を転がすような涼《すず》やかな声が耳に鳴り響く。

「すんまへん、子どもたちが早くお父はんに会いたいと言うので、藩屋敷の先触れの方と一緒に来てしまいました。あら、お客さんがいらしてはったんですね」

そう言って泰然を見た八重は、しばらく思案顔でいたが、やがて言う。

「確か以前、お子を連れて適塾にいらしたお方ですね。お久しぶりでございます」

「よく覚えていたな。泰然殿は長崎で平三の面倒をみてくださった松本良順殿の父上だよ」

洪庵が紹介すると、八重は目を見開いた。そして、きっぱり言う。

「その節は平三が大変お世話になりました。けど、ひとつ言わせてもらいます。ご子息はご立派な蘭学者やそうですけど、真面目な平三を、悪所にお誘いになるのは困ります」

「それは愚息が申し訳ないことをした。されど血気逸《はや》る青年には必要なことで……」

「章さんも三年長崎にいましたが、さようなことは一度もなさらなかったと聞きました」

「それはその通りだが、なにぶん章は変わり者ゆえ……」

「天下の法眼に向かって変わり者とは、無礼ではございませぬか」

ぴしゃりと言われ、さすがの泰然も、たじたじだ。

――どうやらこの奥方は、おいらが適塾を訪れた時に、章が丸山に出入りしたと話したことを未だに根に持っているようだ。これは敵わぬ、三十六計《さんじゅうろっけい》だ。

「用は済んだから帰るよ。おいらは久々の家族の再会を邪魔するような野暮天《やぼてん》ではないんでね」

そう言うと、泰然はぽん、と手を打った。

「おっと、うっかり忘れるところだった。これは法眼就任のご祝儀だ。愚息が世話になっている上司への付け届けを兼ねてるから、遠慮せずに受け取ってくんな」

そう言って手渡された紙包みは、ずしりと重かった。袋を開けた洪庵は、「これは……」と言って絶句する。泰然は懐手をして言う。

「そいつは横浜の商人から手に入れた短筒《たんづつ》だよ。今、横浜港には生麦事件の賠償《ばいしょう》を求めて英国軍艦が多数停留して、今にも戦争でもおっぱじめそうな雰囲気だし、家茂さまが上洛して朝廷に攘夷を確約したもんだから、江戸では攘夷の連中がでかい顔してのさばっている。蘭方医なんて恰好《かっこう》の的《まと》だから、念のために護身用に持っておくがいいさ」

「お気持ちはありがたいのですが、付け届けの類《たぐ》いはお断りしていますので、お返しします」

「それなら金二両で売ってやろう。ヒマな時に支払いに来い。そうしたら時代の最先端の横浜を案内してやるよ。短筒の使い方は順の字に教わればいいさ」

そそくさと部屋を出て行く泰然は、庭先の駕籠に乗り込みながら言う。

「いいか章、一刻も早く浪速に戻るが吉だ。『早見えの泰然』が、しかと忠告したからな」

門を出る駕籠を見送った洪庵の手には、黒光りする短筒が残された。

その夜は久々の一家団欒《いっかだんらん》となった。八重は浪速の適塾の現状を詳しく報告した。

「拙斎はんは頑張っておられますが、章さんを慕って江戸に行く者、これを機に故郷に帰る者、他の塾に移る者がようけおり、火が消えたようです。拙斎はんは、自分の力不足やゆうて悩んでおられましたけど、最近は割り切り、自分と洪庵先生は違うとゆうておられました」

「それでいいのだ。このご時世の中、拙斎はよくやっているよ」

洪庵は腕組みをして、目を閉じる。泰然に帰坂を勧められたが、戻ったところで、かつての適塾はもうどこにもない。もはや大坂には、洪庵が帰る場所はなかったのである。

家族と一緒になり、気持ちが落ち着いた洪庵は、八重にお城勤めの愚痴をこぼし始める。それはこれまで、誰にも話すことができず、気鬱《きうつ》の原因になっていたことだった。

「奥医師は輪番《りんばん》で当直をして急病に備える。健診には『脈診《みゃくしん》』『腹診《ふくしん》』に加え『御大便拝見《おだいべん》』という奇妙なしきたりもあって、結果が『御膳番《ごぜんばん》』へ伝えられ、お食事に反映されるのだ」

「まあ、仰々《ぎょうぎょう》しいこと」

「そうなのだ。だがお城は風流で、年中行事は雅《みや》びだよ。九月のお月見では、将軍手ずからのお酌《しゃく》で酒を頂戴した。正月は大広間で新年の御祝を申し上げお流れの杯を頂戴した後に、大奥で雑煮《ぞうに》をいただき、天璋院さまに『御福包み《おふくづつ》』を拝領した。桃《もも》の節句《せっく》には、天璋院さまのひな飾りを拝観したよ」

女の子では一番下で九歳になったばかりの、おしゃまな十重が言う。

「いいなあ。あたいも、天璋院さまのおひなさまを見たかったな」

「わかった。来年のひな祭りには、十重も連れて行ってやろう」

「ほんと？　嬉しい」と十重が洪庵に抱《だ》きつく。

すると姉の七重と九重が「十重だけなんて、ずるい」と声を揃《そろ》えて抗議する。

「わかったわかった。みんな連れて行くよ。みんなで一緒におひなさまを見よう」

「そんな安請《やすう》け合いして大丈夫なんですか、章さん」

真顔《まがお》で心配する八重に、洪庵は胸を張って答えた。

「大丈夫だよ。こう見えても今やわたしは、駕籠つきのお殿さまだからな」

夜も更け、はしゃぎ疲れた子どもたちは、早々に眠りについた。

荷ほどきをしている八重を、洪庵は庭に誘う。

「物騒なこのご時世、女ひとりで子どもを六人も引き連れての上京は、大変だっただろう」

「へえ、けど、章さんに会えると思うと嬉しくて、苦労など大したことあらしまへんでした」

まっすぐに気持ちを表す八重に、洪庵は思わず照れてしまい、うつむいた。

「さっきは殿さまになったなどと大口を叩いたが、楽はさせてやれそうにない。三十人扶持で追加の『足高《たしだか》』が米二百俵、『御番料』二百俵、年末に『西洋医学所頭取』として三十人扶持が加わり五百俵超えの年俸をいただける大出世で、おまけに奥医師は『殿さま』と呼ばれる身分だが、出世は出費を伴う。家来は十人もいて諸道具や衣服、大小も新調して四百両、家は安普請なのに五百両。医業で町人に敬遠され、大名は参勤交代の簡素化で往診の声もかからない。幕府のお抱え医師は『大飢饉《だいききん》』に遭ったようなものだ」

「大丈夫ですよ。元手《もとで》が五百俵もあるなんて夢みたい。倹約《けんやく》のし甲斐《がい》があります」

健気《けなげ》に言う八重を、洪庵は力強く抱きしめる。ああ、このぬくもりに飢えていたのだ、と洪庵は思う。そしてどれほど八重が、自分の支えになっていたのか、よくわかった。

空に月はなく、庭先には、ひとつ、ふたつと、ほたるが舞っている。

その夜、洪庵は、大坂で適塾の灯を守っている、婿の緒方拙斎に手紙を書いた。

――悪い時節に召し出されたのも天運と諦め候。京や大坂で外寇《がいこう》や内憂《ないゆう》が起こりそうなれども、万一の時には一同で、舅のいる名塩にでも引きこもるのがよかろうかと考えて候。

その文に封をした洪庵の脳裏に、忠告してくれた泰然の真剣な表情が浮かんだ。


家族が来たおかげで、洪庵は多忙ながらも落ち着いた気持ちで日々を送ることができた。

京では天誅の嵐が吹き荒れ、蘭学者は攘夷の標的にされていた。

なので不本意ながら洪庵も、泰然にもらった短筒を書斎の棚に置いておくことにした。

物騒なご時勢だったが、病弱な洪庵は、江戸では不思議と体調はよかった。

大坂と違い、江戸は森の都で、大名屋敷や旗本屋敷には木々が鬱蒼《うっそう》と生い茂っている。

家ばかりが密集している大坂よりも、故郷の足守に似ていた。そのせいかもしれない。

こんなことならもっと早く江戸に出てくればよかったかな、と思えたくらいだった。

だがお城勤めには一向に慣れなかった。

六月二日には江戸城の西の丸が火事になった。将軍家茂は上洛しており、主が不在だった城内は大混乱に陥った。その火事は、攘夷の狼藉者《ろうぜきもの》の付け火だという噂も流れた。

奥医師も男衆として避難を手伝った。洪庵は、和宮の避難のお供を申しつけられ、夜通し登城した上に、日中は強い陽射しに禿頭を照らされ、ひどく疲弊《ひへい》してしまった。

西の丸の火災から、一週間が経った。

その日は朝から蒸し暑く、庭では油蟬《あぶらぜみ》がやかましく鳴いていた。

書斎で書見《しょけん》していた洪庵は、うつらうつらと微睡《まどろ》んでいた。

若かりし日の章が、頼り甲斐のある男の袖にすがり、懸命に訴えている。

――わたしは蘭学を学び、民草を救う医師になりたいのです。

すがった相手は父になり、片袖のない天游になり、「菩薩医《ぼさつい》」坪井信道になった。

――章さん、あんたは立派やったで。

そう響いた女性の声は母のようでも、さだのようでも、また、八重のようでもあった。

花の香りが漂《ただよ》う中、気がつくと洪庵の周りには、大勢の衆生が身を寄せていた。

幼いままの長男の整之輔、可愛い盛りの長女の多賀、慎蔵の嫁のお鹿の顔がぼやけ、燻《くすぶ》っていた山鳴剛三《やまなりごうぞう》や、官許が下りないことを嘆く日野葛民《ひのかつみん》、そして、首をはねられる直前に滂沱の涙を流したという橋本左内の顔が重なった。

無念ではなかったか、と洪庵が訊ねると、左内はにっこり笑う。その頰に涙はなかった。

その姿がぼやけ、「章、寝ぼけてんじゃねえぞ」といきなり大喝された。

はっと目が覚めた。よりによって洪庵の天敵《てんてき》、泰然が大笑いしていた。

油蟬の声が止んだ。

ぼんやりとした洪庵は、「茶を入れてくれ」と八重を呼ぶ。

「ただいま」と答え、茶を持って襖《ふすま》の戸を開けた八重の身体が凍《こお》りつく。

夫の前に覆面《ふくめん》をした男が立っていた。手には白刃《はくじん》が煌《きら》めいている。

叫び声を上げようとした八重を片手を挙げて制し、洪庵は一喝《いっかつ》する。

「愚《おろ》か者。わたし如きを斬って、世が変わると思うとるのか」

その声に気圧《けお》されて、男は後ずさる。落ち着かない視線が、洪庵の背後の書棚を見た。

そこには黒光りする短筒があった。

逆上した男は「天誅」と叫び、体当たりして刃を突き立てた。

時が止まった。

八重は悲鳴を上げた。我に返った男は刃を引き抜くと、庭に駆け下り姿を消した。

「誰か、誰か」と八重は声を限りに叫ぶが、返事はない。

洪庵は身を起こして、着物の上半身をはだけて傷を見た。そして八重に言う。

「人は呼ぶな。警備の者がお咎めを受ける」

自らの手で乱れた着物を直すと、口元から大量の血が流れ出た。

「肺を傷つけたな。この出血は刀傷《かたなきず》のせいではない。かねてから患っていた労咳だぞ」

冷静に言った洪庵は咳き込む。口と鼻から大量の鮮血があふれ出た。

八重は出血を止めようとして、必死に洪庵の口元を着物の袖でぬぐう。

八重の細い腕の中で、洪庵は力なく微笑する。

「花香、胸の傷は隠せ。蔵六を呼んで後は任せよ。よいか、頼んだぞ」

そう言うと、ごぶ、と大量の血を吐いた。

八重の腕の中で洪庵の眼は虚《うつ》ろになり、大きくひとつ息をすると事切れた。

呆然《ぼうぜん》として、章さん、と呟く。

我に返った八重は、今際《いまわ》の際《きわ》の夫の言葉を思い出し、洪庵の胸元をはだけた。

見ると、胸の刺し傷は小さく、口と鼻からの大量の出血のせいでほとんど目立たない。

八重は胸の傷に手ぬぐいを当てて襟元《えりもと》を整えると、大声で助けを呼んだ。

その後のことは、よく覚えていない。

*

文久三年六月十日、医学所頭取・緒方洪庵法眼は、大量の喀血《かっけつ》で窒息死《ちっそくし》した。

報せを聞いた福沢諭吉が、新銭座《しんせんざ》から下谷まで一里半（六キロ）の道のりを駆けつけた時、洪庵はすでに事切れていた。先着していた村田蔵六が、厳《おごそ》かに報告する。

「吾輩がご遺体《いたい》を検《あらた》めました。死因は労咳か、もしくは胃潰瘍《いかいよう》による大量出血です」

「いくら先輩だからって、師が亡くなったのに、そんな素っ気ない言い草はないだろう」

かちんときた諭吉が怒鳴《どな》るが、蔵六は腕組みをして目を閉じ、何も言わない。

遺体に寄り添っていた八重が、いきり立つ諭吉をなだめて、隣の部屋に連れていった。

そこには伊東玄朴をはじめ、江戸の蘭医や塾生が顔を揃えていた。

諭吉は興奮して「村田の大馬鹿《おおばか》は長州の攘夷に染まっちまいやがった」と呼び捨てにして、喚《わめ》き散らした。

八重は元の部屋に戻ると、洪庵の遺体に寄り添いながら、長い文を認めた。

手紙を書くことで千々に乱れる気持ちを抑えようとしている姿が、悲しみを誘った。

洪庵が死んだ直後、攘夷の天誅を受けたとの噂が出たが、自然に立ち消えた。

洪庵の人柄は広く知られ、そんな人格者を暗殺しては攘夷の恥だ、ということになったらしい。あまりにも突然の死だったため、いろいろ取り沙汰《ざた》されたが結局は病死に落ち着いた。

日本の蘭学の頂点に立つ村田蔵六が遺体を検め、元法眼の伊東玄朴が葬儀を仕切ったのでは、異を唱《とな》えられる者などいない。大坂では盟友の広瀬旭荘が八重からの手紙を読み、西の丸の火災の際、坊主頭を散々照らされたため衰弱《すいじゃく》して吐血したのだと説明して、人々を納得させた。

二日後の葬儀には、江戸中の蘭方医や適塾の卒業生が集まり、盛大なものになった。

弔問客《ちょうもんきゃく》が洪庵の死に顔を一目《ひとめ》見ようとすると、傍らに侍《はべ》った八重が遺体の胸にそっと手を置いて、「あなた、戸塚先生がお見えになりました」といちいち名前を呼んで知らせた。

それは、適塾でいつものように客人を取り次いでいるかのようだった。

弔問を受ける洪庵の口元には、微笑《ほほえ》みが浮かんでいた。

洪庵の亡骸《なきがら》は、江戸駒込《こまごめ》の高林寺《こうりんじ》に埋葬《まいそう》された。享年《きょうねん》五十四。

明治維新まで五年。巨星《きょせい》・洪庵は新しい世を見ることなく逝《い》った。

不条理な世に苦しみながらも、篤実《とくじつ》に生き抜いた不世出《ふせいしゅつ》の大鵬《たいほう》は、天空の彼方《かなた》へ飛び去った。

足守の母・きょうは、洪庵の死を知らされないまま翌年、九十の天寿《てんじゅ》を全《まっと》うした。

30章　老鷺退場

明治元年（一八六八）

秋風が蕭々《しょうしょう》と吹く夕暮れ、薄暗い茶室に、坊主頭《ぼうずあたま》の男が正座している。

扉が開く音に、はっと振り向いた男は、相手が泰然とわかると、ほっとした表情になる。

男の着物はあちこちが破れ、手の甲《こう》の真新しい切り傷が生々しい。

松本良順が、横浜の弁天町《べんてんちょう》に隠居している泰然の寓居《ぐうきょ》に身を寄せたのは、会津《あいづ》の戦いから離脱した直後の明治元年（一八六八）十月のことだ。

――まったく、三十路《みそじ》も半ばになっても独り立ちできねえ順の字にも、困ったもんだ。

吐息をついた泰然も今や六十半ば。だがそんな呟きとは裏腹に、その頬は緩んでいる。

――だがさすがに今回は、ちっとは褒めてやらねばいかんだろうな。

先月、徳川幕府の最後の年号となった慶応が、明治と改められた。

幕府への忠誠心などさらさらない泰然には特段、思うところはない。

だが、一宿一飯《いっしゅくいっぱん》の恩義を忘れない渡世人気質《とせいにんかたぎ》からすると、この一年の間に起きた、めまぐるしい出来事の数々は、あさましいという一言に尽きた。

十五代将軍・徳川慶喜は複雑で面妖《めんよう》な性格の持ち主で、評価が分かれる人物だった。

ただし論を掌《たなごころ》で弄《もてあそ》び、策士策に溺れるの風が強かったのは確かだろう。実際に彼が成し遂げたことと言えば、慶応三年（一八六七）十月に断行した奇策「大政奉還《たいせいほうかん》」くらいだ。

慶喜は二百六十四年も続いた徳川政権の実権を、いともあっさりと返上してしまったのだ。

この奇策は、薩長《さっちょう》同盟が成立して意気上がる倒幕派の出鼻《でばな》を挫《くじ》いた。それに乗じて慶喜は、新政権の盟主《めいしゅ》に収まろうとした。この時点では日本の主権が幕府にあるのか、薩長が動かす京の朝廷にあるのかはまだ不明確で、一時は慶喜の綱渡りの詐術が奏功《そうこう》したかに見えた。

事実「小御所会議《こごしょかいぎ》」では、土佐の山内容堂が言いたい放題で吠《ほ》えまくり、新政府の正当性を粉砕《ふんさい》してしまった。その公論を背景に大坂城に入城した慶喜は、各国の公使と面談し、自分が日本の主権者だと諸外国に認めさせてしまった。勢いを駆って慶喜は、大坂城の軍勢一万五千を率い、薩長連合を謀反人として討とうとした。

だが薩長は先手《せんて》を打って十二月、王政復古《おうせいふっこ》を宣言し、正面切って幕府軍に戦いを挑《いど》んだ。

明けて慶応四年（一八六八）正月、京で新政府と衝突した幕府軍は、西洋の最新兵器で武装した相手に、歯が立たずに大敗する。この緒戦《しょせん》の「鳥羽伏見《とばふしみ》の戦い」はほんの小競《こぜ》り合《あ》いだったが、敗戦にあわてふためいた慶喜は大坂城を捨てて、大坂湾の制海権を握っていた「開陽丸《かいようまる》」に乗って、尻に帆を掛けて江戸に逃げ帰ってしまう。

総大将が遁走《とんそう》した幕府軍は総崩れとなり、その後は雪崩《なだれ》を打つように敗北を重ねた。

錦《にしき》の御旗《みはた》を掲げた新政府軍は怒濤《どとう》の進軍を続け、三月には一気に江戸城を包囲した。

そこで薩摩藩の江戸藩邸にて、西郷隆盛と勝海舟《かつかいしゅう》の会談が持たれ、その席で江戸城の無血開城が決まった。

納得がいかない幕府の御家人《ごけにん》は彰義隊《しょうぎたい》を結成し、五月十五日、上野山《うえのやま》に籠もって抵抗する。

賊軍《ぞくぐん》となった幕府軍を、たった一日で鎮圧《ちんあつ》したのは、新政府の軍務官判事に任命された村田蔵六改め大村益次郎《おおむらますじろう》だった。この戦闘に勝利を収めた新政府は、家茂と和宮の養子となった徳川家達《いえさと》に七十万石を与え、駿府《すんぷ》の城主に任じた。

かくして徳川家二百六十五年の治世は、真の終焉《しゅうえん》を迎えた。

幕府の残党は北に逃れ、越後《えちご》と会津で抵抗を続けた。江戸湾で情勢を遠望していた幕府の海軍副総裁・榎本武揚は軍艦の引き渡しを拒否し、艦八隻《せき》を率いて江戸湾を出航し、九月、仙台の青葉《あおば》城に入城する。

医学所頭取の松本良順は、陸路北上し、会津若松城で元京都守護職《しゅごしょく》・松平容保《まつだいらかたもり》に謁見《えっけん》した。そして会津の藩校「日新館《にっしんかん》」を臨時医院とし、傷病兵の治療に当たった際に、城に集まった医師を相手に講義し、後日その講義録を「療痍略伝」という小冊子にまとめている。

九月、会津若松城が落城すると、榎本武揚は幕府の歩兵奉行・大鳥圭介《おおとりけいすけ》や新選組副長・土方歳三《ひじかたとしぞう》を引き連れて北に落ち延びた。

十月、北海道に上陸した幕府軍は五稜郭を占拠《せんきょ》し、十二月に北海道の独立を宣言する。

泰然の五男・林董三郎（後の林董《ただす》）はこれに従い、箱館戦争に加わった。

一方で、幕府軍の方針に異を唱えた松本良順は離脱を勧告され、父・泰然を頼って横浜に落ち延びたのである。

「落ち武者にしちゃあ、意外にしゃんとしてるじゃねえか。結構結構」

からかうようにそう言った泰然を、良順はきっ、と睨みつける。

「某は落ち武者ではございません。勝ち目のない戦いは避け、雌伏《しふく》して時の至るを待つべし、と榎本殿を説得したものの、進言は聞き入れられず、ここで異を唱えると榎本殿の兵を損じることになるので離脱されよ、という土方殿の諫言に従ったまで」

そう言いながらも良順は半べそになる。

「まあ、生きていればいいさ。あんなつまらん戦で命を落とすなんて、馬鹿げているからな」

戦《いくさ》という荒石《あらいし》で大人の皮を削《けず》られ、腕白《わんぱく》坊主の地金《じがね》が顔を出したようにも見える。

虚勢《きょせい》を張って、そびやかしていた良順の肩が、ふっと落ちた。

「無念、です」と言って唇を噛みしめた。それから力のない声で訊ねる。

「父上、某はこれからどうすればいいとお考えですか」

——出たよ、他人任せの次男坊の悪い癖《くせ》が……。

だが今回は、良順を情けないとは思わなかった。腕組みをして、少し考えた泰然は言う。

「そうさなあ、おいらなら新政権に帰順《きじゅん》するかな。悪い扱いはされないだろうからな」

泰然の顔をまじまじと見た良順は、火を吐くような激しい口調で言う。

「まさか父上の口から、さようなお言葉を聞くとは思いませんでした。幕府に忠義立《ちゅうぎだ》てする必要はないとおっしゃるようでは、恥知らずの官軍連中と変わりないではありませんか」

「しゃらくせえことを言うんじゃねえ。あんな連中とおいらを一緒にするな。おいらから見れば、官軍だろうと賊軍だろうと、所詮はガキの喧嘩《けんか》みたいなもんだ。百年も経ちゃあ、みんな馬鹿げたことに見えるだろうよ」

泰然に一喝された良順は、踏み潰された紙風船のようにぺしゃんこになる。

泰然は気を取り直して、話を変える。

「そういえば、お前は長崎で、章の長男を教えてたんだってな」

「ええ、平三君は優秀で、某の長男の銈太郎と共に、帰国されるボードウィン先生に託《たく》して、オランダ留学に送り出しました。因《ちな》みに平三君は嫡男ですが、長男ではなく次男です」

「長男だろうが次男だろうが、そんな細けえことはどうでもいいんだよ。その平三君は新政府に出仕して、今は『大病院取締役』となり、章が建てた役宅《やくたく》で暮らしながら、獅子奮迅のご活躍だそうだぜ」

良順の視線が、揺れた。そこは洪庵の死後、自分が頭取となって仕切った場所だった。

――日本の医学教育はまた、時代遅れの適塾式に逆戻りしてしまうのか……。

苦い思いをかみ殺した良順は、絞《しぼ》り出すような声で言う。

「平三君と某は、育ちも立場も違います。さようなことは、某にはできかねます」

「それならおいらのとこにいるしかねえな。ま、半年でも一年でもここに潜ればいいさ。その点、お前の手下の伊之助《いのすけ》は大した奴だぜ。順天堂で不義理をしたクセに、ふらりとやってきて『何か仕事はないでしょうか』などとぬけぬけと言いやがる。仕方がないから新政府の招聘話を回してやったら躊躇《ちゅうちょ》もせずに受けて、今ではお公家さんの通詞係よ。ああいう図太《ずぶと》いところは、順の字も見習った方がいい。まあ取りあえず、一杯やって気を落ち着けるがいいさ」

そう言い残し、泰然は部屋を出た。

襖を閉めると、その向こうから、良順の押し殺したような嗚咽《おえつ》が聞こえてきた。

明治新政府は樹立したものの、混乱の極みの中、すべてが不確実でご都合主義だった。良順が話題に上げたボードウィンは、そんな混乱に翻弄された一番の被害者だった。

長崎医学伝習所を辞す時、幕府に江戸の医学校の校長に招聘された。そのため一旦帰国する際、約束通り緒方平三と良順の長男・松本銈太郎を伴いユトレヒト大学医学部に入学させた。

半年後、準備を整えて日本に戻ってみると、幕府は瓦解《がかい》していた。

そのため約束と違い、大坂に創設された医学校兼病院の主宰者《しゆさいしや》に任じられ、急ぎ帰国した緒方平三（惟準《これよし》）と共に、医学校の礎《いしずえ》を作ることとなった。

一年後の明治二年（一八六九）、明治新政府は蘭医学を主体にするのを止《や》めたため、英医学かドイツ医学かという二択《にたく》になった。その際に、佐倉順天堂と長崎医学伝習所で良順の門下生だった相良知安と岩佐純が、ドイツ医学への転換を押し通した。

このため、またも行き場をなくしてしまったボードウィンは、帰国を決意する。

ところが普仏《ふふつ》戦争の影響でドイツ人医師の来日が遅れたため急遽、大坂の医学校に招かれた。

その人事を差配したのは、順天堂門下の長谷川《はせがわ》泰《たい》と、医学所出身の石黒忠悳《いしぐろただのり》である。

この時にボードウィンが、政府が医学校の移転先に考えていた上野公園を見て、首都の広大な緑地は貴重だから残した方がいいと献言《けんげん》したため、上野は手つかずで残された。

ボードウィンは上野公園の生みの親なのである。

こんな風に権力は掌握していたものの、新政府は朝令暮改《ちようれいぼかい》の日々を重ねていた。

それから二ヵ月後。

ある冬の日、ようやく落ち着きを取り戻した良順は、泰然に言った。

「父上、長らくお世話になりました。某は明日、自首《じしゅ》しようと思います。ひょっとしたらこれが今生《こんじょう》で父上とお目に掛かる最後かもしれないので、改めてご挨拶を、と思いまして」

「大袈裟《おおげさ》なヤツだなあ。今の新政府の連中には、順の字を処刑するような度量《どりょう》も余力も胆力《たんりょく》も、ありゃしねえよ」

泰然は呆れ声で諭すが、良順は深刻な顔で首を横に振る。

「父上はご自分のことではないので、そんな風に気楽に考えられるのです」

「自分のことじゃないんだから、気楽なのは当たり前だろ。岡目八目《おかめはちもく》ってヤツさ。だが、まあいいさ。しばらく会えなくなるのは確かだから、別れの杯を酌《く》み交わそうか」

泰然は良順に、無造作に湯飲みを手渡すと、大徳利《おおどつくり》から酒を注いだ。

「無事に生還《せいかん》したのに、わざわざ自首しようという奇特な順の字に、乾杯」

良順は、苦い薬を飲むように顔をしかめながら、一気に杯を干す。

「お前は手酌だったな。後は好きにやれ」

良順は大徳利を受け取ると、こぽこぽと湯飲みに注ぎ、立て続けに二杯飲み干した。

泰然は、湯飲みにちょっと口をつけると卓に載せ、そんな良順をじっと見つめた。

「ところで、なんで順の字は章を殺《や》っちまったんだい？」

静かな口調で問いかけられた良順は咳き込み、口に含んでいた酒を吐き散らした。

「何てことをおっしゃるのです。洪庵先生は吐血《とけつ》で亡くなったのです。恐らく労咳か、と」

「確かに表向きは病死ってことになってるらしいな。だがどんな病にも因果《いんが》ってもんがある。そう考えると、章を殺《あや》めた下手人は順の字、お前ってことになるんだよ」

「どうしてそんなでたらめな話になるのですか。そんな暴言、とうてい納得できません。根拠を伺ってもよろしいでしょうか」

「順の字は傲慢《ごうまん》で玄朴殿に嫌われた。だから西洋医学所の頭取の大槻俊斎殿が身罷った時、代わりに章が江戸に呼ばれたんだ。あの時お前が呼ばれなかったのは、お前の不徳《ふとく》の致《いた》すところだ。お前が我を引っ込めていたらあの人事はなかった。しかもお人好しの章はお前の盾《たて》になり、庇《かば》おうとしたのに、お前はそんな章を下から突き上げたんだよ。ひでえ話だぜ、まったく」

「某は西洋医学所の、時代遅れの教育方針を変えようとしただけです」

「だが頭取を補佐すべき副頭取に攻撃されては、章もさぞキツかったことだろう。おまけに腹黒《はらぐろ》玄朴のタコ坊主が失脚したせいで、匙医連中も章を責め、孤立無援の心持ちだったに違えねえ。お前はさっき、章の死因を労咳の喀血と決めつけたが、おいらにはそう思えない。章は、傍若《ぼうじゃく》無人《ぶじん》なお前の振る舞いに心を痛め、その心労が祟《たた》って死んだんだよ」

　腕組みをして憮然《ぶぜん》として聞いていた良順は、ぐい、と湯飲みを呷《あお》り、立ち上がる。

「それは診立《みた》て違いでしょう。百歩譲って父上のおっしゃることが的を射ているとしても、某が洪庵先生を殺《あや》めたとするのは無理筋です。これ以上、戯言《ざれごと》を聞かされるのは真《ま》っ平《ぴら》です」

　そう言って立ち去ろうとした良順を、泰然は「ちと待ちな」と鋭い声で呼び止める。

「今の話は前座の余興《よきょう》、本題はここからだ。章が死んだ時、医学所の門番がお使いに出ていたそうだな」

　良順はぴたり、と立ち止まり、ゆっくり振り返る。

「はて、某は、さようなことは存じ上げませんが」

「そいつは妙《みょう》だな。お使いを言いつけたのは順の字、お前だったという話も聞いたんだが」

「思い違いです。そもそも某は、医学所の門番にお使いを頼める立場ではありません」

「そんなことはねえだろう。お前は頭取の次に偉い副頭取だったんだから。おかしな点はまだある。章の遺体を検めたのは長州のさいづち頭で、高弟の福沢と激しく言い争っていたそうだ。当時長州は攘夷の一念に凝り固まっていた。だから章が天誅を食らったという事実を、章の意を受けて、奥方とさいづち頭が隠そうとしたんだと考えると、いろいろ辻褄《つじつま》が合うんだよ。そんでもって、その天誅野郎が医学所に入り込むのを黙過《もっか》したのが、上役を引きずり下ろそうと野心満々だった副頭取だったという筋書きさ。どうだい、なかなか面白そうな話だろ？」

　黙って話を聞いていた良順の目が、青白く光る。泰然は続けた。

「章の奥方は、通夜《つや》の席でも弔問の時も遺体の側《そば》を片時も離れず、章の顔だけを見せるようにしていたそうだ。しかも傍らで何通も文を書き、章がどんな死に方をしたか、あちこちに送りつけた。おいらのところにもその文が届いたよ。あの奥方は、おいらもとても敵わない、肝《きも》が据わった女丈夫《じょじょうふ》だぜ。悲しみを紛《まぎ》らわすためだけに手紙を書いたとは思えねえんだよ」

「仮にそうだとしたら、洪庵先生はなぜ、ご自分が襲われたことを隠そうとしたのですか？」

「自分が襲撃されたと知れたら、迷惑が掛かる誰かを、庇おうとしたんだろうよ」

「それは副頭取である某の身を案じてのことでしょうか」と言う良順を、泰然は一蹴《いっしゅう》する。

「バカ言うんじゃねえ。順の字のことなんぞ、章は微塵《みじん》も考えてもいなかったさ。攘夷の連中に襲われたとなったら、あの当時なら真っ先に長州が疑われ、章の一番弟子のさいづち頭に累が及ぶ。そうならないように、わざわざ呼びつけて自分の遺体を検めさせたのよ。そのことは恐らく、自分にとって目障りな上役と、幕府にとって邪魔な攘夷の長州の英傑を同時に屠《ほふ》ろうと目論んだ、面従腹背《めんじゆうふくはい》の輩にとっては、想定外の行動だったんだろうがな」

蒼白《そうはく》になり、しばらく黙っていた良順は、うつむいてしまう。

「さあ、それはどうでしょう。某には皆目、見当がつきません」

そう言うと良順は、逃げるようにして部屋を出て行った。

その後ろ姿を見送った泰然は、湯飲みに酒を注いで卓に置いた。

それから自分の湯飲みにも酒を注ぐと、卓上の湯呑みと、かちん、と合わせた。

「章よ、お前が死んじまって、すっかりつまらん世の中になっちまったよ。おいらがそっちに行ったらまた、つれない返事でおいらを痺《しび》れさせてくれよな」

遠い目をして、酒を呷った泰然はひとり言を続けた。

「章との勝負はおいらの勝ちだ。だが奥方には完敗したよ。章が死んだ後に、甥の藤井高雅殿が天誅され首を晒された直後、章の家の門にも天誅を予告する張り紙をされた。なのに微塵《みじん》も動揺もせずに家を守り、女手ひとつで三人の息子をオランダ、ロシア、フランスに送り出し、三兄弟は大政奉還の報を欧州の地で聞いたってんだから、豪儀《ごうぎ》じゃねえか。章が丸山で花魁《おいらん》に目もくれなかった理由がよくわかったよ。けどな、平三君には孫娘が嫁いだから、おいらと血縁《けつえん》になっちまった。四郎君は幕府の遣露《けんろ》留学生になり、甥っ子の山内作左衛門《やまうちさくざえもん》と一緒にロシアに行った。おまけに渡航前には、立ち寄った箱館でおいらの長男の山内惣三郎《そうさぶろう》と会い、しかもその時の箱館奉行の山内六三郎《ろくさぶろう》は順の字の義兄だってんだから、雁字搦《がんじがら》めの腐れ縁さ」

それから、頬をふっと緩めた。

「でも、まあ、もともとオロシアはおいらの本懐《ほんかい》の地で、箱館はおいらの一族の縄張りなんだから、そんなところにのこのこやって来たら、飛んで火に入る夏の虫ってもんよ。どれもこれも、お人好しの章の教育が悪かったんだぜ」

なみなみと注いだ酒を一気に呑み干した泰然は、天井《てんじよう》を仰いで瞑目した。

「章よ、これからも末永く付き合ってもらうことになる。悪く思うなよ」

深々と吐息を漏らすと、泰然は立ち上がり、後ろ手で障子を閉め、部屋を出ていく。

誰もいなくなった部屋に、深い闇が下りてきた。

一陣の寒風が、障子《しようじ》を激しく鳴らした。

*

自首した松本良順は、明治元年十二月、江戸・本郷《ほんごう》の加賀《かが》藩邸にて蟄居謹慎《ちつきよきんしん》を命じられた。

翌明治二年五月、五稜郭に立て籠もった榎本武揚率いる幕軍が投降《とうこう》し、戊辰《ぼしん》戦争は完全に終結する。

上野の彰義隊を一日で殲滅《せんめつ》した大村益次郎は、軍事拠点を大坂に移す計画を着々と進めた。だが九月、京で刺客に襲われ、その傷が化膿《かのう》し敗血症《はいけつしよう》になった。緒方惟準は大村を大阪仮病院に転院させ、ボードウィンに治療させた。そこに横浜で開業していた楠本《くすもと》イネも駆けつけ、懸命に看護した。ボードウィンは壊死《えし》した大腿《だいたい》を切断したが、すでに手遅れだった。

十一月七日、イネと惟準に看取《みと》られて、大村益次郎こと村田蔵六は息を引き取った。

翌月の十二月、蟄居一年で良順は、特別の寛典《かんてん》を以《もつ》て死を赦《ゆる》され、放免《ほうめん》された。

明治三年（一八七〇）四月、榎本軍に従軍し禁固《きんこ》に処された泰然の五男の董三郎《とうさぶろう》は赦免《しやめん》され、横浜の泰然の元に身を寄せる。そして翌明治四年、岩倉《いわくら》遣欧使節団の一員に加わり渡欧した。

その使節団には、適塾の元塾頭の長与専斎や松本良順の長男、松本銈太郎も同行した。

その頃、松本良順は陸軍参与の西郷隆盛と山県有朋《やまがたありとも》の三顧《さんこ》の礼《れい》を受け、陸軍軍医部の前身である軍医寮の責任者になり、陸軍軍医部の基礎を構築する。

そして明治四年（一八七一）、松本順《じゆん》と名を改める。

この年、廃藩置県を強行した新政府は、翌明治五年に徴兵制《ちようへいせい》を布告した。

福沢諭吉の『学問のすゝめ』がベストセラーになる中、泰然は江戸に転居した。

明治五年（一八七二）四月、泰然は肺炎をこじらせ、自宅で大往生を遂げた。享年六十九。

年の暮れ、日本は太陽暦を採用したため、明治五年は一ヵ月短い十一ヵ月で終わった。

かくして、互いに反発し、時に協力し合いながら日本の礎を築いた、西の大鵬と東の猛鷲《もうしゆう》が紡《つむ》いだ物語は、幕を閉じた。

そんなふたりの想いは、現代の日本に脈々と流れ続けているのである。

参考図書・資料

『緒方洪庵傳』……………………………………緒方富雄　１９４２　岩波書店
『緒方洪庵の妻』………………………………西岡まさ子　１９８８　河出書房新社
『緒方洪庵の蘭学』……………………………石田純郎編著　１９９２　思文閣出版
『洪庵・適塾の研究』……………………………梅溪昇　１９９３　思文閣出版
『緒方洪庵と大坂の除痘館』…………………小西義麿　２００２　東方出版
『医の系譜──緒方家五代　洪庵・惟準・銈次郎・準一・惟之』………緒方惟之　２００７　燃焼社
『緒方洪庵──幕末の医と教え』………………中田雅博　２００９　思文閣出版
『緒方洪庵歌集』…………緒方洪庵著　緒方洪庵顕彰会編　２００９　岡山市近水刊行振興会
『緒方洪庵の『除痘館記録』を読み解く』…………加藤四郎、古西義麿、米田該典、淺井允晶著
……………………………………………緒方洪庵記念財団除痘館記念資料室編　２０１５　思文閣出版
『人物叢書　緒方洪庵』…………………………梅溪昇　２０１６　吉川弘文館
『緒方郁蔵伝──幕末蘭学者の生涯』…………古西義麿　２０１４　思文閣出版
『『名塩蘭学塾』８年の重み──塾長・伊藤慎蔵をめぐる人々』
……………………………………小畑登紀夫　近代日本の創造史13　２０１１　近代日本の創造史懇話
『緒方惟準伝──緒方家の人々とその周辺』……中山沃　２０１２　思文閣出版
『人物叢書　福沢諭吉』…………………………会田倉吉　１９７４　吉川弘文館
『緒方春朔──天然痘予防に挑んだ秋月藩医』……富田英壽　２０１０　海鳥社
『桑田立斎先生』………………………………二宮陸雄　１９９８　桑田立斎先生顕彰会
『蘭医佐藤泰然──その生涯と一族門流』………村上一郎　１９７６　印旛郷土研究会
『１７５年の軌跡──写真で見る順天堂史』…　順天堂大学１７５年史編纂委員会編　２０１４　順天堂
『佐倉順天堂──近代医学の発祥地』

……日本医史学会・国立歴史民俗博物館編　2012　日本医史学会・佐倉市教育委員会
『高野長英傳〈増訂2版〉』……高野長運　1943　岩波書店
『蛮社の獄――洋学の弾圧と夜明け前の犠牲者』……芳賀登　1970　秀英社
『讃岐の医学と蘭学』……西岡幹夫　2019　美巧社
『大黒屋光太夫――帝政ロシア漂流の物語』……山下恒夫　岩波新書新赤版879　2004　岩波書店
『福井県医学史』……福井県医師会編　1968　福井県医師会
『日野鼎哉・葛民伝――日本近代医学の夜明け』……志手駒男　1991　葦書房
『橋本左内』……木宮高彦　1995　講談社
『人物叢書　橋本左内』……山口宗之　1962　吉川弘文館
『橋本左内――人間自ら適応の士あり』……角鹿尚計　2023　ミネルヴァ書房
『安政の大獄――井伊直弼と長野主膳』……松岡英夫　中公新書1580　2001　中央公論新社
『人物叢書　井伊直弼』……吉田常吉　1963　吉川弘文館
『シーボルト先生――その生涯及び功業1~3』……呉秀三著　平凡社　1967~1968　平凡社
『連座――シーボルト事件と馬場為八郎』……吉田昭治　1984　無明舎出版
『シーボルトと鳴滝塾――悲劇の展開』……久米康生　1989　木耳社
『シーボルトと日本――その生涯と仕事』……アルレッテ・カウヴェンホーフェン、マティ・フォラー著
……フォラーくに子訳　2000　Leiden Hotei Publishing
『日本とオランダ――近世の外交・貿易・学問』……板沢武雄　日本歴史新書　1955　至文堂
『長崎居留地――一つの日本近代史』……重藤威夫　講談社現代新書143　1968　講談社
『長崎とオランダ――近代日本への歩み〈新訂版〉』
……長崎県教育委員会編　2000　長崎県教育委員会
『江戸のオランダ人定宿――長崎屋物語』……坂内誠一　1998　流通経済大学出版会
『長崎丸山遊廓――江戸時代のワンダーランド』……赤瀬浩　講談社現代新書2630　2021　講談社

『大出島展　ライデン・長崎・江戸——異国文化の窓口：日蘭交流４００周年記念』
……長崎市立博物館編　２０００　長崎市立博物館
『出島のくすり』……長崎大学薬学部編　２０００　九州大学出版会
『出島の医学——出島を舞台とした近代医学と科学の歴史ドラマ』…相川忠臣　２０１２　長崎文献社
『没後１７０周年楢林宗建とその一族』……シーボルト記念館編　２０２２　シーボルト記念館
『長崎游學の標』……長崎文献社編　１９９０　長崎文献社
『高島秋帆（長崎偉人伝）』……宮川雅一　２０１７　長崎文献社
『人物叢書　高島秋帆』……有馬成甫　１９５８　吉川弘文館
『日本疾病史』……富士川游著　松田道雄解説　東洋文庫１３３　１９６９　平凡社
『日本の医学——その流れと発展（日本歴史新書）』……石原明　１９５９　至文堂
『日本医事大年表〈増補版〉』……中野操　１９７２　思文閣
『近世医学史から』……大鳥蘭三郎　１９７５　形成社
『近代日本の医学——西欧医学受容の軌跡』……阿知波五郎　１９８２　思文閣出版
『東洋医学通史——漢方・針灸・導引医学の史的考察』…石原保秀著　早島正雄編　１９７９　自然社
『日本医学先人伝——古代から幕末まで』……橘輝政　１９６９　医事薬業新報社
『江戸時代の医学——名医たちの三〇〇年』……青木歳幸　２０１２　吉川弘文館
『蘭学の背景』……石田純郎編著　１９８８　思文閣出版
『医学史探訪——医学を変えた１００人』……二宮陸雄　１９９９　日経ＢＰ社
『船場の医者一　江戸時代　船場偉人伝』……中野操　１９８２　社団法人大阪市東区医師会
『船場——風土記大阪第１集』……宮本又次　１９６０　ミネルヴァ書房
『医学の歴史』……梶田昭　講談社学術文庫　２００３　講談社
『医学思想史Ⅲ　日本における近代医学の成立』……宮本忍　１９７５　勁草書房

謝辞（敬称略）　※お肩書は取材時のものです

大阪大学適塾記念センター　准教授　松永和浩
緒方洪庵記念財団　専務理事・事務長　川上　潤
除痘館記念資料室　専門委員　古西義麿
名塩紙技術保存会　理事　八木米太朗
名塩探史会　会長　江本純三
大野市教育委員会事務局　生涯学習・文化財保護課　指導学芸員　田中孝志
岡山医学史研究会　会長・日本薬史学会　理事　石田純郎
津山洋学資料館　館長　小島　徹
佐倉市教育委員会教育部　文化課文化財班　主任主事　須賀隆章
長崎市文化観光部　長崎学研究所　所長　赤瀬　浩
長崎市役所文化観光部　文化財課　シーボルト記念館　館長　徳永　宏
長崎市文化観光部　出島復元整備室　専門官・学芸員　山口美由紀
長崎県文化観光国際部　文化振興・世界遺産課　文化企画班　主事　橋本正信
福井県立大学　客員教授　角鹿尚計
福井県立歴史博物館　主査　大河内勇介
「ふくい歴女の会」会長　後藤ひろみ
福井市立郷土歴史博物館　主査　山田裕輝
福井県文書館　主任　長野栄俊
福井県文書館　専門員　柳沢芙美子
顕本法華宗　妙経寺　住職　児玉常昌
福井県護国神社　宮司　宮川貴文

本書は「WEB文蔵」（二〇二二年十二月〜二〇二四年三月）に連載された「西鵬東鶯」を改題し、大幅に加筆・修正したものです。

作品の中に、現在において差別的表現ととられかねない箇所がありますが、作品全体として差別を助長するようなものではないこと、また作品が江戸時代を舞台としていることなどに鑑み、当時通常用いられていた表現にしています。

〈著者略歴〉

海堂　尊（かいどう　たける）

1961年、千葉県生まれ。作家・医学博士。福井県立大学客員教授。

2005年、『チーム・バチスタの栄光』で第４回「このミステリーがすごい！」大賞を受賞し、翌年デビュー。同一の世界観で展開する作品群は「桜宮サーガ」と呼ばれ、累計1750万部を超える。映像化作品も多数。

近著に『コロナ漂流録』『奏鳴曲 北里と鷗外』『プラチナハーケン１９８０』など。

蘭医《らんい》繚乱《りょうらん》 洪庵《こうあん》と泰然《たいぜん》

2024年10月22日　第１版第１刷発行

著　者　海　堂　　尊
発行者　永　田　貴　之
発行所　株式会社ＰＨＰ研究所

東京本部　〒135-8137　江東区豊洲5-6-52
文化事業部　☎03-3520-9620（編集）
普及部　☎03-3520-9630（販売）
京都本部　〒601-8411　京都市南区西九条北ノ内町11

PHP INTERFACE　https://www.php.co.jp/

組　版　株式会社PHPエディターズ･グループ
印刷所
製本所　TOPPANクロレ株式会社

ISBN978-4-569-85793-0

PHPの本

香子（一）〜（五）

紫式部物語

帚木蓬生 著

千年読み継がれてきた物語は、かくして生まれた。紫式部の生涯と『源氏物語』の全てを描き切った、著者の集大成といえる大河小説。全五巻。